菩提本无树,明镜亦非台。
本来无一物,何处惹尘埃?

当我终于明白,
人世间的男欢女爱、荣华权势终究不过浮华浪荡一场,
生命的最末,
到底是无尘无埃的明镜台时,
我的人生,已经完结了。

作者简介

流潋紫，本名吴雪岚。浙江湖州人，1984年生。中国作家协会会员。2005年末开始从事业余写作，陆续在各大杂志发表短篇小说及散文。自2007年出版长篇小说《后宫·甄嬛传》，同年毕业于浙江师范大学行知学院汉语言文学专业。

/ 胡玉萍 /
ANAN studio

手绘插图：:钱　妤

后宫·

如懿传

贰

流潋紫 著

君恩如水向东流　得宠忧移失宠愁

RUYI'S ROYAL
LOVE IN THE
PALACE

修订版

人民文学出版社

目录

第一章 春情 001

第二章 三雕（上）015

第三章 三雕（下）027

第四章 惊蛰 041

第五章 伏变 054

第六章 前事 069

第七章 无路 081

第八章 冷苑（上）093

第九章 冷苑（中）105

第十章 冷苑（下）117

第十一章 幽居 128

第十二章 空谷（上）141

第十三章 空谷（下）152

第十四章 旧爱 165

第十五章 端慧 177

第十六章 嫣婉 190

第十七章 相慰 204

第十八章 蛇祸 215

第十九章 暗涌 227

第二十章 玉镯 239

第二十一章 重阳 251

第二十二章 火焚 261

第二十三章 双毒 272

第二十四章 复生 283

第二十五章 娴妃 295

第二十六章 恩宠（上）305

第二十七章 恩宠（下）318

第二十八章 事破 329

第二十九章 鞭刑 343

第三十章 情心 354

第一章 春情

如懿禁足的日子，便是从这一个阳光灿烂的晴明午后开始的。朱红色的阔大宫门"吱呀"一声从身后紧紧合上，便是锁链重重锁住的声音。连她自己也不知道，再打开会是什么时候。延禧宫的宫人们慌得眼泪都下来了，忙不迭地跪了一地，却不知该对着谁去跪。海兰在后殿亦被惊动了，惊慌失措地奔过来道："姐姐，到底出了什么事？为什么要把延禧宫的大门锁起来？"

如懿站在庭院中，缓步拾级而上，阳光透过落尽了翠叶的光洁树枝斑驳地筛了满地。那样清冷的日光从天空倾泻而下，抬头望时，能看到九重宫阙的琉璃碧瓦在日色下闪耀起冰雪一样洁白的光芒。

如懿轻声说："你别怕，是我自己不想出入延禧宫。角门是皇上特为你和永璜留的。这些日子烦你多带着永璜，别让他担心。"

海兰眼底含了稀薄的泪花，不安道："姐姐，才安静了这些时候，咱们的日子就这么难过么？"

如懿望着远处宫阙重重，琉璃瓦上浮光万丈，神色平静得如阳光照耀下的冰雪："有时候不出去不一定是坏事。"

禁足的时光幽寂而难耐，隔绝了出入，每日所能见的，不过是一方四四方方的小小蓝天。如懿用来打发时光的，不过是让惢心和阿箬把库房里的各色丝线都选出来一一整理。

这是十分费工夫的一件事,每种丝线分门别类,浸在拧了各色鲜花汁子的滚水里煮过。玫瑰花汁配玫瑰红,杜鹃花汁配杜鹃红,芙蓉花汁配芙蓉粉,飞燕花汁煮久了是淡淡的明蓝,栀子花汁配了淡淡杏黄的白色,香蜂花汁兑了薄荷配蓝紫色,一一都是费尽了心思的。连黄色的要绣作花蕊的丝线,也一一用柠草汁子和番红花汁一起煮过,带了清新之气。而绿色呢,更是麻烦,配着藿香、杜衡、薜荔、菌桂、迷迭香、百里香、山桃草等香草,煮成芬芳的秾翠明艳。

海兰来看她时不免长吁短叹:"姐姐还有心思做这些事,妹妹这些天出去,整日里见王钦在追查那些散布流言的奴才,一个一个都吐了口儿,说是从延禧宫这里听来的。再这样下去,恐怕皇上不只是禁足,而且要对延禧宫上下一一用刑审问了。"

如懿笑吟吟递了一把松石绿的丝线给她:"你细闻闻这个,我放了芳芷、木根、兰茝这三种香草,是不是别有一种草木清香,好像春天已经来了?"

海兰无奈接过,却并不如如懿所言去轻嗅其味,愁容满面道:"姐姐是盼着春天来,妹妹却看着好像这冬天过也过不完似的。"她忧心忡忡,"一旦坐实了流言为姐姐所传播,损害皇室声誉,该如何是好?"

如懿这才抬首道:"王钦找了多少人了?"

"总有十来个了吧。"

如懿轻轻一笑若淡淡的云影:"十来个人,要置我于死地也够了。可是你猜猜,若要置王钦于死地,几个人才够?"

海兰眼底浮起深深的疑惑:"姐姐的意思是……"

如懿看了看窗外浓墨般的天色:"我能有什么意思?对了,这些日子都是谁陪着皇上?"海兰道:"宫中流言纷扰,皇上也很少召见皇后,多半是嘉贵人和慧贵妃伴驾吧。如今仪贵人遇喜,宫中妃嫔倒也常去探望仪贵人,听说慧贵妃也去得很勤快呢。"

如懿道:"宫中的嬷嬷们每常说,坐胎药喝下去,也得多沾沾遇喜之身的孕气才好呢。慧贵妃盼子心切，一定会去的。"

晞月当然是盼子心切，不过自己肚中没有动静，出落得越来越端正的永璜，才是她眼下最盼之子。自从玫贵人的龙胎夭折，晞月大为快意。虽然为仪贵人接着有子而感伤，但那感伤不过几日便也淡了。晞月与仪贵人说不上交好，但也不恶。仪贵人很会看眼色，平时对晞月也颇为趋奉。仪贵人黄氏本是皇后的侍女出身，皇后为福晋时有孕不能侍奉皇帝，便亲自提拔了黄氏为通房之婢，侍奉皇帝枕席。皇帝感念皇后贤惠大度，登基后也封为贵人，却不甚宠爱，只实在无人时，才想起她来。侍婢就是侍婢，哪怕真生出个贵子来，也会受生母的身份所累，未必就得皇帝宠爱了。

所以仪贵人遇喜，羡慕归羡慕，心酸归心酸，晞月的日子也一样地过。若说宫里有什么人最让晞月厌恶，那也就是娴妃如懿和玫贵人蕊姬。一个是争风吃醋的旧怨，一个是轻狂犯上的新恨。偏偏内里有说不清道不明的联系，这更让晞月厌烦。唯有经过延禧宫时，她才觉得备感快意：一个失了贵子禁闭雨花阁，一个因贵子的流言禁足延禧宫。两人都困坐愁城，晞月最是解恨，巴不得如懿永不出来，永璜迟早都能成为自己的儿子。

这一急，晞月想着自己的请求皇帝与皇后都无立刻允准的意思，不如让永璜回心转意跟着自己，那谁也不能阻拦了。于是晞月便在永璜下学时等在了他的必经之路上，翘首盼望。永璜正为如懿自请禁足之事闷闷不乐，小乐子跟着劝了一路也是无用。到了晞月跟前，永璜才发觉了赶紧请安。晞月喜滋滋地去拉他的手，便要带他去咸福宫用点心，吃他最爱的奶黄饽饽。

永璜立刻明白是为了何事，便守着规矩，说要回延禧宫去。晞月哪里肯，便道："娴妃不会出来了，你还回那儿干吗？来，本宫带你去见皇上，你告诉皇上，从此便跟着本宫了。"

永璜虽然不乐意，脸上却还带着笑："慧娘娘别急，皇阿玛若有旨意，自会告诉儿臣的。儿臣自己去求可成什么了。"

晞月禁不住快意地笑："娴妃胡言乱语令皇上蒙羞，你何必跟着她？跟着本宫，本宫自然疼你。"

晞月的语气是慈爱的,那眼神也是渴盼的。永璜虽然年幼,但早失生母,最会察言观色,如何看不出晞月的疼爱是有目的的。

永璜思量片刻,恭恭敬敬道:"儿臣谢慧娘娘疼爱。至于母亲是否有罪,皇阿玛自有发落。儿臣不敢不孝,认为母亲有罪。"

他举眸望去,双眼纯真而明亮,那拒绝是分明的,没有任何掩饰。晞月当即便生了怒色。

茉心忙劝:"大阿哥,贵妃娘娘疼您,您可别不识好歹。"

永璜告了不是,忙着告退了。回到延禧宫,永璜一口气把这事儿说了,倒把如懿听笑了。永璜见她笑,越发不解。如懿也不多解释,只以素手拨动泠泠琴弦,弹起了《湘夫人》。

永璜听如懿吟过,也跟着琴音朗声背诵:"帝子降兮北渚,目眇眇兮愁予。袅袅兮秋风,洞庭波兮木叶下。……沅有芷兮澧有兰,思公子兮未敢言。"他背着背着停下不解,"母亲,为何湘夫人思念湘君,却不能言说?"

如懿无言,只有琴声悠悠。

启祥宫中,玉妍千娇百媚,广袖轻拂,悠扬弹起伽倻琴。

皇帝长身玉立,倚在窗下,明月清风映照,轻声吟哦:"搴汀洲兮杜若,将以遗兮远者。时不可兮骤得,聊逍遥兮容与。"

玉妍明丽的面容在曳曳烛火下璀璨夺目,她停下琴,带着不解的微笑:"皇上念什么,臣妾不懂。"

皇帝知道她对中土诗文知之不多,更遑论是屈原的《湘夫人》。他温言解说:"这是说湘君在水中的绿洲采来杜若,要将它送给远方的恋人湘夫人。只是欢乐的时光难以轻易得到,姑且欢乐自在与共。"

玉妍放下琴,轻盈起身,挽住皇帝手臂倚在他胸前,涂着艳红蔻丹的手指若有似无地拨着皇帝颔下的衣扣,浓情蜜意道:"臣妾与皇上在一起,便是欢乐自在。"

皇帝信手捏捏她的下巴,笑一笑:"朕看见你的面容,便可忘却烦忧。"

真的，宫中若论姿色，玉妍当之无愧是最美的。世人都道美人少，其实美人不少，但多的是木头美人，空有一张脸，失了韵味，也是无趣。北族多丽人，虽然常有佳丽进奉，但若玉妍这般既有风姿又有韵味的美人却是难得，更妙的是，她总是知情识趣。然而这样就够了么？心意相通，才能彼此解忧吧。

　　见皇帝并无多少兴致，玉妍很快收敛了媚态，只是絮絮说着晞月拦住了永璂想要带走，又说起母族北族老王爷年迈，遇事无措。如今是世子协理族中事务，所以奉上国格外尽心。皇帝也知这两年北族岁贡勤谨，已知悔改，对玉妍更是和颜悦色，又赞了北族世子几句。

　　如此闲话几句，宫人们也进来伺候着预备晚膳了。

　　晚膳才过，皇后打发莲心回去歇息，自然是要她回去伺候"夫君"的意思。莲心在长春宫伺候了一天出来，累得腰酸背痛，一边走一边轻轻捶着，又想着法子，最好能避开了王钦。或者王钦就如前些日子一般在慎刑司忙个没日没夜，她才能不那么害怕。正想着，王钦哼着小曲得意扬扬地走过来，莲心与他迎面撞上，赶紧低下头避到一边。王钦伸出手一拦，满脸的肉随着笑都皱巴起来了。"躲什么呀？上哪儿了？"

　　莲心忍耐着，靠在红墙底下，尽量避着与他对视，将这一日的差事拣要紧的说了。王钦见她温顺，便更高兴："最近我忙着替皇上追查流言，顾不得你。等忙完了这一茬，便好好疼你。"

　　莲心又羞又气又恨，恨不得立时死了才好，口中推诿道："青天白日的，你别胡来！"

　　王钦张着嘴凑过来低笑："胡来什么？啊？娴妃我也扳得倒，别说你了！"

　　莲心听得不对，眼珠一转，勉强转过脸来，嗔道："你也是给皇上当差，皇上怜惜娴妃，你怎么扳倒？别胡吹了。"

　　莲心原是素脸儿，偶尔带着点喜色更美。王钦从未见过莲心这般嗔样，不觉半身都酥倒了："做奴才的哪能只有一个主子，慧小主一样疼我。对了，李玉那小子和我换了轮值，今儿晚上我不用当差，你等着我回来！把药也给我备好！"

莲心听得一个"药"字，一颗心沉沉跳了几下，许多可怕的记忆像碎片似的炸了出来。她恐惧道："你从哪里找来那些丸药？我看也没什么用，你可别再吃了。"

王钦嘻嘻地笑："怕我了？一颗两颗没用，我加倍吃就得了，看有没有用？就是每回吃着像喝醉酒似的，脑子发昏，也不清楚自己做了什么。"

莲心忙推他远些："你敢！我今儿去延禧宫有差事，一定不回来。延禧宫有娴妃在禁足，我看你也不敢去。"

王钦仗着在御前伺候，骄横惯了，哪里受得了她这般激，立刻虎着脸低喝："我自会去找你。"

莲心用力推开他，紧赶几步跑远了。王钦望着她窈窕的背影，得意地哼起了小曲儿："小寡妇今年二八……"

莲心跑到转角处，回头看了两眼，像是想定了什么，立刻转身，往养心殿方向跑去。

夜是深沉了。天际那么高远，黑沉沉地悬张着，月儿不知躲在了何处，星子也是模糊而寥寥的几点。王钦不敢打灯笼，沿着墙根儿摸出来。他像是喝醉了，脚步不稳，跌跌撞撞地冲了上来。起初，只是低低地呼唤："莲心，莲心……"眼看许久没有回应，他躁起来，扯了扯领口，宽了腰带，声音也大了些："莲心，看我不扒了你的……皮！嘻嘻，嫩肉细皮……"

莲心穿着暗蓝色的衣裙，在暗夜里并不明显。她闪身出来，试探着问："找我么？"

王钦看出她略略打扮过，发间多了几枚银珠和一对绢花，抹了唇脂，越发显得眉清目秀。王钦心头一阵热，伸手去拉她的手腕："你果然在这儿。今儿打扮得真俏，像贵妃似的。"

莲心伸出五指在他眼前晃了晃，看王钦神志模糊，便笑："我就是贵妃，可不是莲心，莲心有什么好的。你只听我的是不是？"

王钦有些怕："您别吓唬奴才了，您要奴才怎么娴妃，奴才都听您的。"

莲心咯咯一笑，轻俏跳开。王钦追上去，莲心一躲，闪在了昭华门后，王钦急了眼，晕乎乎地辨不清方向，跌跌撞撞着穿过昭华门，到了延禧宫外，向着眼前的美人追去。

晞月微含嘲讽笑意，被宫人簇拥立着，越发显得风姿绰约，弱不胜衣。

来延禧宫，总是有些收获的。譬如痛快，譬如把柄。所以，她喜欢来。就如小福子告诉她的，就是那人宣扬了鬼胎之事，才被她拿住了把柄。

如懿趴在架子上，慢慢描画着一朵海棠花的图样。海兰画了几笔桃花，终于耐不住性子丢下了笔。如懿看着自己画的海棠花很是欢喜："瞧瞧我这朵海棠花画得如何？"海兰看了几眼，那海棠红是红绿是绿，颜色分明，当真是花比人好，不似人活得冤屈憋闷，一团混沌。海兰便怨："画得再好又如何？不见天日的花朵，都是死的。"

如懿奇道："何来那么多抱怨？你大可自由出入。"

"我就是为姐姐抱怨。当日见过玫贵人孩子的只有几人，但姐姐以为，除此之外，再无旁人散布流言了？"

"要做一件事，总要有利可图。你猜会是谁？"

海兰看着绣架上缠绕一团的丝线，烦忧道："我猜不到，我只不喜欢贵妃总在延禧宫外头幸灾乐祸。"

如懿微微一笑，丝毫不以为意。二人寂静里相对，听着窗外风声簌簌，远远有笑语声传来，海兰叹道："延禧宫被禁足，永和宫人去楼空，只有景阳宫恩宠不断。风送宫嫔笑语和，大约只有咱们这里这样静，才能听得清楚吧。"

如懿淡淡一笑，手中千丝万缕穿梭不断："惢心，这些丝线都是煮过染上香气的，你明儿拿到太阳底下去晒过，务必要翻晒多次，等太阳落山后再拿进来煮，得煮好多次，我才能绣出带着香气的《百花春意图》呢。"

惢心答应着，又上来添了几支蜡烛，正静静相对，忽然外头喧哗声大起，夹杂着女人的尖叫声、宫人的呵斥声和太监含混的话语。

海兰立时警觉起来："姐姐，你听什么声音？"

惢心侧耳细听片刻，忽而一笑："仿佛是贵妃的声音。"

海兰怔了怔，立时站起身来，却又不知该不该去看看。

如懿淡淡笑道："海兰，你去外头看看，若是慧贵妃在咱们宫门前出了什么事，可就不好了。"

海兰连忙出去，吩咐守门的侍卫开了大门。如懿披上惢心送来的素色缠枝花灰鼠大氅，紧随在后。守在门前的侍卫看她出来，忙挡住了道："娴妃娘娘，您不能出延禧宫的大门。"

如懿含笑："放心！本宫只在这儿看着，绝不跨出这扇宫门半步。"

那些侍卫显是松了口气，躬身站到一旁。外头纷乱异常，有宫人侍卫的脚步声匆匆过来，显然是被方才的声响惊动了。数十盏宫灯将夜来的延禧宫门前照得煌煌如白日，晞月被宫女们簇拥着围在中间，一张莲瓣似的娇美面孔惊怒交加，失了往日的姣好颜色，显是受到了极大的惊吓。

太监侍卫们七手八脚地押着一个服制鲜艳的太监，将他整个脸按在了尘土之中。

晞月鬓发凌乱，云髻松散，几支白玉南红如意珠钗斜斜地坠在耳边，一副将堕未堕的样子。她的厉声呵斥底下有着难掩的震怒与惊恐，喝道："将这个不知死活的东西立刻拖到皇上跟前去，给本宫交代个清楚！"

如懿悄声问守门的侍卫道："这样乱糟糟的，究竟出了什么事？"

侍卫道："回娴妃娘娘，那人是王钦王公公，也不知是喝醉了酒还是怎么，方才贵妃带着宫人经过，他便发了狂似的冲上来，言行莽撞，惊扰了贵妃娘娘。"

海兰奇道："好好的，王钦怎会冒犯贵妃呢？"

侍卫道："奴才们奉命看守延禧宫，不能走开一步，所以只能干看着。不过王公公确是跟疯魔了似的，看见贵妃娘娘就扑了上去。"

这时，如懿见慧贵妃那边稍稍缓过神，便朗声道："贵妃安。"

海兰见如懿行礼，忙也跟着行礼。

晞月一手护住胸口，一壁恨恨道："是你？你怎么出来了？"

如懿含笑道："我可没有出来。只是听得外头喧哗，不意是贵妃在此，所以特意过来一看，贵妃没事吧？"

晞月恼恨道："本宫有事无事，不必你来关心。"

如懿含着谦恭的笑意，柔声道："此事出在延禧宫门前，我才出来看一眼。否则事不关己，我何必费心。"

晞月气得发怔，露出森森笑意："好！好！居然来看本宫这个热闹！本宫也很想知道，王钦突然在延禧宫外冒犯本宫，是不是有人指使！皇上呢？皇上啊！臣妾被人羞辱，可不能活了。"

二人正僵持着，却见不远处明黄一色御辇迤逦而来，双喜忙请了安上前道："回禀贵妃，皇上正在景阳宫中，奴才已经请了皇上过来了。"

御辇尚未停稳，晞月已满面是泪扑了上去，伏倒在地道："皇上，皇上，您要为臣妾做主。臣妾自侍奉皇上左右，从未受过这样的羞辱。皇上！"

皇帝的御辇堪堪停稳，见她这个样子，又是怜惜又是着急，便道："李玉，还不快扶贵妃起来。"

晞月犹自啼哭不已，如梨花一枝春带雨，皇帝微微蹙眉道："好了。那么多人在，你哭哭啼啼成什么样子。有话好好说便是。"

如懿领着海兰向皇帝请了安，便道："皇上万安。皇上，贵妃娘娘伤怀，王钦现在还满嘴胡话。依臣妾看，不管何事都不宜外扬，不如先拿水泼醒了王钦，再好好问话吧。"

皇帝有几日未见如懿了，此时见她披了一件素色大氅，盈盈站在风中，仿佛不盈一握的样子，口中倒是纹丝不错，句句入理，不由得关切道："王钦没惊着你吧？"

如懿盈盈道："臣妾无事，多谢皇上关怀。事出突然，为免张扬，皇上和贵妃若想问什么，不如先移驾延禧宫中。臣妾屏退众人，慢慢处置便是。"

皇帝见王钦被人按在地上，还在胡乱挣扎，口中哼唧作声，犹在喊着："放开我！谁敢拦我！不知死活的东西！连大总管也不认识！莲心！莲心！"

皇帝厌恶不已，使了个眼色，让李玉扇了王钦两个耳光，才携了如懿的手道："那朕就借你的延禧宫一用。"

如懿答了"是"，侧身让了皇帝与慧贵妃进内，蕊心与阿箬、三宝忙不迭地收拾干净了，又奉上茶水。

皇帝在正殿坐了，轻嗅几下道："如今还在冬月里，怎么你殿中有一股子花草清馨，闻着倒很舒坦。"

如懿淡淡笑道："臣妾闲来无事，所以配了些花草汁子，让皇上见笑了。"

皇帝颇为意外，扬了扬眉道："自请禁足，你心思倒还娴雅。"

如懿笑意清浅："皇上会还臣妾一个清白，臣妾只需安心等候便是，心思自然不能不娴雅。"

皇帝的目光清澈如许，深深看了她一眼道："你在朕身边，一同听一听。"

如懿含笑谢过，吩咐三宝道："看王钦的样子像是喝醉了，你拿冰水泼醒了他，立刻带进来回话吧。"

因事出突然，晞月又被惊扰而哭泣，皇帝也不欲多留人在殿中，只许晞月随身的侍女茉心、自己的贴身太监李玉在内伺候着。

晞月泪如雨下，呜呜咽咽地不肯再多说一个字。皇帝便道："你一见朕便说受了天大的羞辱，如今又不肯说话。叫朕怎么帮你？"

见晞月只是垂泪不已，茉心忍不住膝行上前道："方才小主经过延禧宫，想着娴妃娘娘禁足，心下不忍，所以到宫门前看看，也当尽了姐妹之情。谁知王钦从昭华门赶了过来，没头没脑地就往小主身上扑，嘴里还说着不干不净的话。"

晞月伸出衣袖泣道："王钦简直疯魔了，一上来就拉扯臣妾衣裳。皇上看臣妾袖口都被他扯破了。"

如懿诧异道："王钦今日不当值么？怎么从昭华门过来？"

李玉忙躬身道："回娴妃娘娘，今夜是王公公特意和奴才换了当值，所以他一早便回去歇息了。"

正说着，三宝和小福子拖了半醒半醉的王钦进来。王钦身上全湿透了，显然是被泼了一身冰水，看着比刚才清醒了许多，一张脸却是涨成了猪肝色。

如懿疑惑道："王钦素来对贵妃礼敬有加，这中间是不是有什么误会？"

皇帝厌弃地看了一眼道："看他这个样子，像是灌饱了黄汤发酒疯了！"

李玉忙凑上前闻了闻道："皇上，这气味不像是酒味儿，倒是甜甜的异香。"

王钦挣扎着起身，刚向皇帝磕了个头，转脸看见茉心跪在自己身边不远处，嘴角不由得淌下一丝晶亮的涎水，歪着身子向茉心扑去，伸手就要摸她的脸。

茉心大惊失色，也顾不得规矩，一下缩到了晞月身后，拼命尖叫道："小主救奴婢，小主救救奴婢！"

皇帝忍无可忍，怒喝道："王钦，你发什么疯！"

皇帝此言一出，李玉一把扯住了王钦，奈何王钦力气颇大，满嘴里哼哼着极力挣扎，看着茉心的眼睛像冒着红色的火焰，贪婪地一寸也不肯挪开。

如懿情急道："三宝，小福子，快把他拖到廊下按住，不许进来。"

晞月又惊又羞，悲从中来："皇上，方才王钦那个狗奴才就是这样看着臣妾扑过来，他……他……"

晞月哽咽着说不下去。皇帝的眼中尽是阴郁的怒火，灼灼即可燎原。李玉忙道："皇上，王公公这样子怕是什么都问不出来了。他今日既不当值，便是在自己屋子里，不如传他屋里的莲心来问一问，或许便知王公公的情形。"

皇帝鼻翼微张，额上的青筋急促地跳动着，极力压抑着怒气道："你去传莲心，再让进保传太医来，看看那个狗奴才到底发了什么癔症才这般胆大妄为！"

李玉躬身退下。如懿见晞月的绢子哭湿了，便将自己的解下递与她跟前，道："贵妃别恼，莲心和王钦所住的庑房就在附近，一会儿便到了。贵妃先擦擦眼泪吧。"

皇帝便在眼前，晞月见如懿一脸的似笑非笑，亦不好发作，只得恨恨接过了绢子撂在一边。

沉默等待的须臾，如懿示意阿箬送上茶水，晞月喝了一口，便皱眉道："凉丝丝的，什么怪味儿？"

如懿的笑意温婉而柔和："是薄荷蜂蜜茶，喝下去宁神静气，舒缓郁结。"

阿箬的茶正好递到皇帝手边，一时犹豫道："皇上要不要尝一尝，若是不喜欢，奴婢再换别的来。"

皇帝正气郁难解，随手接过道："不必麻烦了，娴妃的一番心意，朕喝这个就好。"他的手无意拂过阿箬的手背，阿箬面上一红，忙屈膝告退了。如懿正看着睎月，一时倒未察觉。茶过半盏，只听推门声近，李玉已带了莲心过来了："皇上，奴才才出宫门，就见莲心在寻王公公，奴才赶紧带了她来。另则齐太医也到了，正在给王公公搭脉，即刻便进来回禀。"

莲心一进来便心慌意乱地跪下了："皇上，贵妃娘娘，娴妃娘娘，王钦是不是发了疯冲撞了人了？"

睎月秀眉紧蹙："你这样问，便是知道王钦为何如此癫狂，是不是？"

莲心脸上红一阵白一阵，只是羞愧难当，低下头哭个不止。说话间齐汝已经看完了王钦进来。饶是齐汝在宫中多年，见惯了怪事，脸上也显了惊讶之色。

皇帝明白，立刻道："不必行礼，先告诉朕，王钦是什么毛病？"

齐汝失色："皇上，微臣已经给王公公搭过脉，他不是酒醉，而是服食了过多的阿肌苏丸所致。"

睎月微蹙着淡淡烟眉，疑道："阿肌苏丸是什么？"

太医满面惊惶，不知该不该答，却看皇帝与睎月、如懿皆是一脸疑惑，只得硬着头皮道："此物是坊间秘药，历来为宫中所禁，不知王公公是否从宫外得来……以蛇床子、川芎、淫羊藿所成……"

皇帝立时明白过来，不觉满面铁青，切齿道："大胆！"

睎月虽不如皇帝醒转得快，却也渐渐明白过来，不觉羞得满面通红，起身便踹了莲心一脚，恨恨道："王钦吃这种东西，你们俩必然是一伙的了。皇后娘娘好心赏赐你们成婚，你竟如此不知廉耻！"

莲心又羞又气，只是不敢言语。

李玉何等机警，忙回禀道："皇上，奴才为保万全，去找莲心时，也让人立刻去了王公公的庑房搜查。奴才便先到外头候着消息。"

皇帝点头，示意他带齐汝和茱心出去。

如懿温言道："莲心，这里已经没有外人了，你有话就说吧。"

莲心这才放心，整个人软在地上，呜呜咽咽道："皇上，皇后娘娘本是好心，希望奴婢终身有靠，才将奴婢配给了王钦做妻房。谁知王钦连畜生都不如，对奴婢肆意打骂凌辱！"

晞月一脸嫌恶，拿绢子挡着脸道："王钦这样不知好歹，你怎么不去告诉皇后，求皇后为你做主？"

莲心哀哀哭道："这样的事奴婢怎有脸对外人说去，更不敢辜负皇后娘娘恩典，污了皇后娘娘清听。且王钦还说，只要奴婢敢吐露半个字，他必定要让奴婢生不如死。"她说着便褪下衣衫，侧身露出肩膀与背心，只见上面满布牙印与指甲的掐痕，直至肌理深处，如被野兽挠抓，伤痕累累，惨不忍睹。

如懿忙取下自己的大氅替她披上，莲心哭得难以自抑："奴婢白日在皇后娘娘处当差，晚上还要受他如此折磨。光是这样打骂也罢了，后来王钦不知道从哪里搜罗来一些药丸，坚信服食长久之后便会有些男人的效力，每每他自己服食后便要无休无止地折磨奴婢。"莲心动了伤心，索性将嫁与王钦后的苦楚一一诉来。

众人越听越是惊骇，连晞月都呆住了。

如懿恨声骂道："王钦无耻，辜负皇上皇后恩典！"晞月连着骂了几句，又哭了起来。

皇帝越听越怒，眉心隐隐有暗火跳簌，道："那么今日，又是为何？"

莲心哭得差点哽住："今日王钦不当值，一回到庑房就开始服药。奴婢在窗外看见他这样，吓得不敢回去。王钦大约是药性发作又找不到奴婢，才发了狂跑出来。"

晞月气得满面紫涨："皇上，王钦可恶至极！您一定要为臣妾做主。"

已经一炷香时分，李玉领了小太监进忠进来。李玉垂手候在一旁，进忠则手捧一个黄杨木盒子站在李玉身侧。李玉听到此节，方才指着进忠手里的黄杨木盒子道："皇上，进忠方才去王公公房中搜查，搜到这一盒药丸。奴才不敢擅自处理，立刻捧来请皇上过目。"说罢，他亲自捧过盒子走到皇帝身边，只对着皇帝一人打开。

皇帝只看了一眼，便问："齐汝看过了么？"

李玉答："回皇上，齐太医看了，说就是阿肌苏丸。"

皇帝脸上的肌肉不自觉地搐起，和太阳穴突起的青筋一起，昭示着他发自心底的愤怒。李玉立刻盖上盒子，适时地添上一句："自从王公公成婚之后，总在奴才们面前吹嘘娶妻之事，原来就是凭这些污秽东西！"

晞月不忍再听，捂着耳朵跺足哭泣："皇上，请您蒙住王钦的嘴，不许他醒后说出污蔑臣妾的言语。臣妾也再不想在宫里看见这个贱奴。皇上，您得帮臣妾出了这口恶气，除了这份屈辱！"

皇帝略一沉思，面若寒霜，冷厉道："李玉，叫人拿麻核去塞住王钦的嘴，打断他一条腿，赶出宫去为乞丐。"

李玉答应着带了进忠出去了。

如懿神色沉静，略含了一分厌弃与嫌恶，视线与莲心对上时，露出了一分不动声色的笑容。莲心满眼感激，正要点头，视线一颤，在触碰到那盒阿肌苏丸时，露出了浓浓的畏惧、不甘与恨意。

晞月犹在呜咽不止："皇上……皇上……"

皇帝淡淡道："好了。朕已经处置了王钦，你也不必哭了。"

晞月委屈到了极处，精心描画的妆容哭得残了，露出多病之人才有的略黄的肌肤，红了双眼，十分可怜："皇上，那个贱奴便是杀了也不为过！只是打断一条腿，也太轻饶了他……"

莲心听了晞月的话，看向王钦被拖走的方向，暗暗沉思，似有决心。

第二章 三雕（上）

皇帝只是那样淡漠而疏离的口吻，挥了挥手："贵妃今夜也受了惊，先回去歇息吧。"

晞月还想要再说什么，见皇帝不理睬，只得依依告退。

如懿看着神色悲戚的莲心道："皇上，此事王钦有大罪，莲心却只是无辜受害。无论是谁被配给王钦，都逃不脱这样的命数。还请皇上看在莲心伺候皇后娘娘多年的分上，不要再责罚莲心。"

皇帝微微颔首："朕不会责怪莲心。"他的目光里有浅浅的哀悯，"莲心，朕今日便解了你与王钦的婚配。你若想出宫与家人团聚，朕也放你出去。"

如懿看向莲心，深深为她喜悦。

莲心似有后怕，勉强撑着笑容谢恩："奴婢离宫后，与家中弟妹无所依靠，日子也不好过。奴婢情愿留在长春宫伺候。"

皇帝略略讶异："你倒不怪皇后？"

莲心忙赔笑道："皇后娘娘哪里知道王钦是这样的人，奴婢不怪皇后娘娘。"

皇帝微微颔首，为她的得体和宽容而欣慰。

莲心含泪感激，对着皇帝深深三拜。

如懿悲悯地摇摇头："皇后娘娘也是好心，想让宫中的太监宫女彼此有个依靠。王钦本也不是个十恶不赦之人,只是为何别的太监从未有这样的事,偏王钦就有呢?想来是他成婚之后有了妻室,又感自身残缺,才平白生了这贪色污秽之心。依臣妾看,王钦固然罪不可赦,但宫中太监宫女配婚之风亦不可长。"

皇帝端过茶水慢慢啜了一口:"往后宫中禁绝此等之事。"

如懿送皇帝到了廊下,屈膝道:"臣妾身陷流言,乃禁足之身,不宜相送太远。在此恭送皇上了。"

莲心本跟在皇帝身后出去,听得这句,忍不住回头道:"娴妃娘娘所言,是关于玫贵人生子的流言么?"

如懿淡薄的笑意如绽在风里的颤颤梨花:"流言纷扰,本宫亦只能静待水落石出而已。"

莲心"扑通"一声跪下,伏下身爬到如懿脚边,忍不住痛哭道:"娴妃娘娘,请万万宽宥奴婢……奴婢的隐瞒之罪。"

如懿一脸疑惑:"你可曾向本宫隐瞒了什么?"

"奴婢知道玫贵人生子的流言的确不是娴妃娘娘传出,而是王钦那日了了差事后害怕,急着要折磨奴婢,就吃了药丸喝了黄汤,奴婢吓得跑出去,许久才敢回庑房,谁知见王钦醉后胡说,说的正是此事。奴婢害怕,不敢听多少便跑了,又深受王钦之苦,所以奴婢一直不敢说出来。请娘娘恕罪……"莲心说完便像捣米似的不停地磕头。

皇帝立时停住脚步,转身道:"是王钦?那为何宫人们都说最早是在延禧宫一带传出?"

莲心一脸诚挚:"延禧宫是王钦回庑房的必经之路,他那日喝醉了躺在延禧宫外的甬道边,奴婢找到他时他还在满嘴胡说呢。怕正是如此,旁人经过听见,才以为是延禧宫传出的流言。王钦醒来后知道自己胡言,怕皇上责罚,便先赖在了延禧宫赖在了娴妃娘娘身上。"

皇帝忙追问:"此话当真?"

莲心忙磕了头道:"奴婢不敢妄言。皇上圣裁,这件事知道的人不多,皇上皇后自然不会告知奴婢，奴婢与延禧宫也素无往来，若不是王钦胡说让奴婢知道，还有谁会说与奴婢听见？"

皇帝立刻伸手止住李玉："王钦嘴里的麻核，至死不能拿下，要他再也不能胡说。"

李玉忙问："皇上，不是杖责打断一条腿么？这至死是……"

皇帝唇齿间吐出的话语如尖锐的冰凌："召集满宫的内监入慎刑司，看着王钦挑断手筋脚筋，再'贴加官'①，看哪个不知死活的东西还敢秽乱后宫！"皇帝和缓些，又道，"你带人退下，朕今晚留在延禧宫。"

李玉答应着，忙忙去了。莲心也知趣退下。

皇帝目中的愧疚泛起于眼底的清澄之中，握住如懿的手："你这傻子，既然不是你，为何愿意把自己关在延禧宫里？"

如懿嫣然一笑，明眸中水波盈动，已微微含了几分清亮的泪意："流言来袭，臣妾避祸而已。而且臣妾相信，哪怕真到了所有人所有事都指着臣妾的那一日，皇上也会护着臣妾周全的。"

皇帝执着她的手，轻轻拥住她："你说的，便是朕想的。若真有那一日，朕也会护着你的周全。"

夜色如同幽暗海洋，一望无尽。浮云散去后，一轮新月愈发明亮起来，满天繁星更似一穹随手散开的碎钻，天上的星月光辉与琼楼玉苑内的灯光交织相映，仿佛是彼此的倒影。璀璨夺目，迷乱人眼。月华洒在皇帝的赭褐色织锦龙袍上，慢慢生出一圈朦胧的光晕来。

如懿伏在皇帝胸前，看着廊下风声萧瑟，吹动枝影委地，露出了一丝如愿以偿的微笑来。

莲心走出延禧宫，回身望去，那宫门前一对大红灯笼燃得格外明艳灼灼。夜风冷冷扑在脸上，一颗腾腾跳得要跃出嗓子眼的心，才渐渐安定下来。回

---

① 贴加官：一种酷刑。

忆在延禧宫外格外清晰地涌现出来。上一回，就是玫贵人失子的那夜吧。她在庑房里收拾，不知为何王钦闯回来，人像丢了魂似的，犹在害怕，手也发抖。回来二话不说就找出药丸来吃，他大约是想镇定下来，又灌了两口老酒，就满屋子找棍子要打莲心。莲心知道这药丸一吃，便有力气要泄火，偏王钦什么都做不了，就对她又打又掐又咬地折腾。这一日喝了酒，那药性发得更厉害，简直如大醉一般昏聩。莲心趁机逃了出来，待找到王钦时，已是半夜了。王钦醉倒在延禧宫门外低声嘟囔着什么，已经没了力气。她悄悄走近，分明听他嘀咕着什么"鬼胎，玫贵人生了鬼胎"，莲心吓得捂住了嘴，也不敢管他，立刻跑了回去。后来王钦怎么回来的，她也不敢过问。

皇帝要赶王钦出宫的那一瞬间，简直如同新生。她终于可以逃脱他的控制和凌辱了。这半年来的生不如死，这私下与李玉传递消息的紧张不安，这一刻都可以松弛下来了。倒是贵妃的哭诉提醒了她，王钦并没有死啊，只是断了一条腿，只是被赶出宫，若他还有可利用之处，立刻会被人捞起来，他又换个地方作威作福。万一，他出了宫为难自己的弟弟和妹妹呢？他们尚未成人，富察氏母族又知道他们的住处安排着生活，王钦想要知道易如反掌……莲心简直不敢想下去，要他死，务必要他死，那么散播流言、诬陷主子，便是最好的必死无疑的罪名。

她这样想着，心头稍稍轻快了些。

晞月回到咸福宫中，气恨难平，又怨皇帝不曾好言安慰，索性由着性子哭了一场，才净面匀脸，更衣梳妆，收拾了半日方觉得安稳些。事儿过去，像噩梦似的，她才有工夫去回想，带来消息的是她心腹太监双喜，说了皇帝要处死王钦之事，才稍稍解恨，叱道："王钦敢欺负本宫，这种狗奴才一定得死！"这一夜事儿纷杂，安神汤喝下去全然无用，晞月躺着，睁着双眼，脑中盘算着王钦会不会说出什么。

茉心知她不安，忙劝慰道："小主别生气，皇上疼您，本留王钦性命，后来还不是赏了王钦'贴加官'，嘴里塞的麻核也至死不让拿下来。进慎刑司指证娴妃的奴才都是他安排的,只要他死了,就什么都不关您的事了。"

死是必须死干净的,绝不能胡乱攀扯了自己。

茉心打开博山炉,焚了一把安息香,那清甜柔和的气味弥散开来,晞月才觉得心中安宁了几分。

那日是怎么了呢?真像是鬼迷了心窍。守夜的小福子听得王钦醉在延禧宫外胡说嘟囔,好奇去听了一耳朵,次日清晨便来回禀给茉心。那夜那个孩子晞月误打误撞见过,惊怕得一夜没睡安稳,又听得这个消息,正愁要不到永璜来抚养,立刻便想到主意,召了王钦要挟,让他为自己办事。没想到王钦这般软骨,一听就吓坏了。王钦为了自己脱罪,也为晞月出气,还能争回大阿哥,便遂了晞月的安排,找人暗中散布谣言,矛头直指如懿。

茉心继续安慰:"还有呢,明儿满宫的太监都去观刑了,定会有咱们的人想法子堵着他的嘴不许他说话的。"

晞月点点头,嘱咐了要茉心传话出去,让父亲看好王钦的家里人。茉心答应着,伺候她重新睡下。晞月倒在枕上窸窸窣窣了一夜,辗转反侧,到底也没有睡好。

睁开眼时天色尚未全明,那清冷的蓝色与霜白无边无际地拖曳开去,叫人身上寒浸浸的,大约,会是个阴天吧。

皇后早起便见玉妍来伺候梳洗,也有些诧异,言谈间才知道昨夜的一场大闹,皇后便不悦,看着青丝髻间一支镏金凤口含珠簪,想起是贵妃所献,便拔了搁下,开口责怪贵妃无事生非,非要立到延禧宫前头去看娴妃的笑话,才被王钦撞上。

玉妍赔笑站着,殷勤替皇后选了一朵浅色绢花簪好,又择了一朵烧蓝蝶翅嵌碧玺珠花压鬓,笑道:"也难怪皇上生气,疏远贵妃。谁要抬头一见爱妾被阉人欺辱,衣散鬓乱,心中定要恼恨。何况又是贵妃自己送上去惹出来的烦恼。皇后娘娘有所不知,其实皇上恼贵妃的,未必只有这一桩呢。"

皇后一怔,旋即有些明白,玫贵人生子的流言,多半是贵妃那儿传出去的。

王钦一向巴结贵妃，难保不说与她知。而贵妃这般诬陷娴妃，还是意在争夺庶长子抚养。可知贵妃亦有二心。"

皇后心思这般起伏，口中却只淡淡的："不过不管怎么说，贵妃总是与娴妃为敌，也不算坏事。"

玉妍将昨夜打听所知都说与了皇后，便也离开。

皇后见玉妍出去，不觉喟然："王钦可恶至极，还白白害惨了莲心。本宫想想，真是对不住莲心。"

素练叹惋不已，深感莲心没能笼络住王钦，白白丢了一颗好棋，如今皇帝跟前的是李玉，便更难探知皇帝心意了。皇后如何不懂素练的意思，无非是不愿让莲心出宫，怕她将自己嘱咐探知皇帝心意一事说出去，白白惹得夫妻离心。

素练又道："奴婢原想，就算莲心要出宫，拿了她弟妹在手，她也不敢胡说。反正如今她弟妹都是咱们富察氏的人照顾着。"

皇后连连摆手："罢了。莲心愿意留下就好，别做这些伤阴骘的事了。"素练犹豫片刻，还是满口答应了去传话，又出主意，只让莲心在殿外伺候，免得皇后看见心酸。

二人闲言几句，却不防一早想来伺候的莲心缩在门外，悄悄掩身离开了。宫中太监都不在，全去了慎刑司候着观刑。

王钦被五花大绑在一条陈旧的长条凳上，那凳子正好是一个人宽，用的年头久了，木凳的沟壑里都积着洗不干净的暗紫的血。王钦的手腕和脚腕上渗着鲜血，被胡乱绕了两圈白布。他嘴里塞着一个麻核，两眼惊恐地睁大。一大群太监围着他，所有人鸦雀无声。

王钦极力哼哼了两声。李玉取下他嘴里的麻核，做出无比恭敬的姿态，问："王副总管，您还想教训什么？咱们都听着。"

王钦冷冷地扫视众人，忽然含了一丝得意，抖着嗓子尖叫起来："好歹我睡了一个女人，你们都不配！也别想！"

众人哄笑起来，有几个年老的笑出了眼泪，渐次呜咽起来。李玉给他口中塞上麻核，笑得打颤："你睡了莲心？你能睡她什么？别招人笑话了！"

李玉正色，年轻的面庞已经带了威严，看着众人："咱们没有子孙后代让人瞧不起，但也不能坏了自己的名声，作践人家姑娘，做了奴才还欺负底下的奴才。本来这辈子就不成人了，积点儿德吧。"

进忠一脸乖巧，低声赔笑道："可是……李公公……前明就有对食的老例，也有太监娶妻的……"

"对食是什么？也讲究个你情我愿，彼此安慰孤苦。娶妻就更别说，那得疼惜对方。而且如今是大清朝，不像前明，宫女一辈子出不去，只能和太监对食。如今啊，大清的宫女是满人多，地位高，过了二十五大多可以出宫，不像咱们太监，都是汉人，一辈子在这儿挨苦，谁要嫁给我们。这回皇后格外恩典，许了配婚。可王钦不知福，有两条大错处：第一，自个儿是太监，还作践咱们底下的太监。第二，自个儿是太监，作践欺负人家姑娘，累得咱们后来的人要找个宫女儿唠嗑说话都不成了。"

他的话点燃了众太监的义愤，连最后一抹同情也没了，纷纷骂着"作死！""该下十八层地狱！""下辈子投胎也做被人骗了的驴！"

李玉示意众人静声，又道："王公公，你自己作死，诬赖娴妃娘娘，凌辱莲心，调戏贵妃，谁也救不得你！"

王钦大惧，扯着嗓子争辩："不！不！谁要调戏贵妃……娴妃也不是我要诬赖的！"

李玉立刻警觉，一把抓住他领子："那是谁？谁指使的你？"

王钦痛得快死过去，这样绑着被李玉一拎，简直透不过气来，却也不敢再说话。

小福子是延禧宫的人，头一个跳出来骂着："王公公，你得罪的可是皇上、皇后、贵妃和娴妃，只有死路一条！"

王钦见是小福子，越发垂下了眼皮，根本不敢看他，丧气得像一只待宰的公鸡："没人……指使，是我该死！"

小林子见机，立刻挤上前端上桑皮纸和一壶酒，殷勤道："皇上赏王钦'贴加官'，就是给咱们提个醒，别人五人六的，忘了自己的本分。李公公，时候不早了，咱们还得回去伺候主子们呢。"

　　李玉点点头，掀起一张桑皮纸对着光照了照道："这是桑皮纸，绵韧坚实最能吸水。一共七张，贴完了您也上路了。"他打开酒壶一闻，"这是烧刀子，死了也让您过过酒瘾。"

　　王钦惊恐地睁大了眼睛，拼命挣扎却哪里能动弹，反倒手脚的四个伤口上，不断地滴下血来。他死命地哼唧着，脸涨得血红。

　　小张子道："王公公，您的手筋脚筋都断了，使不上力了。今儿也劳您让我们大伙儿看看，什么叫'贴加官'。"

　　行刑的是个在慎刑司当差多年的老太监，人都瘦得只有一张皮了，手脚却极利索。他拿起一张桑皮纸盖在王钦脸上，嘴里含着一口烧刀子，使劲喷出一阵细雾，桑皮纸发软贴服在脸上，王钦在纸下大口喘息着。老太监如法炮制后六张纸，很快，王钦便停止了呼吸。

　　几个胆小的太监早就吓得尿了裤子，其他人也低头不敢正视。李玉见众人受了警醒，便打发了他们，只自己留下与老太监善后，打算让人拖出去埋了。

　　正忙活着，却见幽暗室内裙裾一闪，却是莲心进来。她不言语，只漠然盯着老太监收拾王钦的尸身，眼中唯剩了解脱后的一点轻松。

　　李玉忙赶过来劝她出去："刑房腌臜，你一个女子，不要来。"

　　莲心衔着一缕快意，她是非要来不可的："害我的人死了，我看着痛快。"

　　李玉无比怜悯，劝道："王钦都死了，你该出宫才是。"

　　莲心脸上的快意短暂停留，便消失得无影无踪，只剩了痛苦与畏惧之色。她默然半日，才艰难地道："你以为我能出宫？皇后娘娘才不许我离了她，她怕我说出她的阴私。我要出宫，连我的弟妹都会受她的要挟。而且我被王钦打坏了身子，也吓怕了，再嫁不了人。还不如留在这里，换皇后娘娘的安心，更换我弟妹的安稳。"

　　李玉同情地叹了口气，再也说不出安慰的话来。

如懿的禁足解了之后，渐渐有了一枝独秀的势头。王钦冒犯慧贵妃被处死后，皇帝不只少去咸福宫，连皇后宫中也甚少踏足了，自然多少也是怪着皇后为莲心许婚王钦才惹出的事来。

这一日如懿正坐在养性斋窗下，看着御花园中日色晴明如金，迎春一丛丛开得碧绿洒金如涛重叠，不觉笑道："春天来得真快，这么快桃枝上都有花骨朵儿了。"

蕊心笑得娇俏："可不是？人人都说春色只在延禧宫呢。若要放宽了说，景阳宫也是。所以人人都指望着东六宫的恩宠呢。"

如懿微笑盈然："贵妃是聪明反被聪明误。"

莲心低头剥着手指甲，慢慢道："贵妃也是自己耐不住，非要每日经过延禧宫前看笑话。本来奴婢还想着，是皇后娘娘许婚对食的，这样的事落在皇后身上，叫她身受惊吓，才算解恨。"

"皇后最重体面规矩，断然不会将玫贵人孩子的事说出去。而王钦那么快就找到所谓的人证构陷于我，加上那夜的事他也在场，所以他嫌疑最深。可王钦自己没那么大本事找来这许多证人与我作对，定是谁在背后指使。而指使之人，自然是因利而动，又与我有怨的。"

蕊心抿着嘴，藏不住笑意似的："是了。您一出事，贵妃娘娘就想带走大阿哥抚养，大阿哥都去了。"

如懿笑着摇摇头："贵妃三番五次跟皇上请求抚养永璜，结果永璜却跟着我。能让我因玫贵人之子受责难，惹了皇上和皇后的厌恶，又能带走永璜，这样两重好处，最像贵妃的心思。到贵妃真的站了出来，日日在我们门前幸灾乐祸，我心里就很有数了。"

莲心会意一笑，低低道："王钦吹嘘自己扳倒了您，又说不能只有一个主子，慧小主一样疼他，奴婢就再清楚不过了，立即想法子告诉李玉。恰好李玉从慎刑司那边查出了马脚，又被王钦换了当值的时辰，和奴婢一起议定了除掉王钦的法子。娴妃娘娘没有猜错人，定是贵妃勾结王钦散布流言，构陷于您。"

如懿冷冷道："既然贵妃要借王钦的手诬陷我，我便借贵妃的手除了王钦。

更让他自曝其短，让皇上知晓他的丑事。更有你明证是王钦走漏风声构陷本宫，才解了本宫的困局，断了你的痛事，绝了宫中对食之事。"

王钦虽死，莲心恨意却未绝，所以提起此事才有那分快意和感激。

惢心低眉颔首微笑："如今既拉下了贵妃和王钦，救了莲心，还雪了您的冤屈，一箭三雕。不过当时奴婢真怕莲心和李玉不能做成此事，又怕万一贵妃再进谗言，冤定了流言因娘娘您而起，皇上想要保全您也难。"

如懿的面庞被金灿灿的阳光映照，显得无比灿烂，描得细细的黛眉飞扬如舒展的翅："我就赌一把我所认定之人总会有所疏漏，也定是耐不住性子的。只要促一促他们的性子，就可能露出马脚。此时我留在延禧宫，我若出事必然是他们所害，他们有事却一定与我无关。莲心，此番之事你终于得偿所愿，往后也可轻松些了。"

莲心的笑容凝在唇角，似乎遭遇了霜冻未能开放的花朵："什么叫得偿所愿？我只盼自己留在宫中伺候，让皇后娘娘觉得我还算忠心，能让她母家之人善待我弟弟和妹妹。"

如懿纤细的手指微微一挑，拨好她被冷汗濡湿的头发。这个可怜的女子，父母早亡，姻缘不谐，余生唯一的牵挂不过是年幼的弟妹能够平安而已。为此，她就要以一生为献，填在这深宫红墙之中。

自从晞月受了皇帝冷落，心中不畅，五次三番在养心殿外等候，都被皇帝以忙于国事为辞，不肯见她。李玉亦是一次次笑脸相迎，又赔笑替皇帝婉拒。晞月看着李玉的笑脸就气不打一处来，奈何他不似王钦可以笼络威吓，几次闭门羹吃下来，晞月便换了法子，让双喜递话到皇帝跟前，只说自己抱病不适，结果皇帝只派了齐汝来医治，又传话吩咐晞月好生养息，人却一趟都没有过来。

晞月饱受王钦羞辱，着实委屈，又惹得皇帝怨上了自己。可偏偏要说怨，皇帝也照样派齐汝给她医治，延医请药，半分没有不理会的意思。晞月满腹气怨不得发作，也觉黯然。虽然皇帝也怪皇后让莲心与王钦配婚才惹出这些风波，可到底有儿女在，夫妻总能情睦。不像自己，只不过想要抚养大阿哥有个依靠，却最后连皇帝的恩宠也失了。

睎月满心忧烦："就算是本宫看到了玫贵人的龙胎，拉拢王钦散布流言栽在娴妃身上又怎么了。本宫又没想伤谁的性命，不过想抚养大阿哥有个依靠罢了。本宫就是不服气大阿哥跟着娴妃。有个孩子，哪怕将来本宫和阿玛都失了皇上的欢心，看在孩子分上，皇上也不会这般不理本宫。"

茉心百般宽慰，又拿高斌在朝堂上得重用之事再三来说，睎月脸色才和缓些，想着若父亲在皇帝面前关切自己，皇帝一定心软。当下便研墨提笔，写信让父亲为自己求情。太后知道了此事，那是齐汝说起为皇帝请脉时，察觉皇帝脉象略显细数急促，有动怒之事。太后一问，便知了高斌为女儿求情之事，惊愕之下不觉骇笑失色。

福珈笑着摇头："高大人愿意这么做，可见也不聪明。这次倒是娴妃，赢得很漂亮。"

太后冷笑一声，又拿银簪子调着鸟儿取乐："娴妃倒是越来越有本事了。"

如此，太后也不多评论，问了几句贵妃用药医治之事，便也罢了。

到了晚间时分，皇帝问过了永璜的功课，才知道如懿自请禁足之时，睎月认定了如懿有罪，竟私自要求永璜跟着她去。皇帝这一下是气得狠了，又想起睎月父女内外勾结，名为求情实则邀功，实在用心太过，到了夜间连绿头牌也不肯翻，只躲在御书房看折子。

如此良夜，春风煦暖，实在也是浪费大好时光。皇帝看着折子上的字，盯得久了，那字像长了翅膀的飞虫，扑棱棱地，晃得眼前模糊一团。他轻嗅，才觉有香风细细，萦绕鼻端，举眸处，一个丽人清淡姿容，素衣翩跹，笑盈盈落在他跟前。

皇帝见她面容便有忘忧之情。那女子顾盼生色，笑意旖旎："听说皇上晚膳进得不香，臣妾炖了人参鸡汤，细细撇了油，皇上尝尝。"她见皇帝并无太大胃口，便顺手搁下，替皇帝轻轻揉着太阳穴，"知道皇上心烦，可有什么烦心事儿是您解不了的。"她的口气愈柔，几能蚀骨，那指尖的温软徐徐滑到耳垂后面:"天下那么多难事儿您都能谈笑间解决,何况区区后宫之事。"

她的手指轻轻地拂过皇帝的喉结:"有些人,喜欢就见,不喜欢丢开就是了。"

她的嗓音似有解忧之能。皇帝心头一阵轻漾,反手上去握住了她滑若无骨的手:"玉妍,你知道朕丢不开你。"

玉妍俯下身,滑腻柔白的脸颊贴在皇帝脸上,那股唇齿间的香风在他耳畔一阵暖似一阵。

皇帝微微一笑:"晚上留在养心殿吧。"

玉妍顺势一倾,滑在了皇帝怀中。

晞月左盼右盼,知道父亲递了折子上去,皇帝必有所动。谁知等了一日又一日,等来的却是皇帝陪伴如懿下棋、弹琴、听昆曲,或是与玉妍同赏轻歌曼舞的消息,却连皇帝的人影也不见。春光旖旎如清酒,蘸着碧绿天地,芳菲花艳,中人欲醉。而正当韶华的晞月,却成了细微的上弦月影,春风里无人问津的花朵。朱红长廊九转依旧,那人不来,唯余她与寂寞形影相吊。

茉心出来,将一件墨色弹花披风披在她身上:"小主,听说御花园的桃花都开了,奴婢陪您去赏花吧。"

晞月摇摇头,这么多年春风得意,从未想过自己会在这样嫣然的春日备受冷落。得意惯了的人最难忍失落。皇帝不在,什么花儿都失了色。她想起皇帝的不闻不问,不觉心酸。

茉心无奈,好言好语道:"老大人到底是外臣,许多话不便对着皇上说破。小主还得自己拿主意才是。说来老大人的荣华,也都指望着您哪。"

从前总觉得皇恩来得轻易,如今始知这鲜花着锦的光鲜难留。晞月叹了口气,落下泪来:"本宫不能养着大阿哥,自己也没能遇喜,偏仪贵人有了。本宫还能指望什么呢?或许本宫只能指望她们一个个生的孩子都不讨喜欢,只有本宫生出皇上最爱的孩子。还是她们都别生了,就等着本宫来生这个贵子呢?"

晞月的神色带着从未有过的疯狂和伤心。茉心低下头,退到一旁,再不敢劝了。

第三章 三雁（下）

这一日皇帝与皇后携了六宫嫔妃往太后处请安，唯有晞月称病，未曾到来。太后也不过问，只着意安慰了仪贵人一番，便命福珈从里头端了一个垫着大红绣绒的红木漆盘来，上面安放着一枚麒麟送子金锁，捧到仪贵人身前道："《诗经》有云：'麟之趾，振振公子。'①哀家就送一枚麒麟金锁给你，希望你早日为皇上添一位阿哥才是。"

仪贵人喜不自胜，忙起身谢过。

皇帝亦颇喜悦，道："麒麟，含信怀义，步中规矩，彬彬然动则有容仪，更是送子的神兽。皇额娘的礼物，实在是心意独到。"

玉妍笑着抚了抚领口的翠玉流苏佩："太后的心意仪贵人必然是心领了。其实阿哥公主又何妨，只要母子平安，不要像玫贵人一般福薄就是了。"

太后伸手拨着手边几案上新开的簇簇迎春，金英翠萼，枝条舒曼，已带早春蓬勃的气息。太后唇边的微笑亦是这般乍暖还寒："皇后一向不喜奢华，哀家看这些嫔妃们所用的首饰也是银器镏金为多。哀家赐仪贵人赤金的麒麟

---

① 出自《国风·周南·麟之趾》，全文为："麟之趾，振振公子，于嗟麟兮。麟之定，振振公姓，于嗟麟兮。麟之角，振振公族，于嗟麟兮！"这是一首赞美诸侯公子的诗。

锁，皇后不会嫌哀家老糊涂了吧。"

皇后忙起身恭谨道："皇额娘一片心意，儿臣怎敢这样想呢。何况仪贵人遇喜，皇额娘爱护仪贵人，等同是爱护臣妾。"

太后微微一笑："宫中祥和平安，才是中宫有德。上回对食之事惹了不少风波，连皇帝身边的王钦都赐死了。"

皇帝少来中宫，显然为此事不豫，久而久之，也成了皇后的一块心病。听得太后如此说，皇后的笑容便有些展不开，歉然道："皇额娘责备得是。儿臣本是好心，不想却生出宫闱祸事，儿臣无地自容。"

太后和颜悦色，却将道理教诲付与笑谈中："皇后，你虽然是好心，却也要知道，凡事不可伤了天和。哀家数次叮嘱你，中宫以养育皇嗣为要，你舍本逐末，实在不该。"

皇后哪里还坐得住，立刻就站起来恭谨行礼："儿臣知错。"

太后含着笑，慢慢啜饮着一口微苦清茶，到底是皇帝看不下去，轻轻在皇后手臂上一托，皇后心中一暖，几乎要落下泪来。

玉妍满面含笑，喜气洋洋，那模样让人不忍拒绝："启禀太后：皇后娘娘为使后宫多有子嗣，让太医院多多熬制了坐胎药每日送到各宫，臣妾等领受恩惠，感激皇后娘娘慈心。"

她这一说，仪贵人等人也纷纷附和，殿中气氛才缓和了许多。连皇帝亦对玉妍轻轻颔首。

太后的赤金嵌米珠烧蓝护甲漾起明锐的一点光，转首向皇帝道："那也罢了。皇帝，前几日是二月初二龙抬头的日子，哀家命人夜观天象祈求祥瑞。不知钦天监可将结果对皇帝说了？"

皇帝漾起几分欢悦之色："钦天监说天象祥和，尤其指北天女宿星尾带小星，连续数月格外明亮，乃是指后宫女子怀有大贵之胎。儿子心里也十分安慰。"

太后笑吟吟道："女宿星本来形如蝙蝠，主福兆多吉。而后宫女子怀有身孕的，只有仪贵人而已。看来这一胎确是大福之相。"

这样说来，仪贵人更是喜不自胜。玉妍不屑地撇了撇嘴，绿筠忙撞了撞她的手臂,玉妍才勉强露了个笑脸。

太后接着道:"如此,宫中更不能有白事冲撞了。"

皇帝面色微微一沉,旋即明白,亦带了笑容:"儿子明白皇额娘所言,玫贵人安心静养就是。"

皇后也是一脸欣慰:"如此,臣妾就要向太后和皇上求个恩典了。仪贵人伺候皇上多年,她的位分也该升一升。"

皇帝爽朗笑道:"等仪贵人生育之后,无论男女,朕一定会给她嫔位,居景阳宫主位,如何?"

太后含笑道:"如此甚好。哀家也希望后宫嫔妃能多有生养,为皇家开枝散叶才好。"

玉妍淡淡瞟了眼仪贵人,很快微笑如常:"皇后娘娘,臣妾看仪贵人遇喜,但她住的景阳宫许久没粉刷了,暗沉沉的也不宜养胎。若是修饰一新,仪贵人住着也舒坦。"

太后看向皇后,也有征询之意:"皇后一向俭约,修饰景阳宫,多少也是一份开支。"

皇后哪里肯在遇喜的嫔妃身上节俭用度,忙道:"仪贵人遇喜,臣妾应当加倍照顾。景阳宫一定会细心装点,让仪贵人好好养胎。"

太后点头赞了两句。皇帝便道:"皇额娘,娴妃可协理六宫,一并照料仪贵人。"

如懿闻言,颇为惊讶:"臣妾?"

太后也颇意外,她看向皇后,将她面上一闪而过的不悦尽收眼底,心中微哂。

皇帝颇为赞许:"娴妃将永璜教养得很好,可见会照顾人。"

皇后思量片刻,含笑温和:"皇上,娴妃之上还有贵妃,撇开贵妃让娴妃协理六宫,怕贵妃心里不好受。到底贵妃的阿玛对朝廷也出力不少,贵妃也比娴妃年长些。"

外头阳光朗然照在皇帝俊逸面庞上,几乎让人瞧不清他唇角些微的阴郁:

"朕宠爱一个人，难道只是凭她家世出身？而且行事稳重并非只在年纪长幼，贵妃体弱多病，今日不也不能来么。待她养好身子再说。娴妃虽然会为你分担，但她对后宫之事并不娴熟，你多指点她些。"

皇后见如此，如何还敢多言，众人各怀心事寒暄几句，太后又格外叮嘱了仪贵人保胎事宜，便也散了。

才出慈宁宫仪门，皇帝便低低向如懿道："昨儿江南进贡了些好茶来，朕都赐予你了。趁现在得闲，不如你烹茶给朕品尝，如何？"

如懿低眉浅笑："臣妾倒不怕皇上不来品茶，只是您已经好些日子没去长春宫了。前几日是二月初一，您本该在皇后宫中过夜的，却也只是去略坐了坐就回了。"

皇帝正要说话，只听皇后疾步上来，请了安道："皇上万安。"

如懿知趣，赶紧告退。

皇帝笑容一敛，淡淡道："春寒料峭，皇后早些回宫歇息吧。"

皇后颇有伤心之色，踌躇片刻，还是道："皇上。臣妾愚昧，不知皇上是不是因为莲心受王钦凌虐之事怪责臣妾？"

莲心跟在皇后身边，忙跪下道："皇上圣明，奴婢受这些苦楚是自己命薄罢了。王钦出事之后皇后娘娘才知道奴婢吃的苦，十分怜惜自责，奴婢感激不尽。所以王钦的事实属奴婢自己命苦，不干皇后娘娘的事啊！"

莲心的话让皇帝看向皇后的神色多了一丝暖意："朕只是由王钦之事想到对食之风的种种劣处，所以心下不喜。皇后不必多虑。"

皇后甚是不安："皇上，臣妾一开始也不过是好心，怜悯宫人孤苦，但却未能知人善察。莲心在臣妾身边多年，臣妾一时失察，不仅连累莲心吃尽苦头，而且宫中歪风也由此而起。这是臣妾的过失，臣妾会面壁思过，再三自省。"

皇后站在风口，穿道而过的冷风拂乱了她梳得一丝不乱的精致华髻，几缕墨色青丝拂上她没有血色的面庞，仿若一朵凋零在初秋的冷荷。

皇帝将她吹乱的一缕银丝流苏整理好，温和道："皇后，朕知道你没有坏心，只是许多事，无谓多此一举。你是朕的嫡妻，朕对你爱重逾常，可你也不能有不足之处,让皇额娘挑剔,也让六宫不宁。"

皇后躬身福了一福,将眼中微冷的泪光转成自持的冷静:"臣妾明白,臣妾知错。"她屈膝下去,"那么,臣妾恭送皇上了。"

皇帝点点头,转身离去。

素练扶住皇后,看看莲心欲言又止,忙打发了她去撷芳殿办差。皇后面色如玉,低声道:"皇额娘连娴妃协理六宫都允了,本宫实在猜不透。"

素练转头看了看花木葱茏的慈宁宫:"奴婢好好打点着成翰,若有什么要紧事,他一定会知会奴婢的。"

皇后点点头,又叹息:"皇额娘当众这样给本宫没脸,唉,也是本宫自己不好。"

素练不能多劝,只好道:"天下难有亲热的婆媳,教您受委屈了。"

皇后凝神望着远处,被众人簇拥的仪贵人小心翼翼上了软轿,含了一缕期盼之色。

到了黄昏时分,皇后理出几本《孝经》来,让人分送永璜与永琏处,要他们细读,明白孝敬之道。又让莲心寻了一盒十香灵芝丸出来,送去给仪贵人安胎。皇后对仪贵人如此关怀,又常召了太医询问胎象,素练便有些好奇。

皇后道:"本宫想着,等仪贵人的孩子生下来,还是本宫养在膝下的好。"

素练从不知皇后有此等打算,不觉惊讶:"娘娘,仪贵人只是您的侍女出身。您这么做,她腹中的孩子来日就有半个嫡出的身份,您太抬举仪贵人了。"

皇后拔下发髻上的素银簪子,小心地挑了烛芯,烛火旋即明亮起来,照得她的圆润面庞有了温柔神色:"如今娴妃协理六宫,又那么得宠,一枝独秀也不是好事。玫贵人福薄,若仪贵人生下皇子,那可是皇上登基后的第一个皇子,是个贵子,本宫亲自抚养他长大,来日永琏也多个臂膀。"

素练迟疑着道:"但……是男是女还未可知。"

皇后甚是期盼:"自然是要皇子才好。怀着身孕千难万险的,要仪贵人好好保胎才是。"二人正说着话,却见和敬公主缓缓蹭进来。

皇后见了女儿,自然亲热,招手道:"来就来了,怎么这样磨蹭走路?"

和敬年少，哪里懂得掩饰，一脸的难过："额娘，儿臣是个女孩儿，是不是很没用，帮不了额娘您，也帮不了二哥？"

皇后一怔，酸楚得心都疼了，与素练面面相觑，都不知从何答起。和敬很是沮丧，站在皇后跟前，也不靠近。正巧赵一泰进来，禀报了娴妃来请安，皇后便没有脸色。

素练也没好气："皇上才赏了娴妃协理六宫之权，她便上赶着炫耀来了。"

皇后不知如何安慰女儿，便打发素练将皇帝登基至今后宫的账本并先帝年间的旧账都送去延禧宫，让娴妃好好看熟了账本。

素练会意一笑："这些账本有得娴妃娘娘看的，若是她看不明白，谁也说不得什么。"

皇后叹了口气，揽住和敬："额娘是中宫，娴妃协理六宫，你便看得到她是何等地位。额娘自然盼着多一个贵子为养子，扶持你二哥，也好帮衬你。你是公主，比不得男儿能闯出一番天地，额娘只盼你在宫里安安乐乐长大就好。"

和敬依偎在皇后怀中，似懂非懂地点了点头。

次日永琏写了好字，得了师傅褒奖，小儿家自豪，一脸骄傲带回长春宫给皇后过目。皇后看爱子如此聪慧，自然喜不自胜，想了想，便留下字幅，亲自往养心殿去。果然皇帝看唯一的嫡子进益，欣慰之至，帝后二人在爱子的读书事上最有话说，一来二去，又说起永琏小时候种种可爱之处，便有些龃龉，也缓和了许多。

皇帝看着那幅字爱不释手，一一念道："父兮生我，母兮鞠我。拊我畜我，长我育我。顾我复我，出入腹我。欲报之德，昊天罔极。"

皇后笑着，指了那字道："永琏常说父母恩深，不敢轻忘。臣妾想起永琏幼时承欢于皇上与臣妾膝下，我们三人总是高高兴兴的。"

这句话，分明是有些伤感的。皇帝多少有些心软，安慰了皇后几句，便答允过几日与皇后同去撷芳殿看望永琏，共聚天伦之乐。

皇后谢恩离开，情知与皇帝的心结解了不少，心下松快，离去时也多了几分笑色。皇帝看着皇后的背影,微微叹息,又见李玉垂手在侧,想起王钦已死,便将副总管之职先给了李玉担着,李玉忙忙谢恩不提。

这边厢如懿自拿了厚厚一摞账本,挑灯夜读,又拿着算盘拨珠子,只看得头晕眼花,还一笔一画记着什么。直忙活到后半夜,连惢心都忍不住打了哈欠,如懿才肯去睡。皇帝来时正是午后,如懿午睡初醒,尚有些神思昏沉,拨着算盘珠子出神。

皇帝取笑她:"账本烦琐,看得很累吧。"

如懿盈盈一笑,俏皮道:"还好。臣妾快看完了。不得不赞一句皇后娘娘高明。"

皇帝笑着握住她手,好奇地问:"怎么说?难道你这么快就看完了这些账本?这本该是内务府管的差事,你都能看懂?"

"先帝晚年嫔妃之数与皇上登基时相差无几,然而皇上登基后,后宫开支几乎减半,一笔笔账目十分清楚,可见皇后娘娘节俭有道。至于账本嘛,臣妾只看了皇上登基这两年的账本与先帝在世最后两年的,便有此结论。这样既可比较,又见皇后娘娘治宫之效。"

皇帝刮了刮她的鼻子:"你倒精明。可见朕要你协理六宫,是找对了人了。"

如懿咯咯一笑,耳垂上的红璎珠流苏沙沙打着雪白粉颈,皇帝亦笑了起来。

春时渐渐和暖,皇帝来看了永琏几回,连连夸奖他聪慧用功,皇后望子成龙心切,自然督促更严,只盼爱子出类拔萃,远远越过了永璜才好。这一晚东风临夜,时气便有些反复,永琏白日里打了瞌睡,疏忽了学业,皇后便陪着永琏补读到了夜里,又亲自磨墨喂点心,陪着永琏写字。

永琏连着苦读,师傅严格督促,一刻也不放松,回来还要在皇后这里苦学温习。小儿家睡得不够,白日里都吃不消,这时候夜幕深沉,更是催人睡去。他头一点一点晃着像打瞌睡,手一斜,字又写歪了。

皇后温和中不失严肃:"永琏,你若困了,便读书醒醒神。"

永琏忙一警醒,散了瞌睡虫,小脸皱成了一团,求道:"皇额娘,儿臣每日早起,真的很累。儿臣想睡一会儿。"

皇后爱怜地摸着他的头:"皇子们读书都是一般辛苦,你是嫡子,更不可落于人后。皇额娘知道你辛苦,才陪着你一起。来,再练一张字好不好?"

永琏困得快要哭出来了,努力睁着眼睛:"皇额娘……"

皇后见他如此,不悦道:"永琏,你何时变得这般爱撒娇。如此不听话,去窗下站着好好清醒清醒。素练,开窗让二阿哥醒醒神。"

素练站着伺候了几个时辰,早已困睡难当,无非是掐着自己手臂和大腿,才能勉强支撑。听得皇后生气,忙道:"皇后娘娘,虽然春日里了,可这风还冷呢。不能冻着了二阿哥。"

皇后严厉道:"非得如此,他才能醒了这瞌睡。撷芳殿照顾皇子,不也不许过饱过暖么。"

素练无奈,只好开窗,那冷风一阵扑进来,素练冷得一哆嗦,立刻醒了不少。永琏看实在拗不过,又不敢违逆,只得含泪站在窗下,夜风一阵紧一阵吹过,写好的纸张纷纷翻起,皇后舍不得爱子辛苦写的字皱了,忙拿一个鸡血石兽头纸镇镇着,抬头时,便见永琏打了个寒颤,紧跟着就是一个响亮的喷嚏。

皇后满心的心疼,忙关了窗,搂住了永琏道:"好孩子,你可知错了?"

永琏委屈得紧,却不敢流露,只得道:"皇额娘,儿臣错了,儿臣听话。"

皇后紧紧抱住了永琏,鼓励道:"你是嫡子,你若不争气,皇额娘还能指望谁呢?"

母子俩依偎在一起,素练不觉酸涩了眼角。

日子就是这样过,皇后忙着教养嫡子,仪贵人忙着安胎,晞月百无聊赖,只能看双喜在庭院里耍蛇哄她高兴。其实惊蛰未到,照理蛇还是懒洋洋的,没什么精神,可双喜一手好本事,耍得蛇精灵乱转,指东朝东,指西朝西,吐芯游走,无有不精。茉心连连拍手叫好,直夸双喜。晞月心不在焉:"整日看这个,真没意思。本宫不想看了。"

双喜只得收了本事,收起蛇装进竹篓里盖好,背着送到偏僻处养着。晞月看那蛇被抓进去时还吐着猩红的芯子,心下有点害怕,连声嘱咐:"小心你那些蛇，别放出来伤了人。"

双喜得意得很："小主放心，奴才养的蛇都是无毒的，连牙也拔了，伤不了人。"

晞月无心听这些，点点头自去歇息不提。

那夜习字后，永琏便有些风寒，皇后心中愧悔不及，便歇了两日夜补功课，白日照旧让永琏在尚书房用功，也不曾停了课业歇息。这一夜风声骤起，哪有一点春夜的暖气，直如十二月的冷风一般，呼呼不绝。疾风催动枝叶，那声音像是下着一场暴雨，扰得皇后不大安枕。到了后半夜，竟唤着皇帝名字惊醒过来。

素练赶紧起身，秉烛过来："皇后娘娘，皇上今夜在延禧宫。"

皇后出神片刻，兀自在唇角绽出一个凄薄的笑容："是了。皇上已经原谅本宫了。有永琏在，皇上不会对本宫不好的。"她双眸低垂，忽然握住素练的手，"你瞧着皇上对本宫好不好？"

素练一愣，几乎是本能一般应对了答案："自然是好。您是中宫，又有儿女。"

皇后笑容苦涩："只因为这些？"

"当然不是了。"素练舌头绊着牙齿地反驳。

墙上画轴舒展，画中的皇后与皇帝穿着礼服并肩坐着，神色肃然，唇角微含笑意，一个皎如玉树，一个正大庄容，算得一对佳偶。皇后披衣起身，爱惜地抚着画卷："从前皇上叫过本宫的闺名，琅嬅。从什么时候，皇上对本宫只以皇后相称。素练，本宫有许久没听皇上唤过本宫的闺名了。"

素练亦有些伤怀："皇后娘娘，夜深不宜多思，恐伤凤体。"

可素练也明白，午夜梦回，发觉夫君不在身边，如何能不伤感？所以一看到娴妃得宠的样子，就替皇后难过不值。

皇后的声音极轻微，似叹似诉："坐于凤位之上，便得日防夜防，顾着这个位子不被人夺走。因为一旦被人扯下凤位，不只自己前程不保，还连累儿女族人，本宫还有何面目去见富察氏全族？我大清自太祖努尔哈赤娶继妃富察氏衮代,之后再无富察氏女子成为皇后。本宫身为富察氏的荣耀,怎可不维持体面,将这荣光代代相传?"

素练自然知道皇后素来的心事与责任,更是感喟。忽然,外头一阵叩门声急急传来,皇后稍稍正色,问道:"何事?"

是莲心焦灼的声音传来:"皇后娘娘,撷芳殿嬷嬷来报,二阿哥染上风寒,浑身滚烫,请您快去瞧瞧。"

皇后登时失色,唤了一声"永琏——",立刻更衣前去照看。

待皇后从撷芳殿永琏的住处出来时,已经是次日晌午时分,皇后抹泪痛心不止,连连追悔不该催逼着永琏写字不许他睡觉,还让他站在冷风底下醒瞌睡。素练忙以二阿哥高热退些睡下了劝解,玉妍也赶来探望,直劝皇后将二阿哥的病情告知皇上。皇后知道皇帝忙于朝政,也不愿拿小事去打扰。二人正说话,忽然有孩子的啼哭声骤然响亮地传来。

玉妍当下便蹙眉:"是谁在哭?也不怕吵扰了二阿哥。"素练听出是永璋的声音,忙努了努嘴,连说三阿哥年幼,总是哭闹。

玉妍忧心忡忡:"二阿哥这般病着还要被吵扰,这样养病也不是长久之计。说不准二阿哥的病便是被三阿哥这般吵闹,夜间不安才得的风寒呢。"

皇后摆手,自责不已:"不是的,是本宫不好,让永琏累着,又吹了风。"

玉妍往永璋房中看了两眼,叹道:"二阿哥累着,焉知不是被三阿哥哭吵夜里睡不好才惹出来的?否则哪里吹一点风就会病了。"

素练心头一紧,立刻禀告了去问乳母永璋夜里的光景。皇后不放心永琏,当夜还是守在了撷芳殿,亲自喂药照看。永琏喝了药睡得很熟,齐汝跪在皇后跟前,头几乎低到了胸口,十分局促。皇后震惊地盯着他,几乎不能相信:"你说永琏气喘不是风寒所起?"

齐汝犹豫再三,只得细细分说,永琏的病由风寒而起,可高热反复,又有气促之症,偶尔憋闷脸色铁青,显然是风寒引出的哮症。皇后知道哮症的厉害,如何肯信。可齐汝也不敢隐瞒,直道那哮症是胎里带来的弱症,有些人身体强健,许是一辈子也不会发作。有些人天生体弱多病,从婴孩时就熬不住也有。而永琏此次发作，则是疲劳不安，悬心紧张又兼风寒侵体，才勾出了藏于体内的症候。

皇后意欲站起质问，可眼前金星乱晃，她人也熬得疲累，哪里能够站稳，一下又跌坐在椅中，所有意欲质问的怒气都化作了无限伤痛与爱怜，除了问齐汝能否治好永琏，她一万个争强之心都灰了。齐汝凝神想了半日，又搭永琏脉象，谨慎了片刻措辞，才道："若是好好养着，可避免发病，一生平安。若是不小心仔细……"他见皇后面若金纸，根本受不住他下面的话，只能婉转道，"二阿哥有神明护佑，必然无恙。"

一个医者，也要依赖神明，永琏是多么可怜！皇后久在宫闱，如何听不懂里头的意思，只觉得撕心裂肺一般，天地都失了颜色。

素练见皇后如此，也晓得不好，便出面叮嘱："皇后娘娘别忙着伤心，您得打起精神照顾二阿哥啊。齐太医，二阿哥的安康就托赖您了。"

齐汝连连答允，许诺自当尽心竭力保二阿哥康健，便起身去开方抓药。皇后听得素练安排，除了含泪点头，只靠在了素练身上，才算有了点依靠，泣道："养永琏到这么大，却得了这个治不好的症候。素练，可叫本宫怎么办才好啊？"

素练也没了主意，脑子里一个个念头转着，全都说了出来："皇后娘娘别急啊。宫里有大把的太医，再不成告诉老夫人，去宫外四处寻神医妙方，二阿哥一定会没事的。"

皇后急痛在怀，如锥心一般："本宫知道哮症的厉害。本宫的堂兄便得过哮症，一世不能骑马射箭，须得小心养护。寻常人还好些，可永琏是嫡子，是皇上的寄望，若不能学武，往后还有什么指望！"

"二阿哥聪慧，学好读书写字也一样啊。"

不，不！能文不能武，如何做皇子？如何辅佐皇帝？可怜这孩子一世都要病痛缠身，落于人后。她心内之言，只能对素练略表："永璜本就是庶长子，见嫡长子如此，如何不生轻蔑之心，本宫想想就后怕！"

素练极少见皇后在子嗣之事上这般软弱。她是正室，是嫡妻，所生之子是嫡长子。永琏又是那样聪慧勤奋，得皇帝喜爱。偏偏这个时候，永琏得了这个难治之症，试问谁还敢立这病弱之子为太子？来日便是顺利承位，新帝孱弱，兄弟觊觎，又会生出多少祸事？这样的事，太祖、太宗、世祖、圣祖几朝还算少么？多少无辜的性命都因此而断送了。素练心头发狠，道："嫡子就是嫡子，便是得了哮症，那还是谁都比不上。"

素练这般神色，倒教皇后安心了不少。她轻轻抚摸永琏病中的小脸，骤然一声巨响，永琏在睡梦中吓得一搐，永璋的笑声紧跟着响起。

皇后怒不可遏，三步两步走到院中，只见永璋淘气，推翻了院中玩耍的木马，抱着一个布偶哈哈大笑。

乳母宋氏知道厉害，忙哄了道："三阿哥，三阿哥，您别闹了。二阿哥病着呢。"

永璋哪里懂得这些，只觉得这响动太好玩了，连连拍手笑闹。皇后眼见如此，再好的涵养都按不住了，大怒呵斥："永琏病着难受，你还这般淘气，半夜大哭，夜深吵闹！"

宋氏哪里见过皇后这般疾言厉色，吓得抱住永璋跪下哀恳："皇后娘娘恕罪，三阿哥知错了，三阿哥再也不敢了。"

永璋吓得哇一声，不管不顾地哭起来。

皇后更加恼怒，连声斥责："自你出生，本宫身为嫡母，对你百般顾惜。便是进了撷芳殿，你的玩物用度总是最多的，你却这般报还本宫！"

素练也跟着帮腔："三阿哥也忒没良心了，哪有兄长病着，弟弟还笑闹不止的。二阿哥平日读书辛苦，也是三阿哥吵得他夜不安眠，这才病了。"

永璋见人人都责骂自己，乳母也不护着，吓得大哭，连连喊着要去找额娘。皇后想起绿筠的模样，越发愤恨："都是纯嫔生出这样毫无心肝的孩子！"

素练见皇后气得狠了，也怕她伤身，忙哄了皇后进去看着永琏，又让宋氏抱走永璋，方才下来走到为首的老嬷嬷马氏跟前，低声怪责："素日只叫你们多宠着三阿哥，少教他东西。可你们也纵得太没边了，二阿哥病着，也敢如此放肆。"

马氏委屈着抱怨宠坏的孩子收不住性子，又怕皇后怪罪下来，觉得自己办事不力，登时慌得不知所措，连连请素练帮忙求情。素练撇开她的手，看看四下无人："这种事皇后娘娘何必发话，我自会交代你们做事。你们尽管纵着三阿哥，只一条，让他离我们二阿哥越远越好。"

次日，皇后的生母富察氏悄悄得了消息，便赶来撷芳殿看望永琏。这一看简直勾起了无数眼泪，富察夫人心肝儿肉地疼爱，直劝皇后将事情告诉皇帝。皇后却只是犹豫，不知该如何禀告。熬了半日，富察夫人也只得回去了。

照例是皇后的心腹侍女素练送了富察夫人出去。富察夫人有满腔的话要叮嘱皇后，但见皇后只是含泪悔恨，许多话竟不知从何说起了。对着素练，富察夫人才敢抱怨大半年的才见到永琏一回，这孩子却病成这样，实在可怜。素练哪敢说是皇后心急催逼读书过于严格所致，只得拿太医院的医术来安慰富察夫人。富察夫人对皇后母子素来是一百一千个费心，可这回见着永琏的病况，又见过富察氏族人发病的模样，实在是急坏了："嫡子病弱，诸子与其母就会不安分。皇上也会怕孩子难养，就动了立别人为太子的心了。"她压低了声音，那嗓子眼里简直在蹿着急火，"皇后娘娘见事乐观，你难道也看不明白？仪贵人有了孩子，若是个皇子，那便是皇上登基后的第一个孩子，格外吉祥尊贵。"

素练连忙将皇后要想抚养仪贵人之子的心思说了，富察夫人还是不满。她年过半百，最是多思的时候，一连串问道："皇后娘娘如今有成算了，知道要多个帮手，这也算个倚靠。可仪贵人生的若是公主呢？若孩子没福和玫贵人的一样没保住呢？或是落了地还是没养大呢？"

自皇后有此打算，素练也将种种意外可能都想了一遍，如今见富察夫人这般发问，暗叹这位老夫人果然比皇后老成许多。

素练垂首低语："许多事奴婢瞒着皇后娘娘做了，真不知将来皇后娘娘会否怪罪……也怕许多事做得不合老夫人的意……"

富察夫人心头一热，拉住了素练的手道："好孩子，你做得极好。娘娘那性子瞻前顾后下不了狠心，你瞒着她是对的。且你都是为了娘娘和二阿哥，为了富察氏尽忠，怎么会做得不好。将来……将来只有你的好处才是。"富察夫人瞥了眼外头，贴近了推心置腹道，"譬如三阿哥的事你就办得很妥当，我看那孩子被宠坏了，多半不能成器。这么一来，就剩个大阿哥最能和二阿哥争一争。大阿哥有娴妃这个养母，若二阿哥老病着，皇上多半会考虑大阿哥的。皇后告诉我了，如今皇上对大阿哥可关照了。"

素练想到此事就觉得白费了前番的功夫，暗暗含恨："要没娴妃，大阿哥还在撷芳殿没人在意呢。"

富察夫人越看素练越欢喜，深觉当年安排这个自己的陪嫁的女儿成为皇后的陪嫁，是再妥帖没有了："皇上对大阿哥另眼相看，那是因为对娴妃有情分。若是没了娴妃，大阿哥便不能那么出挑。你在皇后身边，怎么也得为她分忧解劳。"

她说罢，解下胸前衣襟上一个烧蓝镶珊瑚花篮胸针，郑重其事交在素练手里："皇后娘娘不仅在宫里节俭，对母家也是如此。我没什么好的赏你，这个最是贵重，留着给你，算是我谢你为皇后的辛劳。"

素练哪里敢受，当下热泪盈眶，说了无数忠诚言语，才依依送了富察夫人离开。

第四章　惊蛰

皇帝在如懿处下棋过后，便回了养心殿处理政务。如懿闲来无事，便取过染上香气的丝线一针一针地绣起繁天春色。

阿箬捧着刚燃好的一炉香进来道："小主失宠的时候也刺绣，如今得宠了忙着陪伴皇上还不够呢，怎么又开始刺绣了？"

如懿微微一笑，取了针线拈好道："失宠的时候要让自己学会平心静气，得宠的时候亦要告诫自己，不能心浮气躁。刺绣便是如此，一个眼错，便是全局皆毁；一枚针斜，恐怕扎伤的就是自己。所以动心忍性，一步都不可错。"

阿箬若有所思地笑笑，取过一枚烘制好的莲花香饼放进炉中，又覆上云母隔片隔开香饼炭火，滴入一两滴凝露状的蜂蜜："如今入春了，时气干燥，焚香时滴入蜂蜜，可以清热润燥，小主觉得好不好？"

"如今你的心思越发缜密了，做事也更妥帖，自然没有不好的。"如懿浅笑，想了想又道，"仪贵人遇喜后喜爱焚檀香，今早说起檀香虽好，但焚香后总觉得气躁体热，她又是个贪吃甜食的。我记得小厨房有去岁备下的槐花蜜，清热凉血是最好不过的。等下你便随我送一瓮去给她吧。"

阿箬笑道："别的也罢了。那槐花蜜是去岁的时候特意着人去京郊找了一大片槐林，取雪白洁净的盛开花朵剔干净了，加上适量的嫩桑叶蒸出来的槐花露。奴婢记得槐花最娇气,成百上千棵树上摘下的花儿也经不起那几蒸,最后只得了两小瓮槐花露,再用长白山产的野蜂巢里的蜂蜜炼了,只为小主从前有血热的症候,才这么不怕费事地制了。统共就那么点子,小主还要拿去送人。"

如懿嗔道:"如今仪贵人是皇上的心头肉,连太后都格外高看她些。我也想着,若是仪贵人这一胎安好,皇上也解了上回玫贵人产子的心结,这便是好的。"

阿箬笑道:"旁人怀孕有什么好的。从前仪贵人一点也不得宠,如今遇喜皇上便这么抬举了。要是小主也趁着眼下圣眷正隆,赶紧怀上一胎,那才是真正让皇上高兴的呢。还不知道皇上要怎么当眼珠子似的捧着爱也来不及了。"

如懿笑着嗔她一眼:"越发爱胡说了。"

正说着,小宫女绿痕端着汤药进来道:"刚熬好的药,小主快喝了吧。"

如懿轻轻一嗅,蹙眉道:"一闻味道就知道了,就是坐胎药的气味。"

阿箬取过几样酸甜蜜饯放在如懿手边,好声好气道:"这坐胎药是催孕的,再苦咱们也得喝啊。您看,奴婢连雕花金橘和糖渍乳梨都预备下了,小主赶紧喝了吧。"

如懿端过碗仰脸喝下,又用清水漱了口,连忙取过蜜饯含在嘴里缓了一阵,方道:"这坐胎药一碗碗喝下去,连舌头底下都发苦了,真不知道什么时候才会遇喜?"

阿箬笑道:"只要皇上常来,那股子运气迟早都会到。小主喝了药,咱们就去景阳宫沾沾孕气吧。听说慧贵妃虽然不满天象说仪贵人是大贵之胎,但为了沾上孕气,也常常去景阳宫呢。"

如懿扶过阿箬的手笑道:"既然如此,你便带上那瓮槐花蜜,陪我去景阳宫看看吧。"

如懿才走到院子里,见三宝领着宫人们仔仔细细地洒扫,又在墙根角落处细细撒了石灰。如懿这才想起来今日是惊蛰,蛇虫鼠蚁都容易跑出来。宫人们撒些石灰粉,它们便不敢乱窜。于是嘱咐几句,便也往景阳宫去。

景阳宫便在延禧宫与永和宫之后,如懿看着天色极好,便带了宫人步行过去。因着仪贵人遇喜,景阳宫也格外地布置一新,才走到宫墙外,便见朱红宫墙耸立,连琉璃瓦也显得一碧如洗。

如懿仔细看了两眼道:"好喜庆的颜色,这墙是新粉了颜色吧,好似特别鲜艳些。"

迎上来的小太监笑得灿烂:"可不是,太后和皇后都嘱咐了,颜色要喜庆,这才吉祥呢。"如懿扶着阿箬的手入了重重朱门,只见雕栏华彩,描赤敷金,鲜华异常。

如懿暗暗点头道:"果然仪贵人遇喜,景阳宫也不同往日了。"她转首问小太监:"对了,仪贵人在么?"

小太监道:"贵人身上疲倦,此刻正在暖阁歇着呢。娴妃娘娘请。"

如懿正要迈入正殿,忽听得里头一声惊惧的尖叫,竟是仪贵人的声音。

众人面面相觑,一时间尚不知发生了何事。如懿醒转得快,立刻道:"是仪贵人的声音,还不快进去看看!"

如懿一时情急,即刻带了人先赶进去,才进暖阁,却见仪贵人吓得缩在暖阁的紫花梨卷草纹妃榻上,身上的锦被蜷成一团,她才唤了一声"仪贵人",却见仪贵人大惊失色,整张脸白中泛着青灰,指着地上的绣毯呼道:"救我!娴妃娘娘快救我!"

如懿的目光触及地下,吓得几乎倒退几步,宫人们也止不住惊呼起来。原来绣毯之上,一条灰花斑斓的蛇盘绕其上,咝咝地吐着猩红的芯子,在地上摇摆不定。

一个小太监惊呼道:"呀,这是蝮蛇,是有毒的!有毒的呀!"

众人吓得退开十数步远,仪贵人眼看那蛇越游越近,吓得几乎要晕厥过去。如懿心中慌乱不已,眼看那蛇一分分向仪贵人靠近,更是害怕。万一伤及仪贵人腹中的胎儿,皇帝才稍稍平复的心情又不知要如何低落。

她心下一横,吩咐身边的小太监道:"你们宫里有没有雄黄粉?"

那小太监忙不迭道:"有有有!这是宫里常备着的。"

如懿忙吩咐了他拿了雄黄粉来:"你们瞧好,本宫拿雄黄粉泼了那条蛇,你们便拿掸子挑了出去。"说罢,照准那条蛇便泼了过去。那条蛇乍然受了雄黄的气味,一时行动有些滞缓,仪贵人的贴身太监忙伸手取过碧纱橱边一根宫人扫尘灰的掸子,挑起那蛇的身体一撂,照着门口泼了出去。

如懿即刻道:"快找人拿大石砸它的七寸,务必砸死为准。"

太监们原本吓得神魂未定,听如懿这样吩咐,忙抱过雄黄粉撒的撒,寻石头砸的砸,不过片刻便将那条蛇处置了。

仪贵人呆呆地看着如懿,片刻才放声大哭,扑入如懿怀中,神色败坏:"娴妃娘娘,娴妃娘娘,多谢您救了嫔妾!"

如懿忙拿锦被裹住了她扶进寝殿躺下,方问道:"到底出了什么事?怎么会忽然有条毒蛇在你暖阁里?"

仪贵人神色恍惚道:"嫔妾本觉得困乏,在暖阁里歇息,并没让人伺候在侧。不承想梁上忽然掉下一条蛇来,嫔妾当下便吓得叫起来。"

如懿替她抚着心口,自己也是惊魂初定:"那条蝮蛇是有毒的,若是被它咬伤一口,不只是你,便是你腹中的孩子,后果也是不堪设想。只是好端端的,宫中怎会有毒蛇?"

阿箬替仪贵人端了茶水来道:"贵人喝盏茶压压惊。今儿是惊蛰,想来什么蛇虫鼠蚁都出来了。贵人遇喜怕冷,宫中还供着地龙,格外暖和,怕是因为这个招来了蛇也是有的。"

仪贵人接过茶才喝了一口,不由得手中一松,整盏茶都泼在了如懿身上。如懿还顾不得擦,却见仪贵人蜷成了一团,一手死死抓住她手,一手按住了肚子痛呼道:"好痛!我的肚子好痛!"

皇帝带着皇后与嘉贵人赶来时,太医已经为仪贵人开了安胎的方子。景阳宫中人心惶惶,如懿一时也走不脱,一壁嘱咐了宫人们延医请药,一壁又吩咐太监们在墙根角落里遍撒雄黄与石灰驱蛇。阿箬也不闲着,在旁督工。

皇帝步履匆匆地进来，足下之风几乎惊起了静尘。阿箬一见皇帝，立刻换了笑脸行礼。皇帝只记挂仪贵人，阿箬机敏，立刻答："小主正陪着仪贵人呢。太医也来过了，说仪贵人母子无碍。"

皇帝微微松一口气，看一眼阿箬，神色微温："你很好，很细心。"

这一语夸得阿箬有些害羞，面色绯红如霞，忙忙低头谢恩。皇帝和皇后心思都在仪贵人母子身上，头也不回便进去了。阿箬痴痴地看着皇帝颀长的背影，他着深蓝团蝠云纹家常衣袍，那袍子上的云纹似生了脚，飞落下来托住了阿箬，她轻飘飘的，不自觉便倚在红漆长柱上，贝齿轻轻咬住了手里的湖蓝丝帕。这时，玉妍扶着贞淑的手，缓缓迈门槛，她何时何地都注意自己的妆容仪态，无不精心，便回头看自己的裙裾是否沾染了尘埃。只那一眼，她忽然看见了阿箬，粉面含春的少女姿态，在初春的风景下格外撩人。玉妍心思蓦地一动，瞟了瞟阿箬，又看一眼转过屏风的皇帝，嘴角微微扬起了一道最美的弧度。

如懿正守在仪贵人床头，见皇帝心急火燎进来，忙起身道："皇上万安，皇后娘娘万安。"

皇帝忙扶了她起身，关切道："仪贵人如何了？"皇后亦心急不已："太医怎么说？怎会又是遇蛇，又是腹痛，听得本宫心惊肉跳。"

玉妍打量着暖阁，道："俗话说，惊蛰到，蛇出洞。今儿是惊蛰，遇蛇也是有的。"

如懿点头："暖阁里冒出条毒蛇来，仪贵人骤然受惊牵动胎气才会腹痛，太医已经开了安胎药让仪贵人服下。仪贵人已然入睡，现下应无大碍了。"

皇帝见仪贵人睡中仍有惊惧之色，不免怜惜道："仪贵人有孕不适，今日又遇见这样的事，实在是要吓坏她了。"

皇后看了看周遭，担忧道："皇上，仪贵人身怀贵胎，此番受了这样大的惊吓，实在可怜。臣妾听闻蛇乃至阴至毒之物，突然间侵扰景阳宫，怕是有什么不利。"

皇帝迟疑道:"皇后的意思是?"

皇后关切仪贵人母子:"皇上,景阳宫靠近玄穹门,地气潮湿,若是往后再招来蛇虫鼠蚁惊扰了龙胎,该如何是好。且景阳宫尚在翻修,依臣妾看不如让仪贵人迁居别宫居住。"

皇帝诧异道:"迁居别宫?一时间要打扫宫苑出来,想来仪贵人也未必能住得惯。"

皇后等的便是这句话:"东西六宫中有些宫殿一直未有人居住,临时理出来也不便。本来仪贵人也可迁居前头的永和宫,但永和宫大为不吉,自然是住不得的。仪贵人初初遇喜,最好是能有人照拂。若是仪贵人愿意,臣妾宫中倒是可以暂住。"

正迟疑间,只听仪贵人微微呻吟了一声,悠悠醒转过来,见皇帝在侧,不觉落泪道:"皇上来了,臣妾今日受了这番惊吓,实在是怕见不到皇上了。"

皇帝忙安慰道:"不要胡说。朕还盼你为朕诞下一位阿哥呢。"他沉吟片刻,"皇后,仪贵人本是你房中的人,让她移居长春宫,有你照拂,朕也能安心。"

皇后巴不得自己亲自照顾仪贵人,孩子落地,顺理成章便由自己亲自抚养,当下也颇欢喜。

玉妍眼珠一转,转脸拭了拭眼角,不觉含了两分悲色:"皇上,臣妾有事禀告。方才臣妾与皇后娘娘从撷芳殿来,正是因为二阿哥病了。"她又看皇后,恳切道,"皇后娘娘,二阿哥尚且病着,您哪里能分心照顾仪贵人呢。与其分身无术,不如先看顾二阿哥要紧。"

皇帝惊诧地站起身:"永琏病了?要不要紧?皇后,你怎不早告诉朕?"

皇后一提起亲儿,不觉满面焦灼,道:"都怪臣妾疏于照顾,还请皇上允许臣妾将永琏从撷芳殿接回照料。等永琏痊愈之后,臣妾再送他回撷芳殿。"

玉妍看向如懿,颇为敬服:"是了。皇后娘娘要照顾二阿哥,哪里还能分心照料仪贵人。依臣妾看,今日之事,若非有娴妃娘娘在,仪贵人的胎恐怕也不能万全了。不如让娴妃娘娘照顾仪贵人。"

仪贵人牵住皇帝衣袖,感泣道:"回禀皇上,今日幸得娴妃娘娘万事沉着,帮臣妾驱赶毒蛇。可是这个地方……"她环视雕栏画栋的景阳宫，脸上闪过惊恐之色，"臣妾是断断不敢再住了。"

皇帝微一沉吟："那么……娴妃，你意下如何？"

如懿从不知该如何照拂遇喜之人，当下便有些慌张："臣妾未曾生育，实在不知该如何照顾有孕之人。"

如懿所言也是皇帝的顾虑。

玉妍难得收了平日的言语无忌，说话字字入理："宫中除了皇后娘娘，只有纯嫔有过孩子。可皇上知道纯嫔性子懦弱，哪能照顾别人。而且娴妃娘娘将大阿哥养得多好呀，行事也能贴皇上的心。若是连娴妃娘娘也要袖手旁观，不肯照顾龙胎，那可真无人敢担这个职责了。"

仪贵人亦含泪愧对："娴妃娘娘可是怪嫔妾从前言语失礼。今日娴妃娘娘救助，嫔妾满心感激，但求娴妃娘娘看顾一二，别教嫔妾再住在这里了。"

如懿看皇帝神色为难，知道推托不得，便道："臣妾回去便把正殿的两间东暖阁打扫出来供仪贵人居住，但请仪贵人不要嫌弃简陋才好。"

仪贵人脸露喜色，仿佛迷路的雀鸟找到了遮风避雨之所："怎么会呢，往后可要叨扰娴妃娘娘了。"

如懿回到宫中便觉得闷闷的，一壁吩咐了宫人收拾出正殿的两间屋子，一壁往海兰殿中去。

海兰闲来无事，只穿着一件家常的月白缂丝凤香菊纹长衣，拥着一个小小掐丝珐琅暖炉，正在窗下缝制香包。

如懿挥了挥手示意叶心不必提醒，转过珠帘落帐，笑盈盈道："天气暖和起来了，怎么还抱着个暖炉，这么怕冷么？"

海兰抬头笑道："姐姐来了。"她将暖炉递到如懿怀中，"我自己哪里用暖炉呢，是怕姐姐在景阳宫看到了什么心寒惊怕之事，所以特意备下了给姐姐的。"

如懿微微惊愕，替她正一正发髻间一枚将要垂落的攒心嵌珠绢花："你倒灵通！"

海兰抿嘴一笑："如今宫里的眼睛都看着景阳宫呢，有什么风吹草动是不知道的。"

如懿微微叹口气："那么以后，所有的眼睛都要盯到延禧宫来了。"

"一个景阳宫就足以引来毒蛇环伺，那仪贵人移居之后，延禧宫岂不也成了蛇虫鼠蚁纷至沓来之地？"她拉过如懿细看桌上罗列的晒干的香草叶子，"这是薄荷叶、艾叶、半枝莲、薰衣草、天竺葵叶，都有驱虫辟邪之效，妹妹做了这些，希望可以悬挂在延禧宫中，驱邪避灾。"

如懿挥手示意侍奉的宫人们都退下，海兰亲自奉了一盏菊花茶递到如懿手中，如懿无心去饮，只得放下道："你也觉得仪贵人突然遇蛇，十分蹊跷？"

海兰淡淡一笑，伸手拨了拨桌上的艾叶："今日虽然是惊蛰，但仪贵人遇喜，人人重视，怎会突然有毒蛇出现？又那么巧落在仪贵人休息之处？万一今日不是姐姐沉稳，那么仪贵人母子的性命便难说了。"

如懿凝神沉思片刻，唤过三宝吩咐几句，三宝立刻出去了。

仪贵人处闹蛇出事，旁人还好，晞月却是惊了一大跳，立刻打发其余人出去，只瞪圆了眼睛质问双喜："仪贵人那儿闹了蛇，别是你那里溜出去的蛇吧？"

晞月虽然对着外人有贵妃的架子，可对自己宫里人却最是倚为心腹，少有这般疾言厉色。双喜晓得晞月的脾气，当即跪下赌咒发誓："那不能啊。奴才没养过毒蛇，自己竹篓里那些一条都没少。小主不信，奴才立刻去火场拎了来瞧。"

晞月连连皱眉："还拎来做什么，生怕没人来疑心咸福宫么。你赶紧把蛇都扔了，别叫旁人疑心了我们。"

双喜知道事情轻重，一溜烟儿跑出去办了。

茉心撇嘴不屑："听说仪贵人被蛇一吓，挪去了娴妃宫里。来日仪贵人平安产子，娴妃不是有大功了。"

"皇上要一高兴,封了她做贵妃或是皇贵妃可怎么好?凭什么这功劳给她?"晞月描得细细的柳叶眉拧成一团。她思忖片刻,悠悠然起身,理好翠玉扣上垂下的暗紫丝罗流苏,仪态端正:"本宫是贵妃,仪贵人自然由本宫来照顾。趁着仪贵人这两日还没挪宫,本宫自去求皇上。"

晞月这般盘算,皇后亦是不悦。她沉着脸从景阳宫回来,浑然不理会战战兢兢立在院落中苦等良久的绿筠,径自往廊下走去。玉妍也不敢吭声,垂首跟在皇后身后,低眉顺眼如侍婢一般。

绿筠见皇后这般神色,只以为是自己儿子的缘故,心中没来由一慌,双膝便不由自主落了下去:"皇后娘娘,臣妾听说永璋不懂事,惊扰了二阿哥养病,特来向皇后娘娘请罪。"

她满腹挚诚,恨不能以身替子消罪。偏皇后在气头上,见她颤巍巍跪着,想起永琏病着还歇息不好,更是气不打一处来,也顾不得为绿筠留着嫔妃的颜面,斥责道:"什么惊扰了永琏养病,分明就是永璋素日淘气,吵得永琏不能好好休息,才惹出哮症来!"

绿筠听闻永璋被训斥,起初还以为只是淘气,吵了永琏风寒养病,听到"哮症"二字,才晓得厉害,当下吓得抖衣乱颤:"哮症?哮症!怎么会这样?皇后娘娘,永璋还是小孩子,他不懂事,您别和他计较!臣妾给您磕头,臣妾求您宽恕无知幼子!"

皇后素来待永璋不薄,怕的就是人背后议论她这个嫡母偏爱亲子不顾庶子,可永璋这般顽劣不睦手足,皇后连着绿筠也一般厌恶起来。她越说越气:"亏本宫一直善待你们母子,却不想落得这般结果。你立刻离了这儿,本宫不想见你。"

皇后转身进去,也不管绿筠还跪在地上。莲心想要扶,见素练脸色难看,便知趣地跟了进去。

绿筠哭得泪眼婆娑,倒在可心身上:"皇上已经不喜欢永璋了,连皇后娘娘也如此,我和永璋该如何自处?"

可心只想着安慰自家小主,那埋怨脱口而出:"要不是乳母嬷嬷们宠着,三阿哥哪里会这么淘气了？"

绿筠涕泪横流，畏惧不已。她是个温厚人儿，向来没多少心事，天大的事不过是儿子安好便好。听得这一句，竟痴住了。

皇后进了暖阁，解下素色大氅，坐下急急喝了一口热茶，全当没看见玉妍一般。玉妍晓得皇后为何恼恨，一进暖阁就跪下了。皇后喝茶，她便默然跪着，就如个无声无息的木头人一般。素练有心为玉妍说话，但见皇后气恼，只得向着玉妍微微摇了摇头，也不敢说话。

待见皇后气息稍平，玉妍才敢开口："皇后娘娘恕罪。臣妾擅作主张，实在有不得已的内情。"

皇后淡淡一笑，睫毛都不抬一分，一双妙目只盯着湛清茶水："你主意倒大得很，说来听听。"

玉妍膝行两步上前，满面恳切，娓娓诉来："皇后娘娘关怀仪贵人母子，想接她进长春宫居住。可皇后娘娘细想，到底是二阿哥要紧，还是仪贵人母子要紧。二阿哥得的是哮症，须得在您身边细心养护。仪贵人孕中娇弱，说不定多介意呢，到时候闹出什么不快来，皇上只会怪娘娘照顾不周，娘娘又何必将苦差事揽到自己身上。您便是这般万事求全的心，却不知苦了自己。"

这些话入情入理，都是身为皇后的贴心人才说的。皇后稍稍动容，却也不肯立刻假以辞色，只是慢悠悠又抿了一口茶水，那茶水入口微苦，回味却甘，皇后落在心里，舒坦了些许。

玉妍接着道："再者仪贵人受了惊吓，只怕以后日夜折腾，反而影响二阿哥养病。皇后娘娘今日抛下了二阿哥赶去景阳宫探望，皇上已深知您的贤惠。"

素练见皇后脸色缓和，忙帮着赔笑道："嘉贵人所言有理。奴婢瞧皇上对二阿哥上心，定是要常来长春宫探望，也是娘娘与皇上修好之机。若是夹了仪贵人在中间，诸多不便。而且万一仪贵人有什么差池，也是照看她的娴妃的不是，与您无关。"

皇后对仪贵人母子甚为上心，听她们有万一，哪里肯呢，便道："那可不成！皇嗣要紧，仪贵人这一胎若是贵子，本宫必定要亲自抚养。"

玉妍丰润双唇微微抿住,那明艳撩人也多了几分楚楚与委屈,皇后心头一松,自悔斥责玉妍的话有些急了,便转了口风问了永珑搬回长春宫的事,听得赵一泰亲自去接,莲心也在带人打扫偏殿,方安慰了些许,看向玉妍道:"嘉贵人,难为你的一片心,事事为本宫思量。"

玉妍一双凤眼妩媚,含了盈盈珠泪:"臣妾不过是北族贡女,能在后宫有立足之地,无非是皇后娘娘垂怜。否则臣妾什么都不懂,又是个不知忌讳的性子,皇上早嫌弃了臣妾。"

皇后一个眼风过去,素练忙上前扶了玉妍起身,斟茶奉上。玉妍忙不敢哭了,换了笑脸陪着安慰皇后永珑的病情,又帮着张罗了一个时辰,方才从长春宫中退出来。

长街的风悠悠,冷冷,夹着一丝草木复苏的暖气,阴郁里带着一股往上蹿的劲儿。贞淑见玉妍在长春宫殷勤半日,又是哭又是笑,又是跪又是奉承,也觉得玉妍哪怕有皇帝眷爱,又深得皇后欢心,走到今日,也是百般不易。可是这样的女子才有韧劲,北族虽然是母族依靠,但毕竟山长水远,不比贵妃家中的依靠近在眼前,凡事可以商议筹谋。玉妍空负美貌,独立深宫,凡事也只能靠自己罢了。

玉妍倒是微笑,不甚在意:"贵妃空有美貌,腹中草莽。可我偏就喜欢她有这样的好处。"

贞淑摇头:"皇后娘娘算是疼你,贵妃……"她以短暂的鼻音,轻巧哼出不满之意。

玉妍笑得明媚畅然:"总不能眼看着仪贵人生下的贵子还由皇后娘娘抚养,越发身份尊贵了。那贵妃娘娘就算来日有子,不也被挤到一边去了吗?不过呢,有高斌这个生父在跟前,贵妃总会做些什么的。而且小福子和小禄子都是她的人,连他们失散的家人都是高斌给找回来的。给了恩惠,贵妃自然会索要报答的。"

三宝回来时,小心翼翼从袖中取出一块素白绢子,上面染了一点油彩颜料,递与如懿。如懿细看片刻，给了海兰道："你看看这油彩有什么奇怪？"

"妹妹出身乡野，所以依稀闻过这种味道，似乎有些蛇莓汁液的气味。"海兰轻轻一嗅，旋即一惊，"民间传闻蛇虫喜吃蛇莓，有蛇莓处常有蛇虫出现。"

如懿的叹息轻得恍如云烟："今日我命景阳宫中遍撒雄黄石灰，谁知至我离去短短两个时辰内，已见数条毒蛇遁走四窜。我才想起景阳宫内因仪贵人遇喜而特意装饰华彩。不知是谁从中做过手脚，才会引来这些脏东西。"

海兰沉吟着道："惊蛰前后百虫出动，这种蛇莓汁液的气味混在油彩之中会引来蛇虫。内务府装饰景阳宫，经手的人太多，此事难查。姐姐可要告诉皇上？"

如懿道："自然要告诉。仪贵人要来延禧宫暂住，在她平安生产之前，咱们只怕有的小心。海兰，你心细如发，便要依靠你了。"

海兰紧紧握住如懿的手："姐姐怎样保全妹妹的，妹妹必定一样相待。"如懿心中说不出地感动，只觉得宫苑重重如深海悬冰，有海兰在，亦多了一丝可以依靠的温暖。

二人正相对间，却见叶心叩门而入，端了一盏汤药进来道："小主，到喝坐胎药的时候了。"

海兰便道："搁下，你且出去吧。"

如懿摇头苦笑道："这坐胎药的气味，我一闻到便害怕了。可又不能不喝，只盼望自己也有个孩子。"

海兰轻轻一笑："我也不喜欢这个气味。好端端的，皇后发一次善心，咱们就要多这桩苦差事。"她说罢，随手将汤药倒进殿中的一盆宝珠山茶内，仿佛毫不在意似的。

如懿惊道："妹妹这是做什么？"

海兰不以为意："我又不盼望生子得女，喝这个劳什子做什么，省得苦了舌头。"

如懿颇为惊诧，尽量还是平缓了语气道："妹妹也不算无宠，何不趁着年轻得个一子半女，也算终身有靠。"

海兰淡然一笑，仿佛真的是不在意："有孩子未必就是好事了。姐姐且看仪贵人和玫贵人就知道了。玫贵人产子而遭弥天大祸，仪贵人怀着身孕还不知道是被谁所害。妹妹没有这样百计防身的好本事，还是活得安乐些就好。"

　　"可是……"

　　海兰笑着用纤纤手指抵住她若玫瑰般的唇："没有可是，我有姐姐可以依靠，便什么都不怕。"

第五章 伏变

暮色低垂之时，如懿便入了养心殿将蛇莓之事细细禀告，皇帝见到那块绢子，神色阴沉不定，深有山雨欲来之势。须臾，皇帝叹了口气："修饰景阳宫是皇后的意思，兴师动众，结果生出这般祸事来。朕一心想追查……"

如懿如何不明白皇帝的意思，从皇后有意修饰景阳宫，太后赞许，内务府办差，经手的人太多，怎能查出结果来。或许，皇帝心里也是怕蛇莓混在油彩中本就是意外，闹起来反而成了无事生非，还枉然兴师动众，添了外人闲谈笑料。

如果真只是个意外，反而好了。或许所有的祸事与惊险都能到此为止。

皇帝握着如懿的手，有几多期许："如懿，仪贵人跟着你在延禧宫，朕很放心。你这般细致一定护得好她，不会让她有任何意外，是不是？"他语罢，微微黯然，"玫贵人的孩子是那个样子，朕真的希望不要再有任何波折了。"

旧事显然在皇帝心里留下了不可磨灭的划痕，那一夜的惊悸，所有眼见之人都难忘却吧。皇帝的眸子乌沉沉的，似敛去星光后墨漆般的天空。如懿心底微微一疼，应了尽力而为，才见皇帝的脸色好了些许。他并没有工夫和如懿多说话，折子一沓沓送进来，他有他的劳苦。如懿悄然退下。皇帝靠在了榻上，如玉山巍峨倾颓，颇有倦怠之意。他把玩着一个珐琅童子鼻烟壶，心事沉沉,转眸时才见案几上的白玉瓶里供了一枝含苞欲放的桃花,瘦伶伶、俏生生的,一点点饱满的花蕊惹人怜爱。他并不大喜欢这样粉艳娇秾的花朵,必然不会是养心殿的人送上的。他眼风微微一瞟,进保便道:"方才贵妃娘娘来过,见皇上不在,便留了一枝桃花在案上。"

皇帝信手取过,轻轻把玩片刻:"贵妃说了什么?"

进保老老实实道:"贵妃娘娘说御花园里的桃花新开,若无折花人爱惜,与其在枝头花开花落,不如折下收于惜花人手中。"

真是小女儿心思。皇帝轻轻一哂。有时候贵妃的小性子和小矫情就像是这桃花,看着娇嫩欲滴,却也脱不了世俗气息,那种气息是热闹的、可喜的,在春天里尽情地捧场、应和,哄得男人高兴起来。他笑了笑,拿过桌上的折子翻看,才一眼,他就全然被折子的内容吸引了:河北又逢春旱,寸草不生……

皇帝扬声唤起来:"李玉呢?传高斌来。"

夜深时,高斌就进了养心殿书房与皇帝商议河北春旱之事,调粮、赈灾、派遣官员安抚受灾百姓,说起来一夜都没个完。

阿箬从咸福宫角门悄悄溜出来,看着天色越来越沉,那星子的光几乎被暗夜吞没,一颗心也惴惴不安起来。贵妃的叮嘱犹在耳畔,无非是要她盯着娴妃如何照顾仪贵人,是否有差错可寻。当时阿箬几乎要笑起来,皇后娘娘要抚养仪贵人的孩子,仪贵人怎会出事呢?贵妃慢慢涂着蔻丹,只笑吟吟道:"谁叫你阿玛桂铎在本宫阿玛手下办事呢。你知道的,治水的差事太危险,哪日去了洪水之地,被大水冲走,尸骨都难寻了。"

治水是苦差,也是险差,阿箬当然知道。可她一身所系,唯有这个阿玛平步青云,她才算个堂堂正正的格格,往日才能更入贵人的眼。阿箬当下腿一软就跪下了。贵妃似乎很满意她的表现,也不计较她这一回进咸福宫失礼,贵妃后来还说些什么,仿佛是说皇后要她盯着娴妃,自己也与娴妃水火不容,她给谁办差事都是一样的。阿箬已经无心去听了,她只觉得害怕,不只贵妃,还有贵妃身后的高大人。她怎样都只是个小宫女,阿玛也是在人手下当差,他们父女的性命,实在是比御花园地上爬着的蚂蚁好不了多少。

这般晃晃悠悠出了咸福宫，连手里的灯笼都忘记点上了。阿箬轻一脚重一脚走着，仿佛是到了御花园，鼻尖有浓郁的花香，闻着叫人恶心。真的，奴才和花的命运有什么不同呢，主人高兴了夸你几句漂亮好看，一个不高兴便把你折了踩在泥里。这辈子做不成折花人，只能做一朵花，芳香是一时，美艳也只一时，又有什么意思呢？

阿箬拐到假山下了，她听见了嘉贵人玉妍的嬉笑声："仪贵人住进延禧宫也不是坏事。娴妃是所有人的眼中钉，仪贵人不出事还好，出了事就是人人除她而后快。"

哼，人人都是这样想，人人都巴不得娴妃出事，尤其是她抚养了大阿哥之后。

阿箬走过去，立在假山的阴影下，被玉妍笑着拦住："怎么？从咸福宫出来就没个笑脸儿。"

阿箬木木地将贵妃的吩咐拣要紧的说了几句。

玉妍张着嫣红的唇没心没肺地笑了，她的唇脂大约是蔷薇花汁研的，有着淡淡的香气："贵妃说得够直白的。不过也对，也唯有除了她，才能遂了你伺候皇上的心愿！"

她的话一出，阿箬惊得一缕魂魄都从天灵盖里飞出去了。

贞淑亦笑："好好儿一个格格，心比天高却被人压着做个丫鬟，我都心疼你。在咱们北族，做女主人的巴不得把自己的心腹奴婢送给当家的，替自己争面子固恩宠呢。"

阿箬立刻哀求："求嘉贵人您别说出去！贵妃娘娘要知道会杀了奴婢的！"

玉妍细白的手指像条白鱼儿，在她小巧的下颔上滑来滑去："我当然不说。你对皇上的痴心，我看了都感动。只不过这件事呢，最后能成全你的只有皇后娘娘。只有你办好了差事，才有资格求皇后娘娘成全。"

人人都想除了娴妃，一个家世没落的女子，凭什么得皇上的心，凭什么抚养庶长子？不是自寻烦恼么？还这样不恤奴婢，偏宠惢心，由着自己被贵妃折辱。阿箬默默叹了口气，眼神亮了起来。

仪贵人移居来之前，如懿和海兰已将延禧宫清扫一新，并在仪贵人所要居住的东暖阁多悬香包驱虫。因为只留了两间房出来给仪贵人居住，如懿心下也颇不安。幸而仪贵人也不算是骄矜之人，又见如懿自己住西暖阁，倒把东边让给了她，心下更是感激，只嘱咐把一些贴身东西搬来延禧宫，其余器具，只留在景阳宫中，随时去拿便可。唯有一样，仪贵人遇喜后一直身上寒浸浸的，不管何时都离不得炭炉炭盆，日夜焚烧，所以红箩炭一直未断，运进了延禧宫，由仪贵人自己的太监看着，小福子自请去帮衬着。

太后听闻仪贵人移居延禧宫，颇有微词。皇帝自然拿如懿救仪贵人时的胆大心细、遇蛇不吉不敢惊动长辈，也不放心仪贵人独居新殿为由，才让太后不作声了。太后又关心永琏的病情，也直叹嫔妃们一个两个怀着身孕都那么不安静。她见皇帝神色憔悴，知道是为河北春旱之事烦心，关切几句，便也目送皇帝离开了。

福珈知道太后不想仪贵人住在娴妃那儿。之前大阿哥铁了心跟着娴妃。眼下仪贵人这个烫手山芋若是生下了一男半女，皇帝肯定记着娴妃的好，便是仪贵人也会和她亲近。果然是个有本事有成算的。但娴妃就此坐大，又曾为皇帝生母说话，太后自然不会有多欢喜。

太后轻轻瞄她一眼："若仪贵人出了任何一点差错，娴妃也会跟着吃挂落儿。"

娴妃就此落败，太后也会不高兴，毕竟娴妃是颗好棋子呢。而且太后虽然关心仪贵人遇蛇之事，却也不肯将仪贵人接到慈宁宫的偏殿里住下。后宫里蹊跷的事儿多了，烫手的山芋，便是太后也不想碰的。

太后悠悠道："后宫如前朝，局势要平衡才好。哀家想好了，若是仪贵人生下了孩子，便交给皇后抚养，仪贵人也不会和娴妃太亲近了。若是生不下来，娴妃受连累，她有本事解这个局，哀家自然帮她，否则无用的棋子丢开手也罢。"

如此，仪贵人移居延禧宫之事，便再无人有异议。

为着让仪贵人静心养胎,如懿特意叮嘱了永璜每日读书只许小声,不许喧哗吵闹。仪贵人倒是很喜欢永璜的样子,每每见到永璜便说,若是有他这么一个懂事孝顺的孩子,便也满足了。如此一来,延禧宫中虽然拥挤些,倒也十分热闹,连皇帝也是每日必来看望一次的。

如此数日,连晞月亦不觉叹息,她被皇帝冷落了许多时日,虽然每常相见,却未再让她侍寝,她亦不免感慨,请求将仪贵人挪去她的咸福宫居住,也好得见天颜。皇帝却只是一笑,问她:"如果贵妃你见到毒蛇,是会吓得惊叫一声自己先跑呢,还是会救仪贵人为先?"

晞月有备而来,对答如流:"臣妾一定会护着仪贵人。"

皇帝微笑:"即便你肯护着,朕也心疼你弱质纤纤。"

如此,晞月只得悻悻而回,又捧着冬虫夏草去撷芳殿看望永琏。皇后的心思除了在永琏身上,便是记挂仪贵人的龙胎,生怕如懿照顾不周。话不投机,晞月也只得退了出来。玉妍陪了皇后一日,早就累了,也趁此机会一同出来。玉妍提起仪贵人亦是喟叹不已:"嫔妾真是羡慕仪贵人,她若是生下皇上登基后的第一个阿哥,皇后娘娘要亲自抚养。也是,二阿哥体弱,皇后娘娘膝下多个养子也是好的。"

晞月对仪贵人本无不满,只是不喜仪贵人母凭子贵,又有皇后这个靠山,以后皇后跟前哪里还有自己说话的分量。

玉妍不知她心事,依旧絮叨:"仪贵人有孩子,咱们怎么能和她比。不过仪贵人住在延禧宫,说不准娴妃娘娘又用了什么法子,就如抚养了大阿哥一般,再多一个养子。唉,眼看娴妃顺风顺水,她身边若有个亲近人为我们告知消息就好了,也好让我们学学娴妃的长处呀。"

晞月心中冷笑,瞟了眼玉妍,也不说话。其实说来说去,仪贵人这个孩子来得不是时候,不管便宜了皇后还是娴妃,吃亏的总是自己。可谁叫自己没福气,不曾遇喜,又失了皇帝欢心,只能眼睁睁看着旁人的孩子成了贵子,自己却一步一步地不如人了。可玫贵人和仪贵人算什么呢?一个是南府琵琶伎,一个是侍婢,都出身下贱,怎配生下贵子呢。她们就算要生,也只能生下呆呆笨笨的蠢孩子，生下体弱多病不得人喜欢的孩子罢了。"

晞月的手指掐在掌心，面色冷峻如寒冰。玉妍看着她，不知该如何说话才好，只得告辞了。

如懿与海兰对仪贵人的胎悉心照顾，一饮一食都细细查看，除了用银针试菜，御膳房送来的鱼虾活物都要过目，连鱼略不活泛一些，也要问几句。御膳房送来鱼虾的小禄子连连赔笑，解释了路上运过来缺水才会如此，如懿见烹煮一样新鲜好吃，这才罢了。

连太医开的安胎药方，如懿也另请人看过药渣，道是无妨才继续喝下去。这样检验药渣的事，蕊心倒是很乐意去做。如懿便笑她："你去找的太医，可靠么？"

蕊心连连点头，眼里有微亮的光芒："是。他是奴婢家乡的旧识，奴婢进宫后才知道他已经在太医院当了一个小小太医。虽然官职卑微，但奴婢是相信他的医术的。"

如懿笑道："你是相信他的医术呢，还是相信他这个人？"

蕊心红了面庞，只低头不语。如懿已然明白："看来不必我替你找个婆家，你自己已然有了心上人了。"

蕊心又羞又急："奴婢不敢。"

如懿含笑道："让他好好在太医院争气，有朝一日，我一定会成全你们。"

蕊心感激地望着如懿："那奴婢先去准备晚膳，皇上已经传过口谕，说要过来与小主一同用膳呢。"

然而这一夜，如懿等到烛火凉透，也不见皇帝前来，出去打探的三宝缩在门边一直不敢进来回话。

如懿慢慢夹了一筷子冷透了的蜜丝山药吃了，那山药本是酥滑软糯，入口即化，又兼浇了蜜丝，格外清甜润舌，可是此刻吃在口中，却只觉得那冷而滑的触感让人捉摸不定，连蜜丝也透出一缕清苦之味。她搁下筷子，只听得银筷头上的细链子玲玲作响，便道："皇上是不会来了，是什么缘故，你直说便是。"

三宝怯怯道:"皇上从养心殿出来,正要往咱们延禧宫来,谁知看到皇后娘娘跪在螽斯门前祈福,祈求二阿哥身子早点康健,皇上才知道,原来二阿哥的风寒是越来越重了。皇上着急,当下就陪着皇后娘娘去了长春宫,然后……"

"然后就一直在那里,没有再出来。"

三宝点头答了是,如懿舀了口汤慢慢喝了道:"螽斯门是从养心殿到延禧宫的必经之路。皇后娘娘有心求神佛保佑,为何不去宝华殿而去螽斯门这么舍近求远?皇上当然是不会离开长春宫的了。"如懿淡淡一笑,对蕊心道,"去把饭菜热一热,我也不必饿着肚子等候了。"

蕊心小心翼翼道:"小主……"

如懿微笑:"皇后贵为六宫之首,皇上陪她,是情理之中的事。"

次日清晨,皇帝过来时眼圈下已经一圈墨黑。如懿正在用早膳,见皇帝前来,忙起身道:"没想到皇上会一早过来,并没有准备下精致膳食,还请皇上见谅。"

皇帝笑道:"无妨。你吃什么,朕便也吃什么罢了。"

如懿亲自捧了一碗配了紫姜的清粥过来,又奉上鲜奶子茶和麻酱烧饼,配了几样清爽酱菜,道:"皇上似乎昨夜没睡好,还是吃得清淡提神些才好。"

皇帝的眉宇间隐然有忧色:"永琏病了这些日子,一直不见好,朕看他那个样子,真是心疼。"他握住如懿的手,"如懿,你没有看见永琏发哮症的样子,气都喘不过来。朕看着他都直想掉眼泪。"

如懿甚少见皇帝如此忧虑,心下微微一抽,便道:"皇上放心,二阿哥有皇后娘娘悉心照顾,必然会很快好转。"

皇帝将永琏哮症之事说了个大概,不顾如懿惊讶,径自说下去:"皇后对朕说了很多话。她说,若永琏再不见好,便要长跪宝华殿中祈福。她说,自知配错了莲心和王钦的婚事,让朕不满。可皇后真不知王钦是那样的人,已经后悔至极。她还说自愧无能,永琏体弱需要看顾,却无法分心照料仪贵人的龙胎。只盼来日龙胎落地,朕能交由她抚养,好让皇后以尽嫡母职责。"

皇后在嫔妃跟前从来肃然有礼,端庄持重,绝不肯有一丝示弱,难得对着皇帝,才有几分女儿家情态。如懿自然明白,皇帝是安慰了皇后的。

果然皇帝道:"永琏是嫡子,哪怕得了哮症,不能好生习武骑射,能修文治天下,照样是朕最疼爱的孩子,朕对他寄望无穷。其实皇后能做错多少事呢?她为朕生下嫡子,就是最大的好处。朕知道中宫难做,许多事不会和她计较。朕也告诉她,仪贵人的孩子落地后自然给她抚养,让她专心照顾好永琏便是。"

皇帝顿了顿,正了正神色,如懿会意,立刻示意众人退下。

皇帝正色道:"朕已经决意,只要永琏的病好起来,朕就要立他为太子,继承国祚。"

殿中沉水香的气味沉沉入鼻,如懿微微一怔,心里有什么念头还来不及起来,便已把它们死死地按了下去:"二阿哥是正宫嫡出,皇上立他为太子也是情理之中。"

皇帝不是不遗憾的:"朕知道永琏身体不好,我朝马背上得天下,一个不能骑射的皇子要为天子很是勉强。"

如懿连忙安慰:"天下安定,未必要九五之尊亲征出战。只要有仁爱之心,文德出众,一样是百姓爱戴的天子。"

皇帝饮了一口粥,不觉慨然:"朕不是嫡出,身为庶出的皇子身份到底不同,哪怕如今朕当了皇帝坐拥天下,午夜梦回的时候仍是觉得心惊委屈。我朝自入关以来,世祖、圣祖、先帝到朕,都是庶出之子。朕一直想立嫡出之子为太子,就当是替朕自己完成一个幼年的愿望。"

如懿听他感慨万千,自能分辨出皇帝言下的失落与怅惘。皇帝是那样敏感的人,生性多思,幼年生涯的种种心酸缺失,即便是如今富有四海也无法弥补的。所以他才那样在意,那样执着,要去完成自己当年的小小心愿。

那么,她又怎肯去拂逆他的心思。她伏在皇帝肩头,轻声道:"皇上想做的,那就一定要做到。那是对二阿哥好,也是抚平皇上自己的心意。"

皇帝抚着她新梳起的青丝，缓声道："如懿，朕知道你疼永璜，永璜也上进，但哲妃的位次万不能与皇后相提并论，庶长子也不如嫡子尊贵。永璋被养得太过娇气，往后只能做个闲散宗室。仪贵人这一胎无论男女，只要大小平安就好。"

如懿低低答了声"是"，只是静静伏在皇帝膝头，听着他呼吸声悠然绵长，感触他纷叠的心事如潮。

皇帝低低在她耳边道："朕知道这样很不公平，朕和你还没有孩子。但朕真的不知道该如何去说，说出朕这么多年的心愿，让你明白。"

如懿翻过皇帝的手，将它贴在面颊上，轻声道："皇上，臣妾都明白。以后臣妾有了和您的孩子，也只盼他一生富贵平安便是了。"

皇帝眼中有伏波似的动容与感切，仿佛是划过深蓝天际的流星，有那样璀璨的光影："如懿，谢谢你这样懂得朕。朕也知道，这是在委屈你，可是有时候名分所在，朕也不得不委屈了。"

如懿领首道："那皇上要立太子之事，会告诉皇后么？若是皇后知道，一定会非常高兴。"

皇帝摇头道："圣祖在时就因过早公布储君，才让诸子起了夺嫡之心。朕会和皇阿玛一样，将太子的名字藏于正大光明的牌匾之后，等朕百年之后群臣自然会依照这个立定储君。如此也可防太子骄矜，母家专权。所以，朕不打算告诉皇后，你也不要和任何人提起。"

如懿"嗯"了一声，皇帝听见外头人声响起，便道："外头是什么人？"

如懿探首看了看道："是御膳房给仪贵人送的新鲜鱼虾，都是一早送来交由小厨房亲手烹制的。"

皇帝道："太医是说过，遇喜之后要多食鱼虾，朕记得那时候玫贵人也很喜欢吃。朕昨日去看仪贵人，发现她这几天总说头昏头痛，夜不安枕，也不知是怎么回事，朕心里十分担忧。"

如懿道："太医已经来看过，说初初遇喜之人的确会如此。而且因为仪贵人夜不安枕，嘴上还发了溃疡，幸而太医已经开了清凉下火的汤药了。臣妾会叮嘱小厨房多用菊花茶和绿豆汤,希望仪贵人服下之后会舒适些许。"

皇帝蹙眉道:"玫贵人遇喜之时也是心火旺盛口角溃疡,朕如今看见仪贵人,实在是心有余悸。如今皇后无暇分身,如懿,一切就需你多多照顾了。"

如懿含笑道:"皇上既放心仪贵人住在延禧宫,便是放心臣妾了的。"

皇帝悠然长嗅:"朕当然放心。就像每每闻着你殿中才有的沉水香,朕便觉得心思宁静分明。"

如懿微微一笑:"那也是皇上恩准,只许臣妾所用罢了。"

饭毕,皇帝便起身往养心殿去。如懿想着太子一事,又念着仪贵人的身体,实在是百感交集。正想着,却见海兰急匆匆过来道:"姐姐,我刚从仪贵人那里过来,像是不大好呢,你快过去看看。"

如懿赶忙起身,迭声吩咐了去请太医,立刻跟了海兰往东暖阁去。因着仪贵人有身子一直畏寒,虽然入了三月里,她殿中仍有炭盆暖炉,一时一刻都离不得。如懿携了海兰一进去,便觉得那暖意兜头兜脸扑来,不觉生了蒙蒙一层汗意。

仪贵人裹着一条暗紫织花云锦被,整个人乏力地歪在床上,似乎呼吸有些艰难,一张脸也憋成了暗紫色,与那锦被一般。殿内焚着檀香,连炭盆里也扔着一把佛手,被暖气一烘,种种香气织在一起,香是香,却让人闻着有些混浊气闷。

如懿忙吩咐道:"里头的香气太重了,快开了窗给贵人透透气。"

仪贵人紧紧拥着被子,往床里缩道:"娴妃娘娘,别开窗,有人要害我!"

如懿忙笑道:"好妹妹,这是在延禧宫,没人敢害你!"她伸手摸了摸仪贵人的脸,她身上脸上都热热的,出了好大一身汗,她忙取过绢子替仪贵人轻轻擦拭了,温声道,"你别怕,告诉本宫,刚才是不是做噩梦了?"

仪贵人畏惧地缩在床角,惊惶地指着地上道:"好多蛇,好多好多蛇要咬我!"

海兰忙摘下银帐钩上悬着的一个香包:"仪贵人别怕,延禧宫里挂了好多驱蛇的香包,蛇一闻到气味就跑了,你安心住着就是。"

海兰看了看仪贵人，有些担心道："仪贵人似乎有些发热呢，你们去取些热水来给贵人服下。"她看着仪贵人嘴角的溃疡，似乎又比昨天大了一些，便道，"太医开的清热去火的药都给贵人喝了么？怎么贵人嘴上的溃疡更厉害了。"

伺候仪贵人的环心道："回海贵人的话，小主昨夜的晚膳贪吃了些鱼虾，那东西是发的，估计因为如此，嘴上的东西才长得大了些。奴婢也劝过，但小主说多食鱼虾可以让腹中的孩子健壮，所以宁可发些溃疡。"

海兰无奈道："那便罢了。你们还是听我的嘱咐，平日给仪贵人服用的茶水都换成胎菊茶才好。"

正说话间，许太医便到了，如懿忙让了许太医为仪贵人看脉。许太医一径只是摇头："小主连日来梦魇颇深，是不是？"

仪贵人乏力地点头："自从上次惊蛰日遇蛇之后，午夜梦回，常自不安。"

许太医会意："一旦醒来便浑身发热，虚弱无力，心悸难安，更兼因噩梦而浑身颤抖，腹中隐然作痛，可有这样的症状么？"

仪贵人眼中闪过一丝光亮："太医说的全中了。虽然每日夜来清晨都如此不安，但白日里倒还好些。敢问太医，我为何会如此？"

许太医捋着胡须慢条斯理道："小主初次遇喜，又在怀胎三月之时受惊，导致心悸烦乱，白日有人陪着开解还好，夜来入梦难免会想起。因着多日如此，睡梦不安，小主才会内火上升，嘴角溃烂。微臣可以开些安神的汤药和外敷治疗溃疡的药物，小主只要按时服用应可无虞。"

海兰尚有些不放心："可是仪贵人有腹痛之状。"

许太医摆手道："初初遇喜之时，的确会有隐隐腹痛，那是腹中孩子在慢慢长大，牵扯到母体的缘故，不打紧的。"

如懿忙问道："仪贵人身上总一阵阵发热，不要紧么？"

许太医含笑道："孕中体热，乃是常事。小主不信可以随时在仪贵人身上搭一把，任何时候一定比各位身上都烫。所以有些女子刚遇喜身之时，常以为自己风寒发热，误服汤药，以致没了孩子。其实只要看过大夫，都会无事的。"

如懿不免失笑，亦带了一分感慨："是啊，要本宫和海兰这样两个未有生育之身来照顾仪贵人,难免有不周到之处,还得多谢许太医提点。"

仪贵人忙道:"有娴妃娘娘在,嫔妾心里已经安稳许多了。若还是留在景阳宫,那才真是后怕呢。"

海兰拍拍她的手道:"前几日我经过景阳宫,看里头已经在重新粉饰了。大约是怕有蛇虫待过,你住着害怕。等一切都装饰好了,你也平安生下了孩子,便可以安心住回景阳宫中做你的主位了。"

仪贵人微微一怔,抚着小腹含笑道:"我哪里敢奢望真能做一宫主位呢。从前在潜邸时我不过是皇后娘娘身边的小小侍女,能有幸侍奉皇上已经是老天爷格外厚待了。现在我只盼着能好好安稳入睡,来日孩子平平安安生下来就好了。"

许太医在旁开好了方子,道:"启禀仪贵人,因贵人有孕在身,微臣不敢开太烈的药,以免损伤胎儿。所以安神汤药也好,外敷治嘴角溃烂的药也好,药性都极为温和,以保贵人和胎儿安好为上,见效会比较慢一些,但请贵人切勿焦急。"

仪贵人的笑意温婉得若三春枝头一朵粉灿灿的樱花:"太医能以我和腹中胎儿为重,我又怎会怪责太医呢。"说着,让环心给了许太医一张银票为赏。

如此,许太医自回太医院不提。他正值壮年,走在长街上,却不知怎的觉着脚下有些浮。他干脆在墙根下站定了,打发身后背药箱的小太监走远些。许太医从袖中拿出银票,眯着眼看了看上头的数额,露出一丝笑意。一抬头,却见延禧宫伺候的小福子站在拐角处歇脚,正似笑非笑看着他。许太医当下一凛,走了上去。

如懿和海兰便陪着仪贵人闲聊直至晚膳时分。仪贵人甚是热情,索性便拉了如懿和海兰一同用膳。二人推却不得,便也一同坐下了。

因着仪贵人遇喜,所有的菜品都是御膳房送了新鲜食料来,然后在延禧宫小厨房由仪贵人自己的厨娘烹制,不可谓不小心。这一日送来的晚膳有瓜烧里脊、琵琶大虾、绣球干贝、炒珍珠鸭、奶汁鱼片、桂花鱼条、八宝鸡丁、响油膳糊、红烧鱼骨、鲜蘑菜心、玉笋蕨菜、砂锅煨鹿筋、罗汉酿虾丁、金腿烧鱼圆山鸡汤。

如懿看着琳琅满目一桌菜品，不觉笑道："难怪妹妹你口角的溃疡好得这样慢，每顿吃那么多鱼虾，饱了口腹之欲，便伤了自己的嘴了。"

仪贵人不好意思道："娴妃娘娘有所不知，嫔妾原也不喜欢鱼虾腥气，但皇后娘娘遇喜的时候一直大量进食，顿顿不离，所以二阿哥如此聪明伶俐。纯嫔娘娘有孕时也吃了不少，三阿哥虽不聪明，但也壮健，可见吃了鱼虾，总有好处……"

说着，仪贵人胃口甚好，一连吃了许多，倒也开怀。

一连安静了一个多月，皇帝因为挂心永琏的病情，也常逗留在长春宫中，对延禧宫难免有所忽略。如懿既已知皇帝的心事，只管安心照顾好仪贵人，也不再作他想。皇帝未来之时，如懿管着永璜读书，皇后见永琏好些，也不肯放松，照样陪着读皇帝喜欢的《昭明文选》。这样一来二去，连素练也感慨："咱们二阿哥有哮症，往习武射箭定是不如大阿哥了。皇后娘娘求全心切啊，只好让二阿哥努力修文，这不自己也熬着呢。"如此，长春宫上下对如懿更是不满，只说为一个娴妃生出多少事来，这么煎熬皇后和二阿哥。当然，长春宫中的议论，怎么也不会落到延禧宫中，自然各过各的日子罢了。

这一晚永璜下了学，便留在如懿房中一同用了晚膳。如懿本就雅好笔墨，见永璜的字大有进益，心下也甚欣慰，便亲自看着他习字诵读。

永璜将今日所学都背与如懿听了，忽然生了几分颓丧之意："母亲，儿子每天都在尚书房用心读，只盼皇阿玛来查问的时候能讨皇阿玛欢喜。可是，可是，皇阿玛已经多日不来问儿子的功课了。"

如懿笑着抚了抚他的额头道："那么你就不好好学了么？"

永璜摇头道："那也不是。不管皇阿玛问不问，儿子都会好好读书的。"

如懿慈爱笑道："那就是了。不管别人问与不问，你只管做好自己的事便是了。因为你是为自己活着，为自己争气的，不只是为了旁人。"

永璜似乎有些明白，用力地点点头："儿子知道了。"

如懿微微一笑，牵过他的手道："不过，自己用心之余，还能讨别人喜欢，自然是更好的。母亲记得前些日子皇阿玛问你在读《史记》了没有，你说已经读了是么？"

永璜道："是啊，都已学了大半了。"

"那便好。母亲教你一首你皇阿玛的御诗。你好好记下熟读成诵，等到哪一日见到了你皇阿玛背给他听，他一定很欢喜。"

永璜立刻笑道："那母亲快些教儿子吧。"

如懿握住他的手取过笔，把着他的手一起写下："鹿走荒郊壮士追，蛙声紫色总男儿。拔山扛鼎兴何暴，齿剑辞骓志不移。天下不闻歌楚些，帐中唯见叹虞兮。故乡三户终何在？千载乌江不洗悲。"①

永璜好奇道："母亲，这是写谁的诗？"

如懿不觉带了一抹甜蜜笑意："是你皇阿玛读《项羽纪》后写下的诗，你皇阿玛感叹项羽英雄末路，自刎乌江，所以写下这首诗。你读了《史记》再能熟读你皇阿玛的御诗，他一定会很高兴的。"

永璜郑重地点点头，自己又临了一遍，末了，道："母亲，儿子跟随你多日，如今才知道原来母亲会写字。儿子的额娘，便是字也不识的。"

如懿轻轻嘘了一声，取过一块湖蓝暗色如意云纹的宁绸料子缝制起来："有什么本事，别一下子都拿出来。旁人不知道的，或许到了哪一天就是你的傍身之技了。若什么都拿出来让人知道了去，岂不也就让人看穿了。"

永璜的眼珠子机灵一转："儿子明白了。"他看着如懿手中的料子，问道："天都黑了，母亲还缝衣裳做什么，仔细看伤了眼睛。"

如懿笑道："好孩子，你且去背你的诗吧。天气暖起来了，母亲想替你缝制一件薄些的衣裳，那些奴才手脚太粗，针脚都留在衣裳的背面，怕磨得你不舒服。母亲自己来做，会格外留意，把针脚都塞到夹层里去，让你穿着舒服。"

永璜满脸感激，眼中含了薄薄的泪光："母亲待儿子这样好……"

---

① 乾隆御诗《七律·读项羽纪》。

如懿的笑容温和而慈爱："母亲就是该待儿子好的，不是么？乖，快去读你的书吧。"

　　永璜坐在一旁默默诵读，如懿取过针线慢慢缝制起来，烛光摇曳，纱窗上映着桃花窈窕的枝叶，隐隐闻得见那灼其华、其叶蓁蓁的芬芳。

　　母子二人正温馨相对，忽然间外头喧哗声大作，仪贵人身边的环心面无血色地冲进来，哭着道："娴妃娘娘，不好了，不好了！我们贵人见大红了！"

　　如懿陡然一凛，一颗心直直地坠落下去，像是坠进了无底的黑渊里。她听得自己的声音都变了："怎么会这样？"

　　环心浑身都在发抖，像筛糠似的，得靠着墙根才能站稳："奴婢也不知道。用了晚膳之后小主便开始腹痛，因为小主怀孕才四个月，每常也有腹痛之象，还以为不要紧。谁知今晚腹痛来得太急，才发作起来就立刻见了大红。"

　　"那么太医呢？去请了么？"

　　环心带着哭音道："已经去请了，娘娘快去看看吧。"

　　如懿本能地撂下手中的东西，向外奔了几步，回头才想起永璜还在，忙道："永璜，不管出了什么事，听见什么动静，你都不许往仪贵人那儿去，明白了么？"

　　她奔进仪贵人房中时，房内已尽是血腥气。仪贵人整个人蜷缩在床内，已然晕了过去。如懿才要抱过她的身体唤她，一掀褥子，触手便觉温热一片，那血液上都是血沫水泡。她心底瞬即凉透了，仿佛被硬生生塞进了一大块寒冰，冷得她也忍不住发起抖来。

第六章　前事

许太医来时，已然是无力回天了。他和赵太医忙碌得满头大汗淋漓，伸手去掐仪贵人的人中，拿艾叶拼命去熏，又灌入大量的汤药，到最后，只得摊手道："回娴妃娘娘，龙胎在腹中没了动静，微臣也没有办法了。"

如懿一句话也说不出来，只能和海兰依偎在一起，眼睁睁看着仪贵人身下的血中带着的水泡沫子越来越多，身体越来越虚弱，连昏迷中辗转的呻吟声也再发不出来。

她茫然地看着，痛楚和惊恸已经将心底最初的惊恐和畏惧湮然吞没。她只能发出无助的喃喃："怎么会？怎么会……"

虽然她和仪贵人的交情不深，可是这些日子，她几乎每天都陪着仪贵人，看着她的腹部一点点隆起，看着她初为人母的喜悦，连她也情不自禁地期盼，有朝一日，她会亲眼看着这个孩子出世。虽然，她从未有过自己的孩子，可是她可以亲眼看着一个生命的诞生，那种喜悦与企盼，是发自内心深处的。

可是连她自己都不能想到，已然这般小心，怎么还会这样，这样骤然目睹孩子的消逝。听着太医冰冷的话语，那个孩子，已断了生气。

太医小心翼翼地过来："娴妃娘娘，没有办法了。微臣要用药催出仪贵人腹中的死胎，免得留在母体中，连仪贵人也保不住。"

她不知道用了多久的力气才逼出这一句话来:"为什么?为什么会这样?"

太医们吓得面面相觑:"这个……微臣也不知道,只能等胎儿拿出来才能计较。"

良久,如懿才能挪动自己已然僵硬的身体,她吃力地和海兰互相搀扶着起身,转到门边的时候,她抬头看到了脸色苍白如纸的皇帝。

真的是苍白如纸,他的整张脸,白而透,是那种透着无奈与绝望的锈青色,好像他整个人都那样钝了下去,失去了往日里英挺的活气,只余了单薄的剪影,就那样薄薄地立着。皇帝站在近在咫尺的地方,她看得清他眼底的悲伤与惶惑。可是她什么安慰的话也说不出来,只能静静地与他双手交握,希望以彼此手心仅存的温暖来给予对方一点坚定和支撑下去的勇气。

海兰静默地退下,由着他们悲伤而安静地相对。如懿清晰地看见,他眼底的疼痛清晰凛冽地蔓延开来。皇帝的声音带了丝崩溃般的颤抖:"如懿,你告诉朕,为什么朕的又一个孩子没了?如懿,为什么朕登基后,朕的孩子一个都活不下来?是不是天命在惩罚朕?惩罚朕得到了九五之尊的荣耀,却失去了父子天伦之乐?"

他的话像针刺一样钻进如懿的耳膜里,即便他贵为天下至尊,却也有这样生离死别不能言说的苦楚。如懿清晰地感到命运的无常如同一柄冰凉而不见锋刃的利刀,你根本不知道它隐藏在何地,只能默默地承受它随时随地都可能发生的锐利刺入,眼见着自己的血汩汩而出,生生忍住。

如懿沉默地拥住他,将自己心底的无望化作拥抱时的力气,支撑着他随时会倒下的身体。她知道自己的安慰如此无力,可还是要说:"皇上,臣妾知道这些话没什么用,但是臣妾一定要说。您已经有了三位阿哥,您还会有孩子的。您放心,一定还会有的……"

有晶莹的液体漾得眼前模糊一片,几乎要喷薄而出,她却只能死死忍住,隐忍着不肯掉下。是,若连她都落泪,岂不让他更伤心。她仰起面,感受着夜来的风吹干眼底泪水时那种稀薄的刺痛,檐下的绯色宫灯被风吹得晃转如陀螺,像是磷火一样缥缈不定,更似夺取孩子性命的鬼魂那双不瞑的眼睛,嘲笑似的望着众生渺小不堪。

李玉使个眼色，进忠和进保悄悄地拿竹竿钩下了灯笼。

如懿握住皇帝的手，缓缓、缓缓地往里走。

她听着东暖阁里昏迷中的仪贵人断断续续惊痛的呻吟声，心底的无助越来越浓。她只得起身，将西暖阁里数十盏莲花台上的灯烛一一点燃，灼热的光线映得殿内几如白昼，地面上澄金镜砖发出幽黑的光泽，恰如皇帝脸上阴霾不定的锈青色，整个人似乎都被笼罩在深浅不定的阴影之中。

如懿自己执着一串佛珠，另一串交到皇帝手中："臣妾与皇上送一送孩子。"

过了半个时辰左右，皇后也匆匆赶到了。她的脚步有些踉跄，才俯身请安，便落了泪："仪贵人的孩子都没了，臣妾少了一个指望，皇上也一定很伤心。"

她举眸，以目光责备如懿的无能。

太医捧了一个乌木大盘不安地过来。

皇帝吩咐了皇后起身，便问太医："还能有什么事让你们如此慌张？"

许太医和赵太医互视一眼，慌忙跪下磕了个头道："皇上容微臣细禀，龙胎已经催下来了，可是……"他犹豫片刻，还是大着胆子说了下去，"可是这龙胎有异，不像是寻常胎死腹中啊！"

皇帝烦躁道："胎死腹中本来就不寻常，难道还要你们来告诉朕么？"

许太医连忙道："微臣一直伺候仪贵人的胎象，从诊脉来看龙胎没有大碍。可是方才催下龙胎，仪贵人出血不止，全是血沫水泡，连龙胎也……"

皇帝隐隐觉得不好，太阳穴上突突地跳着，脸色愈发难看："龙胎怎么样？"

许太医道："龙胎已经成形，能看得出是个男胎，但……从母体的脐带到龙胎都是青黑色，显然是中毒，若是保到瓜熟蒂落，也可能长成鬼胎……"

如懿不敢相信，喝问："怎么会是中毒？"

许太医不敢再说下去，赵太医只得将木盘高高托起。

皇帝迅疾地以两指撩起上面黑色的布看了一眼，如懿正好瞥见，只见里面血肉模糊一团，中间那团血肉的确是透着不祥的黑色。

如懿心里一慌，差点没呕吐出来，她弯下腰，抵挡着胸腔里搜心搜肺的酸楚和恐惧。皇帝的身体轻轻一晃，捧在手中的茶盏哐啷砸在了地上，他几乎是狂暴地站起来，怒吼道："怎么会这样？怎么会？！"

皇后一个支撑不住，差点晕过去，幸好莲心和素练牢牢扶住了。皇后连声道："不可能！不可能！宫中怎么接二连三出这样的事……怎会……"她忽然醒过神来，喝道，"你们说是中毒？是什么毒？"

赵太医挺起身子道："若微臣与许太医没有猜错，这是中了水银之毒。不知仪贵人以何种方式接触到了水银，不仅透过肌理沾染，还有服食的迹象，才致龙胎夭亡。且若是中毒缓慢，或许龙胎会长到分娩出母体，但现下看来，中毒极快。"他与许太医对视一眼，朗声道，"微臣与许太医还有一个推测，不知当说不当说？"

皇后当机立断："有什么话你直说便是。"

赵太医道："仪贵人从遇喜便发热、大汗、心悸不安、失眠多梦，又多发痢疾，虽然很像是遇喜之身常有的症状，但皇上和皇后不觉得这些症状很像一个人也得过的么？"

如懿心念一转："你是说……玫贵人！"

赵太医道："娴妃娘娘说得不错。恕微臣大胆推测，或许玫贵人的死胎不是意外，而是如仪贵人一般中毒。"

皇帝大怒："既然你们发觉仪贵人与玫贵人的症状相似，为何没一早察觉是中了水银之毒？"

两位太医磕头如捣蒜："皇上，水银中毒的情状又与初孕的反应极其相似。若不是仪贵人母体不如玫贵人强健，导致胎死腹中，根本难以察觉。"

皇后不觉失色："那么你说的水银，宫中何来此物？"

许太医道："以朱砂稍稍提炼，极容易便可得到。宫中佛事诸多，宝华殿中有的是朱砂。连太医院配药也是常用，只怕谁都能得到。"

皇帝的双手握紧，青筋直暴："你们何以敢推断玫贵人的胎也是如此？当时为何没有太医说是水银祸害？"

许太医惶惑道："微臣没见过玫贵人的死胎，不敢妄言。只是以玫贵人和仪贵人的症状来推测。水银中毒是在初期才会有青黑色。若等怀胎时久，产出时也不过肚腹泛青，症状不甚明显。"

皇后的声音极轻："皇上，臣妾分明记得，玫贵人的胎是泛青的。"她沉声，如钟磬般郑重，道，"皇上，若两个都是中毒，那便是有人蓄意谋害皇嗣，动摇国祚祥瑞。臣妾以六宫之首的身份，请求皇上彻查此事，以告慰两位皇嗣在天之灵。"

皇帝的眼中闪过雪亮的恨意，冷冷道："查！朕倒要看看，是谁有这样的胆子，敢谋害朕的孩子！"

所有人的注意力都放在了彻查龙胎之死的事情上，没有谁记得，去看一眼尚且昏迷未醒的仪贵人。如懿独自走到暖阁门外，掀起锦帘一角，看着华衾锦堆中昏睡的女子脸色苍白若素，一双纤手在暗紫色锦衾上无声蜷曲，空空的手势，像要努力抓住什么东西。她眼中一酸，忍不住落下泪来，她再清楚不过，仪贵人想要抓住的，再也抓不住了。

海兰亦是惊忧："姐姐，仪贵人中毒，不知是在延禧宫的缘故还是在景阳宫时就有了。总之咱们逃不了干系。姐姐还是担心自己吧。"

如懿含泪摇头："仪贵人没了孩子，我是有照顾不周的嫌疑。皇上责罚我也无可辩驳。我只是想不明白，已经那么小心了，这毒是从何而来？"

因为连着两胎皇嗣出事，连太后亦被惊动，当夜便要怪责如懿照顾不周的失职之罪，又嗔怪皇后管治后宫无方。还是皇帝好言劝住了太后，说仪贵人落胎，娴妃陪伴安慰，此刻不宜责罚。太后心痛龙胎不只是滑胎，更是中毒，始终恼怒。最后皇帝只得让如懿停俸一年，海兰停俸半年作为惩戒。

有了太后的这般怒意，一时间层层关节查下去，雷厉风行，连仪贵人身边侍奉的宫人也一个没有放过，一一盘查。宫中大有草木皆兵之势，风声鹤唳，人人自危。连素日性子最张扬的嘉贵人也避在自己宫中，足不出户。

晞月闻知消息时正在喝坐胎药，不觉怔住了，连药差点洒了也不知道，只是追问茉心，为何事情出得这样快？

茉心也是摸不着头脑，晞月又惊又怕，连汤药都难以下咽："不是说那些东西只会让生下的孩儿呆呆笨笨么？怎么玫贵人的孩子成了鬼胎？这回用的东西分量比上回少了一半，仪贵人的孩子那么快就没了。我们用的时候不久啊。还是那些孩子无福，本来在胎里就不好，所以经不住那些东西。"

茉心哪还有心思想这个，哀哀求着晞月道："皇上和皇后娘娘已经在查了，太后也震怒不已，总得有人给个交代啊。"

晞月坐在桃花芯木的椅子里，身体瑟瑟的，银凤步摇凉凉地垂落，猩红的玛瑙珠子沙沙地打在鬓边，似寒雨扑面。片刻，她下定了决心："既然事情出在了延禧宫里，那娴妃就得认这个罪，才对得起太后的这一番怒火。至于外头，你去传话，无论怎样都得求了阿玛允准，帮本宫这一回。"

仪贵人的孩子死后，皇帝也甚少过来安慰探视，即便来了也稍稍坐坐就走了，一心只放在了追查之上。倒是皇后顾念着主仆之情，虽然自己的永琏尚未痊愈，倒也过来看望了几次。

那日从延禧宫出来，素练便摇头："好好儿一个皇子没了，娴妃只是停一年俸银，皇上也太轻描淡写了。"

皇后如何不知，皇帝护着如懿也不是头一遭了。从前也罢了，如今眼见永琏这般病弱，如懿手握庶长子，又有皇帝偏帮，皇后心中也实在不安。素练自然是知道自己的心事，可这心事如何能解，也实在是难。

素练忍不住提醒："老夫人总提醒您娴妃不可小视，您总对她宽纵。这回可再不能了。"

皇后着实无可奈何："皇上偏心娴妃，本宫还能怎么按宫规处置？"

素练急切道："宫中事儿多，哪日娴妃真犯了大错，您断不能格外优容，一定要秉公直言。再不成，娴妃树敌多了，许多事您睁一眼闭一眼，顺水推舟就是了。这样才是为我们的二阿哥考量呀。"

皇后默默叹息不言，只得扶了素练的手，正要上轿，却见晞月急匆匆过来，连发髻的绢花被吹斜了也未察觉。

皇后暗暗纳罕，索性止步等她。晞月人还未到身前，已经高声道："皇后娘娘，臣妾特来为您分忧。"

她走得急，气息都尚未匀，连连抚着心口："臣妾以为两位贵人龙胎不保，一定是身边的所食所用出了差错，大可从这两样着手细查。"

皇后微微颔首，看向素练的眼神，便多了几分肃然。

素练和赵一泰为首，带着宫人先搜查延禧宫和景阳宫，翻查仪贵人阁中的东西，拿走了每日膳食的记录，连尚未倒掉的残羹冷炙都不放过。见小福子将仪贵人暖阁中的炭盆端出来，赵一泰也连盆带炭灰一并拿去了慎刑司。

慎刑司的精奇嬷嬷们最是做事做老了的，慎刑司的七十二样酷刑才用了三四样，便已有人受不住刑昏死过去。有了这样的筏子，再一一问下去便好办得多了。受审的七八个宫人整日被悬空吊着，脚离地三寸，难受如死。小福子因为经手了伺候仪贵人所用的红箩炭，也在其中，早已是伤痕累累。

素练和赵一泰得空便轮流看着慎刑司审讯，一点儿也不敢松懈。

素练指着地上的炭盆和里头剩下的炭灰，冷冷道："挺能熬啊，三四天了还不吐口儿。物证我都已经搜到了，瞧瞧这红箩炭的炭灰，都别想赖！"

赵一泰跟着威胁："想要不受刑，把你们知道的都吐出来。否则打死了你们也没人理会！"

宫人们倒吊着，连呻吟也不敢发出一声。

正此时，两个精奇嬷嬷绑着小禄子送进来，得意道："在御膳房找到了物证，还有一个下手的小禄子。"

赵一泰喜得连连点头，深觉有了交差的指望。素练踢了赵一泰一脚，他才收起喜色。素练打心眼里厌憎，立刻吩咐了一起用刑，打到招了为止。

小禄子一路进来都低着头，如丧家之犬一般，进了慎刑司才抬头四处搜寻，直到见了小福子，眼里的一大包热泪早含不住了，呜咽了一声。小福子听得亲兄弟的声音，忙吃力地扭头，兄弟俩视线一触，都哭了出来。小福子又是哭又是喊："我招了，我招了，别打我了！更别打我兄弟！"

小禄子也跪了下来，恸哭不止。赵一泰眼睛一亮，一把揪住了小禄子起身："说吧，都说吧。"

正问着话，外头报是贵妃来了，素练正纳罕晞月怎肯出现在这样凌乱污糟之地，忙出去迎接。晞月来了倒也没二话，只问了素练审讯之情，听得龙胎不保，就是为那红箩炭和饮食的缘故，又已有了人证物证，一颗心定了大半，连夸了素练不愧是皇后的人，办事雷厉风行。说罢晞月又叹息："不过光凭这个要告倒娴妃，怕是不够。你也知道，皇上向来偏爱娴妃。娴妃会来事儿啊，会抢了庶长子来争宠夺爱，专门气皇后娘娘。本宫看啊，既然人证物证还不足，不如给她加一把劲儿，借着这件事，把这个钉儿给拔了。不知皇后娘娘那边，有没有这样的打算？"

素练素来视如懿为皇后的劲敌，简直是眼中钉、肉中刺。听得晞月这样说，甚是动心，便道："皇后娘娘嘛，只要有铁证，自然不会宽纵娴妃的恶行。只是这铁证，如何才算铁呢？得让皇上都帮不了娴妃才行。"

晞月微微一笑，颇为笃定："已经有证据了，无非是证据还不够瓷实，会给娴妃脱罪的机会。若是皇后娘娘有心，本宫自然能安排出人来，坐实娴妃的罪名。"她见素练犹豫，索性道，"若皇后娘娘没有这个意思，那就是本宫白操心，白白为枉死的皇嗣抱屈。毕竟呢，本宫也从未听皇后娘娘明说过，实在不清楚娘娘心意。"

素练眼皮微垂："皇后娘娘是六宫之主，许多事都在心里，不能明说。有奴婢与您同心，您还不放心么？"

晞月微微一笑，拉住素练的手轻轻一拍："好。咱们都往一个地方使劲儿，还怕不能除了这个后宫的祸患？对了，还有个内务府的小安子，也来检举娴妃，本宫带了他来，就在后头等着呢。还请素练你问一问。"

素练肃然点头，带着小安子进去了。

仪贵人醒来后一直痴痴呆呆的，茶饭不思，那一双曾经欢喜的眼睛，除了流泪，便再也不会别的了。加之太医说她体内残余未清，每日还要服食定量的红花牛膝汤催落，对于体质孱弱的仪贵人，不啻另一重折磨。如懿和海兰一直守着她，防她寻了短见。她却只是向隅而泣，嘶哑着喉咙道："娴妃娘娘放心，不查出是谁害了嫔妾的孩子，嫔妾是绝不会寻短见的。"说到这句时，她似乎咬碎了牙齿，"嫔妾侍奉皇上这么多年才有了一个孩子，他是嫔妾唯一的期盼和希望。到底是谁？是谁这么容不下嫔妾的孩子！"

是谁要害孩子？连如懿自己也想不明白。她只能端过一碗燕窝粥，慢慢地喂着仪贵人，劝慰道："吃一点东西，才有力气继续等下去，等你想要知道的事。"

一碗燕窝粥才喂完，宫人们过来替仪贵人收拾东西，因着龙胎离世，为免仪贵人伤心，她亲手做的那些小儿衣物都要收走了。仪贵人正在伤心头上，一时哪里肯，激动地喊起来："不许拿走！这是我儿子的！"

环心扶着仪贵人默然流泪，海兰亦是伤感。如懿实在看不下去，只得吩咐道："别拿走，仪贵人再遇喜的时候，会用上的。"

这句话似乎是极大的安慰，仪贵人略略安静，把婴儿衣服藏在怀里，生怕被人抢走，只哭道："这个孩子的事儿没闹明白，下一个孩子也不肯到我这儿来，找我这无用之人做额娘。"

正说着，皇后身边的赵一泰过来了。他道："请娴妃娘娘和海贵人、仪贵人稍做准备，皇后娘娘请三位即刻往长春宫去。"

如懿搁下手中的碗道："什么事这么着急？仪贵人尚在静养，能不能……"

赵一泰道："皇后娘娘相请，自然是要事。何况事关仪贵人，还请仪贵人再累也要走一趟。连雨花阁的玫贵人都过去了。"

既然传了蕊姬，自然是与龙胎之事有关。为表郑重，玉妍亲自去雨花阁接了蕊姬。蕊姬见了玉妍，还不相信，握着一串菩提子佛珠，不可置信地盯着"雨花阁"的牌匾发怔。

玉妍笑吟吟候着她，招招手道："还不快出来，想什么呢？"她上前几步，殷勤着欢喜道，"为免奴才们轻慢，我特意向皇后娘娘请求来接玫贵人出去。玫贵人，你们母子的冤屈，今日可以洗刷干净了。"

蕊姬睁大了眼睛，一袭青裙瑟瑟发颤，她连握着佛珠的力气也没有，颤声道："你是说皇上知道是谁害了我们母子？"

蕊姬脑中轰地一响，人早就痴了，泪流满面，她脚下一滞，差点撞到了玉妍的身上，贞淑猛地往前一挡，将玉妍整个人挡在身后："玫贵人，您仔细足下。"

玉妍轻轻摆手，示意贞淑莫要这般如临大敌，伸手亲密地挽过蕊姬的手："来，咱们边走边说，我细细说与你听。"

如懿命人备下了轿辇，即刻往长春宫中去。待得入殿，太后、皇帝与皇后正坐其上，各宫嫔妃皆已到场，连在雨花阁静修的玫贵人也随坐其中。三人入殿后一一参见，便各自按着位次坐下。皇后见仪贵人病弱难支，不免格外怜惜，道："赵一泰，拿个鹅羽软垫给仪贵人垫着，让她坐得舒服些。"

仪贵人忙颤巍巍谢过了，皇帝道："你身上不好，安心坐着便是。"

太后满面沉肃道："皇后特请了哀家来，自是有要事，说吧。"

皇后一向端庄温和的面庞上不由得浮起几分愁苦之色："皇额娘，自去冬以来，宫中皇嗣遭厄，悲声连连，儿臣与皇上都忧烦不堪。今日急召嫔妃前来，又劳动皇额娘，是因为仪贵人之事已有了些眉目，须得找人来问一问。"

仪贵人神色一紧，忙问道："皇后娘娘所说的眉目，是知道害臣妾孩儿的人是谁了么？"

皇后温言道："仪贵人，少安毋躁。此事关系甚大，本宫与皇上也只是略略知道点眉目罢了。至于事情是否如此，大家都来听一听便是。"

太后道："皇后既有话便说吧。"

皇后看一眼身边的赵一泰，赵一泰击掌两下，便见许太医与赵太医一同进来。

皇后沉声道："皇额娘，仪贵人的龙胎夭于腹中，乃是受了水银毒害。儿臣百思不得其解，仪贵人房中并无水银，娴妃和海贵人对仪贵人的饮食起居也格外小心，照理说是不会出事的。欲查其事，必寻其源。儿臣让人翻查了仪贵人房中所有器物，才发现了这些东西。"

皇后扬一扬脸，莲心捧着一个炭盆，里面有些烧碎了的炭灰。皇后用珐琅护甲轻轻拨弄，炭灰上沾了些许银色物事，还有一些黑色的粉末。

皇帝对着日色一看："有些黑色粉末，像是炭灰。"

太后亦是点头。皇后抬一抬手，示意莲心端给众人都看看，众人一见之下皆是诧异，却又实在不知道是何物。皇后道："这些都是仪贵人宫中所用的东西，请两位太医瞧瞧，这炭灰里的是什么好东西？"

赵太医和许太医翻看片刻，用手指捻了捻细闻，几乎是异口同声地道："这里头的东西都是朱砂烧过的痕迹。"

许太医又道："朱砂遇高热会出水银，水银遇热便会化作无色无臭之气弥散，让人不知不觉中吸入。这炭灰里烧剩下的黑色粉末是有人将朱砂混入红箩炭中，等到烧尽也不易发觉。这银色的就是一点点的水银残迹。"

晞月秀眉微蹙，半倚在椅子上啧啧道："拼上了这样的心思去害仪贵人，哪里还有不成的。这个人还真是心思狠毒。"

皇帝道："既然如此，那么仪贵人阁中的宫人都会有不适之状，怎么只有仪贵人身体不适？"

蕊姬握着佛珠的手瑟瑟发抖，颤声道："宫人伺候都是轮班入内的，而仪贵人身在其中，几乎每日不离，当然深受其害。"

皇后看了眼皇帝，含了几分不忍与厌憎："这些都是小巧而已。皇上，仪贵人所怀龙胎中毒甚深，显然有服食水银的迹象。但那东西怎么吃得下去，一定是膳食上出了问题。"

海兰忙起身，战战兢兢道："皇后娘娘，仪贵人的饮食都是从御膳房送了新鲜的来，由厨娘在小厨房中烹制。臣妾与娴妃娘娘每日用银针试过，确是无毒。"

太后微微点头："你们也算仔细了。"

皇后摇头道："你们自己都还年轻，哪里晓得这其中的厉害。送来的鱼虾都是欢蹦乱跳的，可是这欢蹦乱跳离下锅也不远了，谁还管它有什么毛病。赵一泰，你来说。"

赵一泰道："皇上，太后。奴才去御膳房查问，才知玫贵人与仪贵人在遇喜时都很喜欢吃鱼虾。"

"这有什么不妥么？"玉妍好奇地望着盆中的鱼，"那是臣妾与纯嫔娘娘提起过，鱼虾利于胎儿。"

赵一泰转身取过一小袋鱼食捧到跟前："奴才问了太医，这本无错。奴才原想看看这些鱼虾有什么问题，谁知到了御膳房才知道供给仪贵人所食的鱼都死了，早扔了出去。奴才就觉得蹊跷了。"

太后不甚在意："御膳房的东西，向来不新鲜就扔了的。"

赵一泰忙躬身回禀道："回禀太后娘娘，遇喜的嫔妃向来吃食都是另备的。奴才想，怎么供给仪贵人所食的鸡鸭和虾都还好好活着，鱼没几日便死完了。所以奴才格外留心，找到了一小袋剩下的鱼食想看看有什么异样。"

皇后冷眼瞥着道："这些鱼是御膳房里养着专供遇喜的嫔妃所食的，都是精挑细选过然后专养在一个小池子喂食。宫里重视皇嗣，没想到别有用心的人就在这个上打主意了。"

皇帝也颇疑惑："这些鱼食有什么不同么？"

皇后忙看向皇帝："有没有不同，叫太医看过就是了。"

赵太医忙应了声"是"，与许太医头并头看了片刻，神色凛然："这些鱼食里都掺了磨细了的朱砂粉末，喂食之后起初鱼是不会有异样的。因为朱砂本身有微毒，等鱼吃下养上两天后，这些毒素都化在肉里，一经烹制遇热，毒性愈强。本来少少食用也还无妨，但日积月累下来就会慢慢损害龙胎。其手段老辣至极呀。"

赵一泰又道："奴才在御膳房问过，仪贵人与玫贵人遇喜后所食之鱼确是由此种鱼食喂养。"

玉妍吓得忙掩住了口，惊惶地睁大了双眼，下意识地按住了腹部。绿筠闭着眼连念了几句佛号，摇头不已。晞月看着那些东西，无声地撇了撇嘴。

蕊姬与仪贵人早已一脸悲愤，数度按捺不住，几乎立时就要发作了。

如懿满脸羞愧，忙起身道："皇上恕罪，皇后娘娘恕罪，臣妾本以为对仪贵人的饮食已经十分仔细，却不承想还是着了如此下作的手段。还请皇上皇后降罪！"

皇后瞟了她一眼，慢条斯理道："娴妃你的确算是小心了，但再小心总有百密一疏的时候。至于你要受什么罪，挨什么罚，等下皇上自会处置。"

第七章 无路

蕊姬再忍不住,跪在了地上抱住皇帝的腿道:"皇上,皇上,臣妾怀胎八月,突然早产,却产下那样的孩儿,以致被皇上厌弃。臣妾一直不敢怨天尤人,只以为是自己福薄命舛。如今细细想来,原来便是有人这样暗中布置,谋害臣妾和皇上的孩子。皇上,皇上,咱们的孩子死得好可怜。他一生下来连一句'额娘'都没叫过,连眼睛都没睁开好好看一看,就这样平白无故断送了。皇上啊,哪怕是臣妾在雨花阁再念成千上万遍《往生咒》,孩儿他死得这样冤屈,也不肯往极乐世界去啊!"

蕊姬哭得伤心欲绝,在场之人无不恻然。仪贵人也背转了身,咬着绢子哭泣不止。

许太医道:"玫贵人且勿伤心。依微臣和赵太医看来,这个要害您的人一开始用药极谨慎,所以您才会拖到八月早产下死胎。而对仪贵人,那人似乎放心大胆,用药更猛,所以仪贵人才会怀胎四月胎死腹中。"

仪贵人终于忍不住痛哭失声:"皇后娘娘既已查到这么多,那么烦请告诉臣妾一声,到底是谁在谋害臣妾的孩子?"

皇后看着神色阴郁不定的皇帝,气定神闲道:"不只你们,本宫也很想知道,后宫有如此阴毒之人,谋害龙胎,到底是想要做什么?所以在唤你们来长春宫之时，本宫已让人遍查你们所有人的寝宫，想来很快就有消息了。"

这般行事，连太后亦颔首赞皇后细密。

太后话音未落，素练已带了人匆匆进来，福了一福道："皇后娘娘交代的奴婢都已经做了，果然在其中一位小主的妆台屉子底下找到了一包朱砂，还请皇后娘娘过目。"

皇后将那包朱砂递到皇帝面前："皇上闻闻，这包朱砂沾上了什么气味？"

皇帝取过轻轻一嗅，目中的瞳孔骤然缩紧："是沉水香的气味！"

众人亦都震惊变色，纷纷以晦暗莫名的目光看向如懿。那种猜忌像是鞭子，狠狠抽打在如懿身上。唯有海兰悄悄握住她手，却难掩满心的紧张。蕊姬手中佛珠猛地一攥，已经恨不得站起身来，却被贴身侍女俗云死死按住了。一直抽抽搭搭的仪贵人也停止了啜泣，却似乎还不能接受是如懿所为，只是半信半疑地扭头，看看如懿，又看素练。晞月一瞟素练，素练依旧沉静，站立回话。

太后亦变色，那种厉色，汇成一根尖锐的长针，几能锥人："娴妃，宫里只有你一个用沉水香的！"

如懿心头大惊，眼见皇帝直逼视着自己，情不自禁跪下道："太后、皇上明鉴，臣妾真不知情，更不知妆台屉子中何时会有这包朱砂！"

皇后对如懿大为失望，扭头去看素练。

素练道："皇上，奴婢便是在娴妃娘娘的妆台屉子下找到的这包朱砂。当时阿箬还左右阻挠，不许奴婢翻查。如此看来，阿箬也是知情的，所以奴婢也带了她来。"

皇后冷冷道："先不必传阿箬。娴妃，你且看看这进来的几个人，可是你认识的？"

如懿回首望去，却见素练后面还跟着三个小太监。显然他们是刚从慎刑司出来，脸上身上都带着不轻的伤。

如懿摇头道："一个是臣妾宫里的小福子，一个是御膳房专给仪贵人送鱼虾的小禄子，也是小福子的哥哥。另一个，臣妾不认识。"

皇后的笑意微凉："另一个你真不认识？那么小安子，你自个儿说。"

小安子一说话就咧着嘴,显然是带着伤痛:"奴才小安子在内务府当差。"

如懿沉着道:"臣妾是知道小福子有个哥哥,但臣妾今日也是第一次见他,从前从不相识。"

"这个御膳房的小禄子,是专管着给遇喜嫔妃们养活鱼活虾的。"皇后取过那包鱼食丢在了小禄子跟前,"说,是谁指使你给那些鱼虾喂朱砂的?"

小禄子偷眼瞟着如懿,嘴上却硬:"无人、无人指使奴才!"

"无人?"皇后森冷道,"本宫也不和你计较,立刻送回慎刑司就是。"

小禄子一听"慎刑司"三字,吓得浑身发抖,连连磕头求饶道:"皇后娘娘饶命,皇后娘娘饶命。是娴妃娘娘吩咐奴才这样做,奴才实在不敢不听啊,她对奴才说,只要奴才敢不乖乖听话,就要寻个由头杀了奴才的弟弟小福子。奴才只有小福子一个弟弟,从小相依为命,实在不敢不听娴妃娘娘的话啊!"

如懿震惊不已,盯着他道:"小禄子,本宫与你只有一面之交,如何威胁你呢?"

小禄子苦着脸道:"娴妃娘娘,那日在御膳房门外的甬道里,话分明是您自己说的。您不忿出身低贱的玫贵人和仪贵人生下皇上登基后的第一个皇子,一定要绝了这两位皇嗣,保住大阿哥长子的地位。您还说二阿哥病恹恹的,指不定等不到封太子就让位给大阿哥了。您还说奴才不做,您杀了小福子后一样可以找别人做。奴才万般无奈才答应了的。"

如果说先前的怒意只是出于六宫之主的责任,那么这一句话,足以让皇后彻底出离了愤怒。多少次千思万想,日夜防备,原来都是真的!当年如懿差点拿走了她的嫡福晋之位,原来她一直心思未绝,在未有生养的情况下,就要借养子来夺嫡子之位。简直忍无可忍!所以,哪怕对如懿做了什么,也都是应该的,应该的!因为她就是那样的蛇蝎毒妇!

皇后怒声道:"放肆!原来你连皇上的嫡子也不肯放过。皇上!"

这一句"皇上"中有重重恨意,连皇帝也听得明白。嫡子是皇后最不能触碰的界限,这个小禄子说的话简直是戳了皇后的心。

晞月唇角含笑,施施然问道:"那么小福子,小禄子对你说过这样的话没有?"

小福子诺诺连声："有。娴妃娘娘拿我们兄弟两人的性命相威胁，要奴才在仪贵人的红箩炭里撒了朱砂，说仪贵人用炭火取暖便是自寻死路。"

小安子吓得直哆嗦，哭着道："娴妃娘娘在玫贵人遇喜后就跟奴才要过不少朱砂，但奴才实在不知道她是去害人呀！"

海兰再也坐不住了，对着皇帝哀恳道："皇上，娴妃不是这样的人，也从无这样的心思。您得相信娴妃娘娘。"

玉妍看着海兰，略带嘲讽之色："海贵人，别说你不信，我也不信啊。可是这铁证如山，你又不是娴妃肚子里的虫，能清楚她多少心思。"

皇后吸一口气，再吸一口气，才稍稍平静了些许："皇额娘，皇上，臣妾所查得的，便是这些。"

皇帝冷然不语，叫人摸不清他的心思。

如懿气得浑身发抖，心口一阵阵发寒，仿佛是掉进了万丈深渊，只觉得四周越来越寒，却不知自己究竟要掉到哪里才算完。

晞月轻笑一声道："这就难怪了！本宫怎么说呢，从仪贵人惊蛰那日遇蛇开始就觉得奇怪，怎么巧不巧仪贵人遇了蛇就被娴妃你撞见救了呢。仪贵人这就感激涕零去了你的延禧宫同住。这不正好下手，一切方便么？"

如懿直视着她道："贵妃慎言。如果一切是我蓄意所为，那么就该离仪贵人越远越好，才不容易被人发现，怎么还会这么蠢接她来延禧宫同住，好叫人疑心！"

"疑心？"晞月哧笑，耳边一双明珰垂玉环玲玲作响，"所谓富贵险中求，若是不兵行险招把仪贵人留在身边，哪能又是炭火又是饮食那么周全。玫贵人不就是你隔得远不方便，所以中毒缓慢，到了八个月才没了孩子。你抚养大阿哥，是挟长子争宠，其心可诛！"

如懿几乎气结，极力压抑着心口的怒气，冷冷道："贵妃也曾想抚养大阿哥，难道是自己怀着这样的心思！"

晞月登时有些心虚，立刻变了脸色，恨声道："毒妇竟敢污蔑本宫！"

太后断喝一声"混账"，才让众人静了下来。

胶凝的气氛几乎叫人窒息,仪贵人瞪大眼睛,绢帕捂心,目瞪口呆。此时的一切似乎已经完全超出了她的理解和想象。她一口气滞在胸口,说不出话,也喘不过气,喉咙里发出呵呵的声音。

蕊姬眼中出火,死死瞪着如懿,手里的佛珠都要捏碎了。

皇帝微微地眯着眼睛,有一种细碎的冷光似针尖一样在他的眸底凌厉刺出,他隐忍片刻,缓和了气息道:"皇额娘,只有这三人的证词,不能作数。"

皇后轻轻颔首,恭敬道:"皇上所言甚是。臣妾也觉得一面之词不可轻信,所以让素练带了阿箬过来。皇上可还记得,素练说阿箬方才拦着搜查么?那阿箬定是知情的。"

太后颔首,沉声道:"那这个阿箬,要好好查问才是。"

皇后转头看着素练:"带阿箬进来。"

素练出去,看着悠然等候的阿箬,沉着脸道:"是不是忠心待主子,全看你的了。"

阿箬仰面看了看明灿的阳光,露出一丝甜美微笑:"我当然忠心耿耿。"

素练很快带着神色谦卑的阿箬走进来,如懿见阿箬并无任何紧张不安之态,心中不觉松了一口气。阿箬到底是跟了自己多年的阿箬,没有做过的事,自然不必心慌意乱。她又有什么可担心的呢?或许她的阻拦,也是因为生性里的一分骄傲吧,怎可容许别人轻易侮辱了自己?然而心底的深处,如懿还是有一分深深的不安,到底延禧宫中是谁出了差错,将这一包朱砂放进了自己的妆台屉子里?

旁人不清楚,她自己却是知道的,沉水香的气味颇为清淡,要使这一包朱砂都染上气味,必然是在自己的殿内放了许久了。那么又是谁,能做得这样神不知鬼不觉?

她的心绪繁杂如乱麻。还来不及细细分辨清楚,阿箬已经走到殿中,沉稳跪下了道:"皇上万福,皇后万福,各位小主万福。"

皇后道:"今日也不说这些虚礼。本宫只问你,素练要去搜查延禧宫的时候,你为什么要拦着,还不许搜寝殿。"

阿箬脸上闪过一丝淡淡的哀伤，只是道："奴婢伺候小主，就要一切为小主打点妥当。"

海兰的神色渐渐不安起来。

皇后蹙眉："打点什么？"

阿箬脸上的悲伤之色愈浓，忽然转首向如懿磕了三个头道："小主，奴婢伺候您多年，这些年来不可谓不尽心尽力。可是小主自被太后禁足，心存怨恨，日渐乖戾，费心抚养大阿哥怂恿他争宠夺嫡，还每每逼迫奴婢去做一些不愿做的事。"

如懿惊住了，只觉得舌尖一阵阵发麻，突然感到恶心，很想呕吐出来。

太后眼角余光徐徐扫过如懿，稳当当看住阿箬，只轻轻一声疑问："哦？"

阿箬忙忙叩首："太后娘娘在上，您虽宽宏放出小主，可小主一直心怀怨怼，念念不忘为景仁宫报仇。"

太后也不恼，只是微笑："照你这么说，娴妃倒挺像她乌拉那拉氏的作风。"

阿箬转向如懿，又是深深一拜："小主，您做的事非人所为，奴婢实在看不下去，请您恕奴婢不忠。"

如懿胸腔里受了重重一击，想说话，舌尖却在打转，什么也说不出来。

阿箬转头再不看她，只向皇帝和皇后道："奴婢知道主子们要问什么，奴婢一并说了就是。皇上和太后看重登基后的第一个皇子，小主生怕他们夺了大阿哥的宠爱，便指使了小福子与小禄子作恶，想除去贵子。玫贵人与小主来往不多，小主只能在鱼食里做手脚，而仪贵人遇喜后恰逢毒蛇，小主带回仪贵人，在炭火鱼食中都下手，所以两位龙胎中毒深浅不同。"

海兰的声音轻却沉稳："阿箬，那我问你，那日景阳宫遇蛇是娴妃娘娘救了仪贵人。若是娴妃坐视不理，岂不省下后面许多麻烦？"

皇帝亦不能深信："娴妃曾私下见朕，告诉朕景阳宫油彩中混有蛇莓，才会引来毒蛇。若是娴妃要害仪贵人，为何还要费这般周章？"

阿箬仰着脖子，毫不退缩："皇上，小主那是虚情假意，因为那油彩里的蛇莓便是小主混进的，本意是要害仪贵人。谁知那日人多，仪贵人又喊了起来，小主便佯装救了仪贵人，既讨好皇上，又可借此亲近，方便下手。"

惢心按捺不住，稳稳扶着如懿的手，将手心暖意传递，怒喝道："阿箬，小主待你不薄，你收了谁的好处，居然说出这样没良心陷害小主的话来！"

阿箬冷冷看惢心，似看着一个陌生人一般："正是因为我还有良心，所以说了出来。"

仪贵人颤巍巍站起身，摇摇欲坠走了几步，看着如懿道："你！居然是你……算计这么深，你好狠！你……"

她还想再说什么，可情绪过于激动，气血翻涌，一个受不住便昏了过去。殿中乱了一阵，好容易环心、莲心扶着仪贵人去了偏殿歇息，重又安静下来。殿中诸人神情复杂，也不敢多言，只等着太后与皇帝发话。晞月徐徐抿茶，玲珑护甲敲在青瓷茶盏上叮玲作响。

阿箬看了眼晞月，晞月浑若未觉。阿箬沉口气，似是下了更大决心："小主的阴毒何止这一桩，皇上实在不该将大阿哥交给小主抚养。小主有了大阿哥，加之当日成不了嫡福晋，便生了夺嫡之心，听闻二阿哥有哮症，更是日夜诅咒，希望以长子替代嫡子成为太子。"

如懿愤怒到了极点，一股怒气直冲而出："你信口雌黄！"她太过激动，鬓边银凤步摇口中含着的数串米珠流苏唰一下扫在苍白面颊上，竟打出一道红痕，格外醒目。

皇后的脸色难看到了极点，双手搭在衣襟上，额边青筋暴起，只咬着牙不出声。

窗外明明是三月末的好天气，阳光明亮如澄金，照在殿内的翡翠画屏上，流光飞转成金色的华彩流溢。中庭一株高大的辛夷树，深紫色的花蕾如暗沉的火焰燃烧一般，恣肆地怒放着。如懿心里一阵复一阵地惊凉，仿佛成百上千只猫爪使劲抓挠着一般。她的面色一定苍白得很难看，她怎么也不相信阿箬会这样镇定自若地说出这些话来。

阿箬继续道："小主当日从嫡福晋降为侧福晋，深恨皇后娘娘家世鼎盛，她事事不如皇后娘娘，便在阿哥们身上打主意。"

惢心气得浑身发抖，怒喝道："我和你一同伺候小主，怎么你说的这些话我都不知！平日里还是我伺候小主更多呢。"

阿箬轻蔑，压根儿不正眼看蕊心："你是伺候小主多些不错。但我是小主的陪嫁，有什么事自然都知道。而且这样狠毒的事，难道还要人人皆知么？"她目视如懿，毫不畏惧，"小主，这样的事你自己做过自己不知道？难不成奴婢和他们都要冤枉你么？"

如懿双目紧闭，忍住眼底汹涌的泪水，睁眸道："很好，很好。阿箬，我不知你与谁合谋布了这个局冤我，但当真是天衣无缝，对答如流。"

阿箬躬身道："奴婢眼见得仪贵人胎死腹中，便夜夜噩梦。当日囿于主仆之情，奴婢不敢说与人知。如今事发乃是天意，小主任打任罚，奴婢都不能隐瞒下去了。"

阿箬言毕，忽然看了小禄子一眼。小禄子冲上来道："娴妃娘娘，奴才知道供了出来对不住您，可是奴才也不想这样平白害了两位皇嗣。奴才……奴才……"他支吾两声，突然挣起身子，一头撞在了正殿中一只巨大的紫铜八足蟠龙大熏炉上，登时血溅三尺，一命呜呼。嫔妃们吓得尖叫起来。

小福子吓呆了，上前抱住小禄子的尸身，摸了摸他鼻孔气息，登时大哭起来："哥哥！哥哥！"他转过头，双眼如要滴血一般，对着如懿大叫："毒妇，你逼死了我哥哥！"

殿内一片混乱。如懿望着那飞溅的热血吓得滞住，还没回过神来，蕊姬已经冲到了身前，抡起手中佛珠，就照如懿脸面狠狠抽了两下。太后呵止一声，也只让她动作缓了一下，她还要再打，却被跟上来的俗云死死拉住了。蕊姬口中犹自骂道："你好狠毒的心，还敢说人合谋冤我，小禄子能拿他一条命来冤枉你么？你居然狠心到连我腹中的孩子都不肯放过！"

如懿晕头转向，脑中嗡嗡地晕眩着，脸上一阵阵热辣辣的，嘴角有一股热热的液体流了出来，她伸手一抹，才发觉手上猩红一道，原来是玫贵人下手太重，打出了血。可是她居然不觉得痛，只是看着那大熏炉上慢慢滴下的血液，一滴又一滴滑落。撞得头壳破碎的小禄子被人拖了出去。这样温暖的天气里，她居然生出了彻骨的寒意。

死无对证，居然是死无对证！

如懿喃喃："他居然拿自己的命来害我……"

阿箬脸色惨白，对着如懿道："没人要害您！是您的心太毒了！自从您养了大阿哥，又知道二阿哥得了哮症，三阿哥不得宠，手段毒辣，无所不用其极！当然了，这也是景仁宫的嘱托，要您为乌拉那拉氏争夺荣宠。"

皇后怒不可遏，为着中宫的端庄仪容只得强行压着情绪："皇上，娴妃之心恶毒如此，竟连永琏也要算计！怎能容她！"

太后冷淡容色上终于起了波澜之怒："景仁宫死了还有如此遗训，好啊，好啊。"

她那两句"好啊"似大雪飞旋，落在每个人身上都冰冷一击，生出深深惧意。

如懿叱道："你就拿着我乌拉那拉氏的出身这般胡诌？简直荒谬至极！阿箬，你和你阿玛也是乌拉那拉门下出身，怎能如此污蔑本家？"

阿箬怔了片刻，眼底似有热泪滚出，晞月轻轻冷笑一声，阿箬很快镇静下来，抹去眼泪："奴婢自知不活，今日跟小禄子一样一头撞死在这里，也算报了小主多年恩义。"

她说完，一头便要撞向那熏炉去。晞月眼明手快，一把拉住了道："已经死了一个，再死一个岂不是都死无对证了。"她款步向前，向太后与帝后福了一福道："今日的事后宫诸姐妹都已经听明白了，娴妃谋害皇嗣，人赃并获，已经无从抵赖。臣妾请求皇上皇后还玫贵人和仪贵人一个公道，更还含冤弃世的两位皇嗣一个公道。"

海兰忙跪下，情急道："太后、皇上、皇后娘娘，臣妾与娴妃姐姐起居一处，深知姐姐并无害人之心，断不能任人拿大阿哥和景仁宫为由污蔑娴妃！"

绿筠亦帮腔："臣妾与娴妃相处多年，她确不是这样的人。还请明察。"

皇后丝毫不理会，只恭敬向太后请求："皇额娘，后宫出了这样的事，原是儿臣不察之过。人证物证俱在，娴妃是无从抵赖，您和皇上要如何查办，儿臣听命便是。"

皇帝的眼睛只盯着熏炉上淌下的鲜血，他的声音清冷如寒冰："阿箬，你是要拿你这条命去填娴妃的罪过了,是么?"

阿箬含泪道:"奴婢自知身受皇恩,阿玛才能在外为朝廷效力,可是忠孝难两全,奴婢只有以死谢罪。"

空气中有胶凝般的滞缓与压抑,庭院中的花香轻而薄地缠上身来,闻得久了,几乎如同捆绑般的窒息。远处不知是不是有蜜蜂在嗡嗡地扑着翅膀,好像那锐利的蜂针也一点一点逼进身体,一阵一阵地发痛。如懿跪在乌金地砖上,膝盖疼得几乎直不起来,她欲分辩,唯觉得自己陷在了一张精心织就的天罗地网之中,口干舌燥无力挣扎,只由得冷汗涔涔而下,濡湿了面庞。

皇帝淡淡地道:"你的心,朕都知道了。"

良久,如懿仰起面,凝望着皇帝:"皇上,人证物证皆在,臣妾百口莫辩。但是皇上,臣妾至死也只有一句话,臣妾不曾做过。"

皇帝语调温然,颇有痛惜之意:"朕知道。朕不信你会做出这样的事。"

皇后将眼中的泪水以愤怒灼干,化作冷厉的口吻:"皇上的意思,是并不处置娴妃?"

皇帝温和安抚皇后的激怒:"事关朕的子嗣,朕得细细查明。皇后,少安毋躁。"

太后霍地站起身,不欲再多纠缠:"皇帝,你再要查,娴妃也不能不受处置。"皇帝欲要辩驳,太后肃然正色,"证据桩桩件件,皇帝不能立刻接受,哀家也明白。但娴妃未曾照顾好仪贵人,致使龙胎夭折,着降为贵人,幽禁延禧宫。"

皇帝颇见为难之色:"皇额娘,就算娴妃照顾不周,降为贵人,还要幽禁,也太严厉了。"

太后唇角微扬,以冰冷之姿相对:"皇帝,有人拿一条命来告发娴贵人谋害皇嗣,还事涉嫡子与景仁宫,你真的全然没有疑惑么?"

皇帝沉默,那沉默如山,压倒了如懿心中最后的期盼与依靠。

他是疑心的,他竟也是疑心自己的!

太后将皇帝脸上阴郁的惨痛与悲伤尽收眼底:"皇帝,你到底也是疑心的。"

晞月看了玉妍一眼,悄然露出一丝悠然笑意。玉妍淡淡转头,抚着一对深翠孔雀石耳环妖娆相倚。

如懿眼里蓄满了泪水："皇上一直对臣妾说要臣妾放心，如今臣妾百口莫辩，只求皇上能明察秋毫。"

皇帝并不看她，只道："那就听皇额娘的。"

太后点头："仪贵人即日迁回景阳宫安养，玫贵人迁回永和宫，一切如旧。阿箬送进慎刑司去，细细拷问。"

阿箬不意太后有此举，惊惧不已，瘫倒在地。

如懿望着窗外艳阳高照，这是三春胜日，她却清晰而分明地觉得，她的春天，已经开始离开了。

唯有皇帝在那春日将去的黯然里，铁青了脸低声吩咐李玉，将圆明园宫女毓瑚急召入宫。

如懿独自坐在殿中，看着黄铜镜中自己的容颜，居然已经是憔悴如斯。延禧宫中的宫人被撤去了大半，连香炉里的香烟冷了，也没有人再来更换。只剩下一把冰冷的死灰，如同她的心一般，散碎成齑粉，不知哪一阵风来，就散得不见踪影了。

海兰悄无声息地走进来，替她绾好散落的发髻，整了整疏散的珠钗，缓声道："姐姐切莫心灰意冷，太后只是降姐姐为贵人，皇上也有疑虑。还有阿箬……"

所谓的证人，小禄子已经死了，他的死更像是源于她的逼迫。小福子和小安子咬住了自己，而唯一最有力的人证，只剩下了阿箬。那个变得可怕的阿箬。

如懿缓缓地摇头："你觉得阿箬劝得回头？今日她在长春宫能够如此犀利冷静地说出那番话，说得那么滴水不漏，我便已经知道，阿箬会是置我于死地的一剂砒霜。你要砒霜变良药，如何可能？"

海兰急切道："这件事虽然看似证据确凿，但并非没有一点可疑之处，等到皇上想明白了，就会恢复姐姐位分，放姐姐出去了。"

如懿凄然一笑："没用了。每个人都有自己的底线，太后介意姑母，皇后在意嫡子，在意皇后和太子之位，而皇上，逃不脱太后和皇后的底线。所有的证据叠在一起，都没有夺嫡和听命于姑母要紧。"

海兰见四下里冷冷清清的，并无旁人伺候在侧，便问："姐姐，那该怎么办？我们连阿箬和谁勾结都不知道。"

如懿沉吟着道："皇后有皇子和公主，又掌位六宫，按理说并不需除去这两个孩子。"

海兰不信："但玫贵人盛宠，仪贵人的孩子又被认为是大贵之胎，不能不防。"

"贵妃一直与玫贵人不睦，可能是她害的玫贵人，但是仪贵人与贵妃并无冲突，平日里也算亲善啊。"

海兰沉吟道："可是若以两位龙胎之死打击姐姐，贵妃一定做得出。而嘉贵人的恩宠一直与姐姐和贵妃相当，哪怕贵妃被皇上冷落之后，她都能和姐姐平分秋色，恐怕嘉贵人也不简单。"

如懿自嘲地笑笑："宫中生存，有谁又是简单的？是我自己技不如人，才会受此算计。"

她望向院中，中庭桃花灿如凝霞，怡然开了一天一地。一阵风过，连吹来的气息都是甜的。院子里晴丝袅袅，春光骀荡，这样好的时候，她却宫门深闭，只看着黄昏暮色无可阻挡地自远处逼近，无处可逃。

外头有极轻的人语声，那是仪贵人宫中的宫人在搬离延禧宫，她看着海兰道："你也要搬走了么？"

海兰道："我求过皇上，暂居延禧宫陪伴姐姐。"

如懿神色凄苦，握住她的手道："何必？这次不比禁足，你还能出去。陪我住在这里，等于是陪我一起幽禁，葬送了自己。"

海兰只是坐在她身前，诚挚道："妹妹人傻，又愚笨不懂得周旋，即便能出去，也不过任人欺凌罢了，情愿守着姐姐。"

如懿握着海兰冰凉的手，哽咽间一句话也说不出来，只见着日头明亮地悬挂空中，两人一并陷落在那日光的阴影之中。

第八章 冷苑（上）

阿箬在慎刑司被拷打了一夜，始终咬死了是娴贵人害的皇嗣，不曾翻供。太后原不信阿箬这般铁嘴，吩咐了再要用刑，却被福珈劝住了："怕是不能了。奴婢已经知道，阿箬的阿玛桂铎，是皇上治水的能臣。再拷问下去，只怕妨了皇上治水的大事。"

太后此时已然冷静了几分，笑吟吟道："看来那丫头是铁了心了。还知道拿景仁宫来戳哀家的痛处，拿嫡子之事来戳皇后，有几分本事啊。"

福珈冷笑一声，更将要事禀告："皇上把少年时在圆明园伺候过的乳母毓瑚召进宫了，人都快进养心殿了。"

太后面色一冷，手里把玩着戏鸟的玳瑁长簪几乎握不住。皇帝少年无依，只与这个乳母毓瑚最是亲近。她很快平静了神色，淡淡道："来就来吧。"

太后丢下长簪，兴致寥寥，自去歇下了午睡不提。

毓瑚入养心殿时已是次日午后，皇帝一见之下分外亲近。那毓瑚不过四十模样，人很精干，一笑起来却是贴心贴肺的模样。皇帝甚是亲热，依稀有少年时依恋信赖的模样："毓瑚，你和李太嫔相识多年，又伺候过朕，是朕信得过的人。往后就留在朕身边伺候，免得朕连个放心的人都没有。"毓瑚轻轻叹了一声，跟看自己的孩子似的疼爱，轻轻唤了一声："皇上。"

这一声，勾起了皇帝无限烦恼的心事。就像小时候一样，受了多大的委屈，毓瑚都会好言安慰，替他分劳。皇帝沉默片刻，将所有难堪一一吐出，末了道："宫里接连出事，皇嗣损伤，许多人身陷其中。你是局外人，看得清楚些。你替朕去查查。"

毓瑚懂得地点点头，行了一礼，转身出去了。

毓瑚自去忙碌。咸福宫里却是悠闲，茉心端了一盆红参熬煮的水，细细为晞月面上涂拭。那原是玉妍教的法子。放眼宫中，莫不以玉妍为弄潮儿，衣饰打扮纵然素些，但都别出心裁，又最善保养。心高气傲如晞月，对这点也是心悦诚服。纵然才二十出头，玉妍每日熬了红参水浸浴洁面，那肌肤光洁细腻，深得皇帝喜爱。玉妍对着晞月颇为巴结，给了这个法子，又送上红参，晞月自然也乐意接受。这一日她心情颇好，越发觉得这法子有用，映得自己娇艳动人。

茉心手里忙活，嘴上也不停："小主，小禄子虽死了，小福子还活着，他们那一大家子兄弟都还在老大人手里。"

晞月轻哧一声，看着手指上包裹着的凤仙花汁液，只要时候到位，那指甲必然养得又红又香，拂指惊艳。真是呢，费尽了心思与安排，必有所得，染指甲是这样，其他的又何尝不是。"要不是这样，他们肯舍出性命去为本宫办事？小安子也算牢靠，他家里也得安置好了。之前也是小禄子为报答本宫愿意替他找回家人，才告诉本宫朱砂的用处。否则咱们怎么懂得朱砂这样厉害。"

茉心连连称是："玫贵人处处和小主为敌，怎配生贵子？"

晞月冷笑连连："玫贵人本就可憎，更与如懿有千丝万缕的联系。仪贵人倒不讨厌，只是她和龙胎得了如懿照顾，会给如懿越过本宫的机会。"

茉心忙奉承了几句。晞月闭着眼，无比惬意，一歇儿感叹小禄子死得忠勇，活着时帮自己下朱砂混在了鱼食里喂鱼虾，他弟弟小福子也在红箩炭里混朱砂给仪贵人烧火取暖，否则这两个龙胎怎会去得这般神不知鬼不觉，又除了如懿这个死敌；一歇儿又念着父亲虽然迂腐难求，但最后到底还是挟制了小禄子家人；末了又感叹那朱砂药性太强，用的时间不久，效果却大出意料。想来小禄子到底是奴才出身，对药性和分量实在没个准数，本想让那些孩子生下来呆呆笨笨的，不想却都出了大事。

她这般寻思，茉心用帕子浸透了红参水敷在晞月面颊上，笑吟吟奉承："如今连皇后娘娘那边都信实了是娴贵人所为，能为小主除了娴贵人这个心头大患，又讨了皇后娘娘的好儿，也罢了。自然也只有娴贵人背黑锅，皇后娘娘她们信以为真，素练才会出死力帮忙，皇后娘娘也会顺水推舟不再细查。小主聪慧绝顶。"

晞月听得舒心，满心欢畅。不想小禄子一个太监，竟这么有心思。果然是天要亡如懿。茉心忙着兑了热水进去，那黄澄澄的汤水冒起了热气，越发显得晞月娇美面庞美得不似真人。茉心有几分担忧："不过小主，那个阿箬是个背主的东西，虽然今天跳出来咬死了娴贵人，但也未必可靠。"

晞月哪里将阿箬死活放在心上，原不过当她是个可用的棋子罢了。当下取下敷面的帕子咣一声撂在水里，冷笑道："有桂铎在，她不敢翻腾到哪里去。不过她若死在了慎刑司，也一了百了。"

宫中出了这样大的事，纵然找到了所谓的嫌犯，也不会安宁下来。各宫里各有心思，长春宫的皇后也不能免俗。永琏的哮症虽然有些好转，但病久了伤了身体的底子，要痊愈也缓慢。这些日子劳神过了，皇后也无心歇息。午歇时不过闭眼片刻，想起阿箬、小禄子等人告发时说出的如懿的夺嫡之心，便又立刻惊醒。素练心疼不已，替皇后按着心包经一路下来，又点了檀香宁神。恰逢晞月过来陪着说话，皇后也稍稍解闷。

这回素练和贵妃办事雷厉风行，细致周全，皇后甚是安慰。又见晞月只一身雨过天青色萱草兰纹衬衣，头上以青玉扁方绾住大把青丝，素素地只簪了两朵宫花，显然是把自己素日的教导听了进去。于是皇后对晞月又复了往日的亲近和睦。

晞月乖觉，忙着斟茶递水伺候，插空道："阿箬来向臣妾和素练揭发乌拉那拉氏的丑事，素练和赵一泰查出了物证，臣妾查实了人证，皇后娘娘秉公处置而已。"

素练亦不敢居功，老老实实说出"实情"："要紧的是咱们明白了娴贵人的心思有多歹毒,她害死了皇嗣,就要动咱们的二阿哥。"

皇后什么都可以不计较,但如懿谋害皇嗣、扶持永璜、算计永琏、意图夺嫡,是皇后最不能忍之事。她心头大恨,看一眼素练,将心中的一点不安掩了下去。当日素练告诉她人证物证都有,但还不确实时,她便想到了阿箬。阿箬果然不负她重望,向素练和晞月告发了如懿谋害皇嗣之事,而且说得清清楚楚,有鼻子有眼,唯独缺了一个最后坐实的证据。当知道晞月让阿箬去放了一包沾染了沉水香气味的朱砂在如懿宫中时,她原本的震怒和不满却渐渐平息了下去,居然默许了她们的作为。

或许,她心底早就信了如懿的阴谋和作为;或许,是因为昔年选嫡福晋的心结还在那里,从未解开过;或许,是额娘的再三叮咛,永琏病重的模样……她终于还是默许了。

晞月趁热打铁地进言:"皇后娘娘,与其让乌拉那拉氏有机可乘,哪日东山再起,还不如借着此事一了百了。"

一腔义愤涌上心头,纵然不喜玫贵人跋扈,但仪贵人是她心腹侍女,这些孩子都要称呼她一声嫡母,皇后如何不心痛失落,旋即冷了脸道:"别说本宫,便是皇额娘也饶不了她。"

晞月姣好的面孔上堆满了笑容:"皇后娘娘,若是将大阿哥给臣妾抚养,臣妾一定好好看着大阿哥,让他事事以二阿哥为尊。"

皇后对她的欢喜瞬时降了几分,淡淡道:"抚养永璜之事本宫会替你绸缪,且看皇上心意吧。"

晞月有些失望,但到底也不敢驳皇后的意思,便告辞去了。

皇后看着晞月离去,觉得那檀香柔和的气味也有些呛人的烟灰气,便吩咐素练掐了了事。皇后凝神片刻,目光有些沉郁,像晓雾暮霭,黏着将人裹住:"这回的事贵妃和阿箬出力不少。贵妃与如懿积怨已深,自然事事帮忙。"

素练赔笑道:"光贵妃也不成啊。到底是阿箬告发,而且……"她抬头,看着皇后温和的脸容,横一横心,道,"而且是奴婢让阿箬放了那包沾了沉水香气味的朱砂在娴贵人的妆台屉子里的。"

皇后大为意外，惊得几乎要站起身来："你说什么？你叫阿箬去做的？你……你瞒着本宫……"

素练自知不该这般瞒着皇后，可富察夫人的叮嘱犹在耳边，她如何能不尽忠竭力。素练立刻跪下陈罪："皇后娘娘恕罪！事儿一定是娴贵人做的，无非是怕皇上不顾皇嗣冤屈，有意饶过，奴婢才妄做主张，叫阿箬这么做了。"

皇后下意识地反对，失声叫道："这可不成！"

富察夫人说得对，皇后果然还是心软！素练心底一沉，急得要沁出泪来："皇后娘娘不能心软，坐实这件事，皇上也不能偏帮娴贵人了，娴贵人也不能再养着大阿哥兴风作浪危害我们二阿哥了。"

皇后再有义愤，听得这句话，也默然了。素练握住她的裙摆，含泪道："娘娘，娴贵人心性狠毒，如果这次逃过，不知还要生什么事。除了那些可能落地的贵子，她就得对咱们嫡子下手了。您得为二阿哥考虑啊。"

无数的心绪翻乱，前尘旧怨都涌上了心头。永琏是自己的心头肉啊，却又这般病了，让人有机可乘。她如何能不心疼自己病弱的孩儿，不好好护着他呢？皇后双眸黯然，缓缓道："好，既然都说是娴贵人，那就这么办吧。你忠心本宫与永琏……办得很好！但是阿箬不忠背主，实在狠心。"

素练沉吟着道："阿箬肯这么出手，一定是心有所求，并且只有娘娘才能成全。毕竟当日是贵妃要她跪在雨中受罚，是嘉贵人救了她，更是娘娘您庇护她。谁对阿箬好，阿箬自然知道。"

皇后微微颔首，嘴角带了一丝笑意："罢了，当日嘉贵人要留阿箬这个眼线在娴贵人身边，果然今日能查出娴贵人如此大过，也不枉了。"

素练也夸了玉妍忠心。皇后想一想，道她停一停："嘉贵人带回了如懿想救没救成的人，阿箬谢的是本宫，怨的是如懿。何况嘉贵人来告诉过本宫，阿箬对皇上有意。"

素练颇有些不屑："阿箬那丫头想飞上枝头。可如今阿箬还在慎刑司受刑，娘娘不救她？"

一个人若无所求，怎会如此拼尽全力。但眼下的局势，是太后要审，皇后怎能出面去救。要救,自然也得别人伸手。这个别人是谁,皇后略略看素练一眼,她便心领神会。

"那奴婢明日去见贵妃,请贵妃出手。只不知道阿箬会不会受不过刑说出放朱砂的事?"

皇后正色道:"乌拉那拉氏怀凶心、行恶事,证据确凿。便是阿箬熬不过刑说了,也有其他铁证,难不成还冤枉了她?就凭她借着永璜争宠,本宫就深信她有夺嫡之心。"她将心底深藏的怨气一口吐出,才松了口气,"阿箬若能熬过去,本宫便见见她。"

晞月出了长春宫,便携了彩珠、彩玥的手回了咸福宫。茉心自去慎刑司打点银票,嘱咐了精奇嬷嬷手上使点劲儿,一气儿把阿箬打死就完了。左右是太后吩咐慎刑司拷打阿箬,死了也无人怀疑晞月,谁知茉心前脚才走,毓瑚便拦住了精奇嬷嬷,亮出养心殿的腰牌。精奇嬷嬷见毓瑚问话,又是这样的身份,哪里还敢隐瞒,当下就说了是贵妃要阿箬死,余者便也不知了。毓瑚嘱咐了暂缓用刑,又去别处查询。

晞月回到阁中,眼见得晴光如许,碧空无云,心中阻碍大清,心情甚好,取过琵琶信手弹奏,未成曲调先有了无限愉悦之情。素练悄然进来请了一安,晞月便笑:"瞧你这眉头皱的,愁什么呢?"

素练唉声叹气:"当初您责罚阿箬,嘉贵人救了她,还带去了皇后娘娘那里,咱们才有了阿箬这个棋子做事。如今阿箬这个棋子在慎刑司里,怎么也得捞出来吧?除了您和高大人,谁还有这个本事?"

晞月好看的细眉拧了起来,她掩饰住心虚,道:"皇后娘娘的意思,是要阿箬活?本宫倒是想让阿箬死了,死人的嘴才紧呢。"

素练听得有些疑惑:"娴贵人确是做了那些事,阿箬只是塞了包沾了沉水香的朱砂坐实此事,有什么嘴紧不紧的?"

晞月忙道:"万一她说漏了嘴可是坏了咱们的事。"

素练将盏中清茶斟满,恭敬地端到晞月跟前奉上,笑吟吟道:"阿箬有功,自然该活着。否则办事的人都死了,往后谁敢对娘娘尽忠呢。再说了,娴贵人这个真凶还没死,阿箬若先死了倒成了死无对证,更给了皇上借口可以轻易放过娴贵人。阿箬还是有用的。"她见晞月犹豫不定,便问,"贵妃娘娘还怕拿不住阿箬?"

这分明是激将了。晞月如何听不出?旋即笑意也冷了几分:"那不是。皇后娘娘高枕无忧就是,自有你和本宫分劳。"

素练气定神闲:"主子么自然是安闲就好,都由底下人办事。娴贵人谋害皇嗣,若无阿箬道出她做这些孽事的用心,谁能知道娴贵人对太后的怨恨,对娘娘和嫡子的野心,引得人人后怕呢。"

晞月沉默着,想起那日逼了阿箬来见自己,原是拿桂铎要挟了她,逼着阿箬为自己做事,自然不怕拿不住阿箬。只不过,她不喜欢阿箬那张尖厉的嘴和过于俏丽的面庞,像野地里盛开的桃花似的,看着就不安分。

晞月冷了半日,似笑非笑道:"阿箬咬起自己主子来也够狠的。"

素练半是奉承半是发狠:"可见阿箬是条好狗呀。好狗就得继续咬人,直到把咱们讨厌的人都咬死为止。"

晞月低眉信手,撩拨起琴声淙淙。她冷淡撂下一句:"那就把这条好狗捞出来。"

毓瑚查了一宿,回到养心殿时已是次日早朝过后。皇帝正在看折子,毓瑚一时也不敢回禀,在旁添了香,奉上皇帝喜欢的杏仁茶,便静立一边。撇开后宫烦心事不提,前朝的事日渐顺手,皇帝也很高兴,他合上折子便击掌赞叹:"没想到桂铎真是个治水的人才,为官也颇清明,不怪高斌上折子夸赞。"

毓瑚等的就是这个回话的时机,不仅将阿箬是桂铎之女的事回禀了,又告知阿箬底下还有两个同母弟弟,都还年幼。

皇帝的笑容渐次冷下来,唇齿间多了几分冷凝,徐徐吐出:"是她。"

毓瑚将贵妃派茱心去慎刑司想要阿箬死在里头的事禀告了,又道:"奴婢也不知贵妃是否要灭口,暂时先拦下了这一回。不过奴婢拦得住一回,拦不住两回,阿箬留在慎刑司,总是太险。"

皇帝一双乌沉眸子如寒冰锐利，他气极了，反而笑起来："这个当口贵妃的阿玛特意写折子夸阿箬的阿玛桂铎，显然是有用意的。"他沉吟片刻，"看来阿箬得先保着了。"

有皇帝的旨意，阿箬很快出了慎刑司。她受的伤不轻，四肢全带了血，每走一步，都牵动脊背上的鞭伤。阿箬咬着干得起了皮的嘴唇，拼力忍住了呻吟。彩珠亲自来搀扶阿箬，笑里带着嗖嗖的冷锋："您的阿玛得皇上褒扬，都是高大人之功。皇上是看在桂铎大人的分上，才不想你在里头受刑了。"

阿箬回头看着慎刑司的牌匾，衔了一丝得意的冷笑，旋即恭谨地道："我记着贵妃一家的好。不过，我要求见皇后娘娘。"

毓瑚远远地看着她们俩，露出了疑惑之色。

阿箬被彩珠搀扶着，一步一步吃力地穿过长街，那石板硌在脚底，却让人心生踏实。比起跪，她更喜欢被人扶着走。

上一回从长街这般辛苦走过，也是这样伤痛狼狈走去长春宫，是什么时候呢？

阿箬不愿意再去想那雨中受罚的耻辱，只记得那瓢泼大雨，浇灭了自己的所有心气，让她像一条狗一样伏在了地上。

一双花盆底鞋踏着雨水停了下来。有人向她伸出了手。阿箬仰起了脸，怎么也想不到是玉妍。

玉妍怜悯地望着她："来，我带你去跟皇后娘娘求情。好好一个美人儿，娴妃不怜惜，我和皇后都心疼得很。"

跪在皇后跟前时，阿箬冷得整个人都在发抖。

皇后教导她："嘉贵人救你，是看你自己主子都不理你，才格外怜悯。"

玉妍在旁只是恭顺地微笑，一味说着皇后慈爱，自己只是看阿箬机敏可用，才替皇后施恩。她反复叮咛阿箬，一定要记得皇后的好处，知恩图报。

阿箬打心眼里就瞧不起这个依附皇后的异族之女，口中只对皇后表忠心："嘉贵人救奴婢，是皇后娘娘恩典。奴婢一定铭记在心。"

皇后颇为满意："铭记在心就得好好办事。替本宫看着娴妃是否安分守己，有无挑唆大阿哥争宠,有无在宫中生事。"

素练紧跟着道:"你是皇后娘娘长在延禧宫的眼睛,你的嘴,要对娘娘说出尽忠之言。"

阿箬一愣,到底有些不敢,只怕来日被如懿报复。皇后很是明白她的为难之处,许了为她做主,保她平安。阿箬还要犹豫,玉妍笑言,将来皇后一定会成全她的心愿。

她的心愿么?阿箬兀自笑了,已经付出了那么多,她的心愿一定快要实现了吧。只要皇后允准,所以无论如何,她得求见皇后这一回。

晞月陪了皇帝大半日,只是静静弹奏琵琶,并无一声多余言语。皇帝看着她,眸色深沉:"你难得不爱说话。"晞月放下琵琶,取了一枚糖渍樱桃放在皇帝口中,皇帝只含了一下,便嫌太甜,吐在了银盂里。晞月伺候皇帝喝了茶水解甜腻,方恬静笑道:"琴声是知音,说话便不算了。"

皇帝难得见她如此贞静神态,不觉叹道:"晞月,你对着朕一向很娇柔。这是朕最喜欢你的地方。如今,你也学会善解人意了。"

晞月满目恳切,盈盈望住皇帝:"臣妾知道自己从前任性,皇上愿意原谅臣妾,臣妾一定改过自新。"

皇帝心下一坠,不知她口中任性所指,正沉默间,李玉禀告皇后来了,晞月连忙告退。茉心抱着琵琶陪着晞月出来时,皇后已经在里头了,阿箬候在廊下。

晞月以眼角余光瞥着她道:"出来了?"

阿箬感受到那种居高临下的蔑视,口中依旧道谢不已:"奴婢谢贵妃娘娘。当日若不是您惩罚奴婢跪在雨中,奴婢如何能清醒过来?"

晞月浅笑骄矜:"这便是你的福了。"她皱眉,"别站在养心殿门口,这不是你站的地方。"

阿箬忙忙点头,禀告了是来回话,晞月才走了。她莲步姗姗,走下台阶,那绯色衬衣的裙角密密绣着连绵的萱草瑞花,拂过汉白玉的地面,如天边绚烂的霞影。阿箬艳羡地盯了片刻,扬起了鄙夷的笑容。

阿箬走进养心殿时，皇帝和皇后坐在一起说话。不知怎的，阿箬的心怦怦跳着，觉得皇帝与皇后在一起固然是相敬如宾的好夫妻，可与如懿在一起也是举案齐眉的柔情蜜意，和贵妃或嘉贵人一块儿呢，莫名多了几分风流气息，眉梢眼角都是灿烂的桃花色，倒是在海贵人和纯嫔她们跟前，才有几分主子的威严。可无论怎么说，皇帝和谁在一起，都是般配的。

皇后目视阿箬，向着皇帝询问："阿箬如何处置，臣妾实在踌躇，所以来问皇上。"

皇帝显然是看见了阿箬的伤，便问了一句受刑如何。阿箬眼眶一红，声音便软了几分："奴婢谢皇上关怀，慎刑司审问，奴婢是吃了些苦。不过娴贵人处心积虑害人，奴婢断不能因为受刑就随意改口说娴贵人无罪。"

皇帝也不置可否，只关切道："阿箬，朕前几日顾不得你，所以未曾问你。你得罪了娴贵人无处容身，可打算出宫？"

阿箬面上飞起几朵绯云，跪下道："奴婢无论生死，都是紫禁城的奴婢。奴婢愿一生一世伺候皇上。"

皇帝甚是怜惜："此次的事你也有身不由己之处，看在你为皇嗣抱屈的分上，留在朕身边伺候吧。"

阿箬登时大喜过望，只是看着皇后不敢起身。

皇后依旧是那样端庄的神色，好生叮咛道："阿箬，做御前宫女可不比在延禧宫里，往后更要小心，不可再有错失。"

阿箬连连谢恩，说了一番奉承言语，连皇帝也被逗笑了，微眯了眼道："阿箬真算是知情识趣之人，难怪皇后怜悯。"

皇后叹道："知错能改，善莫大焉。而且此次的事，娴贵人是罪魁祸首，阿箬只是碍于情义一时不得明说罢了。皇上要留她在身边将功抵过，臣妾也觉得是应该的。"

阿箬含羞带怯，身姿如杨柳轻曳，再三谢了恩，被进保带出去换衣裳学御前伺候的规矩了。皇后便也告辞去了撷芳殿看望永琏。毓瑚见皇后出去，只盯着她背影凝神，才道："阿箬从慎刑司一出来就去了皇后娘娘那里。"

皇帝讶异："那么是皇后救她出来的？分明是高斌上折子拐着弯求情。"

毓瑚摇头，也是难解："皇后娘娘没为阿箬做过任何事，只是把她带到您跟前。"

皇帝语中多了几分难过之意："可见皇后与阿箬有关，至少也是与如懿对立的。"

毓瑚宽慰道："那也无可厚非。伤了皇嗣，皇后自然不能容忍。而且搀阿箬出来的人是贵妃身边的彩珠。"

这下连皇帝也有些费解了："这可奇了。你不是说贵妃身边的茉心要阿箬死？彩珠却又带了她出来。怎么贵妃的心思变化无定？还是谁让贵妃变了主意？"

毓瑚往养心殿外努了努嘴："谁能劝得动贵妃呀。"皇帝知道她指的是皇后，脸色又沉了几分，毓瑚忙道："皇上留着阿箬在身边是对的。只要阿箬不吃错东西不淹死摔死出意外，养心殿比慎刑司妥当多了。但要让她供出同谋，不在这一时。"

皇帝看了看手边一份打开的折子，桂铎的名字赫然在其上。那是个能臣，自己打算重用的人。要让他死心塌地办事，就得让阿箬好好活着。

前朝后宫连索一气，许多事，他不得不斟酌又斟酌。皇帝冷笑一声，内心亦有些气闷，这般掣肘，哪里还像个九五之尊。

毓瑚明白皇帝心思，柔声劝解道："您眼下逼问阿箬是问不出什么的，她受了刑还嘴硬，可见铁了心。最好有法子让她和同谋内讧，到时候窝里斗，那边要逼死她，她自然什么都肯跟您说了。"

皇帝哧笑："她要真肯说才好。"

毓瑚笑了："阿箬真肯说，皇上也未必敢听。"她体贴地为皇帝整理好桌上的折子，"事儿扯得太大了，前朝进言，您案上的折子会多得把您给埋进去。"

蕊姬搬回了永和宫已经数日，终日只是伤感落泪，甚少言语。精神稍好些时便抱着她那把玉身铁弦琵琶，抚个不止。她在雨花阁时常握在手里的菩提子佛珠早就丢在了一旁，任它沾染尘灰，亦不再拾起。同是宫里，永和宫与雨花阁有天壤之别。在永和宫是嫔妃，在雨花阁是弃妇。蕊姬如何再愿意握着这串佛珠呢。可偏偏,害得她失了孩子、被关在雨花阁受苦那人还好好活在宫里,享着贵人的名位,安然无事。蕊姬拨动琵琶,将铁弦一根根卸下来,头也不回地向外走去。

蕊姬这般气势汹汹,便是戍守延禧宫的太监也不敢阻拦,何况禁足的是如懿,又非蕊姬,他们只得放行。延禧宫中萧条一片,不过短短数日,到处是一片山雨欲来的仓皇气息。俗云低声道:"奴婢打听过,这个时候海贵人不在,去接大阿哥下学了。惢心和三宝去了御膳房取晚膳了。"

蕊姬握着铁弦,如入无人之境。如懿困坐了数日,百思不能解自身之困,又兼满腹冤屈愤恨,人也憔悴了不少。蕊姬闯进西暖阁时,如懿刚起身更衣,见了她有些措手不及。蕊姬恨得眼底发红,一步步逼近:"怎么?怕我来么?"俗云立刻把门掩上。蕊姬挥起铁弦,不顾一切往如懿身上抽打起来。如懿用手臂挡了一下,竹绿丝质的衣袖瞬时被铁弦撕开一道口子。她痛得差点落下泪来,反手抓住蕊姬手臂:"我知道你为什么来这里!但我含冤莫白,你用错了劲恨错了人!"

蕊姬厉声道:"若不是你害了我孩儿,皇上怎会将你幽禁在此。今日我非得狠狠打你才能稍稍解恨!"

如懿用力抵住她的手,毫不畏惧:"挨你的铁弦,便是认了我害你母子。我不曾做过这样的事。"

"我打你,一是为我被你姑母送进这宫里,二是为你所害痛失孩儿。你无须狡辩!"

蕊姬神色凄楚而痛心,那暴戾一起,如懿如何挡得住,瞬时被她掀在地上。蕊姬再不说话,狠命抽打,铁弦所到之处,瓶器碎裂,锦帐成烂絮。如懿拼命挣扎,奈何暖阁局促,无处可避,足下又被碎瓷片滑倒,险些伤着了眼睛。俗云只拿身子抵在门上闲闲看着,不时伸手拦一下如懿去处,好让蕊姬能多打如懿几下。待太监们听到动静闯进来时,如懿身上被抽出十数道血痕,俗云不许他们多管闲事。太监们哪敢眼看着出这样的乱子,立刻要去禀告皇帝,蕊姬才悻悻收手,被俗云拉着去了。

第九章 冷苑（中）

自从如懿被幽禁，海兰每日亲自接送永璜上学下学，就怕再出什么乱子。永璜心系如懿，每日也是忙完课业就往延禧宫赶，以大阿哥的身份护着延禧宫剩余人等的安全。海兰深感欣慰，隐隐有与永璜彼此依靠、维护如懿周全的念头。海兰带着永璜进来，还以为走错了地方，定睛看去，阁中一片狼藉破碎，四处有血珠子溅开。如懿勉强扶着桌榻坐着，衣衫凌乱破裂，头发散散坠下，若不是还维持着平日的沉静，海兰快要认不出那是如懿了。永璜带了哭腔扑上去抱住如懿："母亲，母亲，您怎么了？"

海兰慌忙用披风裹住如懿，遮住她手臂裸露带伤的肌肤。她急问："姐姐！是谁打你？是谁？"待得知是玫贵人，永璜握紧了小拳头，气得要哭："我去告诉皇阿玛！"如懿忍着痛，拉住永璜的手劝道："没用的！没有谁会蹚浑水替我做主。永璜，你出去，不要看到这些。"

永璜哪里肯出去，海兰好说歹说劝了永璜出去，打发他身边的小乐子去请太医，永璜才含着眼泪走出去。

太医自然是不肯来延禧宫这样的是非之地，个个寻了由头推诿。长春宫亦得知了消息。彼时皇后正与玉妍谈起毓瑚的来历，颇觉皇帝找来毓瑚，是与太后不是真心亲近的缘故，所以身边要有个自己格外信任的人伺候。素练进来告知如懿被私闯的玫贵人打伤,玉妍犹在幸灾乐祸:"要不是守门的太监听见动静去拦下,说不定娴贵人就被打死了,这样倒也一了百了,省得她留着贵人位分在宫里,看了也烦心。"

皇后亦叹:"这事也怨不得玫贵人,孩子是娘的心头肉,痛失孩儿,何等痛心。"

素练见皇后一句也不提如懿,知道她根本不愿理会,顺势道:"皇后娘娘在长春宫坐着,无人来告诉,便是没有这回事。没有的事娘娘如何去处置。倒是两个守门的太监多事,有他们在还护着娴贵人呢。"

玉妍也笑吟吟劝说:"看守的奴才多事就不如调走。反正娴贵人幽禁,谅她也不敢出来。不过,会不会有人去告诉皇上?"

皇后伸手扶了扶鬓边将坠未坠的米珠寿字烧蓝珠花,淡淡道:"阿箬在那儿,谁会去扫皇上的兴?"

玉妍嘴一撇,显然是对阿箬攀龙附凤的心颇有微词。皇后见她如此不掩饰心绪,不觉暗笑她嘴快却无城府:"宫中总要添新人,不是阿箬也有旁人。如果没有这样的心,又恨着娴贵人,她如何肯拼死告发,还忍住刑罚也不改口?仪贵人的孩子本该是本宫抚养,陪着永琏一起长大,谁知竟这般被娴贵人害没了。可见这样的人心思多恶毒!"她想起如懿有夺嫡之心,便大恨道,"如今还是不尴不尬地留着这个毒妇在宫里。"

玉妍奉承了皇后几句秉公处置,保后宫安宁、皇嗣安稳的话,皇后仍是颇为低落。皇帝有心回护如懿,皇后也是无可奈何,如今陷在这个僵局里,实在是进退两难。比起蕊姬,皇后自然更记挂已经搬回景阳宫的仪贵人,既心痛她失了龙胎,又怕前去安慰见面伤情,彼此都失落。玉妍如何看不出皇后心意,便自告奋勇替皇后去看望仪贵人。皇后正合心意,立刻便允了,待要再嘱咐几句,赵一泰慌了神跑进来,气都没喘匀便禀告二阿哥受不住这些日子的读书辛劳,再度发了哮症。皇后哪里还有心思顾别的,一壁传召齐汝,一壁合宫齐出,都往撷芳殿去了。玉妍摇了摇头,叹了二阿哥身体单薄难养,便去了景阳宫。

第九章 冷苑（中）

仪贵人的精神一直不好，用药之后，下红的症候一直没断。这次昏厥又添了几桩弱症，渐渐饮食也难以下咽了。她脸上的肉几乎都干透了，脸颊深深地凹陷下去，唯有一双干枯的眼，黑得让人生出怕意，幽幽地瞪着床顶发呆。玉妍拿绢子抹着眼角依稀的泪痕："你可算是醒过来了。你昏昏沉沉这几日，吓坏我们了。"

仪贵人依旧呆呆的："我的孩子真的是乌拉那拉氏害的么？枉我之前对她那般信任。可她那时对我那般好，我真是完全看不出。"

玉妍愤愤不平："娴贵人不虚情假意待你，如何能引得你入瓮，让她下手？说来，也是你太好哄骗了。"

仪贵人眼角有大滴的泪滚落："这是怪我？"

玉妍深深叹息："这自然不能怪你，是乌拉那拉氏心毒。可你若不轻信，谁又能害到你的孩子？唉，总归事儿过去了，也别多想了。"

环心进来，给仪贵人递上汤药。仪贵人哪有心思喝药调理，一味只是啜泣不已。

玉妍示意环心出去，她接过汤药一闻，差点吐出来："可还是红花牛膝汤？这汤药药性太烈，听说你小产后喝了不少这个，那是极伤身子的。"

仪贵人枯瘦的手抓着杏子红的锦被，越发显得如枯萎的枝丫。她道："谢你关心。我喝了那么多红花牛膝汤，还没将腹中残余之物打下来，太医说我这身子已然是没用了。"

"唉，那确是不喝也不成。想来是那孩子恋着你还不肯走，所以留点东西在你腹中。只是这个样子，怕你是难再有孕了。"

这虽是真话，可仪贵人这样失子之人，如何受得住这般惨痛的真相。她的泪哗一下倾倒出来。玉妍忽然捂住了口，剧烈地干呕起来。

仪贵人傻在那里，慢腾腾地坐起来，眼珠子只黏在玉妍身上，痴痴道："你……你可是有喜了？"

玉妍浑然不解："这阵子胸闷什么也吃不下，勉强吃了也是作呕。谁知是不是喜？说不准是病了。"

仪贵人连连摇头，伤感不已："这就是有喜了。你有孩子了，来，让我摸摸你的肚子。"她伸手去摸玉妍的肚子，那肚子依旧是平坦的，什么也摸不出来，"我腹里再有残余，也不是个孩子了。你这里的却是真真的。让我摸摸。"她哭个不住，"是我无用，没保住我的孩子，也难再有我的孩子了……"

　　玉妍只肯让她碰了一下，便挪开了三尺远。她很害怕："就算有喜我也不敢声张，生怕像你和玫贵人似的，被虚情假意的人害了去。玫贵人气不过，闯进延禧宫打了娴贵人。可那又能如何？孩子没了就是没了。"她见仪贵人哭到浑身抽动，也触动了心事，十分难过，"我也难劝你别哭。这宫里啊生不了孩子的女人，跟块破布似的，人家想扔就扔了。不过你放心，咱们有缘，来日我必会让我的孩子孝敬你。"

　　贞淑见二人越说越伤心，相对而泣，少不得劝了玉妍回去。玉妍一步三回头地离开了，只剩了仪贵人双眼发直，自言自语："我为何没了孩子？我为什么不能有自己的孩子？乌拉那拉氏，是你害的我！"

　　出了景阳宫好远，玉妍还在抹泪。贞淑道："小主遇喜，不是不让告诉人么？怎么先让仪贵人知道了？"

　　玉妍的悲伤只停留在眼泪里："将死之人也该听点儿好消息，黄泉路上也高兴高兴。我告诉她的都是实话，她腹中残余不下，不得不喝红花牛膝汤，但喝下去了能否活命，连许太医都拿不准。"

　　贞淑也叹仪贵人可怜。玉妍道："如果就这么凄凄惨惨死了，什么都做不得，才最可怜呢。"她想一想，"这样的好消息，皇上也该知道了。"

　　贞淑高兴得很，扶着玉妍像捧着个大宝贝："皇上连着没了两个孩子，若是知道小主遇喜，一定欢喜极了。"

　　玉妍挺起高耸的胸脯，骄傲无比："凭她们谁在我前头遇喜也没用，皇上登基后的第一个皇子，非得是我的儿子。"

　　皇帝所有的烦忧在得知玉妍遇喜的一瞬间，都被她的笑意化去，喜得手脚没个放处，看着玉妍简直像看个熠熠生光的宝贝，于是便紧紧握住了玉妍的手道："你所言可真？"

玉妍靠在皇帝肩头，怯弱得像一只受惊的雀儿："臣妾不敢妄言，确是遇喜有月余了。只是宫里出了许多事，臣妾不敢说出来。"她依依道，"皇上，臣妾生怕胎胎受人所害，还请皇上许臣妾住在皇上养心殿后的臻祥馆，以借皇上正气驱赶阴邪，护佑孩儿。"

皇帝欢和的笑容里，自然是无不允准。玉妍的孩子来得及时，恰到好处地驱散了前两个离去的阴霾。在这样的欢欣喜悦里，玉妍适时地提起了永琏的哮症，诉说未曾先告诉皇后的因由，是怕扰了皇后照顾永琏。皇帝心疼嫡子，少不得问起永琏为何病情反复，玉妍便将素日所知皇后如何不忘二阿哥病中还早晚用功的事说了，又疼惜道："皇后娘娘当然是为了二阿哥好，不想他学业落于人后。"

皇帝将一抹怒色泯去，沉沉叹了口气，转而道："你遇喜是好消息，朕要厚赏玉氏全族，养出你这么有福的人在朕身边。"

玉妍激动不已，搂住了皇帝的脖子，撒娇笑语不断。

皇后听到玉妍遇喜，又在臻祥馆住下安胎了，只觉得皇嗣兴旺也是中宫之德，当下心宽一分。可此时她心中没什么能比永琏更要紧，当下也无心多顾及，只看着永琏自责不已，再不肯催逼着他读书受累。

晞月却没皇后这般好性子，气得在暖阁里摔打发作了一番，懊恼不已。千防万防，却没想到她会生下皇上登基后的第一个孩子。潜邸以来，如懿和晞月、玉妍三人最得宠，可偏偏这三人都不曾遇喜过，所以晞月也不将玉妍放在心上。可玉妍这么多年都没有身孕，这个时候却有了！皇帝登基以来，嫔妃里晞月虽然位次最高，却最是忙碌，忙着补自己的不足，忙着对付如懿、争大阿哥、处置龙胎、安排阿箬。费尽了心思谋算，怎会总是旁人遇喜了，自己却毫无动静呢？

晞月只觉得五内如火焚一般，烧得她快要崩溃了，一把扯住茉心，嘶哑了喉咙道："朱砂呢？小禄子呢？小福子呢？"

茉心从未见过晞月这般神色，吓得不轻，连连道："小禄子死了，小福子被发配去了翁山铡草服苦役。为了前两位龙胎的事，老大人费了不少心思和手脚,咱们不能轻举妄动了。"

是。如无父亲,晞月根本做不成这些事。可她也知道,父亲性子固执,这一回两回她苦求逼迫还成,要再这么行事,怕也难了。可自己忙活了半天,怎会是为他人作嫁衣裳!而且玉妍是北族贵女,比玫贵人和仪贵人有身份多了,她的儿子自然也比那两个生得更高贵。

茉心还在劝说:"嘉贵人身后是北族,不比玫贵人和仪贵人没家世。您一动她,北族就能跟咱们急眼儿。虽然北族依附我大清,可在北地是至关紧要的门户。到时候他们一定要个交代,连老大人也担不起啊。"她见晞月犹不甘心,简直要哭了,"小主,您别这样。您求老大人拿了小福子和小禄子的家人要挟他们以死咬住娴贵人,老大人本不情愿,奈何看您已经做下事了,总要保您无事,才勉强答应行事。如今再求,老大人也不会再肯了。而且宫中连失两子,皇上和皇后都已经防范了,否则嘉贵人怎么会住进臻祥馆。"

晞月恨得如要泣血:"本宫顾不得了!"

茉心苦苦劝道:"小主,我们就算有天大的本事也不能在皇上身边下手啊。再说了,嘉贵人一则没惹您厌恨,二则她若生了儿子也不会送给皇后娘娘抚养威胁您的地位,三则更重要的是,嘉贵人与娴贵人毫无关联,不会助长她的威势啊。"

晞月稍稍平静些许:"是了。嘉贵人有孕,也不会帮衬如懿翻身。是本宫急糊涂了。"

茉心好声好气地:"您说得是。纯嫔也有儿子,您不也从没放在心上么。"

"好。放嘉贵人一马,且放她一马。"晞月骤然心惊,扑到镜子前,双眼睁得滚圆,瞪着铜镜中的自己,自叹自怜,慌乱不已,"茉心,你说本宫怎么变成了这样?本宫以前不敢害人的,本宫胆儿小,连蚂蚁也不敢踩死。本宫在家听父亲的,嫁过来就听皇后的。本宫怎么会成了这样?"

茉心死死抱住了她,像抚慰一个无助的孩子,揪心不已:"都是她们逼您的,您虽然是贵妃,可保着这个地位不容易啊。"

"茉心,本宫害怕,本宫也不愿意这样的,不愿意呀。"晞月软软地倒下来,没了力气似的靠在了茉心身上，怔怔落泪不止。唯有发间一支金凤双股簪伸着尖利的口，随着她的哭泣，一点一点闪着冰冷的锐光。

蕊姬跪在地上，恨不得整个人都埋进了寸许深的红锦绒毯里。太后气犹未平："这件事便是娴贵人做的，但皇帝还未处置，你先动上手了，你将皇帝和皇后放在哪里？而且皇帝对娴贵人未必就那么深恶痛绝了。你看人证物证俱在，为何皇上不立即将娴贵人赐死或打入冷宫，只是允了将她降为贵人幽禁？说明皇帝还想细查。你便冲进去一顿铁弦将人打了，你的心胸见识难不成只有这些？"

蕊姬一声不吭，由着太后一气训斥完了，方才抬头。她眸中毫无悔色，更无半点泪意，只是沉重道："丧子之痛积郁心中，更兼雨花阁委屈，臣妾才一时冲动。而且她是乌拉那拉氏的人，受景仁宫遗训祸乱后宫。"

太后骂了一句："蠢笨，难怪被人算计也不知。"福珈拼命使眼色让蕊姬少说一句，又捧茶抚背，替太后顺气。

太后见了蕊姬梗着脖子的蠢样就来气："再说哀家还没动气呢，你先上赶着去了。当日阿箬那么说，哀家是生气，可气过了也得想想真伪。罢了，你回去好好思过。"

蕊姬磕头告罪退下，起身时身子悠悠地晃了晃。太后眼尖，便有些蹙眉。福珈待蕊姬出去，方才低声道："太后，奴婢问过太医，玫贵人丧子之后，便添了一道下红之症。说是产育过鬼胎之人，都会落下症候。往后玫贵人想侍奉皇上，也不如从前那般方便。"

太后颇为遗憾，思忖了片刻，断然道："身子是一回事，见识更短浅。这样的人只能得皇帝一时喜欢，不能长久。福珈，该另寻人了。"

如懿将养了一夜，海兰见三宝和蕊心陪着永璜读书去了，也不许旁人动手，亲自替如懿换了涂抹伤处的药膏，才说起这药是蕊心找了一个叫江与彬的太医悄悄弄来的。而拦下玫贵人打如懿的两个守门太监，也在当日就以看守不力的由头被调走了，如今说是幽禁如懿，却根本无人看守了。

二人说着话,忽然,帘下闪过一点响动,如懿转过脸去,却见仪贵人一身素服,头上只别了一支素银如意钗并几点雪白珠花,站在帘下,单薄得几如一枝屡屡在二月冷风中的瘦柳。

见如懿受伤,仪贵人也不惊讶,只是淡淡问:"你怎的受伤了?"

如懿披了外裳坐起身来:"仪贵人,你身上不好怎么还出来走动?"

仪贵人幽幽道:"我只问你,你怎的受伤了?"

海兰下意识地挡在如懿身前,有些防备:"是玫贵人糊涂,伤了姐姐!仪贵人,你可别糊涂了!"

仪贵人一步一步缓缓走近,她声音轻得仿似一缕幽魂:"娴贵人,看着你跟海兰姐姐这样情好友善,我便想起你照顾我的那段时日,真的是对我很好很好。"

仪贵人在如懿床前坐下,低头细看她的伤口,露出一抹古怪笑容:"像是被铁弦抽的。真是,下手这么重。"她忽然伸出手扼住如懿的脖子,"下手这么重都没杀了你替孩儿报仇,真是没用!"

海兰反应也快,立刻伸手去拽,一边大喊起来:"来人!快来人!"

不想仪贵人瘦弱至此,力气却极大,海兰根本拉不开。如懿只觉得喉头一阵阵痛得发紧,几乎喘不过气来了。她拼命伸手去掰开仪贵人的手指,可一用劲,身上伤口又裂开,简直无处不痛。好容易和海兰一起用力掰开了她一只手,却见仪贵人一把拔下头上的银钗狠狠向她刺来。那银钗的一头磨得极其锋利,显然仪贵人是有备而来,眼看那银钗的锋尖避无可避,朝着如懿面门直刺而下,海兰伸手一挡挡住了钗尖,将自己的手臂横贯其下。

沉闷的一声痛呼,有鲜红的血一瞬间迸开,落在如懿的面上,温热而芬芳。

仪贵人似乎也被那血吓住了,一时行动有些滞缓,便被扑进的宫人们一拥而上拉开了。如懿赶忙握住海兰的手臂细看,只见雪白如藕的臂膊上,一条深深的血痕从手肘到手腕直划而下,鲜血涌出处皮肉翻起,触目惊心。

仪贵人被蜂拥的人群拖了出去,口中犹自念念不绝,不住地咒骂哭泣:"你为何要这样虚情假意,一定不肯放过我的孩子!如果你不喜欢我承宠,你告诉我就是了，为什么要害我的孩子！"

海兰手臂上不断有鲜红的血液滴落，惢心忙捧了纱布来，如懿急道："太医不肯来延禧宫，是我误了你！我先替你缠上止住血。"

海兰痛得眼中泛起泪光，却极力忍耐着道："姐姐别怕，一点皮肉伤而已。倒是姐姐你，没被仪贵人吓着吧？"

如懿心疼道："你都这样了，我能比这个更怕么？"

海兰强笑着安慰道："没事，一点皮肉伤而已，没有伤及筋骨就好。"

如懿的泪一滴滴落下，泅在纱布上，衬着不断沁出的鲜血，似绽出一小朵一小朵艳色的梅花："可是伤得这样深，一定会留疤了。"

海兰忍着疼，微笑道："即便留疤，也比伤了姐姐的性命值得，是不是？"

如懿的喉头隐隐还残留着被仪贵人扼过的痛，身上也带着被蕊姬抽伤的剧痛。然而此刻，这些被更深更重的感动填满了。是，这几日来的风波迭起，让她身心俱疲，无力抵抗，可是还有海兰。幸好，还有海兰，容得她在凄苦的宫中有人相依为命，彼此依靠。

皇帝知道消息时，是在夜半时分了。他陪着皇后守了永琏大半宿，累得几乎睁不开眼睛，可他一点睡意也无，脑中无数事盘旋纠缠，乱得一团麻似的。他走得匆忙，根本没有发觉跪在阴影里的海兰，还是李玉提醒了一句，他才扭头。海兰满眼含泪，恳求道："皇上，仪贵人夜闯延禧宫，意图杀害姐姐。"

皇帝简直匪夷所思："仪贵人她一个病人，怎么闯进去的？"

海兰拉住皇帝的袍子，露出手臂上血淋淋的伤："先是玫贵人打了姐姐，被守门的太监拦下，结果连他们都被调走，仪贵人就闯了进来要杀姐姐，要不是臣妾拦着……"

皇帝看见海兰手臂上的伤，想着如懿这几日在延禧宫的遭遇，实在有些惊心。他起初不知道蕊姬之事，当下听海兰细说了，立刻吩咐了李玉派人去延禧宫严加把守，又让进保去告诉玫贵人和仪贵人，不许再生事。

海兰从来与皇帝没什么话可说，见皇帝如此处置，便也退下了。夜风深凉，皇帝越想越是不安，只觉得深宫里一团污糟，如那黎明前诡谲的黑暗一般，让人窒息。毓瑚跟在皇帝身边,将探听所得一一诉说:"小福子咬死了是娴贵人主使,小安子已经吓得不大会说话了。奴婢不知他真是被吓的,还是被人下了药。不过奴婢担心,如果事情查到最后真的和长春宫有关联,二阿哥病成这样,您真打算不顾嫡长子处置他的额娘皇后娘娘么?二阿哥可是您所有的寄望啊。"

皇帝与皇后结发情重,自然非妃妾可比。纵然皇后事事以规矩法度为先,少了情致,可她肃静有德,是他敬佩的嫡妻。他黯然摇头,始终不信皇后会害人。他默然良久,竟然有些怕了这暗夜浓雾后影影绰绰躲着的一切:"朕累了。你歇一歇,朕也歇一歇。"

仪贵人的死是在三日之后,因为积郁过度,加上腹中孩子的残体没有完全清除,过量催落残余的红花牛膝汤让她的身体再也承受不住,撒手而去。

据说,她死的时候,眼睛都没有闭上,只以布满血丝的双眼,无语望向苍天。

她的死,让原本稍稍平静的后宫再度沸腾起来。

消息传到养心殿的时候,皇帝正在批阅奏折。阿箬换了御前宫女的服饰,虽然不比在延禧宫时华贵,却别有一种在御前伺候的气韵隐隐透出。

阿箬见皇帝只是奋笔疾书,便捧了一小碟点心和茶水进来,不动声色地向李玉努了努嘴。李玉知道她在御前伺候之后颇得皇帝另眼相看,也不知如懿情形到底如何,一时不敢轻举妄动,便退到了殿外。

皇帝瞟她一眼:"伤好些了么?朕赏你的药可涂了?"

阿箬忙答应说好些了,小心翼翼将茶点放在皇帝跟前,便悄无声息地替皇帝研起墨来。她的手势极轻,手腕运力,墨汁磨得浓淡恰到好处,一星也未溅出来。皇帝蘸了蘸墨笑道:"难怪古人说要让闺秀少女来磨墨,红袖添香自然是一种乐趣,但也唯有你们才能用力适度,磨出不涩不枯带光泽的墨汁来。"

阿箬盈盈一笑:"皇上夸奖了。奴婢不过是为娴妃娘娘……不,是为娴贵人磨墨久了,熟能生巧而已。"她自悔失言,有些畏惧地看着皇帝,"奴婢失言了。"

皇帝只是一笑："是么？朕喜欢听你说话，更喜欢你的熟能生巧。"

阿箬羞涩一笑："奴婢笨笨的，怕说错了话惹皇上不高兴。"

皇帝的眼角带了轻俏的笑意，是薄薄的桃花色，如同窗外的春色一般明媚："怎么会？你说什么，朕都喜欢。"

阿箬脸上浮起红云，还是忍不住道："皇上这么说，可是因为爱屋及乌？"

皇帝微微一怔："什么爱屋及乌？"

阿箬绞着手指，低低道："皇上爱惜娴贵人，不舍得重责。因为爱惜娴贵人，所以连昔日在她身边伺候的小乌鸦，也就是奴婢，也连着得了些怜惜。"

皇帝的笑意微微淡下去："当日你仗义执言之后，宫里还会有人把你当作是娴贵人身边的小乌鸦么？你就是你，乌拉那拉氏就是乌拉那拉氏，彼此早不相干了。"

阿箬低首道："是。那皇上不觉得奴婢是背主弃信之人么？"

皇帝眼底有深邃的墨色，似乎能望到人的心底去："只要你是仗义执言，不违背本心，没有人会觉得你背主弃信。"

阿箬暗暗地松一口气，朝皇帝露出一个极明丽的笑容。她正盈盈望着皇帝，李玉进来道："皇上。"

皇帝从他的面上探寻到一丝惊慌的意味，沉声道："什么事？"

李玉战战兢兢道："景阳宫来报，仪贵人产后失调，死胎余毒未清，方才已经殁了。"

皇帝的神色变了又变，眼中生出泪意，叹息道："真是可惜了。去告诉皇后，仪贵人追封为仪嫔，一切丧仪按嫔位安置，让皇后好好操办。"

李玉答应着去了，阿箬忙递了茶到皇帝手中道："仪嫔娘娘真是可怜，孩子没了之后情绪还那么激动，想跑去杀了娴贵人，结果累了自己红颜早逝，当真是可怜。"

皇帝淡淡道："乌拉那拉氏是咎由自取，还累得海贵人也受了伤。"

阿箬乖巧道："皇上别生气。幸好现在嘉贵人也有了身孕，在臻祥馆养得好好的,皇上放心就是。"

皇帝哧地一笑:"你总惦记着别人,那你自己呢?"

阿箬痴痴一笑,别过身去道:"皇上取笑奴婢呢,奴婢有什么好惦记的。"

皇帝取过她捧来的糕点咬了一口:"好甜。"

阿箬忙道:"奴婢记得皇上喜欢吃玫瑰花瓣糖蒸的菱粉糕,所以特意下厨做了一盘,不知皇上喜不喜欢?"

皇帝笑吟吟地望住她,一把捉住她的手道:"还说你不惦记着,连朕喜欢吃什么都记在了心上。"

阿箬羞得满面绯红,忙低下头娇怯怯道:"皇上……"

皇帝在她手上轻轻抚弄,笑道:"好甜。"

阿箬越发不好意思,只觉得一颗心怦怦地跳着,开始有些晕眩。她盼了那么久,渴望了那么久,原来只要稍一用力,就可以伸手攀到了。殿外的花香无孔不入地钻进来,带着甜腻而熏人欲醉的气味,不依不饶地缠上身来。皇帝的气息在她耳畔轻漾,低声道:"你阿玛现如今在高斌手下,跟着他颇有出息,不仅治水出色,这个知府也当得有声有色。朕也不想在宫里委屈了你……朕打算封你为常在,封号……为慎。嘉贵人晋为嘉嫔,你就住在嘉嫔的启祥宫。"

阿箬受宠若惊,只觉得身上的力气一点一点地被抽去了。她娇慵无力地瘫在皇上怀中,双手一点一点攀上他的颈,像在寻着最后的依靠似的:"有皇上的眷顾,臣妾也不算白活了一场。"

第十章 冷苑（下）

圣旨传遍六宫的时候，便是说因嘉贵人遇喜，晋封为嘉嫔。阿箬因在养心殿照顾嘉嫔有功，又能柔顺侍上，封为慎常在。

皇后看着圣旨只是一笑，向陪坐一旁赏花的晞月道："不承想这个丫头这么有出息。"

晞月微微有些不悦："祖制宫女册封要从官女子起，她倒好，一步登天了。嘉贵人遇喜晋封嫔也罢了。可阿箬算什么东西，也能封为慎常在。"

"祖制也是从前的皇上定的，如今的皇上改一改，也没什么了不得。"皇后折下一朵暗红瑞香花别在衣襟上，"而且也得有贵妃你抬举啊。桂铎在高斌麾下做事，阿箬在宫里也格外伶俐，正扑棱着翅膀在皇上面前飞呢。"

晞月替皇后正了正衣襟上的瑞香花，狠狠掐下一片多余的花叶："再怎么会扑棱，也不过是一个常在，臣妾不信她还能飞上了天去。真要不识好歹，翅膀是怎么安上去的，就怎么给她卸下来。"

皇后微微一笑，拈过一朵瑞香递到晞月手中，笑道："古语云瑞香花，始缘一比丘，昼寝磐石上，梦中闻花香酷烈，及觉求得之……谓为花中祥瑞，遂名瑞香。有这样祥瑞的花在手，妹妹不必做无谓的担心。只要桂铎在你父亲手下，你还怕挟制不住阿箬么。还有她身边伺候的人，尽可以是咱们的人。"

阿箬知道身为嫔妃,若不是嫔位及以上的主位,都是在各宫依附主位居住。听得跟着玉妍,阿箬也大是松了口气。皇后宫中自然无嫔妃同住,若是跟着晞月也大为不妙,谁要日日看她脸色做人呢。绿筠虽为纯嫔,但不大得宠,自己去了还要让她沾光,阿箬也不情愿。倒是玉妍深得恩宠,如今遇喜侍寝不便,这好处不都落在了自己身上。想着与玉妍同住,阿箬也颇欢喜,特意按着身份着意打扮了,便去臻祥馆向玉妍问安。

玉妍胎气渐升,没有前头那般舒坦,这日用了晚膳,大约是膳食中哪道荤腥惹了她不适,正伏在青花瓷痰盂边呕着清水,贞淑拍背抚胸,百般安慰。玉妍好容易吐了半日,胸中难受得紧,一抬头见眼前光鲜刺目,定睛看去,才见是阿箬。

阿箬穿着一身簇新的玫瑰紫缠枝葡萄夹银线纹饰缎袍,青丝绾成饱满高旋的翘髻,饰以青金珠花数朵,簪一簇倒悬蔷薇的绢花,横一枚金累丝蜻蜓簪,那蜻蜓须上轻巧缀着两颗粉色碧玺,甚是别致。衣上别一串玛瑙锦心流苏压襟,顺着她略略丰腴的身姿流淌垂落。最夺目的是她一双花盆底,满满绣着百花争艳,花哨得让人没处落眼。她整个人如饱受春风雨露滋养的一枝野桃花,灼灼开放。

阿箬恭恭敬敬请了安。玉妍含了一丝笑:"不容易。转眼就这般金尊玉贵了。"

阿箬甚是客气:"嫔妾是沾了您的福气。若非当日嫔妾被罚得您相救,哪有今日。日后与娘娘同住启祥宫中,还请您多多照拂。"

玉妍昐咐了她起身,笑了笑道:"你为皇后和贵妃除了娴贵人这个眼中钉,咱们缘分深厚。只要你尊重本宫这个主位,本宫自然疼你。"

阿箬略略欠身:"哪里是嫔妾的本事,谁叫乌拉那拉氏做了恶事,奴婢才能帮着皇后娘娘正本清源,整肃宫纪。"

二人寒暄几句,玉妍也为她担忧:"慎常在,本宫虽然是你的主位,但娴贵人到底是你的旧主。来日在宫中见面,她要怪本宫收了你做宫里人,本宫也觉着怪没意思的。"

阿箬倒也不怕，满脸正气："谋害皇嗣，乌拉那拉氏翻不了身，见不着您。"

玉妍想笑，奈何胸口又恶心起来，伏在窗边干呕了两声，吃力道："不到闭眼那一刻，谁知道谁爬不爬得起来呢。皇上可是念着旧情呢。"

外头一阵冷风吹过，阿箬似乎受凉，缩了一下。玉妍关切地问她在慎刑司受的伤可养好了，又叹道："你如今出息了。好容易从慎刑司挣了条命出来，还能有这般机遇，得皇上宠爱，多少人求了一世也求不来。本宫也真是好奇，你在慎刑司熬刑罚的时候，都想了些什么？"

阿箬细白的贝齿咬在涂得嫣红的嘴唇上，那牙齿也沾了血似的唇脂："熬过去了就能翻身。如果给了乌拉那拉氏一线生机，那嫔妾一定死无葬身之地。所以咱们主仆俩，注定不能相容。"

玉妍连连摆手："你莫说这样怕人的话，本宫遇喜在身，可听不得。"

阿箬连忙告罪，赔笑闲聊了几句，便也告辞。她走出养心殿没几步，神色冷凝，叮嘱了宫女新燕去御膳房，便上轿离开了。

次日一早面见太后的时候，皇后将仪嫔身前死后所有事一一叙述，无不详尽。太后倚在暖阁的榻上，伸手抚摸着青瓷美人觚里插着的几枝新开的粉紫色丁香花："皇后看看，福珈替哀家插的这一盆丁香花，如何啊？"

皇后正回禀宫中事宜，突然听得太后这一句，忙赔笑道："福姑姑伺候太后多年，深知太后心意，这盆丁香花一定很合太后的心意。"

太后微微摇头，淡淡道："福珈，拿剪子来。"

福珈奉上银剪子，太后剪去多余的几枝，道："如今看着便清爽多了。"

皇后忙道："儿臣的眼力远不及皇额娘，所以竟看不出来那几枝花枝多余。"

太后淡淡一笑："皇后，你知道本宫为什么喜欢这盆丁香花么？芭蕉不展丁香结，同向春风各自愁①。丁香花开二色，有紫有白，就好比宫中有人得

---

① 出自唐代李商隐的《代赠二首》。第一首全诗为："楼上黄昏欲望休，玉梯横绝月如钩。芭蕉不展丁香结，同向春风各自愁。"

宠高兴，便有人失宠伤心。这次玫贵人痛失胎儿，仪嫔母子俱亡，便连娴贵人也受了责罚幽禁在延禧宫中。可是这边伤心欲绝，那边慎常在就跃上龙门，一朝得宠。嘉嫔也身怀龙种，备受尊崇。但皇后你有没有想过，如此一来，宫中就失却了平衡之道了。"

皇后忙躬身道："儿臣恭听皇额娘教训。"

太后和颜悦色道："嘉嫔有喜自然是值得高兴，玫贵人失子也的确让人伤心。娴贵人固然被幽禁，但贵妃一直未再得到宠爱，被皇上冷落。这个中的平衡之道，皇后你要好好掂量掂量。"

皇后眼中凌波微动，道："儿臣会向皇上建议，晋封玫贵人为玫嫔稍作安慰。至于其余嫔妃，儿臣会安排轮流侍奉皇上。"

太后微笑道："皇后能如此，哀家很是欣慰。"

皇后难得得太后这般赞许，亦请教道："皇额娘，这些都好办。可娴贵人那儿，皇上一直未曾发落。"

太后冷淡道："她么只配褫夺封号，废为庶人，去冷宫待着。"

皇后愤恨难平："娴贵人之罪，死不足惜。"

太后听出她对这个发落的不满，双眼微垂，语气便沉了几分："终身幽居冷宫，生不如死，让她做后宫活生生的一个警示。"

皇后这才领悟几分，心头恶气也退了些许。她略露为难之色，道："皇额娘圣明。但臣妾只怕皇上一时心软，顾念旧情……"

太后语气森冷，与外头的明丽秋色毫不相符，只道："皇上固然顾念旧情，但皇嗣也不能白白枉死。这些话哀家自会去和皇帝说，你只需安抚好六宫嫔妃便可。"

皇后微微一凛，忙道："儿臣听从皇额娘教诲。"

皇后领命退下。太后看着福珈，问道："昨儿夜里的那碟子糕点是你亲手截下的？"

福珈点头称是。

太后生气到了极处，还是讥消地笑了："蠢货！明目张胆地动起手来了。"

她静了静:"福珈,随哀家去养心殿。"

太后素来言出必行,立刻便到了养心殿,开门见山地问皇帝一直拖着如懿的事不处置,打算拖到什么时候。皇帝知道太后不喜如懿,虽然满心烦恼,也赔笑说了要再查查。

太后也不作声,悠悠吸了一口水烟,三寸长的累丝嵌蓝宝护甲高高翘着,似要戳到皇帝心底去。良久,她将水烟杆重重敲了两下,空阔的殿宇里,余音一震一震如波浪般传出,震着皇帝的思绪:"证据不足?人证物证,害人的缘由,哀家瞧着是太足了。乌拉那拉氏谋害皇嗣,罪无可恕,褫夺封号,废为庶人,终身幽居冷宫。"

皇帝没想到太后这么快就要处置,立时站起身道:"皇额娘,这样处置会不会太匆促了?儿子查知小安子已经不能说话了。"

殿中新供着几枝垂柳,晶莹如玉的白瓷瓶就如皇帝此刻泛白的面色,那细嫩碧绿的柳叶,是皇帝隐隐的怒与惧。太后索性将水烟杆一丢,冷着面孔道:"那是谁害的小安子,还是自己吓着了不会说话了?要是有人害的,那是谁?要继续追查吗?哀家可知道,皇后举荐了阿箬成了你的新宠,这事儿和皇后有关么?"

皇帝不想太后有此一问,下意识地回护着皇后:"这……总是和皇后无关吧。"

太后露出了然之色,一字一句沉沉敲打在皇帝心上:"那还要继续查么?"她不容皇帝质疑,"查就只会有两个结果。第一个,所有的事都是乌拉那拉氏做的,她就是罪魁祸首,合该赐死,株连全族也不为过。"

皇帝一震,立刻追问:"第二个结果呢?"

"有人谋害了两位皇嗣,更有人栽赃,有人嫁祸,有人费心安排,有人顺水推舟,齐了心要乌拉那拉氏背着这个黑锅去死。"她见皇帝的眉头越皱越紧,那脸色阴沉如雷滚天气,继续道,"当然你可以继续追查是哪些人做的,可哀家怕人太多了,皇帝你处置不过来。或许皇后、贵妃、贵人、你的新宠都有份。"

皇帝被这个答案逼得快沉不住气了,他郁郁拒绝:"不可能!这两个结果,儿子都不信！"

太后微眯了双眸，眼中含了锐利的刺芒。她几乎有些咄咄逼人了："是不可能还是皇帝你根本不接受？"

太后敛去厉色，静静地直视皇帝，目光明澈一片。皇帝自少年时被太后抚养，母子间一直客气，他陡然被这样的目光一照，便生了几分心虚，别过头去。

太后缓缓道："是啊，这样的结果得拉扯下多少人呢？皇后生了你最心爱的嫡子，背后是富察氏家族；贵妃背后是你的宠臣高斌；便是一个小贵人推波助澜，那也是北族的贵女；还有那个慎常在，他阿玛正为皇帝你治水出力吧。这些人要都知道自己的女儿被乌拉那拉氏牵连，朝局会是什么局面？"

皇帝端正聆听，不知怎的，背心已起了密密的冷汗。朱红窗棂外，是朗朗青天，日光带着春风摇曳满室薄薄的香气。可那仿佛是另一个世界了，他所处之处，唯有浓重的雾与迷。

皇帝的声音极轻："皇后便是偏心些，顶多也只不喜欢如懿。嘉嫔是个直肠子，能有多少心思，她也不会。"

"另两个你怎么不说了？"

皇帝如鲠在喉，却难以吐出。

太后恢复了往日的温和慈爱，柔声道："你是哀家的儿子，你的为难处哀家怎么不晓得？今日的事你若要怀疑牵连更多的人，要执意查问下去，闹到前朝去，件件证据当前，谁会相信乌拉那拉氏无辜？他们都会要你杀了她。"

皇帝的手用力抓着桌脚，抓得青筋暴起。须臾，终于道："朕断不能杀了如懿！"

"所以留她一条生路，进冷宫去待着。继续留在这儿，留着名分幽居延禧宫，六宫有多少人不服，才会生出玫贵人和仪嫔闯宫泄恨之事。"明灿日色下，皇帝俊挺的面庞泛起一层淡青色的阴郁。太后叹口气，沉沉道："你知道了，却还不服。那哀家告诉你，别说这件事证据确凿不算冤了乌拉那拉氏，便是真有冤屈，你也只能这么做。世间多少冤案，难道真的真相莫名？无非是现有

122

的结果就是最好的结果,再挖下去就动了太多人的利益,更损了自己的利益。戏文里都说世间有青天……"太后霍然推窗,一指外头碧蓝天空,冷然道,"青天有几个?它只管高高悬在顶上,人世苦难,它何时理会过?反而冤魂多得连地府都填不下!皇帝,你若心疼乌拉那拉氏,哀家再给你看样东西。福珈,把那东西拿来。"

福珈闻声,躬身端着一盘糕点上前:"皇上。奴婢拦下的一盘有毒的糕点,经查问是慎常在叫人送去延禧宫给娴贵人的。"

皇帝眼中闪过一丝狠色:"她是要灭口?皇额娘,您没再查问下去?"

太后沉吟:"为了怕乌拉那拉氏反扑,自保也是一种说法。皇帝,哀家还要查么?这糕点有人送到延禧宫,就说明有很多人盼着乌拉那拉氏死,你留她在后宫,保得住她性命多久?那么多铁证,乌拉那拉氏翻不了身了,就算你一定要放她,六宫不服,前朝就会不服。你登基才多久,弹压得住这般局面?"

皇帝忽然轻轻地笑起来,一室暖阳中,这笑声颇有些凄寒彻骨的意味。他的神色间是往常一般的君王气度:"皇额娘的苦心,儿子明白了。"

太后淡淡地扬了扬唇角:"不必为她难过。那些证据送到你跟前的时候,你也是怀疑过乌拉那拉氏的。"皇帝似被说中了心事,不大自在,很快仿若无事一般,只默然不言。太后道:"她是乌拉那拉家的女儿,景仁宫的侄女,她恨哀家,哀家信。她被富察氏拿走嫡福晋的身份,怨恨中宫,哀家信。她抚养长子有夺嫡之心,下手谋害皇嗣,哀家也信。"

皇帝哑然失笑:"那皇额娘不信什么?"

"哀家没什么不信的,是皇帝你还想信她,却也被证据所动摇。"太后理了理胸前翡翠吉事如意佩上垂落的珍珠流苏,以不容置疑的口吻说下去,"让她去冷宫吧。风口浪尖上,你越想查得紧,越逼得人对如懿动手。到时候查出了清白,那清白也未必是你承受得起的。还不如等时日长久,总有人露了马脚,总有人再也用不上了。那样的人,大可处置几个。"

皇帝深沉的黑眸里映出一种触目惊心的犀利光泽,他压低了声音道:"但是不能动的人,始终不能动。"皇帝虽是这样说,可口中并无软弱之意,倒像是一头隐了锋芒静待时发的猛兽。

太后很是欣慰:"你是皇帝。等你根基稳了,有的是能动的机会。如果还不能动,忍耐、装糊涂,也算是君王的一种历练。"

他们母子间,从来关怀体贴,自从两宫并立之争后有了些疏远,再少有这般剖心之语。如今太后如此为皇帝顾虑,皇帝大为感动,对着太后便要跪下来。太后牢牢扶住了皇帝,温言道:"谢哀家做什么。你把后宫大事交给哀家打理,哀家就为你理理清楚。真相如何从来都不重要,重要的是哪个说法可以安抚人心,对你的皇位有利。想开些吧,能不用赐死不用抄家灭族,留着性命,已是万幸。"

皇帝怔了片刻,额头沁出细密汗珠。不过片刻,仿佛云散雾去,眉宇间复又一片清明,他拂起黛蓝织锦缎四季常青便袍的前摆,从容扶着太后一同落座:"是儿子糊涂,以为皇后能担大事。如今看来,皇后还是太年轻,一切有赖皇额娘了。"

太后轻轻地拍了拍他的手背:"这惩处乌拉那拉氏的懿旨哀家可以下,但不如你下旨来得让人信服。既然下决心做了,就做得妥妥当当。"

皇帝点头称是,忽然想起太后来时必然见到了毓瑚,难免要疑心,忙解释道:"儿子让毓瑚回来,本想追查此事,如今看也不必了。毓瑚留着照顾嘉嫔龙胎吧,她是个老成人。"

太后甚是满意:"那就好。皇嗣接连出事,嘉嫔的胎不能再有差错了。"

皇帝道:"儿子谨遵皇额娘慈意。那么永璜也不能跟着如懿了。"

太后心满意足,施施然离去。皇帝紧紧握住了拳头,将愤怒、无奈、悲伤与软弱之色,一并掩盖了下去。

皇后来见皇帝商议时,阿箬正在一旁红袖添香,喜乐娱情,绿筠与海兰亦守在一旁相伴。众人见了皇后来连忙离了皇帝,恭恭敬敬请了安,半分也不敢骄矜。皇后将太后所言一一回禀,皇帝早有了决断,无一不准。皇后不想皇帝答应得如此爽快,便道:"臣妾会按皇上旨意,将乌拉那拉氏移去冷宫。"

阿箬轻轻地为皇帝捶着肩，娇声道："这样也好。眼不见为净，省得皇上想起了就要生气。"

海兰忍不住跪下，膝行上前，磕了个头道："皇上开恩，请念在姐姐在潜邸时就尽心伺候皇上、不敢有一丝懈怠的分上，还请皇上不要把姐姐赶去冷宫吧。"

绿筠亦不忍道："是啊。皇上哪怕要罚月银要责打，都比把乌拉那拉氏一辈子孤零零扔在那儿好啊。"

皇帝看也不看绿筠，只淡淡道："跟着朕从潜邸过来的嫔妃不少，若都像乌拉那拉氏一般骄纵恣肆，敢蓄意谋害旁人，朕以后如何管治后宫前朝。你们若再求，就和她一并关进去。到时候永璋没有额娘照管，你也别怪朕狠心。"

绿筠吓得冷汗涔涔，跪在地上不敢言语。海兰还要再说，绿筠赶紧拉住了她，摇了摇头，一起退了出去。

殿外有童声响起，却是在背诵一首诗。

"鹿走荒郊壮士追，蛙声紫色总男儿。拔山扛鼎兴何暴，齿剑辞骓志不移。天下不闻歌楚些，帐中唯见叹虞兮。故乡三户终何在？千载乌江不洗悲。"

那童声反复响起，却只是背诵这首诗。

皇后侧耳细听，道："仿佛是大阿哥的声音，在背诵皇上的御诗。"

皇帝眉心微微一动，转过脸道："前些日子永璜背了这首御诗给朕听，朕还夸奖了他几句。如今怎么敢突然来了养心殿，也不进来请安。"

皇后忙道："小孩子家，哪里有这些心机。皇上切莫错怪了他。"

皇帝听了一会儿，不忍道："传他进来吧。"

永璜倒也乖觉，进来了便磕头道："给皇阿玛请安，给皇额娘请安，给慎常在请安。"

按照规矩，皇子与公主称呼除皇后与生母之外的庶母皆以"娘娘"相称，如今只呼慎常在的位分，而不唤一句"慎娘娘"，显然并非不懂得规矩，而是不屑如此尊称而已。

皇后见状，便问："永璜，皇子与公主待庶母皆以娘娘相称，你对慎常在不唤一句慎娘娘，实在是疏忽了礼数。"

皇帝便带了几分不豫之色，道："越发没有规矩了。"

阿箬强笑道："臣妾原本就是伺候大阿哥养母的宫女，大阿哥不肯按规矩称呼，也是情有可原。"

大阿哥忍着泪，倔强道："儿子受母亲抚养，母亲百般教导只是要儿子学好，从未教坏过儿子，不知皇阿玛此言从何而出。今日儿子背诵的御诗乃是母亲亲口教导，母亲时时刻刻把皇阿玛记在心上，又疼爱儿子，怎么会残害皇阿玛的其他子嗣。其中必有冤情，还请皇阿玛明察。"

皇后指着永璜便道："乌拉那拉氏便是抚养了你才生出坏心，你实在不必为她求情。你这般倔强，本宫真是后悔把你交给了她抚养。"

阿箬忙跪下道："大阿哥，您养在延禧宫的时候，乌拉那拉氏对您百般笼络讨好，其实并非真心疼爱，而是借您邀宠夺嫡，您被利用还蒙在鼓里。"

皇后连连冷笑，气怒交加："皇上，永璜不能再跟着乌拉那拉氏了。"

皇帝颔首："永璜也不能再送去撷芳殿无人看顾。纯嫔温柔敦厚，可以抚养永璜。永璜，朕告诉你，也告诉所有人，以后朕不许任何人为乌拉那拉氏求情，若有违背，就和她一起废为庶人去冷宫待着。"

阿箬悄悄抿去嘴角忍不住要涌出的笑意，唯有永璜低低、低低地哭泣着，抒发着一个孩童最深刻的伤心。

皇后一路上了软轿，想起皇帝考虑抚养永璜的人选时丝毫不提起贵妃，越发安心。去撷芳殿陪着永琏时，脸上也多了几许温柔浅笑。素练陪坐着替永琏熬着汤药，轻笑道："贵妃有家世，若是抚养了大阿哥也生出夺嫡的妄念就坏了。纯嫔不甚得宠，也没母族依靠，何况她有个亲儿子，能多疼大阿哥呢。皇上的安排，真是妥当极了。"

皇后伏在永琏床边，握着他睡中微凉的小手："额娘屡次叮嘱要保全永琏和富察氏的前程，本宫自当竭力。如今乌拉那拉氏自寻死路，若是此刻贵妃一人独大……"她转念想到了启祥宫中那两人，"幸好嘉嫔遇喜，本宫又扶了阿箬上位，纯嫔此刻又有两位阿哥。后宫平分秋色，谁也占不得便宜去。"

一室寂静，唯有小银吊子里的汤药咕嘟咕嘟滚着，散发着温热的草药气息，让人心生安宁。皇后拢了拢手腕上一弯碧沉，叹道："永琏没得哮症之前，本宫还不用这般处心积虑谋划，求得后宫平衡。可永琏得了这个病，本宫不得不步步小心。若还看着乌拉那拉氏母子坐大，来日为难永琏，本宫也不配为人母。不过哪怕人赃并获，本宫还是有疑虑，乌拉那拉氏害了玫贵人的孩子还算隐秘，但仪嫔的事做得也太急了。"

　　素练的心一阵狂跳，假借着端下吊子的空隙，深吸了口气，方才道："娘娘纵有疑虑，但这件事除了乌拉那拉氏，还有谁会做。奴婢看就是她急着扶大阿哥谋夺太子之位，才会急不可耐。娘娘，您就是太善心了，被人欺负到头上还替她着想。那么多人要她死，娘娘顺水推舟便是。"

　　皇后微微点头，爱不够似的看着永琏："也是。一个人的欲望太烈，就被烧得看不清眼前路了。本宫怜悯她做甚，只要永琏平安，本宫什么都无所谓。"

第十一章 幽居

永璜回到延禧宫中，见到宫中苍黄昏暗，浑不似一个曾经得宠的主位所住的地方，更想起昔日伺候的阿箬如今在皇帝身边的亲昵模样，纵使心性坚强，也忍不住落下泪来，一头扑入如懿怀中，哭道："母亲，母亲……"

如懿抱住他好生安慰道："好孩子，回来了就好。母亲交代你的，你都做好了么？"

永璜哭着道："儿子不敢辜负母亲，都已经做好了。"

"那你皇阿玛生你的气了么？"

"生了好大的气。还说不许儿子再跟着母亲，要搬去纯娘娘宫中居住，由她抚养儿子。"

如懿心口一松，情不自禁笑出来道："那就好。纯嫔娘娘位分既高，性子也好，自己又生养过，知道怎么照顾你。你有了好去处，母亲也高兴。"

海兰跟着进来，陪着落泪道："姐姐不让大阿哥求情也罢了，偏还要借着求情去惹恼了皇上，还要皇后和慎常在在旁边看笑话。"

"这个笑话，必得让人看见了才好。"如懿深吸一口气，搂着永璜道，"好孩子，母亲的苦心，你都明白么？"

永璜点头道："他们都说您借着儿子谋夺太子之位，是把儿子也推到风口浪尖上。以后儿子不能太露锋芒，不能抢了二弟的风头，更不能太讨皇阿玛喜欢，才能保得万全。"

如懿含泪点头道："好孩子。以后没有母亲护着你，万万记得要保护好自己，韬光养晦，千万不能显露锋芒。若有什么要紧事，便悄悄儿去找海娘娘，她会护着你的。"

永璜点头道："所以儿子今天惹了皇阿玛生气，以后看着皇阿玛好像不像以前那么喜欢儿子了，儿子也更安全了。"

如懿连连颔首："一点就透，真是母亲的好儿子。这样母亲以后即便出不了延禧宫，也能安心了。"

永璜擦干了眼泪道："可是儿子今日在皇阿玛那里听说，要把母亲移去冷宫，还要废母亲为庶人。"

如懿立时怔在当地，一时间只觉得热泪滚滚而落，刺而痒地扎在肌肤上。

如懿满面是泪，眼中的神采只剩下了乌沉沉的伤心与无奈："从阿箬被接到皇上身边那刻起，我就知道我的劫数还没完。又说下旨封了慎常在，如此盛宠，再加上旁人的话……"她泣不成声，只觉得心里的惊痛如一盘千斤重的磨盘一道接一道碾下，几乎要将一颗已经溃不成军的心磨成齑粉四散在风里，"皇上……竟然疑我到这种地步！"

海兰啜泣道："众口铄金，积毁销骨，何况如今慎常在是皇上枕边的心尖子。皇上一时轻信……"

原以为已经掉到了深渊底下，却没有想到还有一重深渊，如同十八层地狱，要重重堕下，永无超生的可能。原来所谓人生路，不是只有前行与后退，还会如此下坠，坠到连自己也想不到的凄苦之地去。如懿无限凄悯，苦笑道："一时轻信，也要相信了才好……若是不信，终究旁人再多言语也是无用！"

正说话间，却见李玉已经过来传旨，一时间宫人们都退了出去。海兰趁没有外人在，低声道："李公公，这件事还有没有办法转圜？"

李玉苦着脸道："太后做主，皇上圣旨，再加上阿箬……"他作势拍了下自己的脸，低声道，"慎常在得宠，皇上时常要她陪着，旁人要进言也不能啊。"

海兰快要绝望了,还是忍不住问:"皇帝真的信了?"

李玉忙道:"仪嫔娘娘薨了,真如火上浇油。"他看着如懿,急切道,"小主啊,趁着只有奴才在,明天又是奴才送小主您入冷宫,一些金银细软你得收拾起来,到了冷宫那种地方,也要用钱啊!"

他话音未落,却听殿门"吱呀"一声被推开,三宝和惢心哭着进来跪下道:"小主,奴婢和三宝商议过了,奴婢哪里也不去,和三宝跟着去冷宫伺候小主就是了。"

如懿落泪道:"你们可疯了,跟我去那儿做什么?留在外头,还能找个好主子伺候。"

李玉道:"可不是,二位可别糊涂了。"

惢心哭道:"奴婢自知命贱,留在外头也只是被人轻贱,情愿跟着小主。奴婢说过,要一生一世伺候小主的。"

三宝亦道:"奴才也跟着去。"

李玉想了想道:"小主虽然被废为庶人,但冷宫里也不能没有人照顾,带一个去也是可以的。别的不说,以前惢心和阿箬不总是合不来么,留她在外头,只怕委屈更多。"

如懿擦了擦泪道:"那好。冷宫再苦,惢心跟着我总还好些。至于三宝……"她看了戚戚然的海兰一眼,"你便跟在海贵人身边,从此伺候海贵人吧。"

海兰正欲说话,如懿挡住了:"我知道你要推辞,可你身边只有叶心和春熙,三宝在你身边,也多个照应。"她忍不住热泪涔涔,"从此,我们想要相依为命、守望相助也不能得了……你……要好好护着自己。"

李玉道:"那惢心你陪小主好好收拾,明日奴才送你和小主。"他伸手请过永璜,"大阿哥,按着旨意,奴才眼下得把您送去纯嫔娘娘那儿了。"

永璜满脸是泪,只扯着如懿的袖子依依不舍,如懿含泪放开他手,强忍着道:"去吧,记得出了这里就不要再回头看,也别再和任何人提起母亲,知道么?"

永璜哭着走了出去,果然没有再回头。如懿的泪潸然而下:"真是听话的孩子。"

李玉伤感道:"小主连大阿哥都这么疼爱,奴才实在不相信小主会去害别人的孩子。"

如懿用力按住眼角即将落下的泪:"什么都不必说了。李玉,幸好你还在皇上身边,如果你还记得我曾经扶持过你,那么有朝一日,在保全自己的情况下,能帮上手的时候,一定要帮一把,别让我死在了冷宫也不得瞑目。"

李玉跪下磕了头道:"奴才永远都会记得,是谁替奴才上了药,是谁暗中拉拔奴才到了今日今时这个位置。"

如懿点头道:"你知道就好。你坐到这个位子不容易,当年王钦是怎么掉下来的,如今你自己也要小心。"

李玉感激得热泪盈眶:"奴才没有别的本事,但会尽一己之力,极力保全小主在冷宫的平安。"

如懿沉默片刻:"那你再帮我一个忙,我想最后见一见皇上。"

李玉一怔,只得点了点头。

如懿再见到皇帝的时候已经是黄昏时分,养心殿还未掌灯,殿内是金红色的淡淡余晖,光影由浓转淡。皇帝的语气听不出一点悲喜之情,只是低头练着书法,并不看她一眼:"事情已经定下了,还要来见朕做什么?"

如懿抬头看着皇帝:"臣妾注定是要去冷宫了,只是最后还未能死心,一定要来问一问皇上。皇上,您是否相信世间有公允之道?"

皇帝看着她,仿佛看着一个寻常的陌生人一般,口气却郑重其事:"朕相信。"

如懿望着皇帝,仿佛要从他脸上探出什么究竟一般。然而,她知道,她的路是他给的,她再不能看出什么来了,更看不清他的心。

皇帝的笔流畅游走,轻轻道:"今日午后,朕听了一阕戏文,是《墙头马上》。"

如懿的眼底有温热涌动,她尽力睁眼,不让那温热滴落:"臣妾与皇上初初有情时,便是一起听这一出戏文。'墙头马上遥相顾,一见知君即断肠。'末了,真是这般断肠。"

是啊,从此一个身在养心殿,一个闭锁冷宫,如何不是离别,却连这离别都蒙了冤屈羞辱,如此断肠。

皇帝的语气感染了几分悲怆:"当日朕与你听这出戏文,彼此钟情,朕还亲自选了你为嫡福晋。如今,也是朕要你进冷宫。"

前事如此,难道真是一语成谶?

如懿再也忍不住,问道:"这是皇上的本心么?"

皇帝轻轻地摇头,手中一支狼毫悠悠一坠,染出一团墨色:"朕的本心如何都已经不重要。如懿,连朕自己都不晓得,朕的一点本心在时局面前能有多少意义。"

她与他之间,仿佛总隔着这样那样的时局,当年皇帝的本心是选如懿,结果逢着景仁宫失宠禁足,先帝不喜如懿,定要赶出宫去。时局那样坏,但身为皇子的他还是保了如懿为侧福晋。而如今呢,他由皇子而至天子,竟然不能了。

皇帝似是猜到了她的心事,无比颓唐:"朕为天子,还不如做一个皇子。如懿,天子的掣肘比皇子多多了。朕,真的很难。"

心底的动摇逐渐被抹去,她忽然信了自己,信了当年一见倾心的动心相许,问着自己,若是连自己都不信了,还能留下什么。

如懿静了片刻,定定道:"为着皇上这句话,臣妾甘愿长居冷宫。如果时日真的有用,希望它可以洗去臣妾的冤枉。"

皇帝带了几分期许与怆然:"好。你一定要护好自己,留着性命,清清白白与朕相见。"

茫然的悲悯之中,如懿伏身三拜,神色哀伤而平静:"为着皇上这句话,臣妾甘愿受罚,长居冷宫。只求皇上福绥安康,岁岁长乐。"

如懿缓缓起身,拂去身上尘灰,淡然若出世之云,转身离去。

皇帝看着她,将写好的字幅揉成一团,随手丢在了地上。他凝神片刻,走到书架边,打开了画着弘历和青樱小像的画卷。画卷上那两人虽然神情举止全然没有一丝默契,可还紧紧并列画中,并不似眼前的自己与如懿。皇帝黯然,卷起了画卷,唤进毓瑚:"朕要你查的事,连皇额娘也不赞成。不必再查下去了。"

毓瑚明白皇帝的为难:"后宫的水太深,一搅就都浑了,还脏着您。"

皇帝沉静道:"朕另有两件事要你去办。嘉嫔住在臻祥馆,你要亲自照拂嘉嫔,直到生产,母子平安。第二件,冷宫里都是历代遗弃的嫔妃,好歹都是宫里人,朕不想有人死在里头。"

毓瑚心领神会,躬身退出,便往冷宫而去。毓瑚挑人的眼光不错,翻了数本履历,挑出一个叫凌云彻,一个叫赵九宵的,两个人都是穷苦出身,最缺钱想上进,素日也老实忠厚。毓瑚一身藏青色暗花锦袍,指上数枚戒指,梳得端正的发髻正中一枚硕大的烧蓝银花,打扮与寻常姑姑不同。这通身的华贵气派,压得两人喘不过气来。毓瑚在庑房坐着,慢悠悠喝着茶:"主子的意思,明日要进冷宫的人,你们得看好了。"

赵九宵哪敢抬头直视毓瑚,局促得连站在那里都觉得不对劲:"姑姑的吩咐我们原要做的,可冷宫的侍卫里,咱们不是头儿,做不得主。"

毓瑚微微一笑,放下茶盏:"凌云彻、赵九宵,你们两个都是盛京人氏,家里穷困,不比其他人有家底,所以苦活儿都你们干,冷宫的大门也是你们俩守得多。"

凌云彻好歹还镇静点,听出毓瑚话里的意思:"姑姑这都知道,那是查了我们的底了。"

毓瑚见他显然比赵九宵聪明,不觉颔首,郑重叮咛道:"你们两人不坏,好好当差。"她咬重了"好好"二字,赵九宵抓着耳朵,拼命给凌云彻使眼色。

凌云彻忙上前一步问:"姑姑明示,怎么当差?"

毓瑚道:"冷宫里常有人熬不过去便死了。老是死人也有伤天和,你们守着冷宫,少出些这样的事。"

赵九宵怕事,脱口而出:"人吃五谷杂粮,会生病会死。姑姑,这我们可拦不住。"

毓瑚微微皱眉，只得直说："那么新来的那位，别让她死了。"

凌云彻与赵九宵面面相觑，终究还是凌云彻沉不住气问："敢问姑姑，咱们是给哪位主子办事？"

毓瑚悠然起身："宫里个个都是你们的主子，只需做事，不要多问，更不许让新来的那位知道，否则你们的命也没了。"见二人低头答应，她宽心几分，"有事我自会过来，你们不必找我，更不必打听我。凡事只有我问你们的份儿。若敢胡乱揣测打探，那紫禁城你们就待不得了。"

赵、凌二人被唬得气也不敢喘，埋头在胸，连毓瑚何时走的都不知晓，只好将这桩莫名其妙的差事记在了心里。

延禧宫冷落一片，封妃的册文、金印、吉服全部被带走，满地狼藉凄冷，让人不忍卒睹。海兰亦被留在后殿，不许再踏入延禧宫正殿半步。

惢心默默陪在如懿身边，将一些贴身衣物和值钱的首饰一同包好，想了想将钱财首饰藏在包袱的最深处，又取过一些糕点收好："到了冷宫只怕衣食不周，什么都得备下些。"

如懿看着她一点一点收拾，便道："拿那些点心做什么，备下了明天的，后天也要过那些苦日子。还是收拾些衣衫要紧。"

惢心答应了"是"，便去翻开箱笼，重新收拾衣裳。

正忙碌着，只听殿门被推开的悠长声，如懿不承想此刻还会有人来延禧宫，回过头去，却见是太后身边的成公公，只听他哑着嗓子道："太后传召，乌拉那拉氏，随我走一趟吧。"

惢心担心地看着如懿，不知祸福几何。如懿强自定了定心神，事情已经坏到这样的地步，还能如何？

她便道："我这样去，不会太点眼么？"

成公公努努嘴道："赶紧换上你宫女的衣服，跟我走吧。"

如懿想了想，便取过惢心的一身宫人装束换上，又梳成宫人们的发髻，仔细看看，走在夜色中应当不算明显了。

去太后宫中的路并不算太远，如懿隐隐想着，这大约是最后一次去慈宁宫了吧。此生此世，她大约都要留在冷宫之中，遥望紫禁城万千灯火金玉绚烂的夜晚。

正想着，成公公已经打起帘子让了她进去。大约是要避开旁人，殿中只有太后和福姑姑两人在。

太后穿着绛色缂金水仙团寿单氅衣，头上与耳上都一色的东珠配点翠首饰，发髻后六根明珠翡翠长簪一排而落，华贵而威严。点翠珍贵难得，那碧艳的宝蓝色在灯火的跳跃之下，流转着雍容而低沉的光泽，好像太后这个人便是如此，让人觉得暗沉而不可捉摸。太后跪在佛龛前，诚心诵完佛经，又点燃了三支檀香敬上。那香上的三点暗红星火，如同她心里若隐若现的未知的惧怕。

太后扶着福姑姑的手起身，转过脸慢慢打量着她。如懿依足规矩福了一福，请安道："太后娘娘万安。"

太后淡淡道："到底是乌拉那拉氏的女儿，到了这种境地，居然没有一进来就哭求哀家饶恕。"

如懿垂手立在一旁，宛如一个宫女应有的姿态："圣旨已下，不容更改，求也无用。"

太后微微一笑："哀家在想，如果今日被贬为庶人关进冷宫的人是你姑母，她会怎样？"

如懿心头一揺，像是被人冷不防狠狠抽了一鞭："如懿无用，不能和姑母相提并论。"

太后手上的赤金翡翠点珠护甲恍如一把金色的利刃，轻轻一晃："你们姑侄俩也真是可怜，居然都落得幽禁终身的命运，你可要怪皇帝和哀家心狠？"

如懿眼中一酸，将眼泪逼在眼底不容它落下："妾身要怪只怪自己不谨慎，才会落入旁人圈套。"

太后和颐浅笑，抚了抚手腕上的翡翠连珠镯，那绿色如深沉湖水，通透宁静，让人难以探测。太后道："只要是活在宫里的人，但凡不是个神仙，人人都会有不谨慎的时候,人人也都会有百口莫辩的时候。但要紧的是,人在低谷的时候懂得如何自保。不保别的,就只保自己一条命。"

如懿眉心一动,若有所思:"可是冷宫,形同死地,生不如死。"

"是么?"太后不置可否地笑笑,从桌上一盘未动过的糕点里取了一块,小心用绢子拈在手里,抬眼问道,"福珈,哀家要你抱来的猫呢?"

福珈抱了一只寻常的灰猫上前,太后随手将糕点丢在地上道:"给它吃了。"

福珈将糕点喂到灰猫口中,如懿满腹狐疑地看着,直到吃下糕点的灰猫在挣扎之后流血而亡,她的惊惧再也掩藏不住,跪下道:"太后……"

太后扬一扬脸,示意福珈把死去的灰猫拿布裹住扔出去,方才缓缓道:"这是御膳房本要送去给你的糕点,你一旦吃下,就成了畏罪自尽,再也无力回天了。要不是福珈看着可疑替你拦下了送到哀家跟前来,你只怕连自己是怎么死的都不知道。"

如懿按捺不住心中的惊怕,颤声道:"皇上可知道此事?"

太后暗笑她到底年轻沉不住气,只知倚赖皇帝,便笑:"皇帝知道要紧么?要紧的是你得知道,本来是死罪,你却活下来了。"

如懿稍稍镇定:"无罪却进冷宫,妾身不觉得是幸事。"

太后见她如此,也有些触动旧事,便问:"觉得自己冤枉?你知么?在这个世间,被冤枉的人太多。不是她们活该被冤枉,而是冤枉了她们,就会让很多人获得好处。"如懿重重点头,双眸微红,却始终忍泪:"让许多人可以获利,就不惜牺牲少数人。皇上知道这层意思么?"

太后抿一口清茶,神色愈发清绝沉静:"如果他一开始就知道能做出选择,那哀家就得对他另眼相看了。皇帝到底还年轻些。不过你还算幸运,不用死不瞑目。把你丢去冷宫,是保你这条命。"

如懿将信将疑:"如懿的姑母生前冒犯太后,太后为何要保全如懿一条性命?"

"别以为哀家不知道,追封李金桂为太嫔是你出的主意。挑唆哀家与皇帝的母子之情,哀家不想容你。"太后取过一串碧玺十八子缓缓捻着,却无宽仁之色。

如懿脑中嗡地一响，原来太后早就知道了。事到如今，她也不敢狡辩，便坦然自陈："皇上若不能解了这心结，耿耿于心中，才会妨了与太后的母子之情。"

"那干脆追封李金桂为太后，皇帝就彻底安心了。"

如懿后背上冷汗直冒，急急为自己也是为皇帝分辩道："您与妾身都知道，皇上不会这样做，皇上尊您为太后，视您为额娘，这点不会动摇。在不动摇您地位的情况下，略微安慰皇上的心意，您会宽容的。"她干脆铤而走险，直刺道，"太后不会觉得是妾身毫无家世，所以最适合做替死鬼吧？"

"巧舌如簧。哀家留你，也是因为太多人要你死，才觉得你有点分量。"太后含了一缕淡薄的笑意，目光轻扫她面庞，"还说自己是替死鬼？能拿来做替死鬼的，要么就是太没本事，要么就太有本事。看她们一个个起劲儿认定了你害人，都要拔了你这个眼中钉，就知道你是个有分量有本事的。既然这么有本事，留着你总有用处。"

如懿低头沉默片刻，心下如明镜一般："妾身是没本事的人，冷宫之中艰辛困苦，暗算之事亦层出不穷。妾身护不得自己周全，只能祈求太后庇佑，容许妾身活到沉冤得雪的那一天。"

太后的笑意仿佛海底的流光一烁："如果你没有本事在冷宫里活下来，蒙冤而死也不算委屈。若能活好了，还能替哀家分忧，哀家自然会顾惜你。"

如懿心中悚然一惊，便道："是。"

"你要是连这点保全自己福大命大的本事都没有，后宫里埋下的女人成百上千，都为紫禁城的红墙积了血色，也不多你一个。"太后捻着一串十八子，悠悠道，"但是在冷宫里，总比在外头风刀霜剑好过多了。其中的道理，你自己好好掂量掂量。"

如懿思忖片刻，蓦然伏拜："太后的意思，妾身明白了。"

太后颔首一笑："无为而治，无欲则刚。你越露出你在乎什么，想要什么，就越是把自己最大的弱点暴露人前。进了冷宫，细想想哀家今日的话。"

如懿心悦诚服，亦有些赧然："太后所言乃至理名言，妾身谨记在心。今日一别，但愿日后还有为太后所用之处，以谢太后保全之恩。"

太后闭目一瞬，很快笑道："所有的修为，都是历练出来的。你今后有的是时日，慢慢琢磨着吧。"

如懿心中稍稍安定，告辞离去。十二扇楠木雕花嵌寿字镜心屏风后绯色罗裙一闪，漾起明艳如云霞的波縠，却是蕊姬盈盈转出，半跪在太后榻前替她捶着腿道："太后如此护着乌拉那拉氏庶人，还悉心调教，可真是心疼她。"

太后用护甲挑起珐琅罐里的一点松柏清露膏轻轻一嗅，方把罐子交到蕊姬手里，笑道："不是哀家心疼她，是别人越看重她，用尽了心思对付她，便越是叫哀家知道，她是有分量和那些人分庭抗礼的。后宫之中最要紧的便是平衡之道，如果有谁太盛势了，得尽恩宠与权位，哀家这个太后便没有置喙之地了。"

蕊姬取过松柏清露膏一点一点替太后揉着太阳穴："那太后就应该留下乌拉那拉氏庶人，好跟那些人平分秋色啊。"

太后抬眼看她一眼："怎么？如今你不觉得是乌拉那拉氏害了你的孩子？"

蕊姬垂下眼睑，将悲伤不露痕迹地藏于眼底，道："本来气糊涂了，如今太后教诲，臣妾才知人赃并获，天衣无缝，的确是无可指摘。但，越是这样，反而越让人起疑。"

太后微微颔首，叹口气道："总算有些长进。那你以为是谁？"

蕊姬道："是谁都不要紧。天网恢恢，疏而不漏，臣妾不必用心去查，若有机会，乌拉那拉氏一定会比臣妾更着紧。臣妾只要一心固宠就是了。"

太后道："吃一堑长一智，你也算知道些了。后宫之中急于平分秋色是没有用的，保得住性命学得会立足才最要紧。"

蕊姬凛然道："是，臣妾明白了。"

太后轻轻"嗯"一声："如今慎常在新宠上位，撒娇撒痴。嘉嫔遇喜，有恃无恐。眼见她留在养心殿的臻祥馆养胎，有皇帝在身边，这一胎必然是无

138

碍了。丢了你和仪嫔的两个孩子，无论嘉嫔这一胎是男是女，她母凭子贵都是毋庸置疑的了。那么你呢？哀家那么辛苦把你从南苑捞出来，又想尽办法保全你。来日如何，全在你自己了。"

蕊姬即刻紧张起来："是。臣妾一定会加紧调理身子，不敢辜负太后期望。"

如懿离开延禧宫那一日，春光如一幅巨大而明艳的绸缎，铺开漫天漫地的晴丝万缕，袅娜如线，看得韶光亦轻贱了岁月。

那漾艳的春光，仿佛一卷上好的精工细描的锦绘，铺陈开花鸟浮艳、刺绣描金的华光，让人几乎睁不开眼睛。

来相送的，唯有海兰和绿筠，海兰无声地落着泪，被李玉拦着不许上前半步。连绿筠亦站得远远的，只能含泪微微点头，告诉了永璜安好，以示话别。如懿只以素银扁方绾起长发，穿着无绣无花的薄薄春衫，唯有上面细细的暗纹流转，昭示着她依旧不能离开宫廷寸步。

经过景仁宫的时候，如懿仰起头，看着浮光万丈，金灿炫目。原来辗转浮沉，她的命数，和她的姑母并没有不同。

殊途同归，是不是后宫女人唯一的路？

所谓"冷宫"，便是在翠云馆后一所空置的院落。因为历代失宠犯错的嫔妃都被发落安置在此处终身不得出入，便被宫中人视若冷宫，十分忌讳。

幸而历代以来，在寿康、慈宁两宫养老的妃嫔居多，幽闭冷宫终身的女人并不算太多。纵然已经想象过多次，然而走到冷宫前，如懿还是微微意外。她入宫多时，从未走到过这样荒僻而冷清的地方，仿佛从前无人提起，她也从不知道宫里竟有这样的地方。那是一处废旧宫殿模样的房子，不算很大，零零落落十来间屋子错杂其间，像是久无人居住了，宫瓦上蔓生的野草纷杂，连大门上也积了厚厚的尘灰，满目疮痍。她伸手一触，门上的铜钉便扑扑落下一层锈灰来，差点眯了人的眼睛。里头雕梁画栋的描金绘彩尽数脱落，积着厚厚的灰尘和凌乱密集的蛛网。

才一进去，就觉得明亮的天光都被隔绝在了外头。即便是这样晴朗的天气，里头也是阴阴欲雨的昏暗，住得久了，好像身上都会长出暗青色的绿霉来。

李玉领着如懿和惢心走到一间略为整齐的空屋子里，尚未靠近，已有尘灰呛人的气息扑鼻而来，李玉为难道："小主，奴才已经尽力了。"

如懿了然，感激道："能找出一间让我和惢心住的屋子已经不容易了。若要再做什么，就太点眼了。好了，你不必在此久留，免得惹人注目。"

李玉点点头，看了看旁边的屋子道："小主住在这里，千万小心旁边那些人，年纪大了，都成了精怪了。"

惢心看着里外都阴森森的，有些害怕地贴在如懿身边。

外头远远传来礼乐欢喜悠扬的声音，如懿侧耳道："是什么事？"

李玉犹豫片刻，还是道："今日是嘉嫔、玫嫔和慎常在行册封礼的日子。听说为着晋封，内务府还要挑出许多宫人来伺候呢。"

如懿将心底的空落按了又按，能如何呢？再热闹，再繁丽，那毕竟是与她无关的人世了。李玉转身离去，如懿看着他的离开将仅存的光明一同带走，只留下无尽的尘灰飞扬和暗沉光影，与她闭锁此间，一生一世。

第十二章 空谷(上)

幽闭的宫苑中,好像日日都下着雨。虽然知道有人一同住着,但总是无声无息,好像待得久了,人也成了鬼魂,没有动静。

如懿和惢心绞了帕子忙碌着打扫,虽然自小养尊处优,不事辛劳,但强逼着自己做起来,也能慢慢做得好。她和惢心忙进忙出,却分明觉得有眼睛在窥探着她们,但猛然回头去,却又不见人影。

惢心有些害怕:"小主,住在这里的,到底是人还是鬼?"

如懿强自镇定下来,沉声道:"当然是人,这世上哪有鬼?"

惢心有些不安地翻着包袱:"早知道就该多备些蜡烛了,这里不分白天黑夜都黑漆漆的,让人看了害怕。"

到了夜间,两人总算收拾干净了住下。

这一夜如懿初到冷宫,也是阿箬正式册封的喜日子,当夜皇帝就翻了她的牌子,许了她侍寝。阿箬伺候了皇帝晚膳,便在养心殿迁延陪伴。到了夜深,被锦被一层层裹得严实,只一把青丝垂落在外,被两个太监抬进来放在皇帝御榻上。一切,便和旁人侍寝没有两样。唯有阿箬娇羞不胜,欢喜不胜,一颗心如飘荡云端,没个着落处。皇帝歪在榻上,闲闲地拨着垂落的明黄色挑花流苏,懒懒打了个哈欠,良久,才随手拨开锦被,露出阿箬含羞带怯的一张粉面。

皇帝似笑非笑："阿箬，今儿是你真正册封的日子，你终于来侍寝了，你高兴吗？"

阿箬如何说得出"高兴"二字，只觉得双颊烧得火热，嘤咛一声，向皇帝移了三分过去。

皇帝以二指轻抚她面庞，低低道："可若是朕还不够高兴呢。"他低沉的嗓音中含一脉妖冶魅惑的气息，全不似白日里那持重模样，越发显得面容如陈年好酒里浸着的一朵罂粟花，熏得人直欲醉去。

阿箬虽不经人事，但如懿得宠，她守夜时多少知道一些。如今情窦初开，哪里经得住皇帝这般引诱，只觉得浑身娇美泛滥，不可自持："臣妾会让皇上高兴。"

皇帝见她面颊醒红，呼吸略重，不置可否地笑了。

冷宫的夜自无这般旖旎风情。因着每日给的蜡烛只有两根，如懿和惢心都当宝贝似的积攒着，加之劳累，天一黑便睡下了。才躺下没多久，只觉得身上的被衾盖着一阵比一阵凉，仿佛是起风了。风自由地穿行在回廊梁柱之间，哗哗地吹起破旧不堪的窗纸，有窗棂吱嘎地摇晃，划出一阵阵几欲刮破耳膜的刺声，啪一下，又一下，仿佛突如其来地敲着人原本就瑟瑟不安的心。

有闪电的光线骤然亮起，残破的纸窗外，分明有人影倏忽晃过。惢心吓得连声尖叫起来："有鬼——有鬼——"

如懿来不及披衣，点上蜡烛霍然打开门，直冲到外头。脆弱的火光在疾旋的风中微弱地挣扎了几下便灭了。四周黑漆漆的，只有几个破旧的宫灯晃着微弱的火光，和偶尔划过天际的闪电，照亮这破败的庭院。

如懿索性将手中的烛台一扔，金属滚地有刺耳的鸣响。如懿大声道："不管你们是人是鬼，我既然来了这儿走不了，便是做人也好做鬼也好，也要和你们待在一起。有本事就自己走出来给我瞧瞧，装神弄鬼，难道被遗弃的女人只会做这样的事情么？"

惢心随后冲了出来，披了一件外裳在她身上："小主，小主，起风了，要下雨了，你小心着凉！"

如懿扯下衣裳甩到她手中，厉声道："有本事就出来，有什么可吓人的！我若是即刻死在了这里，也比你们这些装神弄鬼只会暗中窥伺的人强！想来吓唬我，便是做了厉鬼，你们见了我也只会躲躲闪闪，避之不及！"

闪电划过处，几张苍老而残破的面容隐约浮现。如懿心生一计，转身去房中取过包袱中的糕点，向面容浮现处一一抛掷而去。很快，有几个年长的妇人从廊柱后转出，纷纷抢过糕点，呵呵笑着，心满意足而去。

如懿稍稍心安，惢心急道："小主……"

如懿道："就算是鬼魂，贪于饮食，有什么好害怕？"

一声凄厉的冷笑自梁柱后缓缓转出，如懿借着昏黄的宫灯看去，却是一个年迈妇人缓步过来。她的衣着打扮比其余人稍显洁净舒展，只是头发花白，满脸皱纹，老态龙钟，看上去已有六七十岁。

如懿看她沉着走进，并不似旁人贪恋糕点，心知此人一定不寻常，便先拜下道："前辈不与她们争食，果然不同。"

"前辈？"那老妇人摸一摸自己的脸，森然道，"我很老么？"

如懿见她阴恻恻的，也不免添了一分畏惧，只得坦然道："既然熬在了这里，即便青春貌美又有什么用？反而年老长寿，才能熬得下去。"

"年老长寿？"那妇人连连冷笑，"熬在这种不见天日的地方，活着还不如死了。"

如懿心中闪过一丝刚硬之气："话虽这样说，但前辈没有寻死，便知蝼蚁尚且偷生。"

那老妇人虽然年迈，眼中却闪过一丝精光："是啊，来了冷宫的人没几个熬得住的，你方才看到的那几个便已经疯疯癫癫了，你看不见的那些，都是熬不住自己上吊死了的。冷宫的亡魂不少，你倒不怕？"

如懿黯然道："迟早也要成为其中一缕亡魂，这样想想，还有什么可怕。"

那妇人不置可否地一笑："这冷宫，总算来了个异数。"她说罢，缥缈离去。

如懿后退一步，才觉得背心的睡衣已经都被冷汗湿透。如懿长舒了一口气，拍拍蕊心的手道："算是见过了，可以安心睡了。"

蕊心畏惧地和如懿贴在一起，如懿笑道："你便和我一起睡吧。"

一夜风雨大作，起来也是个阴沉天气。蕊心跟在如懿身后亦步亦趋，小心翼翼地问："小主真要去看么？"

如懿换了一身更简朴的衣袍，故意打扮得灰扑扑的："昨夜她们已经按捺不住来看了我，难道我不去看她们么？"

其实她住的地方与其他人还隔了一座院落，重重曲廊转过去，却听得前面窸窣有声，似有好些人围在那里看着什么。她疾步过去一看，吓得不由得退了一步，原来一座空空的殿阁里，一个女人高高地把自己挂在梁上，只有一双脚摇摇晃晃的，每一动，都散下一点尘灰来。

蕊心吓得尖叫一声，指着道："小主，小主，有人吊死了。"

那些围观的妇人只是冷漠地望了她们俩一眼，又望了望吊死的女人，毫无惊异地散开了。有人不无羡慕地笑起来："真好，她去见先帝了。先帝见着了她，一定还会宠幸她的。真是有福了。"

昨夜稍稍整齐的老妇人跟在人群后出来，淡漠地望了蕊心一眼："不必大惊小怪，熬不住自杀的人天天有，你以后住久了就知道了。"

蕊心吓得脸色发白，颤抖着说不出话来。那老妇人淡淡道："你呢？什么时候熬不住也把自己挂上去呢？"

如懿觉得自己的身体有点不受控制地发抖，她指着梁上的女人道："那她怎么办？"

老妇人怪异地笑了笑："等下会有侍卫来把她拖出去，拖到焚化场烧了，埋了。真好，死了，化了，终于离开了这个鬼地方。"

蕊心吃惊道："这里也有侍卫？"

老妇人鄙夷地看她一眼："当然。要不然你不是随时随地都可以从这里推门走出去？"

蕊心听到这话，惊慌失措地去拍门，惊呼道："有人么？有人么？里头有人上吊死了!"

良久,有个头儿模样的侍卫懒洋洋地探头进来看了一眼,挥了挥手道:"凌云彻、赵九宵,你们俩去收拾一下。"

分明是个人,倒是像被当作物件,连死后的尊严亦没有,只是被"收拾"一下。如懿见两个大男人伸手就要抱那妇人的尸体下来,忙急道:"你们是两个男人,怎么可以伸手接触前朝嫔妃的尸身,如此冒犯不敬?"

凌云彻这才看见如懿,他微微眯起眼睛,似是被她容貌微微惊住,屏息的片刻他旋即收手,在一旁不再触碰。

赵九宵懒懒笑了笑道:"不碰,好哇!那咱们兄弟俩就不干了,劳您自己动手吧。"

如懿瞪眼,赵九宵撇嘴:"反正你没死就成了。"凌云彻用手肘一撞九宵,九宵耸耸肩不说话了。

如懿被他一激,想到自己来日的下场,亦不觉兔死狐悲,一把拔出他腰间的长刀扔到惢心手里:"惢心,你站到凳子上去砍断绳索,我在下面抱着她。"

惢心有点颤颤的,但见如懿选择抱着尸体,她亦无法可想,只得站到凳子上砍断了挂在梁上的绳索,尸体掉下的冲力极大,如懿一个抱不住,踉跄着连人带尸全摔倒在了地上。她离着那尸身那么近,几乎可以触到尸体上冰凉的死亡气息和那干冷的完全失去了生气的肌肤。

她丢开手,忍不住俯身干呕了几声。

赵九宵像是看着一个有趣的热闹:"既然吓成这样,逞什么强?你既然不许我们兄弟碰,这尸体,我们不抬了!"

如懿仰起脸冷冷看着他道:"要是进了冷宫,我还能出去半步,这具尸身自然不用你们来搬了。何况我只是要你们不许用手直接碰触,并非不让你们抬出去。"

凌云彻奇怪地瞥她一眼:"那你说怎么办?"

如懿转过身,想要在周遭寻到一块裹尸的大布,却左右不见踪影,那老妇人本冷眼旁观,见她如此,转身去隔壁拎了一块硕大的白布来:"这块原是我留着给自己的,如今先给她用吧。只是来日我走之前,你们必得拿自己的衣衫拼缝一块裹尸布送我走。"

如懿感激道:"是。"她和蕊心用布裹好尸身,留出两头可以抬的地方,道:"有劳两位了。"

赵九霄见她如此麻烦,本来就心生不忿,懒洋洋地看着天不肯动手。凌云彻看不过去,伸手推了他一把,道:"动手吧,完了还有别的事。"

赵九霄会意,笑嘻嘻道:"只有你还有别的事,我却没有了。"

凌云彻也不理会,伸手抬起尸身的一头,赵九霄便也搭了把手,一起出去了。

如懿这才松了口气,赶紧回到房中拼命洗脸洗手,又换了一身干净衣裳,那种恶心的感觉才没有那么强烈了。那老妇人径自走进她房中,仿佛入了无人之地,自己找了个干净的茶盏倒了点白水喝了:"既然那么怕,就别去碰。"

如懿洗干净手:"总有一天,我也会那样,是不是?"

那老妇人并不理会,只道:"没想过活着出去?"

如懿犹疑片刻:"您在这儿待了多少年?"

那老妇人横她一眼:"您?我没有名字么?"

如懿见她性情古怪,忙恭恭敬敬道:"还请您老人家赐教。"

那老妇人掸了掸衣衫:"我是先帝的吉嫔。"她自嘲地一嗤,"可是我一辈子都没吉利过,还留着名位呢,就被关进了这里。你是哪家的?"

如懿忙起身道:"晚辈乌拉那拉氏如懿,见过吉太嫔。"

"太嫔?"她黯然一笑,"是啊。先帝过世,我可不是成了太嫔?可惜啊,人家是寿康宫里颐养天年的太嫔,尊贵如天上的凤凰;我是关在这儿苦度年月的太嫔,贱如虫豸。"她忽然警醒,"你说你是乌拉那拉氏?那先帝的皇后乌拉那拉氏是你什么人?"

如懿道:"两位乌拉那拉氏皇后,都是我的姑母。"

"两位?"吉太嫔冷笑道,"一位就够厉害了。不过,再厉害也厉害不过当今太后啊,否则怎么会连你也落到冷宫里来了。不过我到这冷宫八九年了,从未听说有人走出去过，我倒很想看看，乌拉那拉氏家的女儿，能不能走得出去？"

如懿吃惊道："您才到冷宫八九年，那您今年……"

吉太嫔抚摸着自己的脸，哀伤道："你以为我七老八十了？我被太后那老妖婆害得进这个鬼地方的那一年是二十六岁，如今也才三十五岁而已。"如懿惊得喉咙里发不出一点声音，只能以不可置信的目光瞪着她。吉太嫔恢复了方才的那种冷漠："这里的日子，一天是当一年过的，熬不熬得住，就看你自己的了。"

如懿眼看着她出去，满心惊惶也终于化作了不安与忧愁："惢心，对不住。让你和我一起来了这样的地方。"

惢心有些畏惧，却还镇定："小主在哪里，奴婢也在哪里。"

如懿再也忍不住满心的伤痛，那种绵绵的伤痛，原本只是像虫蚁在慢慢地啃噬，初入冷宫时的种种惊惧之下，她原不觉得有多痛多难熬。可是仿佛是一个麻木久了的人，此刻她骤然低头，才发觉自己的身体发肤已被这微小的吞噬蛀去了大半，那种震惊与惨痛，让她不忍去看，亦不忍去想。原来，她真的已经失去了那么多，地位、家族、荣耀，以及一直倚仗的他对她的信赖。都没有了。

可是，她却再没有办法。人在任何境地都有自己眼前的企求，譬如嘉嫔企求生下皇子；慧贵妃企求恩宠一如从前；而阿箬，企求圣眷不衰。她所企求的，只能是学着先活下来，仅仅是活下来。

而门外的凌云彻呢，在把冷宫嫔妃的尸体送去焚化场焚化后，他所愿的是什么呢？他那样微红的英气的脸庞，疏朗的剑眉亦飞扬起来，站在冷宫和翠云馆偏僻的甬道上，仰首期盼着明媚的少女匆匆向自己奔来，那真是无趣而没有出头之日的冷宫侍卫最美好最乐意见到的场景。

那少女像一只轻盈的蝴蝶扑扇着冷宫前狭长而冷清的石板，虽然只是穿着宫女最寻常不过的青色衣装，以最简单的红绳束辫，可她玉蕊琼英一般的娇美面容，依然如一抹最亮的艳色，无可阻挡地撞入了他的眼帘。

云彻见她跑近，忙关切道："嬿婉，跑慢一些，等下还要再去当差，更累着自己了。"

嬿婉扶着弱不胜衣的细腰，微微喘着气道："我就是要跑得快一些，才能多见你一会儿。"她的脸不知因为跑得太急还是羞怯，泛出珊瑚一样的娇润之色，"云彻哥哥，你是不是等了很久？"

云彻忙道："没有。我只是稍微早一点来，这样就能看着你来。我和九宵说好了，他会替我一会儿。"

嬿婉稍稍放心，笑靥如花道："那就好，我也和四执库①的芬姑姑告了假，说肚子不舒服就出来了。"她看了看周遭，叹口气道，"平日里只有你和赵九宵看着，一定很辛苦吧？每天能做的事情就是守在门口看看天，或者进去替她们搬运尸体。云彻哥哥，为什么我们都那么命苦，没有出头之日？"

云彻道："你还是想离开四执库？"

嬿婉黯然道："虽然伺候的是皇上的衣物，但每天只和衣裳打交道，什么时候能出头。便是每月那点月银，还不够应付我额娘和弟弟的讨要。"

云彻望着她担忧的面庞，怜惜无比："你额娘和弟弟是无底洞，这些年你攒的银子多半给了他们。"

嬿婉无奈："自己家里人，我能有什么办法？若能侍奉得宠的嫔妃，我得些脸面，手头也宽裕些，或者能拉你离开这儿换个好差事，那么我额娘也没那么厌恶我们俩在一块儿了。"

云彻摇头道："得宠的嫔妃是非多。你不知道昨日进冷宫的那位，从前还是皇上的娴妃呢。做宫女的被主子打了骂了也是活该，还不如四执库清清静静的安生。嬿婉，我怕你吃苦。"

嬿婉嘴角低垂，生了几分委屈之意："四执库是清静，是安生，可要是过了二十五岁还没好去处，我就要出宫了。我虽然是正黄旗②出身，但几年前

---

① 四执库：四执库位于紫禁城东六宫和玄穹宝殿之后的乾东五所，专门存放皇帝的各类服饰等物。皇帝的冠袍带履，由隶属内务府的四执库管理。

② 正黄旗：正黄旗，清代八旗之一，以旗色纯黄而得名。建于明万历二十九年，由皇帝亲自统领。正黄、镶黄和正白旗列为上三旗。

我阿玛犯了事丢了官职，我再也不是个格格了。要不是进宫当差，我额娘和弟弟就饿死了。我的难处你都知道，且如今我只是不入流的小宫女，若没个好主子替我指婚，那我和你……我和你……"她害羞得说不下去，只看着他的眼睛问，"云彻哥哥，你的心意没有变过吧？"

云彻恳切道："当然没有。我和你青梅竹马，又……情投意合，我的心意绝不会改变。"

嬿婉高兴起来，甜美的笑意再度绽放在唇角："那就好。昨日是嘉嫔、玫嫔和慎常在行册封礼的日子，过几天内务府要挑选宫女去伺候她们，如果我能去伺候嘉嫔娘娘或是慎常在就好了，如今宫中最得宠的就是她们呢。"她按了按袖口，"我已经存了一小笔银子了，到时候只要买通芬姑姑，她愿意荐我去就好了。"她为难地看一眼云彻，"只是我怕银子还不够……"

云彻为难地皱了皱眉，还是道："你别急，我还有点俸例，再不行的话，我会想想别的办法。"

嬿婉高兴地点点头，眼中闪过一丝倔强的坚韧："云彻哥哥，宫中我没有别的人，只能依靠你了。"她伸出双手，露出手指上森森的新旧伤痕，凄苦道，"云彻哥哥，我每天都不断地熨衣裳熏衣裳，已经两年了。管事的姑姑们只要一个不高兴，就可以拿滚烫的铁熨子朝我扔过来，拿炭灰泼我。我真的不想一辈子都做一个四执库的宫女，也不想你一辈子都困在冷宫当差。我知道的，你一直想做一个堂堂正正的神武门侍卫，甚至在皇上的御前当差。你放心，只要我们抓住机会，一定不会屈居人下的。"

云彻点点头，小心翼翼地替她呵着手道："我更心疼你吃苦。嬿婉，我一定会想办法的。"

嬿婉被他小心地捧着手，心中温暖如春，好像万丈的阳光普照，也比不上此刻的温暖和煦。她摸着左手手指上一个色泽暗淡的红宝石戒指，那是最暗沉的红宝石做成的，原不值什么钱，却是凌云彻送给她的一片心意。他们原是这紫禁城中贫寒的一对，能有这份心意，已经足够温暖。她柔声道："有时候再苦再累，看着你送我的这个戒指，就觉得心里舒畅多了。"

云彻的脸微微发红，静了片刻道："嬿婉，我没什么银子，只能送你这么一次的宝石戒指。但我有最好的一定都会给你，你相信我。"

嬿婉满脸红晕，低下头吻了吻云彻的手指，害羞地回头跑走了。

云彻在嬿婉离开后许久，目光再度触及冷宫深闭而斑驳的大门。他逐渐明白，自己愿意帮助冷宫中那个奇怪而倔强的女人，多半是因为她的脸和美好如菡萏的嬿婉，实在是有三分相似。这样想着，他的一颗心愈发柔软，仿佛被春水浸润透了，暖洋洋地晒着春日艳阳。再没有比这更快乐的事了。

云彻回到冷宫门口，往进门的门槛上一靠，有点犯难。方才他回自己住的侍卫庑房里，趁侍卫头领李金柱在睡午觉，翻了翻衣箱底下的俸例荷包，里面不过才七八两碎银子。这点银子，实在是帮不上嬿婉什么忙的。他放好了荷包正要起身，只见李金柱打了个哈欠慢腾腾爬起来道："小凌，照规矩，该交钱了。"

冷宫的侍卫不过四个人并一个头领，他和赵九宵算是一班，另两个汉军旗出身的张宝铁和包圆算一班，虽然如此，也是要轮值的。张宝铁和包圆交给李金柱的例钱多一些，平时又肯花点钱请他喝酒吃菜，往往便休息得多，不用干什么差事。凌云彻和赵九宵出身包衣奴才，家里贫苦，还要送些钱回去，日子紧巴巴的，孝敬得少了，少不得什么苦活累活都得他们干了。譬如上次去抬尸首，张宝铁和包圆是永远不必干这等又累又脏的活儿的。

云彻想着还要用钱，少不得咬了咬牙，赔笑道："李头领，我……我家里……"

"老规矩，交不出钱就干活儿。接下来守夜都是你的差事。"李金柱爽快地摆摆手，笑道，"知道你和别人不一样，有个相好儿在宫里想着以后要成家。行，存着点就存着点吧。就你和九宵那小子苦哈哈的。"

云彻感激万分地点点头，出去当差了。

在冷宫外，凌云彻走着走着站住了。九宵推一推他道："发什么呆？"

云彻怔怔地说："我在想，有没有什么办法弄到一点钱？"

九宵愣了愣，哈哈笑起来："想钱想疯了吧？冷宫的侍卫是最穷的，哪里能去弄钱。这些年你为了帮嬿婉姑娘应付家里，还不够辛苦啊。"

云彻寻思着问："要不求求姑姑？"

九宵听到姑姑就头疼，不知她什么来历，却这样能干。他"啊"一声，头摇得拨浪鼓似的："姑姑是给了我们差事，但这差事换不了白花花的银子啊。"

云彻呆呆地望着碧蓝的天空，说不出话来。

九宵摇了摇头道："别想了。明晚包圆招呼了我们陪李头儿喝酒，他出钱，我们哥儿几个作陪，怎么样？"

云彻什么心思也没有，一个有些年纪的太监马公公晃过来，端着几个食盒的饭菜，咣咣敲了敲食盒。赵九宵和凌云彻站起来，知道是给里头的人送饭菜来了，便帮着从墙洞里一个个将饭菜推进去。冷宫的妇人们听见声音，冲出去抢在前头抓起几个干馒头狼吞虎咽起来。如懿和惢心不大懂规矩，闻声跟在人后赶出来领饭食。马公公在外喊了句"新来的"，又从墙洞塞进两份饭菜。惢心接过一看，馒头发霉，饭菜污糟，简直没法下口。马公公又喊了声"您的"，吉太嫔施施然过来，拿起一份较为新鲜的饭菜。如懿看了看她的，又看了看自己的，立刻觉出了门道。吉太嫔看着发愁的惢心，又看如懿："不必看。想办法弄些银子，马公公会给你弄新鲜点的吃食。"

这便是点拨了。如懿忙打听："冷宫也能用银子换东西？那带进来的钱财用完了怎么办？"吉太嫔挑眉："手没烂的，就做点活计托人换钱。冷宫么，死不了的照样挺着腰杆子活着。"如懿沉思着，掰掉馒头上的霉点，一口一口吃了起来。

第十三章 空谷（下）

这一夜，蕊心吃坏了肚子，正在疼痛。如懿也没睡好，隐隐听到角门外幽怨而悲切的哭声，她在最初的畏惧之后分辨片刻，立刻就听出了是海兰的声音。冷宫的侧边有个角门，离她的屋子最近，她悄悄起身靠近，透过门缝望出去，果然见到一身幽蓝暗花素袍的海兰。

如懿情急地叩了叩门，低声道："海兰，海兰。"

海兰从呜咽中探起头来，喜出望外道："姐姐，姐姐是你么？"

如懿急道："都夜深了，你们怎么来这里？"

海兰稍稍犹豫："姐姐，我担心你，所以来看看你。"

如懿借着角门边宫灯微弱的光线，敏锐地发现她脸颊边深红色的红肿，分明是五个指印的模样。她立时紧张起来："海兰，是不是有人欺负你？"

叶心在近旁放风，低声催促道："小主，好容易偷溜过来一次，有什么话赶紧说吧！别被人发现了。"

海兰忙止了泪道："我听说冷宫苦寒，所以特意包了几件衣裳来给姐姐。"她望着高高的墙头，用旁边的竿子将包袱一挑，扔了进来，"姐姐若缺什么，我会常常送来。"

夜风透过薄薄的衣衫带来刺骨的凉。如懿的口吻并不温和："你以后不许再来这里犯险。还有，告诉我，你的脸怎么回事？"

海兰还未开口，叶心已经忍不住道："今早我们小主从延禧宫往长春宫去请安，谁知在西长街上碰到了慎常在，也不知道她发什么疯，看见我们小主低着头就说小主一脸晦气犯她的冲，二话不说伸手就打。"

如懿道："没有告诉皇后娘娘么？"

叶心气道："正好遇上皇上，告诉皇上了。谁知道皇上只问慎常在手疼不疼，要不要请太医来上药，根本不过问我们小主，真真是气死奴婢了。也不知道慎常在是怎么了，夜夜侍寝这么承宠，火气还这样大！"

如懿隐隐觉得不对："如叶心所说，她昨夜刚侍寝，那个时间刚离开养心殿，应该很高兴才对。怎么会一早见你就这么大火气？"

海兰落泪道："我本就是个人人可欺负的。她恃宠而骄，也是寻常。"

如懿想想也是："从前你心里有了委屈，总喜欢这样来对我说一说。"她心下酸楚，"可是海兰，眼下我不能再宽慰你护着你了，你要自己想办法保护好自己，不要再受委屈。而且冷宫这样的地方，若是被人发现你偷偷前来，连你也会被连累的。"

如懿话音未落，忽然听到有人喝道："是谁在那里？"

陡然间一个声音响起，叶心慌得忙护住海兰，却发现那人正从前面过来，根本无路可退。如懿紧张得一颗心被高高揪起，转而又想，反正已经是落在这里的人了，还有什么可怕，倒是海兰，要是被自己连累也来了这里，可怎生是好？

如懿隔着角门的门缝望去，却见正是白天来搬尸身的侍卫之一，便情急道："侍卫大哥，你千万别声张。她们……她们只是来看我的。"

凌云彻提着灯笼打开门锁一看，却见是如懿缩在门边，他狐疑道："你都被贬进冷宫了，怎么还有人来看你？"

如懿乍然见门打开，海兰站在门外，激动得几乎落下泪来，她指了指地上的包袱道："这是延禧宫的海贵人，我和她曾经住在一起。她是怕我在冷宫受凉，所以特意来看看。她……她不是有心闯到这里来的。"如懿见他衣着寒素，灵机一动,拔下头上的一支银簪交到凌云彻手里,"你千万别声张,否则我们受罪,你们也落个看管不力。"

凌云彻见如懿一副哀求的恓惶神色,仿佛是在溪边饮水时突然被猛兽惊起的鹿,惶惶不安,而这种不安却并非为了自己,更多的是为了眼前另一个人。他不觉为自己的这个比喻觉得好笑,原来自己竟然是那只猛兽。想到此节,他便有些心软,更兼想着姑姑的吩咐,心底更是一动,却又不敢明说,只得硬声道:"给我这支银簪做什么,一拿出去人家还以为我是偷的,还不如银子方便呢。"

如懿心中一动,已然明白眼前这个人不过是贪财罢了。她眉心一松,唇角便有了一点笑意:"那你稍等。"她安慰地拍拍海兰的手,从袖口取出一锭银子交到凌云彻手中,"这里是二两,如果你愿意绝口不提今日之事并且护送海贵人出了这里的甬道,我便再给你二两。"

凌云彻眼中微微发光,顿时心念如电:"如果海贵人以后还要给你传递什么东西,实在不必这么冒险了,只要交给我转交就是了。"

如懿欣喜:"你肯帮忙?"

凌云彻道:"有人交代……"他才要说下去,只听那头庑房里有人探出头来唤道:"小凌,你撒泡尿怎么那么久,等着你喝酒呢。"

他忙回头道:"好了好了,就来!"

如懿听他说得奇怪,便问:"交代什么?"

凌云彻慌忙改口:"有人交钱,我自然办事。"

如懿笑了:"有贪念的人才肯好好做事。"

凌云彻不以为辱:"人心如此,用钱财来往最直接安全。"

如懿松口气:"那你略等,看护好海贵人。"她转身回房中取出一点碎银子交到凌云彻手中,"先只有这些,你办好了差事再有。"凌云彻大喜过望,一双眼灼灼发亮,伸手就要去拿,如懿一缩手道:"但你总要告诉我,你叫什么,我才好托付你办事。"

凌云彻倒也坦然:"我是冷宫的侍卫,凌云彻。"

如懿淡淡一笑:"这个名字倒有几分气势。"凌云彻接过银子握在手心,那种冰凉的坚硬给人踏实的感觉,他只觉得心头大石瞬间被移开了大半,连连答应了"是",又道:"海贵人往后哪怕要过来,提前派个人跟我招呼一声就是了。只是别常来,也别白天来,太点眼了。"他向四周张望道,"赶紧走吧,等下有人出来就不好了。"

如懿看着海兰依依不舍的样子,越加觉得凄然,心疼道:"好好照顾自己。"

海兰贴在她身边轻声道:"姐姐,日后我不能常来,每隔十天若天气好的话,我会在御花园里放起一只蝴蝶风筝,只要你看见,就算我们彼此平安了。"

如懿点头道:"快去快去,无事不要再来。"

海兰被叶心牵着,一步三回头地走了。如懿听着微微松了一口气,将海兰送来的衣裳包袱紧紧抱在胸前,倚靠在墙壁上,无力地坐了下来。

凌云彻想着海兰的打扮,道:"海贵人穿得寒素,恐怕手头银子不宽松吧。"

如懿警觉,以为他反悔,连忙道:"你怕我们出不起,要拦着我们相见?"

凌云彻哪肯丢了这个挣钱的法子,又想着得让如懿主仆吃口安稳饭才算完成姑姑的交代,便教如懿:"那也不是。我是教你个法子,彼此方便。宫女儿都偷着做活计,或是绣帕子,或是打络子,都能送出宫换钱。坊间最喜欢宫里的绣样摆件儿。"

如懿振奋些许:"我会绣帕子,蕊心会打络子。你能送出去么?"

凌云彻心头大喜,立刻算了一笔账道:"我每个月都有出宫的机会。说好了,二一添作五。赚得的银子,一人一半。"

如懿有些惊讶他的贪婪:"你拿一半?"

凌云彻生怕如懿不答应,又解释:"我是冒风险的。吉太嫔托的是李头儿,否则怎么独她吃得不错。还有,你要答应了,我就给你送些针线、素帕和彩绳来。"

如懿算了算,哪怕他拿走一半,也够自己和蕊心过活了,立刻隔门与凌云彻击掌:"一言为定!"

风声依旧呼呼的,如泣如诉,仿佛是谁在幽幽地呜咽着。这或许,就是她要习惯的人生了,也是她要努力改变的人生。嗯,只要能活下去,就不可怜。但愿家中父母弟妹,都可以活得比自己好些。

冷宫里的日子,过得缓慢而悠长。有时候连她自己似乎都忘记了,她还活在这个地方,一天天过着重复的日子。阴雨的日子里,所有的人像虫豸一样蜷缩在自己的世界里,苟延残喘。天气晴好的日子里,她会看到一个个像幽灵一样冒出来的前朝女人们,干瘪的、枯燥的、疯癫的、安静的,活在自己的世界里的女人。一开始她也会害怕,害怕有人会冲上来抱住她,把她当作是接她们出冷宫的先帝,也不想看到在太阳底下袒胸露乳晒着身上虱子的女人。但她渐渐习惯,好像周围的人把冷漠和无动于衷都传染给了她,让她习惯了忍耐、默然、冷眼旁观。就好像她一样习惯着用劳力换来略干净的饭菜,经常翻晒潮湿晒不干的衣裳和被铺,一日日让自己过得体面些,好好儿活下去。

冷宫里的人如是,冷宫外也是。如懿和惢心得空便打络子绣花样;凌云彻忙着去卖出换钱和如懿对分;嬿婉努力攒着银子,偶尔也去伺候皇帝和嫔妃们听戏更衣。嬿婉从小爱唱曲,有时候听得呆住了,一同当差的春婵便取笑她:"唱戏有什么好看的,你也盯着她们!都是下九流的戏子。"嬿婉便回嘴:"那儿坐着的难道个个天生尊贵么?玫嫔就是南府出身的琵琶伎。慎常在也是宫女出身。"她说了几句又感到很丧气,"这样泼天的富贵,我想也不敢想。我只想过得好些,能应付我额娘和弟弟讨要银子便好了。"春婵知道她家里催逼得紧,弟弟是家中独子,她额娘难免疼爱,纵着花销。可宫女儿也就听着体面,还不如在戏班子里当角儿手里宽裕,嬿婉又总想着换个好差事,日子过得真是捉襟见肘。海兰那次被阿箬打了,皇帝虽没安慰,私下却叫李玉拿了一份凌霄花和三七碾碎了做的药膏小圆钵给海兰涂脸,说是行血去瘀,便没那么疼了。海兰谢过,依旧也少在皇帝跟前露脸,侍寝更是没有。玉妍的肚子已经露了形状,胎气稳固。皇后也常和晞月、阿箬一起在御花园散心。晞月不喜玉妍每日住在臻祥馆,看着玉妍的肚子,又是艳羡又是含酸,有时关心几句,有时偏盯着看个没完,惹得玉妍心惊肉跳,无事便躲在臻祥馆不肯轻易出来。

入夏后,嬿婉攒了些银子,虽不够去宠妃宫中,但芬姑姑看她去心已绝,便指了去钟粹宫纯嫔身边照顾大阿哥永璜的差事,乐得收钱将她送走了。凌云彻知道,自然不放心,想来想去身边竟有一个后宫里出来的如懿,必知道纯嫔与大阿哥的性子,婉转问了问,得知纯嫔性子极好,从不挫磨下人,大阿哥又懂事,打心眼里为嬿婉有了个好去处高兴。这一高兴,他便问如懿:"卖络子和刺绣换了的银钱,除了买饭食,还想要些什么吗?比如胭脂水粉的。"

如懿一边坐在墙根下手指飞舞般绣花,一边不假思索道:"我都不要。要是有,帮我带一把花籽来,在这儿种种花草也好。"

身临险境,还念花草,凌云彻头一回见到这样的人,暗暗觉得好笑。不知是否与海兰心意相通,当日下午她便送来了几枝翠绿的凌霄花枝,道是凌霄花最好养活,可给冷宫添几分翠色;又说莳花弄草,或许可以分散心思,没那么怨怼。如懿想什么来什么,只觉进冷宫后从未这般好运气过。凌云彻也凑趣,说了凌霄花喜肥、好湿,得多浇水的习性,一时众人都舒畅了许多。如懿想着虽不能出去,但自己种的凌霄花可以攀缘而出,也大为快慰。唯有惢心惹了伤感,道:"凌霄花可以活血化瘀、止痒去肿。这儿阴湿,去去风湿和湿癣也好。奴婢总见太医院的宫人们拿凌霄花擦拭呢。"

如懿知她想念江与彬,无奈与自己关在一起,正要安慰,惢心自己却好了些,帮着如懿一起种下凌霄花,只盼在冷清挣扎之地也活得干净体面。

嬿婉原不大喜欢去纯嫔那里,总觉她不够得宠,出路不大,但听得凌云彻说纯嫔与大阿哥种种好处,也终于高兴了起来,二人依偎在一块儿,掰着指头期盼:"云彻哥哥,等我进了钟粹宫,讨了纯嫔娘娘和大阿哥的喜欢,就能做个掌事的大宫女,到时候又体面又能得赏银,我额娘一高兴,说不定就答应了我们的事。"凌云彻握住她的手笑:"我也会想办法挣银子讨你额娘喜欢的。"

到了夏末,如懿种的凌霄花居然开了,还爬上了墙头。如懿每日浇水,细心地侍弄花枝,扶正花架子,也算晦暗日子里的一点欣慰。养心殿中,毓瑚亦是每日从御花园折了最鲜艳的凌霄花养在瓶中。皇帝偶尔注目，便问："御花园的凌霄花开得最好。冷宫缺阳气，不知道凌霄花能不能开？"

毓瑚淡然一笑："凌霄花命硬，好养活。只要护花人细心，一定能开。"

花儿开过了墙头，嬿婉来冷宫时看到，也是格外欣喜："真好。冷宫里都能开花，谁说人在尘埃里就爬不上去呢。"她含情望住凌云彻，"我最喜欢凌霄花，那里头有你的名字。"凌云彻爱怜地刮她鼻子："你分明就是爱凌霄花开得又高又艳。"

嬿婉在钟粹宫当差轻松，既不用挨打，又得绿筠常常赏些碎银子，攒了送去家中，额娘和弟弟高兴，她也高兴。

嬿婉拉着云彻的手云雀似的叽叽喳喳又说又笑："云彻哥哥，你看这花儿开得多好。我最喜欢凌霄花，凭着自己的本事攀缘而上，开得又高又艳。咱们凭自己，也会有个好前程的。"

凌云彻望着她天真的笑容，觉得世间最乐莫过于此了。

夏天过去，冷宫依旧是太阴冷了，阴冷得近乎能掐出水来，即便她觉得自己渐渐活得像长在墙角的一株霉绿色的青苔，半年后还是觉得有些异常，有一种疼痛开始缠绕上她的身体，那就是风湿。虽然海兰常常托凌云彻送来一些治疗风湿的膏药，但在整日的阴冷潮湿之下，这些御药房上好的膏药，也成了杯水车薪。

她无声地忍住疼痛，和惢心缝制着护膝和护臂，还拿凌霄花捣碎了敷在痛处。不仅给自己，也给吉太嫔。这里的每一个女人，都得着这样的病。偶尔，她会抬头望向天空，期待着十天一次的蝴蝶风筝高高飞起。那是海兰在提醒着她，时间的流逝和彼此的平安。

等到秋风渐起的时候，冷宫的日子便越来越难熬了。到了那一日该放风筝的时候，是个阴天，风筝才刚飞起，便又落下了。

如懿心中隐隐不安起来，正盘算着让凌云彻去看一看，才发觉这一日值守的却是另两个侍卫。她心中实在担忧，但又无法，只得忍耐着坐在廊下打着各种各样的络子，寻思着什么时候让凌云彻送出去换点钱来。

而此刻的海兰，心中也如暴风疾雨来临一般，心慌得不行，她的风筝才刚飞起，就被经过御花园的皇后、慎常在阿箬和慧贵妃晞月看见。

这些日子以来，皇后的脸色一直不好看。永琏一直断断续续地病着，春日的时候抱在身边养了一阵已经见好，便又守着规矩送回了撷芳殿。永琏知道皇后望子成龙的心情，也格外勤谨，不肯丢下太多课业，可他身子撑不住这好学的心思，又兼情绪紧绷，只消天气稍稍反复，便发作哮症，让人担心不已。这一层秋凉下来，忽冷忽暖，永琏便虚弱了下去，再度促发了哮症。齐汝千叮咛万嘱咐，这哮症怕寒气怕尘絮，要是一路保到明年夏天，便大有转机了。在此之前，必得小心又小心。皇后久在宫闱，如何不知道这话里的意思，就是永琏怕熬不过明年夏天。为娘之人如何听得了这种话，皇后大哭了一场，除了料理后宫中事，得空便守着永琏。

这日莲心家中出事，她回禀后急急就出了宫料理。皇后刚从撷芳殿过来，见到发病中的永琏面色紫绀，呼吸急促而微弱，简直如绞心一般。虽然晞月百般劝慰说会替皇后前往宝华殿继续诵经求永琏平安，她也不过敷衍一笑。偏这个时候，晞月又说起玉妍的不是，说她只顾着自己的肚子少来看望永琏，皇后又不耐烦起来。皇后心底，总是玉妍的直爽利落更可心些，又有素练总为玉妍说话，皇后自然觉得亲近，更不耐烦晞月的聒噪。一时抬头看到一只五彩斑斓的蝴蝶高高飞起，想到自己的孩子竟不能起身放声大笑，尽兴玩乐，更是气不打一处来。

晞月察言观色，已然喝道："谁在那里？"

海兰听得声音，心里没来由地一慌，慌慌张张收了风筝线跪下道："参见皇后娘娘，慧贵妃娘娘。"

跟在皇后身后的慎常在轻蔑地看了她一眼，勉强行了个平礼。

晞月很是不悦，一张芙蓉面如冻了严霜一般，呵斥道："皇后娘娘担心二阿哥的病情心绪不佳，你竟然还在这里欢天喜地地放风筝。"

皇后一向柔和的面庞犀利如冰，道："简直全无心肝！"

阿箬娇声娇气地劝道:"皇后娘娘您别生气了。海贵人一向和冷宫里的乌拉那拉氏交好,不与其他嫔妃来往,性子孤僻是出了名的。她非要在这儿幸灾乐祸一下,放个风筝撒个欢儿,您就由着她去。小人得志,能多久呢?"

海兰慌忙俯下身,卑微地道:"皇后娘娘息怒,皇后娘娘息怒,臣妾并不知道二阿哥病重,只是在此放风筝嬉戏,并非幸灾乐祸!"

晞月"哎呀"一声道:"嫡子病重你海贵人竟不知,还真是冷心冷肺。"

皇后便是平日里再宽和,此刻也真心恼怒:"本宫与皇上为了二阿哥担忧心烦,你漠不关心不说,还在这儿嬉戏玩乐,其心可诛。"

阿箬趁着皇后怒气正盛,索性一脚踩在海兰的手上。嫔妃所穿的花盆底鞋的底都是寸许高的桐木,质地异常坚实,这一脚踩下去又格外用力。海兰只觉得钻心疼痛,眼泪都掉了下来。

晞月摇头冷笑道:"此刻才掉眼泪,可知不是关心皇后娘娘的二阿哥了。真是连牲畜都不如。"

皇后想着儿子便揪心不已,怒道:"你那么喜欢在御花园放风筝,就给本宫跪在这儿静心思过。"

"哎呀,这天气怕是要下雨了呢。"阿箬看一看天色,忽然笑道,"娘娘,对待这样不知进退的人,罚跪雨中,好好淋淋雨,脑袋就清醒了。"

海兰再忍不住,抬起头道:"阿箬,你也曾受过淋雨的责罚,己所不欲为何还要施于人?"

阿箬的满头珠翠在愈加阴沉的天光下摇曳出尖冷如利芒的暗光:"我就是这样才足够清醒,那么海贵人,个中滋味,你也该尝尝。"

皇后不满道:"那么,就跪在这儿,等着大雨冲刷干净你这样卑劣肮脏的心。"

皇后含怒离开,一脚踩在海兰已经受伤的手背上,她脚底下一滑,差点摔倒,幸好被宫女们牢牢扶住了。

皇后嫌恶地看了海兰一眼,道:"手放在不适宜的地方,还不收起来么?"

说罢,皇后便忧心忡忡离去。阿箬和晞月一左一右扶着皇后的手臂前行。

阿箬赔笑道："皇后娘娘切勿生气,小孩子风寒是常有的事,宫中有那么多名医在,请宽心就是。"

皇后担忧不已："可是太医说永琏的哮症反复发作,常常呼吸艰难,稍稍沾染尘埃飘絮就会致命,实在令人担心……"

海兰跪在那里,叶心慌忙去看她的手,手背上已经被坚实的桐木花盆底踩出深紫泛红的两个血印子。海兰痛得死死咬住自己的唇,极力忍耐着,不让屈辱的眼泪落下来。她看着荫翳的云层越来越密,终于积聚成一场罕见的瓢泼秋雨,将自己单薄的身体和着秋日里飘零的残叶一同席卷其中,成为茫茫大雨中漂浮的一点零丁秋萍。

…………

海兰不知道自己是怎么回去的。只记得在长街迎面遇见撑着伞、头上别着一朵不起眼白花的莲心,痴痴惘惘地像幽魂似的飘进来。莲心深一脚浅一脚,裤腿全湿透了,她脸上分不清是雨水还是泪水,落得前襟一大片濡湿。海兰痴痴问她:"你是怎么了?怎么哭成这样?"莲心亦是这样问,二人都在伤心处,竟不知从何说起,还是莲心抽噎着道:"奴婢的弟弟和妹妹都去了。奴婢刚从宫外回来。"

海兰一时没反应过来:"去了?"

莲心笑得和一个丢了魂的鬼一样,断断续续地说着,海兰才知王钦一死,皇后母家之人大约是觉得莲心没了可用之处,便对她的弟妹疏于照顾。结果入秋时他们得了伤寒,两人接连去了。莲心大哭:"奴婢,奴婢真是好恨……"

海兰想着自己可怜,如懿可怜,莲心也是一般可怜,摸了摸自己头上手上,竟没什么值钱的东西,只一对翠玉耳环还值些银子,便拉扯下来塞到莲心手里嘱她办丧事去。莲心连哭都哭不出来了:"不用了。奴婢知道时,他们已经被草席一裹,埋在了乱葬岗,奴婢亲自去找都找不到了。且那些银子,办得了后事,办不了心事。"海兰不知怎的,便脱口问她想要如何。莲心奇怪地看着狼狈淋雨的海兰,贴在她耳边道:"如懿小主帮过奴婢,你和她交好,奴婢也不怕直说,奴婢不会再出宫了。这辈子都不会了。呵,两条人命,只有在奴婢有可用之处时才被重视，否则病了死了都没人管。哈，奴婢是没用，可没用的人也懂得有恩报恩有仇报仇。"

海兰吓得捂住她的嘴："你伤心坏了，别胡说这些，也别在皇后跟前露出这副样子。"莲心甩开她的手："就算是奴才也不是下贱东西，由着人摆布。毁了我的命根子，我总得讨一点回来。"

海兰无言安慰，两个伤心人低语了一晌，便在雨中仓皇告别了。皇后待得知来龙去脉，深觉懊悔，自己与额娘一心惦记嫡子，居然没把照顾莲心弟妹的事放在心上，可她又不能在莲心面前责怪自己的生母。见莲心神色还算平和，便道："待永琏好些，本宫让母家的人给你弟弟妹妹建了衣冠冢，希望你好受些。"

莲心木木地："是奴婢不好，没能尽到长姐如母的责任。"她深深叩首，"皇后娘娘大恩大德，奴婢铭记在心。"

皇后叹道："莲心，你再无家人，便伺候本宫一辈子吧。有本宫在一日，就有你一日。"

夜来风雨大作，海兰淋雨受罚，又与莲心一道伤心，当夜便浑身发起了高热。海兰惊怕不已，再耐不住委屈，撑着伞独自从宫中跑出，奔向冷宫。风雨时节，连侍卫们都躲在了庑房不肯出来，海兰拍响角门，终于惊动了住在近旁的如懿。她从门缝里望见如懿撑着伞瑟瑟守在门边，不由得热泪潸然，哭着诉说了今日的种种屈辱。

皇后、慧贵妃、慎常在，这三个名字，立刻勾起了如懿心底血肉模糊的沉痛。她咬碎了银牙，恨恨道："海兰，害我的人总逃不脱是她们三个。如今，连你也可能会被她们践踏至死啊。"

海兰呜咽道："姐姐，这宫里好冷，可是我只有一个人，连你也不在身边。"

如懿的心伤再度被她勾起，伸手按在破败潮湿的角门上："海兰，我在这里，每一天都好冷，好像永远没有阳光一样。就像此时此刻，我很想握一握你的手互相温暖，可是隔着这扇门不能碰到你。"突然间，她的声音变得坚定如磐石，

"可是海兰，哪怕只剩了一个人也会有办法，何况纯嫔不是狠心肠的人，她多少会帮你。不要像我一样，什么也做不了；不要像我当初一样，不懂得反击，落到如此地步，千万不要！"

海兰举起受伤的手背："我一直以为只要忍耐着就没事了。可忍到最后，什么人都能践踏我。"

如懿的声音在呼啸的风雨中听来格外冷硬："退到了尽处，无路可退，就不要再忍了。海兰，你活得好一点，或许我也可以活得好一点。恰如我此刻卑微地祈求，至少有一个太医，可以来治一治我日渐严重的风湿。海兰，靠自己，去争取过得好一点。"

海兰哭泣："姐姐……我听你的……"

如懿的脸上分不清是雨水还是泪水，但声音却沉稳而没一刻迟疑："快去！快去！淋哪儿的雨也别淋冷宫的雨！"

海兰用力点头，满心却只觉得渺茫。她深一脚浅一脚地走着，大雨浇身，总得躲一躲。好容易挣扎到宝华殿外，见得里头灯火通明，分明是晞月与茉心在。她一时畏惧，便蜷缩在檐下躲雨。空旷的大殿里，晞月带着茉心在宝华殿内参拜，隐隐约约听得茉心赞晞月为皇后母子尽心。又听得晞月叹着气，絮絮说着如何盼着可以扬眉吐气，可以一人之下万人之上。如今皇帝眼里却只有嘉嫔和慎常在，她更得紧紧追随皇后，更盼着荣宠如旧，膝下有子。

海兰头一回听晞月这般高傲之人叙说痛处，不觉愣住了。晞月越说越怜惜自己："除去乌拉那拉氏是为皇后分忧，去了玫嫔和仪嫔腹中的贵子，也是固她儿子的地位。我就算有私心，也算为她做事。还有素练帮衬，她是皇后的心腹，她做的不就等同于皇后娘娘的心意吗？否则，否则慎常在又如何肯出卖了自己的主子呢？"

海兰震惊地抬起面孔，心中的恐惧渐渐火热起来，化作了满腔愤恨，焚烧着自己的心。她死死盯着殿内诵经的晞月，尽量控制着自己不发出声音，悄悄退了出去。

她昏昏沉沉地拖着沉重的双腿，走在茫茫雨帘之中。暴雨如巨大的绳索一下一下用力鞭打着大地,用溅起的硬如石卵的水珠再次暴打不已。

　　她身上滚烫滚烫的,却觉得自己成了薄薄的一片纸,任由雨水冲淋,除了深寒,还是觉得深寒。紫禁城的秋水这样冰冷,冲刷直下,将无数落叶残花,一同卷落沟渠之中,不知飘零何处。她忽然想,如果自己就此死去,这世间便只有如懿一人会替她伤心吧。那么如懿,便连她这个最后的温暖也失去了,而且,还要孤身一人面对那么多害她们的人。海兰将如懿的愿望在心中反复掂量。良久,她才恍然发现,原来如懿的愿望,便是她自己的愿望。

　　很多年前,她能倚靠的只有如懿一人。那么今日,她也应该让自己稍稍坚强,变成如懿可以倚靠的后盾。至少,在清楚了敌人是谁之后。

　　这样的念头最后在她脑中划过时,她已然走回了延禧宫的门外。叶心和绿痕打着伞守在门边,见她痴痴惘惘地回来,脸上终于有了一点人色。叶心忙迎上去,带了哭腔道:"小主您白日里淋了好几个时辰的雨发了高热,怎么此刻还要淋雨呢?您的伞呢?小主您说话啊,别吓奴婢啊小主!"

　　海兰听着叶心的声音在耳边喧哗,再也忍不住,身子向后一仰,晕倒在滂沱大雨之中。

第十四章　旧爱

海兰的高热是在三天后退去的。她醒来的时候，一缕明媚的秋阳恍如淡淡的金色膏腴从镂空的长窗中斜斜照进，阳光隔着淡烟流水般的喜鹊登梅绣纹轻罗幔缓缓流淌，空气中沉郁的紫檀气味若即若离。

她怔怔地坐在床上，看着窗外的花竹葱茏，阳光温暖，也不过就是一道被凝固了的荒凉寡淡的影子，宫苑蒙尘玉人落灰。延禧宫，真的是空置了太久太久……

叶心端了药进来，见她醒了，喜得热泪盈眶："小主终于醒了。"

海兰微张着干裂的唇："这几日辛苦你了，有谁来看过我么？"

叶心稍稍为难，还是说："纯嫔娘娘和秀答应，还有婉答应来看过您。不过秀答应和婉答应只在窗外望了望，只有纯嫔娘娘带着大阿哥送了点东西来，还在您床头坐了会儿。"

海兰微微一笑："这宫里，也只有纯嫔有心了。只不过，她也是个可怜见儿的罢了。"她想一想，挣扎着坐起身来，抚了抚睡得凌乱的鬓发，"叶心，你去准备些回礼，我要亲自去向纯嫔娘娘致谢。再让绿痕进来替我梳妆，我病了这几天，一定很难看。"

叶心高兴地"哎"了一声答应，也有些意外："小主平日最不在意打扮，今日怎么也讲究起来了呢。"

海兰似是回答，似是自叹："一病如新生啊。"

当海兰能挽着绿筠的手往御花园散心时，精神已经好了许多。绿筠欣慰地拍着她的手背，心想在如懿进冷宫之后，身边又有了个可以商量的人了。海兰知道绿筠性子温暾，没什么大主意，又没什么争宠夺爱的大志气，皇帝虽然对她不甚宠爱，但也不冷淡。所以纯嫔满心除了亲生儿子，再无半点所求。那一日御花园水边芦花正盛，如飘雪一般。玉妍扶着贞淑的手站在水边出神，见了纯嫔与海兰，彼此见礼，玉妍便开口了："本陪着皇上说话，但皇上传了太医来问二阿哥的病情，我也只能知趣出来了。"

这话题一起，自然人人都关注这位嫡子的病情。玉妍素来说话没个忌讳："纯嫔姐姐，皇上有日子没理会您的三阿哥了吧。嘻！都是皇子，皇上也太偏心眼儿了。"

海兰低头不作声，玉妍若无这般绮玉容颜，就凭这个说话的样子，总是讨嫌。可偏偏皇帝和皇后都以为难得，不同于他人心机深重，很是喜欢她这直性子。海兰微笑，能让要紧的人喜欢，有了立足的依靠，这也算一个本事吧。

绿筠很是识趣，强笑道："我的孩子怎么能和中宫嫡子比呢。"

玉妍抚着肚子，似乎为未出生的孩子担忧："总不能有了嫡子，咱们的孩子都不疼了吧。姐姐这么说，我可要替自己肚子里的孩子着急了。"

绿筠笑着安慰她："话也不是这样说，你的孩子若是个阿哥，那便是皇上登基后的第一子，贵重异常。"

也是，玫嫔与仪嫔接连失子，所有的寄望都在玉妍这一胎了。虽不是庶长子，不是嫡子，但贵子的名分也颇为重要。难怪玉妍这般小心翼翼养胎，又为腹中孩儿的前程忧虑。哪怕朝中有立长立嫡立贤的说法，但众人都知道，有永琏这个聪慧的中宫嫡子在，庶长子、贵子到底算不得什么。所以他的病情，成了人人关心之事。正说着，莲心从撷芳殿方向来，玉妍笑吟吟拉住她说话，知是素练在伺候永琏，换了莲心歇息。玉妍说了几句心疼长春宫几个大宫人轮值照顾永琏的辛苦，又夸赞皇后勤俭，哪怕爱子重病，照样没再添人照顾，而是按着从前裁减半数人手的规矩来。这般寒暄敷衍了片刻，玉妍才笑："御花园一带芦花颇盛，很是好看。皇后娘娘要喜欢，你带回去插瓶，让娘娘看着也高兴些。"

莲心大约累了，赶着回去歇息，便道："皇后娘娘如今也没心思看这个。"

玉妍似想起什么，郑重其事道："太医说二阿哥的哮症最忌讳芦花啊棉絮这些东西，若是不小心沾染了，只怕气息阻滞就坏事了，所以伺候的人都谨慎得很呢。"

莲心连连称是，又道齐太医反复提醒，人人都谨慎防备。

有微凉的风吹过，细碎的芦花飘起，嘉嫔伸手捉住把玩，仿若无心，讶异道："这一带芦花多，又临近撷芳殿，秋来风大，防不胜防呢。"

海兰眸光一跳，旋即抿了嘴，看向漫天芦花不语。那芦花轻飘飘的，不仔细看会以为是初雪，落在面颊上有惊人的凉意。那凉意不知是否心底蔓出，竟像生了根一般拔不去了。

莲心盯着玉妍的手，语气定定的，听不出半点情绪："奴婢们会悉心照顾二阿哥的。"

玉妍笑起来暖洋洋的，嫣然妩媚，像一朵明艳的花绽放开来。她口中的一字一句也是带了艳烈的火星："说来你真是个忠心的丫头。皇后娘娘当年铁了心要你嫁给王钦笼络他，为的就是二阿哥的前程。如今王钦死了，事儿也过了，你就安心伺候吧。"

莲心行了一礼，默默告退了。海兰低首，见她行着礼的另一只手，紧紧握着拳头，似乎极力克制着情绪。海兰不知怎的，想起了莲心出嫁那一晚，那划破夜空的凄惨的叫声，禁不住打了个寒噤。

玉妍没有察觉这些，仍拉着绿筠絮絮叨叨，愁眉苦脸的："若没有嫡子，咱们生的庶子好歹也能入皇上的眼。姐姐，我一直疑惑，当年三阿哥养在您身边时一直颇得皇上喜欢。怎么进了撷芳殿就笨笨的惹皇上嫌了呢？听说嬷嬷们连认东西都不教，又整天抱在手里不教好好走路，如今也三岁多了吧，好好的孩子养成了这样。"

绿筠越听脸色越难看,攥着她的手道:"你是说……我倒是听大阿哥说过,那些嬷嬷们对永璋是格外惯着些。"

玉妍关切道:"奴才们懂什么,只会听主子意思办事。同样是乳母,同样是皇后吩咐下来的,怎么待二阿哥就这么严格,待三阿哥就这么放任?如今小还罢了,若是长大,三阿哥可不只不受皇上器重了,一旦厌弃起来,先帝不就把皇三子弘时逐出宗室了么?"

绿筠讪讪地想笑,却怎么也笑不出来,只露出个比哭还难看的表情,玉妍立刻不敢多说了,借口乏了,一阵风似的回了臻祥馆。

绿筠的眼睛发直,自料这一辈子的恩宠也不过如是,唯一的指望全在永璋身上。谁敢害自己的儿子,便是要了性命一般。这般想着,身子一晃,竟是有些支撑不住。海兰赶紧扶住了纯嫔:"嘉嫔也是说笑了,毕竟是皇上的孩子,谁敢谋害呢?"

绿筠眼睛一酸,忍不住就呜咽:"皇上的孩子怎会无人谋害?玫嫔和仪嫔的孩子不就被害死了么?"

海兰听她意思说得不对,生怕要扯到如懿身上去,立刻沉声道:"纯嫔姐姐!"

绿筠醒了醒神,很不好意思:"本宫不是说如懿做的,总之那两个孩子就是被害死的。"

海兰望着绿筠,一颗心沉沉定了下来。她慢慢地道:"大阿哥因着姐姐的缘故如今只能缩着脖子做人,您要不护好了三阿哥,那在撷芳殿里半个月见一回的,三阿哥被人怎么算计了您都不知道啊。"

绿筠一怔,死死握住了她的手,又是感动又是感慨,半晌才道:"好妹妹,总算有你为我着想了。"

有了这番交心之谈,二人越加亲近,每常往来不说,还一同去撷芳殿看望永璋。海兰悉心打扮过,连纯嫔亦注目赞美:"换了颜色衣裳,好好地打扮起来,也真是个美人儿呢,看着也精神了许多。"

海兰笑道:"是啊,老是恹恹的,从春到夏,如今入秋了,真觉得半点精神气儿也没有了。"

三阿哥在乳母怀里抱着一个大佛手玩得十分起劲,笑得咯咯的。

绿筠轻轻嘘了一声,向乳母贾氏道:"轻点儿笑,别让隔壁听见了刺心。永璋,别整天抱着这个布娃娃,没个男孩子样儿!"

永璋哪里懂得这些,更扯了嗓子嚷嚷:"我要玩!我要玩!"

贾嬷嬷在旁分辩道:"三阿哥顶喜欢这个布偶了。上回二阿哥看见了喜欢,他也不肯让呢。"

绿筠皱眉,显然是有些担心儿子敢不听从嫡子的话语。海兰便问:"二阿哥还是老样子么?"

绿筠苦笑道:"可不是?哮症越来越厉害,皇后娘娘的眼泪都快哭出一大缸,现下只怕要悔死了。"

海兰低低道:"这话怎么说?"

绿筠打发了贾嬷嬷去一旁哄三阿哥抓布老虎玩儿,低声道:"本宫听永璜说,自从二阿哥进了尚书房,皇后娘娘望子成龙,日夜查问功课,孩子硬生生被逼出了一身病。再后来皇后见好些了又催着读书,二阿哥带病用功,这哮症就好不起来了。本宫不知道从前如懿是怎么教孩子的,便告诉大阿哥说,千万不要争强好胜和二阿哥比,什么都是输给他才好的。否则呢,可不是自己吃亏了。"

海兰颔首道:"大阿哥听话,会明白娘娘的一片苦心的。"

绿筠与海兰立在窗下,看着二阿哥房中的太医进进出出,忙作一团。几个宫女站在廊下翻晒着二阿哥的福寿枕被。纯嫔摇头道:"只是可怜了孩子,病着这么受罪。听说皇后用鲜血抄写经文,祈求二阿哥能积福积寿。可二阿哥这个病啊,好几回差点就缓不过气来了。据说齐汝召了太医院所有太医会诊,也只说先保着拖到明年夏天才有转机。"

海兰低低的,仿佛自言自语:"真要熬不过去,那也是命。"

绿筠脸色灰败,嘴唇也失了血色:"前几日嘉嫔说的话,你还记得么?"

海兰盯着她,似乎要看到她心里去:"您是把这话听到心里去了?"

绿筠向来胆小怕事,但听得儿子的事,哪里能不上心。那些话听在耳朵里,几乎是锥心一般,不觉暗暗握紧了双拳:"如果永璋真是被人算计了才变成这样失了皇上的恩宠,那这辈子还有什么指望?只恨本宫无用,如今看着这些嬷嬷,个个都可疑。"

海兰微微一笑:"伺候三阿哥的人都是皇后娘娘安排的,总不至于如此吧?"

绿筠愈加悲愤:"就是皇后安排的,本宫才更不放心。"

二人正交心私语,外头永璋的哭声响起。绿筠惊了魂一般跳起来,连声询问:"怎么了?怎么了?"永璋哭着跑进来,腻在纯嫔怀里,举着撕破的布偶,露出里面的棉絮:"额娘,娃娃破了,破了。"

绿筠哪里舍得儿子哭泣,忙搂在怀里好生安慰抚弄:"做个新的就是了。"

永璋大约是极喜欢这布偶,不停跺足哭闹:"就要这个,就要这个!"

永璋这么不管不顾地哭,绿筠怕他哭坏了身体,更怕惊动了隔壁病中的永琏,落下罪名。她眼中的惧色越来越浓,偏生哄不住永璋,急得直要落泪。还是海兰忙弯下腰抱着哄劝:"三阿哥喜欢这个,补补就好了。来,三阿哥,给你额娘,补好了再还你好不好?"

永璋听得能补好,这才破涕为笑。海兰将布偶塞给可心,绿筠有些狐疑地看她一眼,见海兰只笑吟吟的一脸温和,便也不好说什么了。

绿筠与海兰离开时,皇帝正好带了李玉从二阿哥房中出来。这一年秋来得早,庭院里黄叶落索,寂寥委地。碧澄澄的天空上偶尔有秋雁飞过,亦带了一丝悲鸣。撷芳殿死气沉沉的氛围里,一袭紫罗飞花翩莺绣样秋衫的海兰挽着纯嫔盈盈步下台阶,海兰的紫罗色绣蝴蝶兰衣衫下素白色水纹绫波裥裙盈然如秋水,远远望去,便如一树一树浅紫粉白的桐花,清逸悠然。

"是你们俩?"皇帝眼前微微一亮,目光在海兰身上一转,"你难得穿得这样艳。"

海兰含着淡如轻云的笑:"让皇上见笑了。穿得艳点来撷芳殿,希望阿哥们看了高兴。"

皇帝笑着虚扶她一把:"你有心了。平日素素的,偶尔鲜艳一点,让人眼前一亮。无论谁看见,都会喜欢的。"

绿筠亦笑:"可不是,三阿哥可喜欢海贵人了。"

皇帝拍一拍额头,朗然笑道:"朕都忘了,你已经是贵人了。一个人住在延禧宫,可还惯么?"

海兰道:"也惯,也不惯。"

皇帝失笑:"怎么这样说话?"

海兰淡淡一笑:"从前有如懿姐姐就有个伴儿,现在一个人,所以不惯。但一个人对着影子久了,也惯了。"

皇帝笑意渐渐淡薄下去,眼里似浮起一层薄影影的霜华,"哦"了一声,道:"朕乏了,你们也乏了,都跪安吧。"

皇帝径自离去,绿筠嗔怪地看她一眼:"你忘了如懿是皇上下旨发落进冷宫的么?好容易皇上跟你说一回话,你怎么倒提起她惹皇上不高兴呢?"

海兰不以为意道:"皇上半年都没提起如懿姐姐了,既然皇上自己都忘了,嫔妾提一句又怎么了呢?"

绿筠颇有怒其不争之态:"你呀,再这样下去,那点子恩宠便连本宫也不如了。本宫好歹还有个孩子,你却……"

海兰正色道:"正因为娘娘有孩子,万事都要以孩子为重。"她略略苦笑,那笑意薄薄,似散落在地的凋零的花,"嫔妾这样的人,却是不打紧的。"

绿筠望了望永琏的阁子,听着永璋无忧无虑的笑声,神色更加凝重了。

海兰送过了绿筠,便回到殿中和叶心修剪几枝早起刚送来的芦苇。那芦苇有着蓬松的花絮,远远看去,像浮在半空中的一堆轻雪。

叶心看她闷着,便陪着闲话:"奴婢去内务府时,听绣房的几位姑姑说,过几日便是重阳节了,皇上特意嘱咐了要给太后缝制一床万寿如意被,听说连上面钉了珍珠的万寿金丝图案床幅都是先送去请大师开光诵经过的,再千里迢迢运了过来赶着要在重阳节前绣好图样送给太后。她们都忙着这事呢，一时顾不上也是有的。"

海兰眉心一动，拨弄着手中轻如柳絮的芦苇："皇上很着紧这件事么？"

叶心道："当然了。听说皇上每隔两日便要去绣房亲自看一看，督促进度。"

海兰的笑意慢慢浮起在唇角，似一朵乍然怒放的蔷薇，在暗夜里闪出明艳的丽色。

这一日皇帝往内务府去查看给皇太后的寿辰贺礼，端的是——精美，皇帝倒也满意，赞许道："秦立，你做事还算用心。"

内务府总管太监秦立亲自陪在一旁，点头哈腰道："送给皇太后的万寿如意被已经缝制好大半了，只是上头那凤凰的羽毛怎么配色都不亮，绣娘们都在犯难呢。"

皇帝随口道："若要艳丽鲜亮，或者多配点颜色，或者捻了金丝，有什么难的？"

秦立一脸犯难："都绣了给太后看了，太后说俗气，又斥了回来。奴才们啊，想得脑仁都快干了，还是没办法呀。"

皇帝叱道："糊涂！这点分内的小事都办不好，难怪皇太后生气。给朕去瞧瞧，什么凤凰羽毛便这样难了。"

正说着，一行人已经转到了绣房长窗下。秦立正要通报，皇帝隔着疏朗镂空的长窗，见得绣娘们都围着一个女子，不觉有些好奇，挥了挥手示意不许出声，便站在窗外看着。

那女子柔声道："太后寿年遐颐，看惯了繁花似锦，加之这被子是盖在身上之物，太过华丽了夜里看起来刺眼，她自然是不喜欢的，更觉俗气。"

有绣娘问道："那您说怎么办呢？"

那女子的声音清婉如珠落："这只凤凰气宇昂然，旁边又簇拥百花，颜色更不必太艳，只需用深紫色的蚕丝线八股绞了一股薄银线进去捻成为一股，这样色调柔和又不暗淡，在日光下不夺目，烛火下又微微有温柔光泽。然后在每一羽凤凰羽毛的边缘用最细小的紫瑛珠和深绿的碧玺珠相间钉珠，紫瑛与深紫色蚕丝线深浅交错，碧玺有宁神之效，更被称为长寿石，颜色压得住百花丝线的繁丽。最后，在凤首处多用蜜蜡珠子，蜜蜡乃是佛宗祈福之物，颜色也稳重大方。这样，想来太后也不会有异议了。"

她言毕，白如玉的手指轻扬起落，如翻飞花间的玉蝴蝶。皇帝看了半日，却见众人围着那女子，只觉得声音耳熟，却想不起是谁，也看不清她的容貌。

不过片刻，那女子便道："我已经绣了一羽，你们看看，这样可以么？"

她话音未落，皇帝已经款步进来，笑道："那么朕也可以看看？"

众人听得皇帝的声音，不觉吓了一跳，忙齐齐跪下道："皇上万福金安。"

皇帝笑道："哪里来了这样心思灵敏的绣娘，朕也要看一看，她到底绣了什么新样子，都是谁教她的？"

众人这才起身，那女子站在人群中间，因着众人都穿着深紫色的宫女服侍皇帝，她一身浅浅的月白色的湖绉夹衣，只以浅青色夹银线绣疏疏几枝盛放时的樱花，一时在众人之间显得格外清新夺目，恰如暗簇簇的花瓣别无所奇，那花蕊倒是格外可人了。皇帝细瞧之下，那女子低着头看不清面容，但云鬟堆纵，犹若轻烟密雾，都用飞金巧珍珠带着银镶翠樱花钿儿装饰，只在眉心垂落一点紫水晶穗串儿，如袅袅凌波上一枝芙蓉轻曼，似乎是不经意打扮了，却处处有用心处。

皇帝心下的赞赏更多了一分："朕听着你的声音很耳熟……"

那女子仰起脸来，粉面微晕，含羞带怯："臣妾卖弄，让皇上见笑了。"

皇帝不禁莞尔："海贵人，是你。"他看着她刚绣完的一尾凤凰羽，果然配色沉稳而不失温沉华美，"朕看了你绣的凤凰羽，不仅太后不会有异议，朕已经要击节赞叹了。你是怎么想出来的？"

海兰温柔的笑意如芙蕖新开："臣妾想起太后时常握在手中的紫檀嵌碧玺佛珠，所以配了这个颜色。若不是太后最喜欢的，想必不会经常带在身边。"

"人人都看见，你却最有心。"皇帝眼中的温柔与赞许交织愈密，靠近些道，"从前怎么不知你有这样的心思？"

海兰妩然一笑："心思藏在心里，轻易看不见。"

"那朕今日可巧，居然都见到了。"皇帝目光微微下移，笑道，"怎么衣裙上绣着樱花？"

海兰盈盈道："因是稍纵即逝的花，开完便谢，想留它长久些，便绣在了身上。"

皇帝颔首道："如今是过了樱花的季节了。但你要喜欢，来年春天，朕让人多多地送到你宫里。"

海兰颇有些伤感，摇头道："花开无人见，再多又有什么意思呢。"

皇帝挽过她的手向外去，带了几分温柔亲昵道："明年樱花开时，朕一定陪着你。只是今日花开，朕又怎能辜负？"

海兰嫣然含笑，微微侧身，仿佛无意地触碰到皇帝的手腕，皇帝顺势握住了她的手，二人一笑，海兰便红了面颊。

皇帝笑叹道："你对着朕，从未如此过……"

海兰柔声："臣妾从前也未觉天威如此可亲过。"

秦立看着皇帝携了海兰相笑而去，不觉急了，跟上道："皇上……"

李玉本跟在皇帝身后，见他如此，呵斥了一声道："没眼力见儿的，没见皇上要陪海贵人么？不许跟着了。"

如此，待到重阳节夜宴时，海兰已成了与玫嫔和慧贵妃一般得宠的女子，看着满殿歌舞锦绣，对上皇帝含情的眼，露出沉着而清艳的笑容。

待到十月的时候，天气渐渐寒凉下来。延禧宫的桌上随意堆放着内务府送来的各色绸缎，一匹匹垒在那里，色色花样都齐全。叶心笑吟吟道："自从小主得宠，内务府巴结得不得了。"

海兰穿着一身全新的玉兰紫繁绣银菀花宫装，头上一色的碧玉珠花，垂落珠翠盈盈，好似一脉青翠的兰叶。她不以为意地笑笑："我让你送去冷宫的棉衣，都备下了么？"

叶心笑道："小主又不放心了！昨晚是您自己选了厚厚的新棉花连夜缝制

好的,瞧您眼圈都熬黑了。"

海兰有些不好意思地笑笑:"一早御花园的芦花开得好,要你插瓶送去了钟粹宫给纯嫔姐姐,你可送去了?"

叶心道:"早就送了。纯嫔娘娘直说好看。"

海兰说着,便吩咐往绿筠宫中去。待到时,绿筠正望着双耳瓶中的芦花出神,见了海兰便笑道:"几日不见,妹妹大不相同了。当真是士别三日,当刮目相看了。"

海兰亲热地拉过绿筠的手坐下道:"娘娘还不晓得嫔妾,不过皇上一时想起来了,半刻的兴致罢了。"

绿筠微微掩饰着失落,笑得和婉:"跟本宫还这样客气么?这大半个月来,皇上对你,可都赶得上对玫嫔和慧贵妃了。玫嫔和慧贵妃是一向得宠的,而你呢,可是新贵直上啊,宫里多少人羡慕你呢。"

海兰轻轻一哂:"哪里是新贵呢,不过是偶尔被想起的旧爱罢了。"

绿筠目光往四周一旋,海兰会意,便道:"茶点搁在这儿吧,我和纯嫔娘娘说话,你们都不必伺候了。"

众人忙退了出去,殿里安静得如积久的深潭一般。绿筠见四下里无人,方沉下脸来,攥紧了绢子,恨得眼中含泪,道:"上回妹妹让本宫留意的,本宫一一去探听了。真不想那帮人竟是这么害永璋。一边放任永璋什么也不教,另一边皇上问起,就赖永璋贪玩,教了也不会。也怪我们母子傻,被人这样算计还不知。"绿筠说着急起来,"若到了妹妹所说皇子遭皇上离弃的地步,往后三阿哥还有什么指望!"

海兰惊道:"用心真是歹毒,好歹她也是三阿哥的嫡母啊。不过您现在知道也不晚,总算还能补救。"她见纯嫔恨得咬牙切齿,轻轻道,"那娘娘有没有想过法子,让皇后娘娘可以无暇顾及这么害三阿哥,让她也好好心疼心疼自己的儿子。"

绿筠眼珠微微一动,看着盏中的清茶,缓声道:"本宫倒是想出一口恶气,只是……只是皇后小心,连二阿哥的一应穿戴所用都是亲自缝制的,饮食起居更是密不透风，无从……"她的声音渐次低下去，无可奈何至极。

海兰扶了扶发髻上微微摇曳的珠花，那碧玉的质地，硌在手心微微生凉，她淡淡一笑："那日三阿哥的布娃娃呢，您可补好了？"

绿筠懒懒地道："还没有呢。就放在这儿。本宫为儿子忧心，哪里顾得上这个。"

海兰取过榻上的布偶，翻着破处仔细看，笑意隐秘而轻微："里头的棉絮旧了，得新絮一絮。换了芦花好不好？又轻巧又好玩，一缝上谁知道里头是什么呢。"

绿筠身子一颤，鼻尖微微沁出汗意："妹妹说什么？"

海兰笑得温婉无害："三阿哥喜欢玩，做一个又怎么了？这是给三阿哥的，又不是给二阿哥。如果没事，是上苍保佑二阿哥。如果二阿哥沾着了病得重些……"

绿筠咬了咬牙，从布偶里扯出棉絮："那也是天意惩罚，是不是？这芦花进了撷芳殿，多少让二阿哥沾上一点，病得重些。咱们让皇后受点教训，以后不要再只疼自己的孩子，不顾别人的孩子。"

绿筠下意识地从花瓶里扯下芦花往娃娃肚子里塞，她的手在微微发抖。海兰望着她的眼睛，好似要望进她的心里去，纯嫔不敢抬头了。海兰微微一笑，接过针线，替纯嫔缝上布偶的破处。绿筠感到意外："你……你要帮我？"

海兰的笑意笃定而沉稳，道："事情若是败了，这针脚也有一半是嫔妾落的，赖不了别人。若是成了，让二阿哥加重病情，皇后心痛，姐姐也出了这口恶气，不是么？"

绿筠抓着布偶的手越来越紧："好。明日就是十月初一，本宫会去看望永璋，看看老天爷能不能成全我们的心意。"

海兰切切地握住绿筠的手，口吻镇定如常："嫔妾病中只有纯嫔姐姐探望照顾。嫔妾自己是受惯人欺辱的，实在不想姐姐的孩子也是如此。从此，疼爱三阿哥的人，也算上妹妹一份吧。"

绿筠深深震动，眼底泪水盈然："皇上不疼爱三阿哥，好妹妹，一切便只有我们了。"

第十五章　端慧

太医一服服重药用下去，又有贴身侍女轮流着悉心陪护，可永琏的病还是不见起色，反而更重了几分。绿筠和永璋的乳母贾嬷嬷说话，耳朵听着隔壁的动静。永璋玩着布偶，高兴极了，不停摇着绿筠的手臂笑："好玩！真好玩！要！要！"

绿筠听着就心酸："永璋这么大了，还只会说这几句话。"

贾嬷嬷生怕被怪罪伺候不力，哪敢接她的话，连连夸了几句三阿哥聪明，喜欢纯嫔缝的布偶，才让纯嫔稍稍展颜。外头一阵喧闹，是皇后亲自送了齐汝出来，齐汝反复叮嘱要悉心陪护，皇后哽咽着答应，又听齐汝嘱咐要防风沙芦花等阻滞呼吸之物，让伺候的人都万分小心着。

绿筠听耳中，一字一句都是心惊，不防永璋离了自己怀抱，抱着布偶已经跑跑跳跳出去。皇后正在忧心永琏病情，见永璋没头没脑闯过来，便沉了脸不喜。素练知晓皇后心意，立刻呵斥永璋离开。永璋哪经得起这般吓唬，回头见绿筠找出来，吓得躲进绿筠怀中不敢抬头，布偶掉在了地上也不察觉。

素练扶着皇后下了台阶，一脚踩到布偶，越发嫌弃："什么东西？别硌着娘娘玉足。"

皇后不悦地瞥一眼绿筠："好好管教你的儿子。永琏病着，不许惊了他。"

绿筠连连答应着，永璋更不敢捡那布偶回来，倒是莲心眼尖，见纯嫔死死盯着那布偶，眼神颤悠悠的，便猜到了几分。她躲在人后，随手将布偶扔在永琏房外廊下，照旧不动声色地伺候着。

皇后不耐烦看绿筠母子愁眉苦脸的苦相，更觉得是为自己儿子哭丧似的，便道："莲心，送纯嫔出去。"

莲心答应着送了绿筠出去，海兰早等候在外，所有动静都听得清楚，她一见莲心，忙对绿筠道："纯嫔姐姐，那布偶里塞的是芦花，让三阿哥小心点，别弄去了二阿哥房里。"

绿筠听得脸都白了，拼命拉住海兰要走。莲心瞟了二人一眼，仿佛什么也没听见，行了一礼，自顾自走了。

绿筠急得直埋怨，生怕莲心听见。海兰却笑："莲心若要责怪，立时就发作了。可是你觉得她会么？"绿筠还要争辩什么，海兰指了指湛蓝的天空，"纯嫔姐姐，我们说好的，一切看天意。"

绿筠看着海兰，她似乎还是往日温柔的样子，却无端压得自己没了气焰，只得恨恨道："总要让皇后也吃点亏，才能出本宫心里这口恶气。"

天色如泼墨一般，一大片一大片地黑下来，很快夜深，秋虫唧唧地吵闹着，仿佛是在拼着喊出最后一点生命力。永琏沉沉地睡着，呼吸依旧很不安稳。素练困得实在不成了，眼见两个陪侍的嬷嬷坐在地上打着瞌睡。莲心还依旧强打精神看顾着。

素练轻轻嘀咕："唉，皇后娘娘要显节俭，始终不肯在二阿哥这儿多添人手，只有我们受累了。没个歇着的时候。"

莲心恬静一笑，似乎一点怨言也无："姐姐累了先去歇息，皇后娘娘那儿也少不得人，我在这儿陪着就是。"

素练看看那两个上了年纪的嬷嬷正鸡啄米似的点着头瞌睡，自然不比莲心利索。她走到炉边看了看熬着的药，细心叮嘱："那你看着药，记得按时辰喂给二阿哥喝。"

莲心点头答应着。素练笑笑:"你精神真是不错,每日只睡两个时辰就够,到底是年轻。"莲心低头不语,替永琏盖好被子,静静坐在一旁。

天色真是黑,像是无穷无尽难以挣脱的噩梦。素练怎么会知道呢?睡得少是怕噩梦长。她真的是不敢闭眼,一闭上眼,死了的王钦就出现在眼前,那小小的无处可逃的庑房,那无止境的凌辱与殴打。一个不算男人的人,怎么会有那么多恶毒的折磨自己的手段。夫君?他也配?一个太监,一个阉人,谁许他做自己的夫君,给了他可以欺辱自己的身份,给了自己永远无法清醒的梦魇?玉妍的笑语仍在耳边:皇后娘娘当年铁了心要你嫁给王钦笼络,为的就是二阿哥的前程。

呵,牺牲了自己一生的幸福,让自己永世活在梦魇里,都是为了这个小小孩童的前程?为了他人的一己私利?莲心飘飘忽忽地走着,走到廊下,捡起了那个布偶。她如着了魔一样,拆开针脚很松的布偶,看到了里头的芦花。

呵,是芦花。

芦花飘絮飞起,落到了房里。

莲心轻轻地哼着曲子,又慢慢地缝上布偶的缺口。

长街真是长啊。莲心走得脚都酸了。她走着,走着,起风了。秋风悠悠荡荡,风吹着芦花飘啊飘,四处飘散。莲心看呆了,啊,秋凉就这么无可阻挡地来了。

这一夜皇帝宿在海兰宫里。云锦帐帷流苏溢彩,密密地绣着暗红银线的吉祥图样,安静地透迤于地,连帐外的红烛高照,亦只能映进一点微红而朦胧的光线。

皇帝疲倦而惬意地闭着眼睛,轻轻地吸一口气:"海兰,总觉得你这里连枕衾间都有别致香气,旁人那儿再寻不到。"

海兰一把乌黑青丝在皇帝臂间曲出柔和优美的弧度,轻笑道:"皇上去哪儿寻了?皇后、慧贵妃,还是玫嫔?"

皇帝默然叹口气:"皇后一心在永琏身上,昼夜不安。为着这个,朕也很久没留宿在皇后那里了。"

海兰道："皇后娘娘不是一直求皇上将二阿哥挪到长春宫看治么？皇上不如答应了，两下也好方便些。"

皇帝有些唏嘘："皇后对永琏教养又严格，略好些就催逼着读书，朕也舍不得。再者永琏病着，挪动了怕加重病情。"皇帝论到几个皇子，不免有些感慨，"朕的三个儿子，二阿哥管教太严，三阿哥太过放纵，唯有大阿哥勤奋好学，只可惜亲娘去世得早，朕也未能十分顾及。"

海兰伏在皇帝手臂上，她不动声色地挪了挪，唇边却依旧笑靥如花，仿如小女儿撒娇："大阿哥不是有养母抚养么？"

皇帝默然叹口气："纯嫔虽然好，但总比不上……"他下意识地停住口，深吸一口气，轻笑道，"好香。好像是你身上，好像又是帐帷间，到底是什么香气？"

海兰心中微微一震，像是被谁的小手指轻轻挠了挠，隐隐有些明白。她便笑得恬婉，按了按皇帝颈下的软枕道："是春天刚过的时候收集的荼蘼，和菖蒲叶子放在一起搓碎了绳在丝绵里头，这种花枕香气虽淡却悠远留长，让被衾乃至床帐内都弥漫着荼蘼的余芬，人在睡梦中都会被花气浸染，以至臣妾在梦中都梦见自己化身成了翩跹花丛中的蝴蝶。"

皇帝在她鼻上一刮，道："枕里芳蕤薰绣被，今宵帏枕十分香。你心思那么细腻，分明是旧人，却总让朕觉得是新欢，一重又一重惊喜与陌生，好像你与从前都不同了。也是朕的不是，不该冷落了你这些年。"

海兰拧着一缕青丝，痴痴地笑着，又有些幽幽："是臣妾愚笨粗陋。"

"不是你不好，是朕心里迈不过那个坎儿。海兰，朕是喝醉了才宠幸的你，和先帝那回一样。朕懊悔得紧……"皇帝颇为愧疚，搂过她，侧脸枕在玫瑰色的软枕上，"而你那之后似乎被吓着了，见了朕老是瑟缩不安，让朕觉得对不住你，更不愿碰你。如今你见着朕自如许多，朕很高兴。"

海兰最不愿提及这些往事，只得低低应承："臣妾知道。"

皇帝一愣，诧异万分："你知道？"

海兰悄悄地瞥一眼皇帝，便大着胆子试探道："是如懿姐姐安慰过臣妾。

姐姐她……"她恍作失言,不再说下去,并以惊惶的神色来窥探皇帝神色的微变,然而皇帝只是转过身去,静静道:"许多事都不能如意……海兰,朕累了。"

海兰伸手抚摸着皇帝的肩胛,幽然道:"臣妾知道,臣妾都明白。"

皇帝的声音是沉沉的倦意:"嘉嫔只惦记着生皇子,她不喜欢公主;慧贵妃也是一心想在朕身上要到一个孩子;纯嫔只想着孩子而很少念及朕;皇后呢,她的心思也全扑在了永琏身上。朕只有见到你,才觉得松泛一些。因为,你什么都不求。"

海兰从后面抱住他的肩,嘴唇贴在丝质的寝衣上,那种光滑,像女人的肌肤,柔而嫩。不像男人,再饱满的肌体,也总带着情欲的味道。

海兰的声音如在呢喃:"皇上怎么知道海兰什么也不求?"

皇帝已有了蒙眬的睡意,还是答道:"朕要晋你的位分,你总是推辞;朕赏赐你珠宝首饰精致玩意儿,你也不过一笑;朕常来,你固然高兴,可是来得少些,你也从不埋怨。朕总觉得你和满宫里的女人都不一样,你不求什么,或者你求的,朕给不了,甚至不知道……"

说到最末几句,皇帝已经语意含糊。海兰伸手抚摸着他的手臂,想要试着习惯去依靠在他身上,却还是觉得陌生而迟疑。

哪怕是肌肤相亲的一刻,她也觉得,自己的灵魂离身体很远很远,好像只有这样冷眼看着,保持距离,她才是安全的。恰如皇帝所言,她有着与别的女人不同的淡泊,这种淡泊一如她自多年的失宠所得知,帝王的情爱,男人的情爱,从不可靠。因为在你身边时,自然彼此欢悦;要离开,也是顷刻之间的事。这种亲密,既不长远,也非无可取代。

因为这一切的欢悦,在不同的女子身上,总有不同的索取与满足。

而今时今日所拥有的这一切宠爱,都比不上一直在她心里的那个人,那双手。只有那个人,才让她觉得可以依靠,可以安心呼吸,不必辛苦笑颜应对。

这一夜的梦冗长而琐碎,她辗转地梦见许多以前的事,在潜邸绣房劳作的自己,第一次承宠的自己,被冷落和漠视的自己,以及此刻被旁人所羡慕的自己。

醒来时天色还乌沉沉的。她悄然起身披上外衣，想喝一盏茶缓解昨夜临睡前过度疲累带来的劳渴。床前的红烛曳着微明的光，烛泪累垂而下，注满了铜制的蟠花烛台，当真是像沾染了女人胭脂的眼泪。

她慢慢地喝下一盏微凉的茶，回首看着床上熟睡的男人，想想自己，大约一辈子也不会为眼前这个面孔俊美的男子流下伤心的胭脂红泪吧。她凝神想着，忍不住伸手抚摸皇帝的脸，平心而论，他的确是个清朗男子，仪神隽秀，如玉山上行，光彩照人。难怪宫中上至后妃，下至宫女，少有不对他倾心倾意者，便如冷宫中的如懿姐姐，亦是如此吧。只是连她自己也没想过，原以为会以不得宠的嫔妃的身份在深宫度过一生的她，也有这样学会婉转承欢讨他喜欢的时日呵。

正凝神间，忽然有凄厉的哭声剧烈地爆发出来。海兰一个恍惚，还以为是夜鸮野猫凄绝的嘶鸣，似乎能撕裂人的耳朵。

可那一声哭，恍如硬生生扯破了紫禁城夜深阑珊的安宁，一声又一声更惨烈的哭声，遥遥地传了过来。

皇帝有些迷茫地醒来，问她："是什么声音？"

海兰也是一样迷茫，却是李玉在外头急促地敲起门扇。李玉一向是稳当的人，若非十万火急的要事，绝不会在这样的三更时分，以如此急惶而没有分寸的手势，敲响有皇帝留宿的嫔妃寝宫的大门。

海兰急忙披上氅衣打开殿门，李玉脚下一软，几乎是爬到了皇帝跟前，哭着道："皇上，皇上……出大事了……"

皇帝警觉地坐起身："外头的哭声是怎么回事？"

李玉伏在地上号啕道："是撷芳殿……是撷芳殿……"

皇帝有些畏惧地站起身，顿了一顿才下意识地冲到窗前，猛地推开窗望着撷芳殿的方向。窗外有冷风凌厉灌入，皇帝不禁打了个寒噤。海兰忙抱过大氅替他披上："皇上保重，别着了风寒。"

皇帝像是在哭泣似的抖动着肩膀。

李玉跪在地上，痛哭失声："皇上，您节哀。是二阿哥，二阿哥薨了。"

皇帝不可置信地转过脸来，一步一步跌跌撞撞地走着，脱力般坐倒在床边，喃喃地问："怎么会是二阿哥？怎么会？"他像一头悲绝而走投无路的兽，仰天道，"永琏是朕的嫡子，朕的嫡子！他以后要继承朕的帝裔，他……朕是上天的儿子，上天是不会把朕的嫡子收走的！"皇帝被喉中的哽咽呛到，大口喘息着说不出话来。

海兰忙倒了水递到皇帝唇边，替他抚着后背。李玉哭泣着连连磕头道："皇上，您节哀、您节哀。皇后娘娘已经从长春宫赶过去了，您……"

皇帝来不及拭落眼角的泪，怒吼道："给朕更衣！朕不相信，朕不相信！"

海兰守在一旁，侧耳倾听着那哭声里的悲痛欲绝，脸上也陪皇帝一同露出哀戚的神色，连含在眼中的泪，也随着她的心意沉沉坠落。

可是唯有她知道，唯有她自己知道。那一刻，那意料之外的窃喜与复仇的痛快如何同时蔓延到她的心头，紧紧攫住了她颤抖的灵魂。

乾隆三年，十月十二日巳时，二阿哥永琏卒，年九岁。帝后痛失爱子，伤心欲绝，追封为皇太子，谥曰端慧。

皇后哭得声嘶力竭："是臣妾不好啊……永琏身子弱，臣妾还逼着他读书写字，吓得他精神不济，是臣妾害了永琏啊……"

皇帝拥着她落泪，极力安慰："皇后，朕也是痛心极了。朕自幼在宫里，知道宫中孩儿娇贵，多难养大。便是到了二十岁上一命呜呼的也不少。朕的兄弟不多，或是腹中就去了的，或是没长大的，一个个都离朕而去了。没想到今日朕也失去了永琏。真的，玫嫔和仪嫔的孩子没了朕都没有这般痛心疾首。永琏是朕百般疼爱着长大、是朕寄予厚望的嫡子啊。"

皇后悲痛欲绝："房内怎么会有芦花飘进，害了永琏啊。"

皇帝难过到了极处，颓然道："秋寒多芦花，没想到那夜起了风会飘进永琏房中。皇后，这实在难防范啊。"

皇后哑着喉咙，揪着自己胸前的衣裳，自责万分："不、不难防范的。是臣妾把撷芳殿伺候的人减半，如果臣妾不顾着节省用度，不想着让永琏身为嫡子以身作则，如果臣妾让多多的人照顾他，就不会这样了。皇上，是臣妾不好啊。臣妾只想着要为六宫表率，如今永琏都去了，臣妾要这表率来做什么？"

皇后伏在皇帝怀中，满面泪痕，平日端庄容颜早已不见，只剩了一个母亲的绝望与悲恸。皇帝心中酸软，即便有责怪之言，也再说不出口，只得柔声道："你切莫再自责了。朕一直在想，永琏若是在民间长大，没有承受那么多指望和重责，会不会就可以无忧无虑活下去？有时候，天家皇子，怕还不如民间稚童啊。"

皇后几乎崩溃，想要哭，却只能张着嘴，说不出一句话来。

莲心上前几步，劝道："皇上，皇后娘娘日夜痛哭，看见端慧太子用过的东西都要伤心。"

皇帝明白她语中的提醒，点头道："你去将永琏的遗物焚烧，免得皇后睹物伤情。"

莲心答应着去了，很快收拾好了永琏的被褥衣物，趁人不见，将永璋的布偶裹挟其中，叫人送到了火场。然后又吩咐要单独烧端慧太子遗物。对她的安排，旁人也无疑心，由着她慢慢点火烧了起来。

火场本就冷僻，罕有人至。莲心将布偶取出，含着一丝快意的笑容慢慢摆弄着，面容被彤彤火光映得扭曲："真是个好玩意儿，老天爷帮我呢，给我机会替自己报仇。皇后娘娘也该尝尝身陷苦海、求助无门的苦楚。"

莲心收敛笑容，正想把布偶扔进火里。斜刺里一只皎白的手伸出，将她拦住。莲心一惊，抬头去看，却是海兰，她开口唤道："海贵人。"

海兰也不多言："这布偶是三阿哥的东西，你不该烧给端慧太子。"

莲心哪肯松手，恨声道："这是三阿哥为端慧太子送行，尽兄弟的情分。"

海兰幽幽一笑："三阿哥和纯嫔得谢你。没有你，她们母子还在受苦。"

莲心半垂着脸，低声道："奴婢谢您和纯嫔娘娘。有恩报恩，有仇报仇，您在成全奴婢。"

海兰反手抓住布偶，用劲一拿，莲心不自觉便松了手。海兰掸去布偶上的尘灰道:"你要谢我,就把布偶还给我。我自然有用处。"

莲心默然片刻,便也允了。海兰走了两步,回头看她:"你的仇可报完了?"

莲心一动不动,望着熊熊燃烧的火舌,仿若石雕一般。

过了午后,守丧的人也倦怠了,各自回去歇息。海兰换好了素衣银饰,坐在暖阁里慢慢地叠着金银元宝和冥纸,闲闲道:"得了太子这个死后哀荣有什么用,不过是活着的人聊以安慰罢了。我却不信,玫嫔和仪嫔死去的孩子在地下见了二阿哥,还会称呼他一句'太子'?"

叶心在旁边帮衬着,悄声道:"小主叠了那么多冥纸,要去哪里烧啊?宫中可不许见这些不吉利的东西的。"

海兰微微翘着银镶碎玉护甲,慢条斯理道:"不是让你告诉姐姐,我会送冥纸过去陪她一起化了么。"

叶心担忧道:"小主又要去冷宫?"

海兰看她一眼:"怎么了?"

叶心有些担心:"宫里在为端慧太子做法事超度,小主还是少去冷宫为妙。人人都不痛快呢,被人知道又要生事。"

海兰轻嗤一声,沉稳道:"我都不怕,你有什么可怕的?"

正说着话,却听暖阁的门霍然被推开,一身素青的纯嫔如同一个影子般迅疾地闪了进来,她一向平和的面孔上有着显而易见的惶惑,六神无主似的。海兰抬了抬脸示意叶心出去,也不起身相迎,只忙着手中的活计道:"您脸上的害怕惊惶,在嫔妾宫中也罢了,若是在外头被旁人看见,人家还以为是二阿哥的鬼魂追着您的脚跟吓着您呢。"

绿筠在她面前坐下,倒了盏茶急急喝下,按着心口道:"你还说这样的话!你知不知道二阿哥是怎么没的?他的房中飘进了芦花,可我根本还没来得及下手就离开了撷芳殿。我只是想教训教训皇后,让二阿哥病得重些而已,没想到二阿哥就这么没了。"

海兰虽然也意外,不过摇了摇头,怜悯地叹息道:"天意惩戒比我们预料的更重，人力哪能阻挡。"

绿筠抚着心口，恍然道："那，那该怎么办？万一他们查到了那个布偶怎么办？"

海兰忙道："一个布偶而已，嫔妾白日里去给端慧太子敬香时已经拿走烧了。"见绿筠不敢相信，海兰郑重，"留着那东西，嫔妾也逃不了干系。"

绿筠一怔："真是那个布偶惹的事？"

海兰柔声细语道："不知道。反正东西已经不在了。您愁这个做什么，当务之急是什么您还没想清楚么？"

绿筠一愣："什么？"

海兰收起笑意，一句一句语气稳妥道："娘娘的当务之急是告诉皇上，二阿哥早殇就是不在生母身边照料的缘故，所以三阿哥您要自己照顾。"

绿筠会意，立刻道："对对对！本宫还要告诉皇上和皇后，要严惩那些伺候不周的奴才。"

海兰笃定地笑道："这就是了。您安心抚养三阿哥，三阿哥来日一定会出人头地的。"

绿筠大为安慰，松弛一笑，马上迟疑而警觉地看着她："你这么肯帮我们母子？"

海兰恭恭敬敬道："这件事嫔妾也有干系，您实在不必担心嫔妾会说出去什么。嫔妾无依无靠，很希望能沾三阿哥的光，来日享享清福。"

绿筠笑道："若真有那一天，本宫必不负妹妹就是了。"

夜来时分，乌云蔽住明月清辉，连昏暗的星光亦不可见。因着端慧太子崩逝，宫中一律悬挂白色宫灯，连数量也比平日少了一半。紫禁城中除了昏沉的暗色便是凄风苦雨般的啼哭，连平日的金碧辉煌亦成了锈气沉沉的钝色。皇后早已哭昏了好几次，万事不能料理，幸而有皇太后一力主持，事无巨细亲自过问，无一不周到，无一不体面。如此一来，倒是让皇太后在后宫中的威望更高了许多。

这一夜嫔妃们轮流在殿中守丧,因着一切混乱,三阿哥也不独自留在撷芳殿了,挪到了绿筠身边和大阿哥做伴。三公主也暂时跟着晞月起居在一处。玉妍怀着身孕不宜在此守丧,行了礼之后便也回臻祥馆歇息了。

海兰守在冷宫的角门外,凌云彻早已借口找赵九霄喝酒,哄了他躲了开去,由着海兰和如懿好好说话。海兰找了个背风的角落,慢慢地烧着冥纸,道:"姐姐,你听到宫里的哭声了么?好不好听?我可是从没听过这样好听的声音。"

如懿在里头慢慢化着元宝,火光照亮了她微微浮肿的脸庞,映得满脸红彤彤的:"听见了。可海兰,端慧太子到底还是个孩子。"

海兰烧着手里的几个纸制人偶:"可惜,有这样的额娘,想保儿子长命百岁也难。端慧太子,去底下找你那两个未曾谋面的弟弟吧。他们等你呀,等得太久太久了,都寂寞得很哪。"

如懿苍白的面孔被火光照亮,道:"海兰,是不是你下手做的?"

"不是。我从没踏进过端慧太子房里,想做也做不到。姐姐,这世上作恶的人太多了,她们都会有报应的。姐姐,别可怜那些自作孽的人。"

如懿摇头:"我不可怜她们,是可怜孩子。"

海兰将一大把冥纸撒进火堆里,暗红色的火舌一舔一舔,贪婪地吞噬着,她恨恨道:"姐姐得可怜可怜自己。我亲耳听到贵妃说了是她和皇后害的你。"

如懿将最后一把金银元宝撒落,看着纸灰如黑色的蝶肆意飞扬,道:"咱们已经知道了仇人是谁,就不会坐在这儿等死。但是海兰,不要轻举妄动。如今皇上宠爱你,你得顾着自己要紧。"海兰静了静神,眼底闪过一丝坚毅决绝之色:"我本是绣房绣女,原无承宠的指望。那一回皇上醉酒,我实是被吓着了。若不是被逼到绝处,我也不会主动接近皇上。"

"我知道你心结难解。"如懿轻轻叩动门扇,凑近了,"如今皇上待你可好?"

海兰微微出神,有些黯然:"很好。可我只盼和姐姐在一起。"

如懿摇了摇头:"皇上待你好,也是放下了昔日对你的心结。海兰,我只盼你好好儿的。"

她没有再说下去,因为她听见了急促的脚步声,是凌云彻急着跑过来道:

"小主不宜久留，似乎有宫眷从漱芳斋那儿过来呢。"

海兰忙不迭起身："姐姐，那我下回再来看你。你的风湿……我会记在心上的。只是太医院的太医，没一个敢来冷宫。"

蕊心本默默守在一旁，听到此节，不由得黯然叹了口气："海贵人，内务府有个职位很低微的小太医，叫江与彬。别人若不肯来，你问一问……问一问他肯不肯？"

海兰喜道："这人可靠么？"

蕊心迟疑着道："他若肯来便是可靠，否则奴婢也不能说什么了。"

海兰匆匆离去，如懿隔着门向凌云彻道："把海贵人烧的纸钱清一清，别露了痕迹。"

海兰跑出了甬道，听见外头渐渐有人声靠近，慌不迭吹熄了手中的灯笼，绕到隐蔽之处。却听几个小宫女四处张望着，低声呼道："三公主，三公主，你在哪里呀？"

一个女声怒气冲冲道："本宫叫你们好好看着三公主，结果你们那么多人，偏偏连个小女孩都看不住，简直都是废物！"

一个宫女道："贵妃娘娘息怒。方才三公主说守丧守得累了，想跑来御花园玩玩，结果一个转身，便不见了人影。奴才们该死。"

晞月高昂的语调里含着压抑的怒气："皇后娘娘将三公主托付给本宫是信任本宫，若是出了什么差池，皇后娘娘已经失去了端慧太子，哪里还受得住？还不快去寻了公主回来！"

海兰趁着人往东边去了，忙迅疾地转过身，消失在茫茫夜色之中。

宫人们正四下寻觅，忽然一个高兴起来，像得了凤凰似的："公主，你怎么在这儿呢？"

三公主穿着替太子守丧的银色袍服，外头罩着碧青绣银丝牡丹小坎肩，手里正把玩着一片东西出神。晞月循声而来，忙欢喜道："公主，你怎么待在那儿，快到慧娘娘这儿来。"

三公主低头片刻，将手中的东西递到晞月手中："慧娘娘，您快瞧瞧，这是什么好玩意儿？"

晞月接过，借着羊角灯笼的光火一看，却是一个烧了一半的纸制人偶，画着五颜六色的花样，想是没烧完就吹了过来，难怪三公主瞧个不住。晞月心下一阵疑惑，知道这东西是烧给地底下的人用的，便问身边的双喜道："双喜，宫里是不是安排了人在这儿烧冥纸冥器？"

双喜丈二和尚摸不着头脑："没有哇。这里都快到冷宫了，谁会安排人在这儿烧啊。忌讳哪！"

晞月想了想，取过绢子小心翼翼地包好了那半个人偶，哄着三公主笑道："来，公主，慧娘娘那儿有新鲜的皮影戏玩意儿，比这个好玩多了，快跟慧娘娘回去吧。"

三公主毕竟小孩子心性，听了高兴便跟着去了。

晞月将袖中的绢子摸了又摸，心下有了计较，只盼着皇后身体好些，再一一商量。只不过皇后痛失爱子，这一病，却缠绵了许久。

第十六章 嬿婉

次年正月的某一天里,海兰再度放起那只风筝,这一回,蝴蝶风筝旁已经飞起了另一只小小的童子风筝。

就在前一天,如懿听见宫中喜乐和鞭炮齐响的声音,她知道,嘉嫔玉妍已经顺利诞下了皇四子。这个在乾隆四年正月十四诞下的孩子,成为皇帝登基四年后得到的第一个皇子,也是皇帝失去了嫡子永琏后得到的第一个皇子,几近弥补了他那痛失爱子的巨大痛苦和空落。皇帝喜不自胜,亲自为皇子取名为永城,日日设宴,又赏赐启祥宫上下,玉妍自是春风得意,恩宠不衰。到了人后,贞淑更是喜不自胜:"当日您来之前,世子请族中的相师给您瞧过,您是宜男相。一旦有妊,必生皇子。如今果然是个皇子呢,且是皇上登基后的第一个皇子,贵不可言。"

玉妍抱着怀中健壮的永城,欣慰不已:"这孩子来得真好。不过,再多添几个皇子,世子一定更高兴。"

贞淑笑眉笑眼,抱过永城不知该怎么疼爱才好,又道:"端慧太子赶在您的儿子出生前就走了,这是在给咱们让路啊。老天爷都帮着您。"

玉妍原本笑吟吟的,此话让她收了欢喜神色:"若不费心思力气,世上的事哪有这么容易的。"

贞淑知她勾起了思念故土故人的心酸，连忙岔开了安慰几句，将世子所言的多生皇子多有依靠的话反复说了几回，玉妍才又振作起来。

这边是生下皇帝登基后第一位皇子的大喜。而长春宫的皇后，却沉浸在失却亲子的痛苦与打击之中，日复一日地病重下去。

四阿哥永珹出世后便被许养在生母身边。这是格外的恩宠与荣昭，落在外人眼中，既是玉妍与四阿哥盛宠与荣耀的象征，亦是在向玉妍的母族北族昭告嘉嫔在后宫与皇帝心目中不可动摇的地位。四阿哥出生到满月的欢宴足足持续了一个月，连北族也特地不远千里派来特使，向朝廷贡贺人参与特产，并且送来了玉妍素来爱吃的家乡小食，聊慰她思乡之情。而皇帝也恩赐北族上下，王爷与世子各得了一对白玉仙鹤，并金银无数。

而与此同时，抚养着两位皇子的绿筠亦由嫔位被晋位为纯妃，一时间由默默无闻而至举足轻重，风头颇健。连皇帝亦在闲暇之余，除了逗留玉妍宫中之外，往绿筠的钟粹宫亦渐渐去得多了。嬿婉跟着永璜有日子了，绿筠又喜她眉目清俊，看着柔婉可人，便专门拨了她去伺候永璜的茶水点心。

这一日绿筠与海兰在庭中闲坐，赏着冬日微微干枯的枝头用彩纸点缀的花朵，赞赏道："还是妹妹有心，在枝头点缀些彩纸的花朵，看着也没那么冷清了。"

海兰凝睇一眼，道："纯妃姐姐有所不知，这个花本是要用彩绢裁剪了才最好看的。只是如今不能罢了。"

绿筠悄悄向外看了眼，点头道："这也太靡费了，若是让皇后娘娘知道，又是一顿训诫。"

海兰轻声笑了笑，扯着绿筠身上新做的一件玫瑰紫飞金妆缎狐肷氅衣道："如今皇后娘娘之下便是慧贵妃和纯妃姐姐您了。您又有着两位皇子，地位不同寻常，穿得好些用得好些，旁人自然是奉承的，有谁敢说什么呢。"

绿筠笑着拍了拍她的手，顺势将手上一串红玉赤金九环镯推到了她手腕上，亲热道："若没有妹妹劝本宫为了三阿哥冒险一次，本宫哪里有今日与三阿哥共聚天伦的欢喜，又哪里有封妃的好日子呢。"

海兰悄声笑道:"纯妃姐姐这也值得说,便是见外了。"

两人看着嬿婉陪着永璜和永璋与几个乳母在廊下嬉闹着玩耍。却见皇帝正好过来,笑着道:"朕走到哪里,都是钟粹宫最热闹,远远便听见笑闹声了,朕听着就觉得高兴。"

绿筠与海兰忙屈膝道:"皇上万福金安。"

皇帝虚扶了二人一把,笑道:"海兰,你也在。"

海兰笑盈盈望着皇帝,目中秋波流转:"皇上喜欢热闹,就不许臣妾也来羡慕一番热闹么?"

绿筠笑道:"海贵人这是羡慕臣妾有个孩子了,说来海贵人若是也能生个皇子便好了。皇上说是不是?"

皇帝的笑意中含着几分唏嘘:"朕何尝不是这样想,孩子是越多越好。圣祖康熙爷子嗣繁盛,咱们皇室也能跟着兴旺起来。"

皇帝看着永璋跟着永璜玩得起劲,便道:"只是热闹是好的。永璋如今也四岁了,是该好好认些字,别一味只是贪玩,连带永璜也不好好读书了。"

绿筠听皇帝这句话分明是有几分不愉之情了,正要替儿子分辩几句,却见嬿婉盈盈施了一礼,道:"回皇上的话,大阿哥说,三阿哥刚回到纯妃娘娘身边,母子兄弟间难免疏离,所以下了学便陪着三阿哥玩耍,也增兄弟之情。而且三阿哥如今可乖巧呢,大阿哥在屋子里读书温课的时候,三阿哥都跟在身边听着,大阿哥还教三阿哥认字,真是兄友弟恭。"

皇帝喜道:"真的?三阿哥已能认字了么?"

永璜牵着永璋的手晃了晃,指着钟粹宫正殿内的匾额道:"三弟,那是什么字?"

永璋好奇地仰起头来,看了一会儿道:"温和。大哥,是温和。"

绿筠原当儿子一字不识,一颗心提得紧紧的,正暗怨永璜竟挑了那么难的几个字给儿子认,却不想匾额上"淑慎温和"四字,儿子却能认识两个,不觉大松了一口气。

"从前大字不识,如今能认两个,已经是不错了。"皇帝含笑,伸手抚一抚永璜的脑袋,"好孩子,不愧是朕的大阿哥,能教养幼弟,用心向学。"

永璜忙跪下道："皇阿玛明鉴，不是儿子用心，而是觉得三弟其实资质聪颖，只是以前撷芳殿的嬷嬷乳母们太过宠爱才会认字识物太晚，所以想自己多教教三弟，以尽大哥的责任。"

绿筠十分欣慰，亦笑道："大阿哥纯孝友爱，实在是诸位阿哥的表率。"

永璜牵过皇帝的手道："不过皇阿玛，儿子近日读书有几处不明，可否请皇阿玛指教，教教儿子和三弟。"

皇帝大悦，带着两个儿子便往暖阁里去。他正要抬步，却见嬿婉一脸温柔恭顺，仿佛一朵欲绽未绽的小小迎春，娇嫩而羞怯，却带了一抹独占春光先机的小小得意。

皇帝不觉注目："你是伺候纯妃的？怎么从前没见过。"

嬿婉的声音清澈如山间泉水，娓娓动人："奴婢从前是在撷芳殿伺候的，如今拨来了纯妃娘娘宫里。蒙娘娘不弃，让奴婢专责伺候大阿哥的茶水点心。"

皇帝见她言语得宜，便道："朕看你挺机敏聪慧，用心伺候着大阿哥吧。"说罢，便带着两个阿哥入内了。

绿筠见皇帝如此欢喜，不觉大松了一口气，道："阿弥陀佛，皇天保佑。皇上居然不嫌弃三阿哥了。"

海兰笑着宽慰道："否极泰来。妹妹就说嘛，只要三阿哥养在亲额娘身边，那一定会好的。果然有姐姐和大阿哥调教着，三阿哥便讨皇上喜欢了。"

绿筠抚着心口道："本宫也不承想大阿哥这般机敏，想着替三阿哥露这个脸。真是老天有眼了。"

海兰看了看守候在殿门外一身宫女装束却不失清艳容色的嬿婉，笑道："纯妃姐姐要赏大阿哥，更要好好赏大阿哥身边这个宫女了。若没有她，皇上今儿还没么高兴呢。"

绿筠一迭声笑道："赏，自然要赏。可心，去把御膳房今日送来的糖蒸酥酪赏给这个宫女，叫……"

嬿婉乖巧道："回娘娘的话，奴婢名叫嬿婉。贱名能入娘娘的尊口召唤，是奴婢的荣幸。"

绿筠愈加眉开眼笑:"可心,便把糖蒸酥酪都赏了嬿婉吧。"

海兰见机忙道:"纯妃姐姐,趁着皇上高兴,您快进去吧,妹妹就先告退了。"

次日海兰往启祥宫看了四阿哥永城回来,正携了叶心过御花园,见新开的迎春星星点点闪着鹅黄的星光,掩映在葱茏绿枝之间,果然已经是春临世间了。海兰想着这一冬严寒,本该早些个请江与彬去冷宫给如懿医治风湿的,只是端慧太子早夭,四阿哥出生,宫中的事一桩连着一桩,几乎没有缓过来的余地。如今天气稍稍回暖,也该想办法召这个江与彬入延禧宫问一问,摸摸他的底细。

海兰正想得出神,却听得前头浮碧亭后有人语喁喁,其中一人之声十分熟悉,不觉站住了脚,示意叶心噤声。

一湾碧水如薄薄春绸无声蜿蜒过浮碧亭,潺潺而下。四下里花木日渐萌发出鹅黄翠绿,芳草青郁如茵。隔着丛丛佳木枝丫微叶的空隙,一抹明黄之色意外地撞入眼帘,皇帝只对着身前的青衣宫女道:"朕记得昨日在纯妃宫中见过你,怎么今日你又在御花园中撞进朕的眼睛里。"

那宫女有些怯生生地,道:"皇太后召唤大阿哥去慈宁宫,奴婢伺候了大阿哥送他去了尚书房,便往御花园走回钟粹宫,不是有心要打扰皇上的。"

皇帝笑着托了托她小巧圆润的下颌道:"朕有说过你打扰朕了么?春色撞入眼帘为欢悦欣然之情,朕看你,亦是如此。"

那宫女旋即明白,忙从皇帝的手指底下闪开,含羞带怯,道:"奴婢愚昧,不敢承受皇上如此夸奖。"

皇帝的微笑如拂面的春风,化开含苞的花蕾,催生一树树的花开艳灼:"你叫什么名字?"

"奴婢名叫嬿婉。"

"嬿婉极好,念来口舌生香。是哪个嬿婉?"他忽然眼眸一亮,带了几分调笑的意味,"南朝沈约的《丽人赋》中说:'亭亭似月,嬿婉如春。凝情待价,思尚衣巾。'[①]可是从女旁的嬿婉?"

---

① 出自南朝梁朝沈约的《丽人赋》。沈约,南北朝时期,在宋、齐、梁三朝为官,乃一代文坛领袖。《丽人赋》之丽人乃南北朝艺伎的典型形象。

嬿婉眉目间带了薄薄的绯色，好像天边的云霞凝在她细巧的眉目间，依依不肯离去。她似乎有些畏惧，声音虽柔和，却有些克制的疏远，道："皇上念的诗真好听，可惜奴婢不懂得。"

　　皇帝的眼里是蓬勃的笑意，他道："你不必懂得，因为你便是那个嬿婉如春的丽人。你站在朕面前，便是全部的懂得与明白了。"

　　皇帝似想起什么，便问："嬿婉，你姓什么？"

　　嬿婉似提到不悦之事，却不得不答："奴婢魏氏，满洲正黄旗包衣。"

　　皇帝微微一笑，似是宽慰："魏这个姓普通，像是委曲求全的鬼心眼儿。但出身上三旗，身份也不算低。"

　　有难过的阴郁蔽住了她澄澈的眼："虽然是上三旗①包衣出身，但阿玛死得早，也没有争气的兄弟，实在不算什么好门第。"

　　皇帝的手似乎无心从她手背上抚过："门第好不好，长辈留下的都不算，而是要看你自己能不能争气，争出一副好门第来。"

　　嬿婉眼中微微一亮，似乎明白。她眼中最初的回避与羞涩慢慢退去，只剩下笑意盈盈，眉目灌灌，似是明月夜下的春柳依依，清妩动人。她娇怯怯道："奴婢不过一个弱女子，可以么？"

　　皇帝一笑："你要是个男子，那便难些。偏生你是个弱女子，那便简单了。"

　　嬿婉微微一怔，迷茫而清澈的眼波中似有无尽情思涌过，迷乱如浮絮。皇帝淡淡笑了笑："其中的意思，你慢慢思量。朕便等着有一日，'欢娱在今夕，嬿婉及良时'②。"

　　皇帝独自离去，唯余一袭青衣春衫的嬿婉，独自立在春风斜阳之中，凝

---

① 上三旗：清代由皇帝直接统辖的三个旗。满洲八旗有上三旗和下五旗之分。清军入关前，正黄旗、镶黄旗、正蓝旗由皇太极亲自统领，是皇帝的亲兵，身份高贵，条件待遇优厚，称为"上三旗"。入关后顺治皇帝凭借中央政权的政治经济力量，掌握正白旗，拨出正蓝旗，上三旗调整为正黄旗、镶黄旗、正白旗。下五旗调整为正红旗、镶红旗、正蓝旗、镶白旗、镶蓝旗。

② 相传出自汉朝苏武的《留别妻》。全诗为："结发为夫妻，恩爱两不疑。欢娱在今夕，嬿婉及良时。征夫怀远路，起视夜何其？参辰皆已没，去去从此辞。行役在战场，相见未有期。握手一长叹，泪为生别滋。努力爱春华，莫忘欢乐时。生当复来归，死当长相思。"

思万千。

嬿婉迷迷瞪瞪的,像是飘在梦里头。在宫里待了数年,不是不知道宫女里头都传着若有一日被皇帝垂爱,会是如何一朝得志,飞入青云。自从玫嫔获宠,宫女们的盼头便更高了,可嬿婉从来没有想过,因为她有凌云彻,那个对自己百般爱惜呵护的云彻哥哥。她也没有想过,高高在上的君王会离她那么近,和她说这样的话。这分明是暗示了。

不,根本算是明示。

嬿婉像是发着高热,背后一阵阵火烧一般,脑子里也和沸水一样咕嘟咕嘟滚来滚去。那咕嘟里,有家乡盛开的凌霄花,有云彻哥哥的笑容,还有皇帝诱惑般的话语。

梯子从云间落下来了,往不往上走呢?

嬿婉在模糊的念想里,也有一份少女的绮念:皇上和云彻哥哥,谁更好看呢?

似乎,自然是皇上,那种天家富贵里养出来的骄傲与气度,那种如玉般的温润,云彻哥哥自然是没有的。可云彻,世间只有一个云彻,是她真心喜爱的。皇帝,似乎又不如云彻了。

这样的比较,惊心动魄,带着点甜蜜与傲然。

只有她有资格那么比呢,因为他们都喜欢自己。

嬿婉反反复复地摸着自己的脸,他们都喜欢自己什么呢?诚然她是好看的,可宫中的嫔妃们各有各的好看。哪怕不算特别得宠的纯妃,也有温和圆润之美。圆圆的脸盘,像一轮皓月似的。而更得宠的嘉嫔,美如凌空之日,最是耀目。

是啊,那条通往云中的路,又哪是那么好走的。

也不知走了多久,才听得有人唤她的名字,回头看时,正是四执库的旧时同伴春婵。春婵一路追着她上来,摸摸她的额头:"喊了你一路也没听见?身子不好?脸烫得厉害呢。"

嬿婉含糊掩饰了过去。春婵才道："你额娘叫人带话进来，说银子用完了，要你早些送去。"

嬿婉登时急起来："我不是上个月才送过去么？"

春婵笑起来："你额娘知道你在钟粹宫当差了油水多，自然花销厉害。你快想办法吧。"她见嬿婉气恼，越发拉住她手玩笑，"要是大阿哥喜欢你了，将来封你做侧福晋格格什么的，你自然有法子了。"

嬿婉一颗心陡然一沉，像是被人看穿了心事。她悻悻扔开春婵的手，扭头就跑了。

嬿婉走到冷宫前的甬道时，已觉得双腿酸软不堪，好像自己已经走了千里万里路，将这一生一世的力气都花在了来时的路上。凌云彻冷不丁见她到来，不觉喜不自胜，忙嘱咐了赵九宵几句，便赶上前来道："嬿婉，你怎么来了？"

嬿婉勉强一笑，便道："我正好没事，就过来看看你。总守在这儿，是不是很辛苦？"

凌云彻心中一暖，伸手握住她的手笑道："还好。你可是想我了？"

嬿婉缩回手，往他身后看了一眼，低声道："九宵大哥呢。"

赵九宵看见二人都望着他，便伸手遮住眼睛，兜住耳朵，吐舌扮了个鬼脸，往远处去了。

凌云彻见她心事重重，便关切道："你怎么不高兴，是不是你额娘又问起我们的事了？"

嬿婉难过道："你又不是第一天知道我额娘不喜欢你。我额娘总希望我嫁个富贵人家，哪怕是做妾呢。"

凌云彻满心诚恳："让你额娘放心，我会有出息，会有富贵的一天。你现在伺候大阿哥，是不是很忙？"

凌云彻温柔的语调像轻轻流过手背的碧绿春水，带着酥酥的暖意："大阿哥正在顽皮的年纪，你得学着给自己偷些懒，别太辛苦了。"那声音一向是温柔惯了的，她最受用，入耳也最安心。可是此时此刻，她听来却只觉得遥远而陌生，像浸浴在艳阳底下的人，一脚踩进了冷水里，那水色再如何映人心，也是让人心惊。她心底反反复复念着皇帝那一句："你要是个男子，那便难些。偏生你是个弱女子，那便简单了。"

那便简单了，那便简单了。这句话不能不让她动摇。阿玛犯事丢官，弃下他们一门孤苦。罪臣之后，这是一生一世的禁锢，会随着她的血脉一代一代传延下去，挣脱不得。她看着眼前的云彻，心下更是难过。云彻，他何尝不也是这样卑微的身份，所以入宫多年，也只能是个看守冷宫的侍卫，没有出头之日。她伸手替云彻掸了掸肩头沾染的蛛网尘灰，心疼道："云彻哥哥，你只能一直在这里，没有别的办法么？"

凌云彻虽然无奈，却也宽慰她："慢慢来，总会有机会的。"

嬿婉的手轻轻一抖，停在了他肩上："你是男人，不怕等不到机会。而我到了二十五岁就要出宫，在这之前没有机会，便没有可能了。"

凌云彻有些糊涂："什么机会？你在钟粹宫不好么？"

嬿婉低下头，不敢看他的眼睛。唯觉得鬓边一只紫云绢蝴蝶的绢花，颤颤地在风里颤动着，恨不能张开翅膀立时飞起来。这样振翅飞起的机会，真是稍纵即逝吧，或许今生今世，都没有第二次了。她狠狠心，再狠狠心，终于道："我额娘总和我要钱供弟弟挥霍，我实在是没办法了。可我也不想他们受苦。"

凌云彻心疼："那你能怎么办？"

嬿婉简直不知道自己是怎么一口气把这些话吐出来的。那仿佛是另一个嬿婉，脱离了她的肉身，挡到了她跟前，替自己和凌云彻说话："云彻哥哥，我们不要再见面了。我阿玛犯事丢官，弃下满门孤苦，罪臣之后这个身份会随着我的血脉代代传延下去。而你入宫多年，也只能是个看守冷宫的侍卫，没有出头之日。"

凌云彻似乎被一个闷雷狠狠打在了头顶，嘴唇有些发颤："你说什么？可是将来……"

嬿婉不敢看他，只是迅速地退开两步，盯着自己的鞋尖道："不！没有将来！我们若是在一块儿，一辈子的奴才命。我做奴才不要紧，可我不愿意我额娘和弟弟也跟着我受苦，没有翻身之日。我……我……你就当不认识我便是。"

她说完，便逃也似的走了。云彻愣在那儿，目瞪口呆，只觉得甬道里无穷无尽的穿堂风如呼啸的利剑，冰冷地贯穿了自己的身体，将血液的温热一分一分地，冷冷冻住。

嬿婉回到钟粹宫的时候，大阿哥已经下了学，正在四处找她，见了她进来便道："嬿婉，我一向爱吃金针木耳馅的豆腐皮包子，怎么今天点心不是你准备的么？居然拿肉圆馅的应付我。"

嬿婉郁郁不乐，见大阿哥缠着，只得打起精神道："好阿哥，今日就将就吃了吧，明日奴婢一定给您准备好金针木耳馅的豆腐皮包子，好么？"

大阿哥缠着嬿婉进了书房。海兰陪着纯妃在暖阁的窗下冷眼看着。

海兰轻声道："这丫头这么晚才回来，不知上哪儿去动那些见不得人的心思了。"

绿筠含着压抑的怒气："妹妹方才说的可都是真的？"

海兰秀丽的双眸轻轻扬起，清澈而澄明，蕴着十足十的关切："纯妃姐姐觉得妹妹编得出这样的谎话么？妹妹想着，皇上如今常来姐姐这儿，怕是已经对那小丫头留上了心思，若再被那小丫头狐媚几下子，宫中可又要添新人了。纯妃姐姐您好不容易才有了今天的地位和荣宠，难道要被这狐媚子分去么？"

绿筠咬了咬唇，苦恼道："可是皇上要喜欢她，本宫能有什么办法？再说皇后病着，嘉嫔才出月子不能伺候皇上，仪嫔也殁了，后宫里统共就只剩下了这么几个人，皇上要纳一个新人，咱们也没有办法呀。"

"就算皇上要纳新人，也不能出自姐姐宫里。纯妃姐姐您细想想，您已经有了两个皇子，若嬿婉得宠，旁人必定以为是姐姐举荐的。这本是无心事，落在有心人眼里便以为姐姐趁着皇后病重私下勾结，迷惑皇上，要捧高了三阿哥争宠。姐姐倒也罢了，那三阿哥不就成了众矢之的了么？"

绿筠大惊失色："那怎么行？本宫自己不要紧，但不能害了自己的儿子！"

海兰乌黑的眼眸微微一转，道："法子自然是有的，而且能彻底绝了皇上的心思。"

绿筠又惊又喜，笑纹里都是舒展的笑意："妹妹真有把握？"

海兰笑着低声道："姐姐是第一天认识我么？"她附耳低语几句，绿筠喜上眉梢道："可心，去传嬿婉过来。"

嬿婉即刻便过来了。她低眉顺眼地请了个安，显得格外恭敬。纯妃本来觉得她清秀可人，眉眼间隐隐有几分亲切，可此时看着她，即便是一身青碧的素色宫装，亦觉得她妖妖调调的，大不成个样子，不觉皱起精心描摹的春柳眉。海兰不动声色地碰了碰她的手肘，取过一枚橙子，用并刀慢慢切着。

绿筠扬了扬绢子，缓缓道："嬿婉，你伺候大阿哥伺候得很好。本宫是想留着你伺候永璜的，但今日钦天监过来替永璜算流年，本宫拿你的生辰八字和永璜的一合，发现不仅和永璜相克，和皇上也犯冲，这就不大好了。为了皇上和永璜安好，你得避得远远的。"她一顿，语气更沉了几分，"长得人比花娇，去花房伺候花草最相宜。"

嬿婉本听绿筠夸奖，显是分外器重，想着日后若是在皇帝身边，想来绿筠也不会反对了。却不承想绿筠骤然说出这一篇话来，简直如五雷轰顶一般。那花房本在后宫最偏远之地，除了几个花匠便是宫人，事务繁重，想要出来亦不能了。没想到自己刚有转机的人生，竟然又如此被人摁到了底处，没有翻身的余地。

她听着绿筠口气虽然客气，但却决绝到底，求情必定是无用了。想来想去，只得磕头谢了恩道："奴婢谢纯妃娘娘恩典。只是大阿哥一时还离不开奴婢，能不能请娘娘稍稍通融，容奴婢和大阿哥交代几日再去。"

海兰慢悠悠道："既然命数相克，多留又有何益？若真冲了阿哥，罚去辛者库也不过分。"

嬿婉死死咬着嘴唇，忍住眼底泫然欲落的泪水和喉中的酸楚欲裂，磕了个头道："奴婢遵命，奴婢即刻就去。"

她缓缓站起身，看见海兰将切好的橙子递到绿筠手中，笑脸盈盈："姐姐尝尝。并刀如水破新橙，便是这种滋味了。"

愉婉望着那被剖成八瓣的橙子，自己的腔子里几乎要沁出血来。她无望地想着，自己的人生，何尝不是如那只橙子，由着人肆意划破、剖开，半分由不得自己，也从来由不得自己。

绿筠立时下令遣她出去，愉婉再委屈，也不敢在面上露出分毫来，只得赶紧收拾了东西去了。大阿哥见她要走，原也有些依恋，奈何愉婉不过是个新来照顾他的宫女，虽然好，但身边总有更好的嬷嬷乳母在，他寄养在绿筠宫中，更不大敢出声，只得罢了。

海兰回到宫中，也有些乏了，自在妆台前慢慢卸了首饰，换了青玉色暗纹梅花衬衣。那衬衣是云呢缎的料子，着身时光滑如少女的肌肤，且在烛光下，自有一种淡淡的烟罗华光，仿佛薄薄的云彩雾蒙蒙地贴上身来。她却格外喜欢袖口上玉白色缠绕了深青的梅花纹样，小小的一朵梅花，是临水照花的情态，都用极细极细的金线勾勒了轮廓，有一种含蓄而隐约的华贵繁复之美，恰如她此刻的心思，丝丝缕缕地密密缝着，不漏一丝缝隙。

海兰托着腮，凝神望着镜中的自己，骤然也觉得心惊。从前温顺无争的一张面孔，如今也精心描摹起了脂粉，画的是皇帝最喜欢的杨柳细眉，只因他爱着江南的柳色新新，朝思暮念。腮上的胭脂施得极轻薄，先敷上白色的珍珠茉莉粉，再蘸上蔷薇花的胭脂，只为玫瑰色泽太艳，月季又单薄，只有月光下带露的红蔷薇拧了汁子才有这般淡朱的好颜色。胭脂之上还需再压一层薄薄的水粉霜，须得是粉红色的珍珠研磨成粉，才有这样的天然好气色。这胭脂也有个名字，是叫"嫩吴香"，是觅了唐朝的古方子做的，敷在脸上，浑然天成，仿佛吴地女子的轻婉娇媚，未见其人，先闻其香。

这样精致的描摹，自然得到皇帝的圣心常顾，亦是因为她从前实在不太打扮，一旦用起心来，才有这样的惊艳。可是从前的自己，却是铅华不御得天真的。

真的，才是多久的光景呢。如今不说旁人，连自己看着也是另一个人、另一副心肠了。

正凝神间，却从铜镜里瞧见叶心捧了热水进来，要伺候她盥洗。她有些心思恍惚，叶心便道："小主今日心想事成，还有什么不高兴么？"

海兰摘下护甲将双手泡在热水里，道："我有什么可心想事成的。"

叶心小心翼翼地替她按摩着手指："小主不喜欢嬿婉在皇上面前那股子水蛇身段妖媚劲儿，借着纯妃娘娘的手三下五除二便把她料理得一干二净了，小主也可以安枕了。"

海兰秀丽的眉峰微微皱起："怎么，连你也觉得嬿婉不容轻视么？"

叶心仰起脸笑道："奴婢就不信小主看不出来，除了那股子妖妖调调的娇媚劲儿不像，嬿婉那丫头的脸容，长得倒与冷宫里的如懿小主有两三分相似呢。"

海兰本拿着雪白的热毛巾擦手，听得这一句，将手里的毛巾"啪"地往水里一摞，溅起半尺高的水花来，扑了叶心一脸，她怒声道："嘴里越发没轻重了。如懿姐姐虽然在冷宫里，可她是什么身份，岂是你能拿着一个低贱宫女浑比的？下回再让我听见你说这样的话，仔细我立刻打发了你出延禧宫，再不许进来伺候！"

叶心伺候了海兰多年，忠心耿耿，深得海兰信任。海兰又是个极好性子的人，何曾见过她这样气恼的面孔。当下叶心也慌了神，狠狠打了自己两个嘴巴，肿着脸道："小主别生气，为奴婢气坏了身子不值。都怪奴婢说话没轻重，以后再不敢了。"

海兰这才消了气道："你永远要记得，不管姐姐身在何处，从前待我最好的人是她，如今和以后待她最好的人就是我。你若要分出彼此来，就是你自己犯浑作死了！"

叶心吓得大气也不敢出，忙伺候着海兰铺床叠被一应齐整了，又点上了安息香道："小主，时候不早，早些安置吧。"

海兰拿着犀角梳子慢慢地梳着头发，冷不丁问道："叶心，你说皇上突然看上了嬿婉，会不会也是觉得嬿婉和姐姐有几分相像？"

叶心吃了方才那一惊,哪里还敢开口,只得诺诺应着,嘴里一味含糊着。海兰知道她是吓怕了,便也叹了口气道:"今儿是我的气性大了些,宫里那么多人和事,哪里有不添烦的。你伺候我这么多年,不要往心里去就是了。"

叶心吓了一跳,脸上虽热,心里头也热了起来,感激道:"小主别这样说,奴婢知道小主自从得宠之后,事情也多了,心里难免难受。"

海兰怅然道:"或许你说得对。我就是不喜欢皇上跟前有一个和姐姐长得相似的人。因为这样,皇上很可能时时惦记着姐姐,也会彻底忘了姐姐。"

叶心答应了"是",再不敢多嘴。

海兰坐到床上,看着叶心放下了帐帷,便道:"明日皇上要过来用午膳,你早些叫我起来,我好亲自预备些拿手小菜。等午后皇上走了,你记得去太医院找一个叫江与彬的人,带他来见我。"

叶心答应着将帐帷平整垂好,又将地上海兰的绣花米珠软底鞋放得工工整整,方退到自己守夜的地方,躺下睡了。

第十七章 相慰

这一夜睡得并不大安稳,海兰心里装了重重心事,只是辗转反侧。如懿亦犯了风湿,连起来侍弄那几枝新发的凌霄花嫩芽的力气也没有。她浑身酸痛,四肢百骸如同被人强行灌入铅酸一般,被一点一点地腐蚀着,只能倚在窗下,遥望院子里的几条新绿,恍惚地盼着今年的凌霄花还能再开。

蕊心虽然自幼操持身体强健,却也没好到哪里去,只坐在床边,借着一灯如豆的残光,用纱布裹了生姜挤出汁液,一点一点替如懿擦拭关节。

如懿忙扶住她道:"别蹲在那里了,等下仔细腿脚疼,又站不起来。"

蕊心咬着牙关一笑:"奴婢熬得住。"

如懿看她的神情,似是隐忍,似是期盼,总有无限情思在眼底流转。她轻声问:"那个江与彬,你与他很熟么?"

蕊心微微一怔,脸上带出些许温柔之色,一双眼睛如同被点亮了的烛火:"奴婢与他自幼相识,后来家乡饥荒,各自跑散了,奴婢入了王府,他凭着一点家传的医术入宫做了太医。奴婢其实与他在宫中遇见也是近几年的事情,只是想着,若是同乡也帮不上忙,那就没人肯来帮忙了。"

如懿道:"他的医术很好么?"

蕊心微微一笑,继而叹息:"好有什么用?他在太医院没有关系,没有家世，一向不受人重视，只是个最末流的小太医罢了，只能给宫女侍卫看看病。不过也好，若他都不能来，那就真的谁也不能来了。"

如懿站起身，又拿姜汁替蕊心擦拭手腕和手肘关节，柔声道："来是他的心意，不来也无须怪他。富贵之中难见真心，你若落得这种地步他还真心待你，此人才值得继续相交。否则，不见也罢。"

蕊心道："小主，奴婢自己来涂吧。您往外起身走一走，涂过姜汁的地方会继续发热才暖得过来。"

如懿走到院中，只见月光不甚分明，雾蒙蒙的似落着一层纱。她蓦然听见一声叹气，那声音便是外头来的，分明是个男人的声音。

如懿听得耳熟，禁不住隔着疏疏的门缝往外望去，却见凌云彻满脸胡楂，意态萧索，举着把酒壶往嘴里一个劲儿地倒酒。她看了不免暗自摇头。进了冷宫这么久，这个男人也算是朝夕都见得到的难得的正常人了。虽然贪财些，倒也有一颗上进之心。宫里的人，谁不想往上爬呢，倒不和那些与他一起的侍卫一般终日糊涂度日，只是如今，怎么倒也颓丧起来了。

如懿本不是个遮遮掩掩的人，索性便道："人总有不遂心的时候，你却只拿自己的身子开玩笑，以后再想要遂心，身子也跟不上了。"

凌云彻本自心烦，所以连一向要好的赵九宵都打发了不在身边，自顾自地喝着闷酒。此时听她这么说了一句，心下更加不乐，嘴上也不耐烦道："你是什么人什么身份，自己也不过是晾在泥潭里起不来，还有心思理会别人。"

如懿受了这将近一年的挫磨，心下自宽，也不把这些话放在心上，只在月色下将白日里晾着的衣服又抖了抖平整，道："虽然身在泥潭里，可总不愿沉沦到底。我要是将心口上的一口气松了，便永远沉沦苦海，无法脱身了。"

"难不成你心里还想走得出这鬼地方？"云彻冷冷笑着，"别痴心妄想了。这个地方你走不出去，我也走不出去的。"

如懿抬头望着月色，淡淡笑了笑："走不出去又如何？好歹也得活出个人样来。我若稍一松懈，一口气撑不下去，和这里那些疯疯癫癫整日在地上墙角打滚的女人还有什么不同。索性一脖子吊死在那里，尸体也没得善终。"她蹲下身，看着茂盛欲滴的青苔底下四处爬动的蚂蚁，"你见过蝼蚁么？蝼蚁尚且偷生，而且希望偷生得不要那么艰难，所以无论怎样，我都要忍耐下去。"

"忍耐就够了？"他仰天倒着酒喝，冷然道，"还不如痛快一醉，万事皆忘。"

如懿摇头道："看你这么个喝酒的样子，大约不是为了前程，就是为了女人。偏偏这两样东西，都不是醒来就可以忘记的。反而你越是借酒浇愁，越是没有半分起色。"

"前程？我这种汉军旗下五旗包衣的出身，家里又贫寒，能有什么前程？"他大口大口地吞咽着烈酒，瞪着布满血丝的眼睛，"所以没有人看得起我，所有人都要离开我。"

如懿冷笑连连："你是汉军旗下五旗的包衣又怎么了？我还是出身满军旗上三旗的大姓乌拉那拉氏，一朝潦倒蒙冤，被人困在这里，终身见不得天日，难道我不比你凄惨可怜么？只是做人自己可怜自己就罢了，要说出这等可怜的话来让人可怜，真真是半分心胸都没有了！"

凌云彻陡然被人奚落了这几句，又借着酒意冲头，便不管不顾起来："我能有什么法子？生定了的身世，还有能力往上爬么？你被人冤枉困在冷宫是你没本事。而我呢，一点本事都使不上，便彻底没了希望。连我喜爱的女子也离我而去，嫌我给不了她翻身的机会！我还能怎么样？"

月光朦胧，是个照不亮大地的毛月亮。那么昏黄一轮，连心底的心事亦模糊了起来。门外的凌云彻固然是没有指望的，可是她能有什么指望？只不过是含着冤屈，受着悲怨，拼死忍着一口气，不愿彻底沉沦至死而已。是，她是个小女子，都尚且能如此，如何一个七尺男儿，偏偏这般自怨自艾。

如懿忍不住道："能与你共患难的女子，不得已走了才值得你痛哭大醉！若是只能同富贵不能共患难，还要嫌弃你的出身前程，这种女子，若是早早离开，换了我便要买酒大醉一场额手称幸。你如今既是喝了酒，要放声大笑庆贺也来得及！"

凌云彻的酒意兜头兜脑地冲了上来，一股悲怆之意自胸中直冲而上，几乎把胸腔都要迸碎了，他森森冷笑道："这样子冷心绝情的话，也只有你们女人说得出来。我也是的，你的那张脸，和她竟有几分相像，难怪说出来的话都是这样冷冰冰的没有半分情意！"

如懿听他言语间似是受了那女子极大的委屈，本就很是瞧不上那样薄情寡义的女子。眼下听那醉汉竟拿这样的女子与自己浑比，虽然她如今沦落成冷宫里一个被废的庶人，却也容不得被人这样比了下贱去。如懿出来本是活络活络涂了姜汁的筋骨，想要发热暖暖关节，现下却被气得浑身发热，便也懒得说话，径自回了屋里。

如懿甫一进屋，就见蕊心就着微弱的烛光在打着络子。蕊心的手巧，丝线落于她手中在十指间飞舞不定，让人眼花缭乱，不一会儿工夫，便能编出一条好看的花样子汗巾子，有松花结的、福字结的、如意结的、梅花结的，最巧的是戏文里的崔莺莺拜月烧香，她都能活灵活现地打出来，形形色色，颜色也配得好看。最精细的功夫，是在手帕绢子上打出各色花样来，经了她的手，绢子也不是普通的绢子了，配着珍珠穿了珞子，或是细巧别致地穿了八宝璎珞，光是拿在手里，便是一方风景。

彼时尚在潜邸，暖阁下的朱漆镂花长窗半开着，凉风吹起低垂的湘妃竹帘，隐约传来数声蝉鸣，愈噪复静。有微热的晚风带着迷蒙的栀子花香缓缓散进，那本是最沉静清新的花香，被空气的热气一蒸，也有些醺然欲醉。那是盛夏最末的光景，一阵风过，殿外的蔷薇花四散零落如雨，片片飞红远远地舞过，光影迷离如烟。那时无忧无虑的还被唤作"青樱"的她，便斜倚在杨妃榻上，看着窗下的蕊心，手指飞舞着打出一只大蝴蝶来。

那样清闲的时光，闺阁的游戏，如今倒成了谋生的技艺了。

初入冷宫的艰难不过是身体发肤受苦，自己虽然是个养尊处优的世家出身，但统共只有她和蕊心两个人在这里，身边又是些疯疯癫癫的居多，许多粗活譬如洗衣倒水，一一都得自己学着做起来。幸好有了这门活计，马公公送来的饭菜虽不算多么可口，也几乎没有荤腥，但好歹洁净可食了。

次日起来的时候天色便阴阴的不大好，如懿和蕊心的风湿犯得有些厉害，正挣扎着要起来处置一天的活计，却听外面大门"吱呀"一声，扑落了好多灰尘，竟是冷宫的角门被开启的声音。如懿来了这么多时日，从未听见过门锁开启，即便海兰贵为宠妃，也只能和她隔着门扇说说话。如今突然开了门，竟不知道是什么事情。

她听着那角门开启的声音，虽然不大，心里却有了一丝热络一丝畏惧。

谁知道进来的，是什么呢？

如懿坐着还未挪动身子，惢心便先起身去看了。谁知道她才出门外，便是一声又惊又喜的低呼，很快又被压抑住了，立在门边满脸是泪地回过头，那泪雨蒙蒙之中却带了无比欢欣之色："小主，是他来了。"

昏暗的屋中，借着门口的光线，如懿微眯了双眼，才看到一个太医模样的青年男子提着小药箱进来。惢心又惊又喜地捂着嘴低声啜泣，一句话也说不出来。如懿立刻明白过来，撑着桌子站起身来，缓缓道："江与彬？"

来人从容不迫，丝毫不以进入这种腌臜地方为辱，彬彬有礼道："微臣来迟，小主受苦了。"他说完，侧身看着惢心，那一双幽黑眸子，在幽闭的室内看来，亦有暗转的光泽，他轻声道："惢心，你受苦了。"

这一句话，与方才问候如懿的语气是迥然不同了，那种关切与熟稔，仿佛是与生俱来，更是发自心底的暖意。

这样淡淡一句，惢心已经红了眼眶："没想到你还能来。"

江与彬向如懿请了一安，从药箱里取出请脉的枕包，道："能来已经不容易了。还是海贵人上下通融了多少关系，才能这样过来。"

如懿道："其中费了不少关节吧？"

江与彬一笑："自小主和惢心入了这里，微臣一直想来，可是人微言轻，无计可施。海贵人也因宫中连着出了几件大事，无法立刻来找。如今还好海贵人想了些法子，让微臣在太医院犯了事，被罚来冷宫给废妃太嫔们诊治，希望她们疯得不要太厉害。"

惢心倒了碗白水来给他："这里没有好东西，你将就着喝吧。"

江与彬笑道："来了这里，还当是什么锦衣玉食的地方？你们别太受苦了就好。"他凝神诊了一会儿脉，便道，"小主的身子没有大碍，只是忧思过甚，颇为操劳，肾水有些虚枯。再者风湿是新得的，虽然发得厉害，但根基还不深，慢慢调理是治得过来的。"说罢他又替忞心搭脉："你的风湿比小主还轻些，大约是素来身体强健的缘故。但切记万万不能逞强，不能在犯风湿时仍强撑着劳作，否则这病便入了骨髓，再难好了。"

说罢，他提笔写了方子念道："川乌、草乌、独活、细辛、桂枝、伸筋草、透骨草、海桐皮各三钱水煎。"又细心叮嘱，"光服药见效太慢，还得拿桑枝、柳枝、榆枝、桃枝剥了皮，再加追地风、千年健熬水日日熏洗患处，才会好得快。另外，微臣每次来都会给小主和忞心针灸。"

如懿心中感动，谢道："江太医有心了。"

江与彬满脸愧疚："有心还来得这样迟，是与彬的错。药开好了微臣会从太医院领来，只是熬药的事得辛苦忞心了。"

如懿感叹道："有药就很好了。"

江与彬想着忞心笑意温煦："我虽然来得迟，却总算来了。以后我在，多少能方便些。至于你们的生活起居，"他从药箱中摸出一包银子，"海贵人与我的心意，都在这儿了。"

到了三月里的时候，天气渐渐和暖。好似一夜里春风化雨，饱满了柳色青青，桃红灼灼，饱蘸了雨露润泽，涸开了花重宫苑的春天。

时气见好，皇后的病也逐渐有了起色，虽还不能下地，却至少能支撑着坐起身来。晞月为了宽皇后的心，日日都把三公主带在皇后跟前逗乐尽孝。皇后虽然失了爱子，想着年纪还轻，终究还有一个女儿。皇帝又时时宽慰着，命太医好生调养，指望着再生下一个嫡子来才好。

有了这一分心怀在胸，皇后少不得挣扎起精神来好自调养着。待得精神渐渐好了，有一日晞月便把伺候的人都打发出去，将藏了数月的烧得只剩半片的人偶取了出来，将事情始末一一说个清楚，又有三公主这个皇后亲生女儿的旁证，由不得皇后不信。

皇后人还在病床上，不过穿着一身家常的湖水蓝绣莲紫纹暗银线的绡缎宫装，头上的宝华髻上缀了几点暗纹珠花，脸色苍白中却带了铁青，颤抖着嘴唇道："你说的都是真的？"

晞月当即跪下，赌咒发誓道："事情就出在娘娘的端慧太子崩逝后的几天，又是在冷宫附近看到的这个东西。若说不是诅咒，臣妾断断不信！"

皇后不自觉地坐直了身子，如临大敌："冷宫？是乌拉那拉氏？"

晞月道："冷宫那儿哪里有人去？这个东西定是被风从冷宫里吹出来的。那毒妇没进冷宫时就咒端慧太子争着夺嫡，端慧太子走了都不肯放过，还要咒他在黄泉路上不得安宁。"她神色一凛，姣好的面容间更添了几分戾气，"要不是她一直诅咒，怎么她进了冷宫之后，端慧太子的病就益发重了。还有，若不是诅咒，怎么好好的芦花就被风吹进了端慧太子房里，这必定是厌胜之术。"

素练大为愤恨，铁青了脸道："这就是了。娘娘别再怪自己安排的人手不足没防住那芦花。分明这是妖术诅咒，再多人也没用啊。"

皇后新丧爱子，听见这些话，简直如椎心泣血一般，如何能听得有人这般诅咒爱子。她细想起来，虽然如懿进冷宫前她的儿子便不大好，可的确是如懿进了冷宫之后，孩子的病情就一直反复，以致突然暴毙，让她这个做母亲的，几乎断了一生的指望。如今想起来，有了这个缘故，恨得眼睛都要沁出血来，一双手死死攥着锦被，手背上青筋暴起，如同要吞了人一般："她自作孽，还敢这般诅咒永琏！她……死不足惜。"

晞月何曾见过皇后的神色如此骇人，心下也不觉害怕，忙唤道："皇后娘娘，您可千万别气伤了凤体，让那毒妇快活呢。"

皇后冷了半晌，才缓过一口气来，慢条斯理道："本宫哪里是气坏了身体。妹妹分明是送了一剂好药来，催着本宫要逼着自己好起来，再不能像个活死人似的躺在这里，让本宫的孩子白白去了。"

晞月听她虽说得慢，但一字一字狠狠咬着磨出声来，知道皇后心里着实是恨透了，便道："那皇后娘娘的意思是……"

皇后冷冰冰道："本宫什么都能忍，都能不介意。但永琏是本宫的命根子，谁害他，就是本宫毕生的死敌！"

晞月道："如今她在冷宫里，咱们在外头，有的是法子。譬如那些饮食臣妾送进去了，好好让她受些痛楚。"

皇后想到如懿那般害死了皇嗣，咒死了爱子，还能活在冷宫里，恨不得立刻赐死了她。晞月做了如此挑不出错的东西来，又能让如懿活着受罪，皇后微微点了点头："如今真正在本宫面前尽心的也只有你了。"

莲心捧了碗药进来，皇后点点头道："搁着吧。"

莲心搁下便告退了，晞月虽然对着嫔妃们嚣张肆意，皇后跟前却是无微不至，便亲手端了汤药伺候皇后吃了，又拿了酸梅子给皇后解苦味。

晞月正殷勤，只听外头道："慎常在来给皇后娘娘请安。"

晞月听得阿箬来，便有些不屑之意，坐正了身子略略理了理领扣上的翠玉兰花佩上垂下的碎玉流苏。

皇后看晞月神气不大好，便道："怎么，很看不上她了？"

晞月只当着皇后一个人的面，便没好气道："狐媚子下贱，引得皇上一个月里头总有十天召幸她。今儿赏这个，明儿又赏那个，简直宠上了天。"

皇后似笑非笑倚在攒心团枝花软枕上："你是贵妃，是宫里的老人儿了，位分又高，只在本宫之下，不必去和那些位分低的嫔妃计较，没的失了身份。你要记着，她们争的是一时的恩宠，你却要争一辈子的念想。目光且放远些吧。"

晞月脸上微微一红，答应了"是"，听着皇后传唤了慎常在进来。只见锦帘掀起处，一个衣着华丽的丽人盈盈进来，身上一袭洋莲红绣兰桂齐芳五色缎袍，头上是银叶玛瑙花钿，累丝凤的珍珠红宝流苏颤颤垂到耳边，莲步轻移间，便如一团华彩渐渐迫近。

晞月到底按捺不住，轻轻哼了一声，拿绢子按了按鼻翼上的粉，以此抵挡那丽人身上传来的迫人薰香。

阿箬恭恭敬敬地请了个大安，口中道："皇后娘娘万安。臣妾听说娘娘身上大好了，特意过来看望娘娘。"说着又向晞月请安不迭。

皇后含笑吩咐了"起身"，又嘱咐"赐座"。阿箬方才敢坐了。

晞月慢慢转着手上的鸽血红宝石戒指，笑了笑道："慎妹妹的气色真好，看着白里透红的，跟外头廊下的桃花似的，粉面含春哪。看妹妹这满面春风的样子，想来昨儿皇上是歇在你那里了。"

阿箬听她语气含酸，便讪讪地笑笑："姐姐说笑了。"

"说笑？"晞月轻嗤一声，"妹妹日常见着皇上，恩情长远，自然是把这恩宠当说笑了。不比咱们，三四日才见皇上一次，高兴都来不及，哪里还敢说笑呢。"

阿箬脸上红一阵白一阵，只垂了脸不去接她的话。

晞月看在眼里，益发以为她是一味地得宠所以不把自己放在眼中，心中更是愀然不乐。高斌自皇帝登基以来就是前朝最得力的臣子，与三朝老臣张廷玉一起辅佐，如同皇帝的左膀右臂。她在后宫又得宠，哪里受得了这样的气，便打量着阿箬道："慎常在今日打扮得好颜色好艳丽，不知道的还以为常在不是来看望皇后娘娘病情，安慰娘娘丧子之痛的，倒像是来看热闹凑笑话的。"

阿箬猛地一凛，忙赔着小心道："皇后娘娘凤体见好，臣妾这么打扮也是来应一应娘娘的好气色。另外一桩……"她转脸对着晞月嫣然一笑，"皇后娘娘盛年体健，又深得皇上眷顾，要再得十位八位皇子也是极容易的事。贵妃娘娘说是么？"

晞月被她这么一说，方知她口齿厉害，果然有皇帝喜欢的地方。当下当着皇后的面也不好再说什么。

皇后和颜悦色地笑道："你的心意本宫都知道。你做了那么多的事，本宫和贵妃难道还不知道你的心意么？贵妃不过是和你说笑话罢了，也是把你当个亲近人而已。来，你坐近些，好多话贵妃都要和你说呢。"

晞月唇边凝了一点笑窝："可不是，妹妹如今是皇上心尖子上的人，听说不日还要抬了贵人呢。咱们不指望着妹妹，还能指望谁呢？"

出了长春宫，阿箬扶着宫女新燕的手走得又快又急，一阵风儿似的。新燕知道她是着了恼，越发不敢言语，只得小声劝道："小主走慢点，走慢点，仔细脚下。"

阿箬走得飞快,骤然停下脚步,鬓边垂落的珍珠红宝串儿沙沙地打着面颊,好像是谁在扇着她的耳光似的。她顺手狠狠一揪,将发髻上累丝凤步摇一把扯了下来掼在新燕手中,恨恨道:"什么劳什子,也来欺负我!"

新燕吓得脸都白了,捧着那累丝凤步摇道:"小主,这可是皇上赏的,您瞧满宫里的小主,嫔位以下哪里能戴红宝呢?都是皇上疼您的心意啊。"

阿箬走得额上微微冒汗,站在红墙底下气咻咻地挥着绢子:"皇上赏我的?皇上赏我的多了去了!"

新燕忙赔着笑道:"可不是。皇上哪一天不赏赐咱们这里,饶是嘉嫔生了皇子,皇上像得了个凤凰似的,也不过这样赏赐罢了,奴婢瞧着许多东西还不如咱们的呢,嘉嫔不知道多眼红。皇上到底还是宠爱小主您的呀!"

阿箬拨着手腕上一串明珠绞丝钏出神,慢慢道:"你也觉得皇上是宠爱我的么?"

新燕喜滋滋道:"可不是,满宫里不是都在说,小主虽然位分低些,但论宠爱,谁都比不上您呢。"

阿箬怔了怔,忽然虎起脸,反手就是一个耳光:"皇上对我宠不宠爱,也是你能议论的么?小心我拔了你的舌头!"

新燕不知她为何发怒,吓得眼泪直在眼眶里打转,一声也不敢哭,只捂着脸低低说:"奴婢知错了。小主,您方才不是要来告诉贵妃娘娘和皇后娘娘什么事么,怎么什么也不提就走了。"

阿箬轻哼一声,不以为意道:"皇后病病歪歪的,贵妃那个心胸能成什么事?我总觉着嘉嫔比她们聪明多了。"

阿箬低头片刻,将晨起所见之事在心头掂量了片刻。昨夜原是她侍寝,侍寝了那么多回,她也早知道了是怎么回事。辛劳了一夜后,揉着发青的眼送了皇帝出养心殿早朝,皇帝才发觉吩带上海兰绣的星河浩瀚的荷包落在了寝殿里。阿箬殷勤去寻,在翻开御榻柜子的小匣子里,见到了那一条绣着青樱花红荔枝的帕子。再没人比她知道那是什么了,好比一个闷雷打在了天灵盖上，阿箬咬着牙，眼底羞辱含恨的泪才死命忍了回去。到底，她是不敢让皇帝知晓自己的发现的，稍后拿着荷包若无其事出来替皇帝系好了，才想来告诉皇后。可贵妃这么一闹，她却也不肯说了，当下一寻思，吩咐了回宫，便往玉妍所住的正殿走去。

是夜玉妍便抱着永城去了养心殿陪皇帝用晚膳，自然顺理成章留在了养心殿侍寝。皇帝素来喜她娇媚风韵，应对间有无限风情，说笑了一宿，也沉沉睡去了。玉妍等的便是此刻，按着阿箬所言，便起身悄悄找到那个匣子，打开一看，却无那条帕子一角。玉妍颇愤愤，以为阿箬戏弄她，气鼓鼓翻身打算睡下，忽然看见皇帝那明黄御枕底下，露出雪白的丝帕一角，上面绣着青樱花和红荔枝。

果然，果然。

玉妍倒也不吃醋，微微冷笑一声，自行裹了锦被，不动声色地躺下。

次日回宫收拾了一番，玉妍带着乳母，抱着永城，便往长春宫赶。正盘算着该如何告诉皇后，素练正好出来，见了玉妍母子便堆笑请安不迭，又说皇后的伯父马齐大人病重，皇帝正在里头陪着安慰。玉妍一听，便是欲言又止，素练如何不好奇，三催四问，玉妍只是问："听三公主说双喜会玩蛇。"素练不防她这么说，以为她好玩，便将和敬公主跟着晞月住时，双喜总耍蛇逗公主高兴的事说了几件，并说双喜养的是无毒的蛇，还拔了牙的。

风幽幽凉凉地钻过来，夹着玉妍低沉的询问："那毒蛇双喜会养么？总是一通百通的吧。"

素练一怔，看着玉妍耳上垂落的银流苏细细飘摇，泛着一点一点冷星的光。她忽而明白了过来，无声地扬起了唇角。

第十八章　蛇祸

海兰伏在角门边,一身暗色弹花织锦斗篷将她的身形掩饰得不露痕迹。她悄声道:"江太医来了之后,姐姐的风湿好些了么?"

如懿抚着膝盖道:"好多了。"

海兰低低道:"姐姐好多了,皇后的病也日渐有起色。说来奇怪,病的时候就那么厉害,说好了也好得那么快,昨日居然可以下床了。"

"她是心病。有心让自己好起来,总是能好的。"

海兰轻轻"嗯"了一声:"眼下后宫里人不多,皇太后本来打算选秀,可端慧太子刚过世,皇上也无心操办。今日听说皇太后选了几家公卿的格格养在身边,表面上说是鞠养闺秀,伴她老来之乐,想来都是将来为皇上充实后宫准备的。"

如懿轻轻一哂:"如今皇后不大好,后宫的一大摊子事情都交给了太后,太后自然要尽心尽力的。都选了些什么人?"

海兰掰着指头道:"总有三四个,其中最出挑的便是太常寺少卿陆士隆的女儿陆氏,侍郎永绶的女儿叶赫那拉氏。听说太后喜欢得紧,一直带在自己身边亲自调教呢。"

如懿关切道:"别总想着别人。如今你如何了呢?"

海兰默默道:"我还能如何？老样子罢了,只能牵住皇上的心不走而已。"

如懿蹙眉道:"便这样艰难么？"

海兰犹豫片刻,还是道:"皇上很喜欢阿箬,听说过了端午就要封贵人了。若是有个一男半女,成个主位也不是什么难事。"

如懿一想起阿箬当年红口白牙冤枉自己的事,便觉得刺心无比,恨声道:"她便这样得意么？"

海兰道:"得意自然是得意的。皇上这么宠爱,又是赏赐又是召幸,她阿玛也在外头得意,每年到了治水的时候,总用得上他。可她犹是不足,成日价在宫里打鸡骂狗的,也不知哪里不好了。细想起来,她这样的人总是贪心不足的。"

如懿想了想,忍耐着道:"如今也急不来。你且护着自己要紧,不用替我多筹谋。"

海兰正要说什么,却见凌云彻踢踢踏踏地走过来,不耐烦道:"时辰差不多了,海贵人赶紧走吧。总在这儿磨蹭,耽误了您的大好时光。"

海兰得宠多日,见惯了旁人的奉承,冷宫这儿虽不能进去,但来往亦是自如,何曾听过这样的话,当下就冷下脸来。还是如懿在里头拍了拍门暗示她不要理会,海兰念着往后总有再来的时候,还要靠着凌云彻通融才行,少不得忍着气走了。

如懿见凌云彻这般口气,倒也不恼,只淡淡道:"这么些日子了,还放不下旧事睁开眼睛看看前路么？"

言毕,她便转身进了自己屋子。云彻颓然坐倒在冷宫的角门边,睁眼看着墨黑的天色,眼前浮起嬿婉清丽柔婉的面庞,心中不觉狠狠一搐,像被一把生满了铁锈的钝刀狠狠划过又来回切割着似的。他下意识地去摸怀里的鹿皮酒囊,那里头是他最爱喝的掺了雄黄的白酒,气味又甘又烈,别有一股冲鼻的气息。他拧开盖子正要喝,骤然想起里头的如懿从前说过的话,想想也是无趣,便睁着眼睛打算独自守完前半夜,然后和九宵换了去睡觉。

他模糊地想着,不觉有睡意慢慢袭来。左右冷宫这里没有旁人过来,打个盹儿也是寻常的。他便索性闭上眼睛，由着自己睡去。

凌云彻被惊醒是在夜深时分，他估摸着自己才睡了一两个时辰，脑袋里还昏昏沉沉的，却听得离角门最近的屋子里传来一声又一声压抑而畏惧的低呼声。在冷宫待了这么久，他听得出那声音，是如懿和惢心主仆俩的。他也意识到，这样惊恐的低呼，一定是出了很大的危险。

他迷糊的脑袋骤然醒转过来，本能地从腰带上解下钥匙开了角门直冲进去。

眼前所见让他目瞪口呆。倾尽他一生的阅历，他也没有看过几十条蛇同时在地上悠游地扭动着躯体，慢慢地往床铺靠近。且不说那腻滑阴森的躯体，咝咝冒出的阴恻恻的声音，光那种腥气，就已让床上两个仅着单衣的女子吓得面目无色，魂飞天外了。

惢心见了他进来，如见了天降神兵一般，大声叫着："凌大哥，快来救我们！"

凌云彻被这一句"凌大哥"唤得回过神来，他本能地转身逃命而去。不错，多年的乡间生活教会他的，便是分辨有毒和无毒的蛇。而这些蛇，分明都是有毒的。趁着现在那些蛇压根儿没注意到他，他如何能不拔腿就跑。

恐惧和惜命的情绪一下子攥住了他的心口，他转身的一瞬间，忽然听到一声低低的呼喝："凌云彻！"

他转过脸，看到缩在床铺一角的如懿，分明已经是满脸的惧色了，却还强撑着护在惢心身前，硬撑着一脸的镇定，拿被子死死捂住自己。

两个弱女子，两床薄被，如何能抵挡群蛇的来袭。任意一条蛇只要轻轻咬啮一口，除了死，便再没有别的活路。

可是他，不能硬生生拒绝这样的神情，来自一个女子的神情。他狠一狠心，从怀中掏出鹿皮酒囊，朝着群蛇环伺处用力泼去。那酒中含了些许雄黄，本是蛇最忌讳害怕的。果然所泼之处，那些蛇都纷纷退避，行动也迟缓了好多，连口中的咝咝声也弱了下去。他趁着此时找到落脚之地，拔下腰刀趁着一股勇气胡乱挥去。

床铺上的二人吓得面无人色,只看他左挥一刀右挥一刀,刀锋所及之处,那些蛇都断成两截,心下稍稍安稳起来。谁知凌云彻挥得大意了,一条蛇只被削去尾巴,大半个身体借着刀子的力量飞了过来。如懿挡在惢心跟前,一时不防,却见那蛇冰凉的身体落在了自己手腕上。如懿恶心得浑身都发毛了,才要伸手挥开,却觉得手背上忽然一凉,像是有什么细小而坚硬的东西冰冰凉而尖锐地嵌了进去,还未觉得痛便一阵阵麻上来。

如懿只觉得头晕目眩,胸口一阵阵地憋闷上来,身子一软便歪在了惢心怀里。惢心惊呼道:"小主,小主你怎么了?"便慌慌张张地抬起如懿的手,"小主你的手背怎么都黑了?"

那边厢凌云彻才手忙脚乱处置了蛇,眼看都死透了,却听得惢心没命地慌起来,忙转头去看。他一人应付那些毒蛇,本就出了一身的虚汗,此刻看到如懿面如金纸,心下一慌,那一层本已凉透的虚汗又逼了上来。

如懿虽然身上逐渐失了力气,但脑子里还清楚,便低下头就着伤口一吸。她本是毒性发作虚透了的人,这一吸本吸不出什么。惢心却明白了,忙要探头替她吸去手背上的毒液。凌云彻立即拦下了,抢在前头附着如懿的手背将毒液一口一口吸了吐出。

惢心看得目瞪口呆,虽然说男女大防,但云彻所为,一切都是在救如懿的性命。她愣了半晌,赶紧倒了茶水给凌云彻漱口。凌云彻吸了半日,见如懿手背上的黑气尽数散去,脸上也只剩了苍白,而不是那种骇人的金色。他松一口气,脚下微微一软,坐在了地上缓过劲,一抬眼竟见如懿脸上微红,眸中带了一点羞涩,侧转身去。

他知道自己是犯了男女大防,但不也是救她的性命么?这样的念头一转,不知怎的,自己脸上也热辣辣起来。他掩饰着拼命漱了口道:"还好,那蛇是被砍了一半的,嘴上没力,咬得也不深,否则大罗神仙在也没用了。不过丫头,你还是得找找有什么解毒的药给她敷上。"

惢心翻箱倒柜找出了上回江与彬留下的一盒子牛黄丸,取了一点给如懿放在嘴里嚼了,又慌道:"还能找什么解毒的?"

云彻看惢心对这些事不通，又慌得手忙脚乱的，便急道："这些蛇都是蝮蛇，你得找些清热解毒、凉血止血的药来，什么夏枯草、半边莲……对了，外头的凌霄花叶子也是能解毒的。"

那都是寻常的药物，惢心连连道："有，有。"便去院子里折了好些凌霄花的叶子进来。

云彻吩咐了惢心把药嚼碎了敷在如懿的伤口上，自己也嚼着服了些，然后又取了一些煮上，准备让惢心喂如懿喝下，又道："明日我去告诉太医一声，请他再来看看，应该就无妨了。"

惢心千恩万谢道："还好凌侍卫在，否则今日小主的生命就悬了。本来，本来……这吸毒该是奴婢的事。"

云彻点点头道："本来该是你的事，但你一个小女子，身体自然不如咱们男人。要是你也损伤了，谁照顾你们小主呢。"他自嘲地笑笑，"我就是这么一条贱命。"

如懿听他这般自嘲，有心想说什么，嘴唇张合着却无半分力气，缓了一会儿神，才吐出一句："多谢。你得去看看太医。"

惢心一壁撒了草灰小心翼翼打扫毒蛇的尸体，一壁接口道："是要多谢凌侍卫，今日若不是您在……"

云彻看了看地上的蛇尸，仰头看了看屋顶的瓦片，踩着凳子上了桌子，顶起瓦片一看，问道："天刚黑下来的时候有没有听到什么动静？"

惢心摇头道："小主和我在外头洗衣服，什么都没听见。"

云彻跳下来道："房上的瓦片松开了，想必有人往里头的梁上绕了蛇进来。蛇身上血凉，动作迟缓，晚上你们熄了灯火，人身上的热气就凝在一个地方不动，自然会慢慢吸引这些蛇过来。"他抬起头，目光炯炯，"你们到底得罪了什么人？"

"得罪人？"惢心吃惊道，"咱们都在这儿了，还能得罪什么人？"

如懿躺在床上，吃力道："就是因为咱们得罪了人，所以都在这儿了。你还不明白么？"

蕊心面上一惊，下意识地掩住口，便道："幸好凌侍卫手上带着雄黄酒，还能抵挡一阵。否则可真是着了人家的算计了。"

云彻缓过精神来，慢慢道："我平素爱喝几口雄黄酒，就是因为冷宫这儿湿冷，什么蛇虫鼠蚁没有，喝着带着都是防身罢了。只是这蝮蛇虽然是常见的，但一下子冒出那么多条来，也着实是出奇。除了故意，要说是意外偶然，也是不可能的。"他拱拱手，"小主自己多保重吧。"

蕊心急得拉住凌云彻的袖子道："凌侍卫，要再有这样的事，可怎么办呢？"

云彻淡淡道："明儿给你们捎点雄黄扔进来，墙角四处都撒一点，自己提防着吧。"

他说罢转身便走了。如懿缩在被子里，一阵一阵听得心惊，只睁着眼看着窗外枝丫被风吹得乱舞，像是无数鬼爪子张牙舞爪地挥着过来，越逼越近，越逼越近。她霍地坐起身来，一背脊的虚汗被风一扑，钻心地凉。蕊心端了药进来，见她这副模样，也吓了一大跳，忙拿衣服给她披上："小主这是怎么了？别被冷风扑了热身子，又招来什么不好。"

如懿只得道："方才有点吓着了。"她捋了捋头发道，"药好了么？我身上还难受得紧，好歹拿一点喝喝。"

蕊心忙端了药喂到她唇边，道："小主先胡乱喝一点罢了。明儿江太医过来，再仔细找他瞧瞧，好好开个方子。"

如懿喝了药，想着毒性还未完全退去，昏昏沉沉地便睡下了。

第二日一早果然江与彬赶着就过来了，如懿心里念着凌云彻辛苦奔劳的好处，原先看他那一层鄙薄也退了些许。江与彬仔细给她搭了脉，连声道："幸好昨晚救治得快，否则便是大祸了。等下我得给凌侍卫也去瞧瞧，他可是你们的救命恩人哪！"他看着蕊心又说，"也是我的大恩人！"说完他又留了好些清热解毒的草药，一样一样嘱咐了蕊心调弄，又多多地留下雄黄之类的药粉，替蕊心和如懿撒在了角角落落。

等到一切忙完，江与彬问起蕊心素日吃风湿药汤的效力，蕊心浅浅笑道：

"也不过那样罢了,哪里那么快见效呢。"

江与彬的面上闪过一层疑云:"这一个月来,你们都按时吃药了么?"

蕊心奇道:"巴巴儿地费了那么多才请了你来治病,怎么会不按时吃药呢?"

江与彬道:"方才我搭过小主的脉,蛇毒没有大碍,但是风湿一直是老样子。按理说你们的风湿不深,我给你们开的药也算药效强力的,虽不能马上见效,但总能有些起色。"他见如懿手上打着络子做活儿,耳朵却一直听着,索性也不瞒着,道,"微臣这些日子给冷宫里许多嫔妃瞧过病。虽然也有得风湿的,但那都是积年在这里的老人了,阴湿许久,加上年纪渐大,自然容易得风湿。只是小主和蕊心年纪还轻,又吃药调理着,屋子也不算是冷宫里最阴湿的地方,为何风湿会一点也不见起色?"

如懿与蕊心面面相觑,也说不出什么来,倒是蕊心问道:"会不会是中毒?"

江与彬摇头道:"世上没有这样的毒。小主和蕊心都是虚寒的体质,倒是真的,其他实在把不出什么。"

正说话间,外头墙下的圆洞里陆续塞进饭菜来,那些冷宫的嫔妃一一去领取了。等到人都散去,又送进两份饭菜来,蕊心知道是她们的,便出去端了进来。饭菜虽然简陋,倒也不腐坏,不过是两份米饭,一份清炒苦瓜,一份水煮豆芽菜和一份酱油拌茭白。

江与彬蹙了蹙眉,心疼地看着蕊心道:"蕊心,你们每日就吃这个,一点荤腥也没有?"

蕊心摆好筷子,笑道:"我的好太医,这饭菜不馊不坏就不错了。这都费了我和小主好大的功夫花银子才求来的呢。否则吃那些猪狗不食的饭菜,哪里还能熬到你来的这一天。"

如懿笑道:"好了。江太医才说一句话,偏你有那么多话说。前几日是清明节气,有一碗烧田螺肉送进来。逢着年节,总还见点荤腥。"

蕊心撇嘴道:"什么荤腥,一股腥味才是。不过就是螺蛳、鸭血和蚌肉之类的,素菜也反反复复就这么些。"

江与彬当即变色道:"你说真的?"

如懿见他脸色不好看,即刻放下筷子,疑道:"这些饭菜有什么不对的么?"

江与彬肃穆了神色道:"微臣刚说过,小主和蕊心都是虚寒体质,这些食物又都是大湿大寒的,小主与蕊心一日三餐吃这个,加重了体内的寒气,难怪风湿久久不见起色。原来是在这些地方。"

如懿默然,一颗心缓缓、缓缓沉到了底处。原以为昨晚的蛇便已经是杀招,不承想这里还藏着天长日久的厉害在,却是自己留意万分也留意不到的事情。

蕊心恼恨道:"难怪呢,还以为咱们是花了银子通融的,饭菜才和别人不同些。原来是有人做了手脚。"

江与彬脸色沉重,道:"若说无心,断不能顿顿都这样。这些东西本是无毒的,也不相克。只是饮食用药,体热的人不能过多温补,虚寒的人切忌寒凉。寒凉不是说生食冷食,而是性寒的东西。像小主和蕊心的体质,便是碰不得这些的。"

蕊心发愁道:"那可怎么办呢?除了这些,咱们也吃不上别的。"

江与彬看着窗外晴和的日头,分明是四月时节春暖花开,在这日头也照不透的地方,却只有凄寒彻骨。偏偏便只有这两个女人熬在这里,叫天天不应,叫地地不灵,年深日久……他一想到年深日久,她们还在此处,便冷不丁打了个寒噤,仿佛是一阵冷风逼进了骨子里,透心彻凉。

如懿深吸一口气,缓缓摇头道:"没有办法。送这些饭菜的人既然有心,如果看到咱们不吃完,或是悄悄倒在哪里,便知道是起了疑心了,更不知道要用什么法子来谋害我们。与其如此,不如就安他的心,照吃照睡就是了。"她斜睨了江与彬一眼,"至少江太医是不会袖手旁观的。"

江与彬心中暗赞她的沉稳,便道:"微臣会找些温热滋补的药物给小主和蕊心慢慢调养,希望能化去食物的湿寒之气。至于其他的事,昨晚已经这样险,若有什么轻举妄动,反而让杀身之祸来得更早。"

江与彬如此嘱咐了一番,蕊心便送他到了门外,自也不能远送,只得回来。

如懿看着桌上的饭菜,往日为了活下去,她拼命保重,每顿饭都吃得干干净净。如今看着这些东西，竟似慢毒一般，天长日久积累在自己身上，如何还能下咽。

惢心进来掩了门道："小主，昨晚的事你疑心是谁？"

如懿一下一下叩着桌脚，极力平缓着自己的情绪，缓缓道："我只是想起当年惊蛰的时候，仪嫔宫里突然掉下条蛇来。"

惢心凝眉道："小主觉得，害咱们的人就是害仪嫔的人？"

如懿微微点头："可仪嫔那时候是用蛇莓，这次是直接放进来，手段不同，也更稚嫩。"她看着廊下丛生的杂草萧萧，黯然道，"只是如今我们哪怕想到了是谁，也没有办法。只能先保住自己的性命，不要不明不白丢在这儿就是了。"

如懿与惢心无恙，头一个挨了嘴巴的便是双喜。晞月大怒，连着阿箬也冷嘲热讽，明里暗里都是说她身边的人不得力。双喜连连叩头，也实在委屈："奴才会耍蛇，但头一回摆弄毒蛇，手生。"

阿箬啐了一口："我就不信乌拉那拉氏的命这么好，定是有人救她！若不能下了砒霜一口气毒死她，就照旧把那些饭菜送进去，慢慢折磨她。"晞月横了茉心一眼，茉心立刻便寻马公公去。

到了午后时分，外头一包东西"啪"地丢进来，如懿正在院中晾晒衣服，拾起一看才知道是凌云彻丢进来的一包雄黄。她感念他的细心，更兼昨日救命的勇气，也不管他在不在，对着角门边便诚恳道了声"多谢"。

自进了冷宫，如懿满心的怨恨与不甘，更兼对世人冷了心肠，除了海兰与惢心之外，如今再加上一个江与彬，其他人是一个不信，一个不听。无论谁落在她心里，都是带了当初害她的疑影的。可是经了昨夜那一番事，即便是再冷的心肠，也不觉生了一份暖意，仿佛一点涓涓的细流，润泽了干涸的心扉，叫她知道，这世上总还有热心肠愿意对人好的人。

或许这一点温暖，足以让她觉得人世苍凉，不那么风寒逼骨了。

如懿这样想着，凌云彻却没那么福气了。这一日傍晚他去领自己和赵九宵的那顿晚饭，才走到冷宫的甬道口，不知道哪里闯出来几个力大无比的侍卫，把他摁倒在地,只问了一句:"你便是凌云彻?"

云彻才答应了一声,那拳头便不分青红皂白地打了上来。他是宫里混久了的人,知道一定是哪里得罪了人,也不敢分辨,只护住了要害咬着牙一声不吭。那拳头落下来如雨点一般,每一下都是下了狠手的。起初还觉得痛入骨髓,渐渐也麻木了。就像他一直以来的生活,除了忍耐,还是忍耐。因为反抗,只会招来更大的痛苦。

好一会儿,那帮侍卫看他乖乖承受,也不反抗,便也打累了收手。其中一个趾高气扬道:"知道为什么打你么?"

云彻抱着头伏在地上,一时也爬不起来,只道:"小人无知,请大人指教。"

另一人"嘿"了一声道:"原来你还真是个糊涂的!当你有几个胆子呢,连咱们小主的事都敢得罪!还打算英雄救美,哪天连自己怎么死的都不知道呢!"

领头一个抱着肩膀,冷笑道:"咱们小主是有皇子的。谁敢不睁开眼睛看看清楚,敢扰了她的好事。真当是不要命了!这次权当你是无知,以后你就牢牢记着,你在冷宫只管是守门的,要是连救命的事也管,便是搭上你自己的性命了。"

说完,几个人一使眼色离开了,直走到道口,茉心含笑,拿出银子赏他们:"话儿栽得好,那蠢货一定以为是嘉嫔和纯妃干的。"侍卫们谢恩不迭,私下散了。

云彻伏在地上,缓了半天的劲才爬了起来,试着动了动手脚,发现还好没伤了筋骨,便慢慢往庑房里走。九宵见他这个样子回来,也吓了一大跳,来不及去问晚上的饭菜如何,忙要拉了他细问。云彻简短应付了几句,便赶紧找出伤药来自己抹了。夜间旁人问起,只说自己不小心得罪了人,便也应付过去了。

次日傍晚时分,赵九宵看他受伤,便帮着去领晚饭。

云彻坐在门口,身上的伤虽没伤及筋骨,却辗转反侧痛了一夜,他没有睡好,便觉得疲倦难耐,心中更含了一包窝囊火气无处发泄,深悔自己那日莽撞进去救人，白白连累自己挨了一顿打。连赵九宵也唠叨他："我真觉得你窝囊，那日就不该进去救人，白白挨打。为了姑姑的嘱咐，用得着那么拼命嘛。"说罢，到底还是心疼，给他拿了不少跌打酒去揉。

姑姑的确有交代，可倒也不光是为了姑姑的吩咐……这样的心事，连凌云彻自己也百思不得其解，反倒越想越是烦躁。

他正懊恼，只听身后的门上笃笃几声响，有年轻女子轻声唤："凌云彻。"一包薄薄的东西隔着墙头"哗"地飞落下来，他顺手捡起一看，却是一双鞋垫子，针脚纳得又细又密，显然是新纳的。

云彻心头微微一暖，自从他入宫当差起，便再没人替他纳过一双鞋垫了。他一笑，牵动嘴角的伤，不觉生了几分懊恼，更兼了一分难以言说的畏惧。他抬起头，看着甬道之上细细窄窄的一痕天空，灰扑扑的，好像随时会变成一条勒死人的绳索，套在自己的脖颈上。他一狠心，随手将鞋垫从墙头抛了进去，以一种拒人于千里之外的口气冷冷道："自从进了宫就没穿过别人送的鞋垫，怕穿上了走到阎王跟前去。"

里头轻轻笑了一声，笑声忽然止住，换了一种惊疑的口吻："你的脸怎么了？"

想是里边的人看到了他脸上的伤，他索性也不瞒着，粗声粗气道："那天是我莽撞了。只想着你们的命，忘了自己也是一条命。"

有片刻的沉默，如懿已经明白过来，虽然明知他看不见，却也是深深一福到底。"抱歉，是我们连累你。"她轻声道，"伤要不要紧？"

云彻听她并未因自己的呵斥与粗暴而负气离去，转念想见当日救与不救，原在自己一念之间，如何能怪旁人，心下便先软了几分，换了稍稍温和的口气："不要紧，都是皮外伤。"

如懿松一口气："那就好。否则我与蕊心心里更加过意不去。那么，知道是什么人打的么？"

云彻犹豫片刻，想起领头一个侍卫的话，便道："他们说了一句，什么有了皇子的小主，其他我便不知道了。"

如懿心头悚然一凛，便道："你知道得越少越好。"她捡起那包鞋垫道，"这双鞋垫是蕊心纳了一个下午的，还望你能收下，也算我们尽一点感谢之心。"

云彻想了想道："如果再加一瓶跌打药给我，就算是谢我了。"

如懿闻言，不觉含笑："那就谢过凌侍卫了。"

如懿回到房中，嘱咐蕊心挑了一瓶最好的跌打药和鞋垫一起送出去，自己只是坐着出神。蕊心回来见如懿只是坐在桌前发怔，便道："小主这是怎么了？"

如懿淡淡道："我听凌云彻方才说起，说打伤他嫌他多管闲事救人的人说起，是有皇子的小主吩咐他们做的。"

"有皇子的小主？"蕊心脸色微微一变，"宫中有皇子的小主，只有纯妃和嘉嫔，难道是她们？"

如懿只是沉默不语，蕊心越发猜疑道："纯妃有大阿哥和三阿哥，可是她一向与我们还算亲厚；嘉嫔虽然不太与咱们来往，言语上又厉害，喜欢落井下石，拔尖抢乖，但比起慧贵妃她们，也算不上有什么深仇大恨。难道会是她？"

如懿摇头，给自己斟了一杯白水，慢慢道："如果你受了我的指使去害人，会不会当着人家的面提起是谁指使的？哪怕是含含糊糊的影子话都不会落下。"

蕊心即刻明白："小主是说那些人是故意的？"

如懿微微一笑，看着杯中的白水道："水至清则无鱼。凡事太分明，反而落下疑影。她们非要给我来这一招移祸江东，反而告诉我是哪些人更可疑。"

蕊心愁眉叹了一声："可惜咱们知道归知道，也不能如何防范，只能求菩萨保佑，让她们无心顾及咱们就是了。"

如懿扬眸浅笑："这样的事，咱们做不到，海兰却一定做得到。"

第十九章 暗涌

因着皇后丧子，皇帝膝下实则只有三子一女，且三位皇子都是庶出，实在违背皇帝一心立嫡子为太子的心意。因为后宫屡屡失子，有伤阴骘，为求多子，这一年暮春，便由海兰提议，皇帝与皇后携了后宫嫔妃，相随去圆明园伴驾。一则散散心，二则也希望借此机遇可以让宫中多些子嗣，三则也暗合了太后的心意，让自己收在身边年龄颇相宜的太常寺少卿陆士隆的女儿陆氏跟着去了。

陆氏不过十五岁，果然到了圆明园后不久，便因着年轻美貌得到圣意垂顾，不久便封了庆常在，在皇帝身边很得恩宠。加着玫嫔旧爱难失，新宠又当道，如此一来，圆明园中愈加热闹，便越发顾不上宫里的情形，如懿也稍稍缓了口气。

只是听着这样新宠旧爱的消息传来时，如懿起初仍不免有丝丝缕缕的惊痛，一点一滴触及心房，蜿蜒直刺下去，渐渐地，便只剩了酸楚。每每这个时候，便会想起，那年的烟柳蒙蒙时节，与皇帝的初遇。

彼时，她还是高门玉楼里的深宅闺秀，因着表姑母嫁得那样高贵美好，也生出了一点不知天高地厚的心。她知道的，她会嫁到皇室。却极想与姑母一样，承担起一个家族的荣华，步步踏在紫禁城的朱门锦绣之内。可是偏偏，齐妃的亲生子，皇后抚养的三阿哥弘时，中意的人并不是她。一个错失，眼看着他削爵，去宗籍，逐出玉牒，最后赐死。

一颗心除了惊惶不定，更有一重快意。他是那样看不上她，宁愿去喜欢不该喜欢上的人。

于是在那样尴尬的时候，遇到了如今的夫君。

当时皇帝仅剩下的两位成年的阿哥里，五阿哥豪放不羁，四阿哥端稳持重之余却不失玉树风流。明明是身世普普的皇子，却偏偏更像一个"骑马倚斜桥，满楼红袖招"①的翩翩浊世公子。

那一瞬间，便动了心意，忖度着哪怕他是"翠屏金屈曲，醉入花丛宿"②的人，便也由不得自己一颗芳心了。

在冷宫的浸淫里，或是深宫静院午夜醒转、梦醒衾寒的时候，会忆起很多年前，她与他的初次相见。

原是意气用事的见面，她简单着一袭杏子红透纱绣樱花含露长裙，缓缓漾起一点涟漪般的微澜，腰上垂的一对白玉鹧鸪樱桃佩，仿佛一朵绽放在暗夜微风里不起眼的红蔷薇。

可便是那回见面，风波频起，乌拉那拉氏的坠落，他的回护，让她晃了晃心思，愿意捧着一颗一瓣一瓣绽放的胭脂色的心，一直一直沉静下来，沉到尘埃的底处去。

那时她也不过十三四岁，那回是明为看戏实为选皇子福晋的好戏，他点的便是《墙头马上》。戏台上的戏子歌舞泣笑，唱的是别人的人生百态。她却被一阕引子惹动了心肠："妾弄青梅凭短墙，君骑白马傍垂杨。墙头马上遥相顾，一见知君即断肠。"

她沉了心思，抬起眼，正望见他也含了一缕笑，沉沉望住自己。那时候的他，不过是一袭月华色淡淡青衣，袖口是极素净的暗色花纹，仔细瞧去是唐棣之

---

①② 出自唐代诗人韦庄的《菩萨蛮》。全诗为："如今却忆江南乐，当时年少春衫薄。骑马倚斜桥，满楼红袖招。翠屏金屈曲，醉入花丛宿。此度见花枝，白头誓不归。"

华的图纹，腰间只一根明黄色带子，晓谕皇子身份。也就是这般，遥遥相顾，一见知君即断肠。仿佛是暮春里迟迟未开的花苞，忽然一阵春风至，便张开了重重心瓣，露出一点杏色的蕊。

她无端地便想起那一句："唐棣之华，偏其反而。岂不尔思，室是远而。"①

怎么会遥远呢？如果是真切的缘分，再远，这个人也会来到你身边。

他是谦谦君子，温润如玉，淡淡含笑间，便是清明天际朗月入怀。可是他即便那样笑着，也难免有一分失势皇子的萧索，萧萧肃肃，若孤松独立山巅之风。

她一贯倨傲的心，莫名地就颤了颤，生了一股相怜之意。

真的，是君须怜我我怜君。他有他身世的不堪，自己也有自己的难为。

在御花园里，他唤她一声"青樱妹妹"。她抬起头来，并没有旁人在，他望住她，也不过，就是相视一笑罢了。

身边有花朵薰然的陶陶气味，好像一整个春天，都留在了身边，迟迟不去。

为着这个，为着他当时的百般回护，她便肯了。肯只是一个侧福晋的地位，肯按下一颗欲比天高的心，肯容忍他的身侧枕边，眼底心间，还有旁人。

那便是一颗初见的痴心了。

而到了如今，她还能如何呢？位分也罢，恩宠也罢，一直引以为依靠的，不过是他口中常说的三个字：你放心。

可原来，这放心还不如海兰，从来不深爱，所以不看，不听，不信，倒安安稳稳，平安富贵了。

如懿一副柔肠百转千回，正凝神间，却见惢心匆匆转进房里道："小主，从圆明园递来的消息，老爷他——过世了。"

---

① 出自《论语》，原文为："'唐棣之华，偏其反而。岂不尔思，室是远而。'子曰：'未之思也，夫何远之有？'"唐棣：一种植物，属蔷薇科，落叶灌木。偏其反而：形容花摇动的样子。室是远而：只是住的地方太远了。整句话的大意为："唐棣的花朵啊，翩翩地摇摆。我岂能不想念你呢？只是由于家住的地方太远了。"孔子说："他还是没有真的想念，如果真的想念，有什么遥远呢？"

这一惊当真是非同小可。如懿还没将这句话在心里过一过，便觉得一个闷雷在脑中轰炸开来，晕了过去。

也不知过了多久，她悠悠醒转，睁开眼看着窗外清冷的星光，那星子微白的点点寒光，冷得透到了心底。

她的父亲，竟就这样死了？

惢心傍在她床边，啜泣着道："小主，老爷死的时候府里已经很困窘了。小主是知道的，就着孝敬皇后母家承恩公的恩典，这些年传下来，到咱们这儿已经是内囊都上来了。又因着景仁宫娘娘的事，其实很多亲眷都不来往了，田庄上的收成也断断续续地一年不如一年。多少还是倚靠着小主在宫里的位分，日子还能将就着过些。如今……如今小主进来这两年，府里的一大家子人不知道多难过呢。如今是树倒猢狲散，听说老爷临终的时候，床前只剩下夫人和小少爷、二小姐三个了。"

热泪流过肌肤有刺痛的感觉，她的魂魄早已飞到了旧日的闺阁，只听着自己的声音空洞地问："乌拉那拉氏有那么多亲眷，难道都死绝了么？"

惢心含着满眶热泪，低低道："小主难道不知道么？所谓亲眷，都是烈火烹油锦上添花时的热闹。真正到了有难的时候，一个一个逃得比八竿子还远。如今府里只剩下个虚名，老爷死了，皇上赏了五百两银子，派李玉去看了，这才把丧仪办下来。海兰小主想尽了办法，送了三百两银子出去贴补家用。除此之外，竟没个亲眷上门了。"

曾经朱门绣户的乌拉那拉府邸，历代后妃辈出的豪门大族，原来轰轰烈烈之后，也不过是人丁凋零，家财散尽，落得个高楼轰然塌的结局。

她的幼弟不过十岁，她的妹妹更小，才八岁。而母亲已经老了，四十多岁的年纪，身上长年病痛不断，需得延医请药。家中境况好的时候，每常还有太医出入问安，那不仅是医术高明，更是一份荣耀的象征。非得皇亲国戚，不能如此。

而今呢？而今只怕连请个寻常大夫抓服药都不能了吧？她虽然知道父亲的身体一日不如一日，渐渐颓败，可如今骤然离去，未尝不是世态炎凉刺激着他日渐老弱的心啊。

如懿睁着眼，任由泪水蒙住了眼睛："阿玛到底是什么病？才会走得这样快？"

惢心道："听来报信的人说，从去年秋天就不大好，断断续续地痰里带血，到了今日早起一口痰涌上来堵住了喉咙，还来不及请太医，就过去了。听说这之前，也求爷爷告奶奶请了许多大夫，但不是拿不出银子请好大夫，便是人家瞧不上咱们的门第不肯来。所以老爷的病，是拖坏了的。"

如懿挣扎着起身，扑到门外，哭着道："惢心，我要去见我阿玛，见我阿玛最后一面！"

惢心忙拉住她道："小主，小主，您别伤心坏了。咱们出不去，咱们一辈子都出不去的呀！"

热泪汹涌而出，像是要刺盲了眼睛。她原是被困在了这里，如同夜莺失去了啼声，鸟儿被折断了翅膀，生生困在了这里。

即便是最困窘痛苦的时候，她都没有这样痛恨过，痛恨过自己身在冷宫，终身不得自由。

她哭得精疲力竭，伏倒在门边，墙根下阴冷的青苔抵着她的脸，湿腻腻的冰冷，融着她的泪："他老人家便这样去了，我……我却连最后一面都见不上，连想要给他磕个头都不能。"

如懿跪在地上，朝着南面家中的方向连连叩头不已："我阿玛走之前，有没有什么话留下？"

惢心欲言又止："老爷只有一句话，是说完了这句才咽气的，府里说，一定要落进您的耳根子里。"

"什么话？"

惢心皱紧了眉头，为难着道："老爷最后一句话是——青樱，你没用！"

额头触地冰冷而坚硬，砰砰地令人发昏。呵！真的是自己没用呵！拖累了自己，拖累了家人，拖累到父亲临死，都不能咽下这口怨气。如懿心头发颤，身子一仰，几欲晕去。

惢心忙扶住了她，抱着她的身子道："小主，小主您要保重。您若再伤了身子，咱们府里便真是一点指望都没有了。"

如懿的头贴在生冷的泥地上，以此来凉自己的心目。"指望？"她自嘲地失笑，落泪道，"还有指望么？"

从她进冷宫的那一天起，她便知道是没有指望了。一息尚存，百般求生，只是不愿意就此平白死去而已。没有炭火的冬日里，只能拿一床床被子衣物厚厚地盖住自己，恨不能如蛇鼠般冬眠度日。偏偏只能醒着，咬着牙抵御着寒冷，吞下冰冷难咽的食物，苟延残喘。风湿的痛楚在四肢百骸里蔓延的时候，连肢体都仿佛不是自己的了，只好像看着有人切骨磋粉，一点点挫磨着，她都一一忍耐了下来。

可是她却忘记了，以为能求得彼此的平安，却疏忽了因了她的失宠被废，本已没落的家族，更是一切散如烟云。

是她忘了，是她疏忽。家族的荣辱全都系于她一身，她怎可在冷宫继续忍耐下去，没有出头之日？

这一夜，她难以成眠。七月时节雨潇潇，风萧条，雨亦萧条，原本暑热的天气被骤然而至的冷风冷雨裹卷在一起，吹得身上一阵热一阵凉，如同她在沸油与冰屑里翻滚烹炸的一颗心。她听着夜雨敲打青瓦，扑簌扑簌的冷硬声，茫茫漫漫，仿佛是无数低低的哭泣，来自遥远的幽冥世界。

这样翻翻覆覆的两夜，她自己都觉得倦极了，可是偏偏睡不着。外头的雨无尽地下着，仿佛是替她滴着眼泪似的。终于在迷迷瞪瞪之中，她倦极，闭上了眼睛。

却还是不安稳，往事影影绰绰恍惚在眼前。阿玛老实，不过是个佐领，却极疼爱这个长女。额娘的性子虽然厉害些，到底也是妇道人家，每日所研习的，不过是如何做顿好饭菜，让全家欢喜满意。幼妹憨稚，幼弟文气，而她，在管束弟妹之余，不过只懂得针黹刺绣，闺阁游戏罢了。和和睦睦的一家人，欢声笑语还在耳边不曾散去。然而，那一日黄昏，是姑母找她入宫，那时的姑母地位已经岌岌可危，执着她的手语重心长地与她相谈。

乌拉那拉氏虽然出了她这个皇后，但底下的家道已经渐渐日薄西山。

乌拉那拉氏再没有适龄的年轻的女儿，只有你，青樱，年龄合适，又与姑母最亲。

如果没有女眷入宫，或者成为皇亲国戚，乌拉那拉氏的荣耀如何延续？

乌拉那拉氏的男人都不中用，只有女人，只有靠女人了。

那年的自己，还是那样懵懵懂懂，但姑母执着她的手那样用力，她没的选择，因为她是乌拉那拉氏的女儿。

陡然间，姑母的脸色转成了无限的凄厉，满头华发，发髻间的珠翠只是越发衬出她的衰老与凄苦。她穿着皇后的衣冠，那衣冠却旧得不堪了。

姑母声色俱厉，逼视着她："青樱，这是哪儿？你这是什么样子？我当年舍出自己性命让你活下来，不是为了让你来这个地方的。

"你阿玛早早离世，你这个女儿何尝不是祸首之一？你没有本事保全自己，你累及家人，你眼睁睁看着家破人亡，无计可施。你如何配做乌拉那拉氏的女儿？"

有阴冷的风层层逼近，姑母厉声斥责道："乌拉那拉氏已经出了一个弃妇，再不能出第二个了！为什么你还能在冷宫安于做一个弃妇？做一个成为门第之羞的弃妇？你为什么不记得，你是乌拉那拉氏的女儿？你好好活着，并不是为了你一个人，而是关乎整个家族荣辱！"她瞪着如懿，"荣华权位，夫君信任，家族荣光，所有的一切，你都已经失去了。如今，你打算怎么办？"

她满心悔恨，连连叩首道："青樱知错了，真的知错了。"

姑母终于欣慰："青樱，你要明白，当一个人什么都可以舍弃之时，才是她真正无所畏惧之时。"

她还有什么可以失去？荣华与权位，夫君的信任，家族的前途，所有的都已失去，她还有什么可以害怕？

姑母说得没错，落得这番境地，自己何尝不是罪魁祸首之一？因为她没有本事保全自己，所以只能眼睁睁看着家中人一一衰落，无计可施。

她的冷汗涔涔而下，她如何配做乌拉那拉氏的女儿？非得爬起来，得舍出命去争！争得属于自己的一切！

她自昏聩的睡梦中被自己惊醒，落得满头满身的大汗，靠在粉末簌簌落下的墙壁上大口喘息。

生的感觉如此美妙，哪怕呼吸到口中的空气带着潮湿的霉味，让人欲呕。但，好歹是活着，还要好好地活着。

蕊心不安地替她擦拭着，却又不敢惊动旁人，只得低声道："小主，小主，您是不是梦魇了？"

如懿紧紧攥着蕊心的手，哑声道："不是梦魇，而是我的梦魇应该醒了。"她抬眼看着被水迹霉湿的墙壁，青苔丝生的墙角，永远湿答答潮腻腻的泥土地面，冬冷夏热的屋子。受够了，真的都受够了！

蕊心会意地握住她的手，懂得地点点头。

圆明园中连续下了几日的雨，越发多了几分清爽凉意。皇后坐在"天地一家春"的暖阁里，看着廊下的青瓷大缸中新开的几朵碗莲，盈盈巧巧的一朵并一朵，粉润的色泽如桃花宿雨，盈盈欲滴。皇后赏着碗莲，逗着手边铜丝架上的一只彩羽鹦哥儿，问道："皇上真的让慧贵妃一个人搬进了韶景轩居住？"

赵一泰弓着身子恭声道："可不是。皇上住在九州清晏的乐安和堂，慧贵妃的韶景轩松柳环绕，景色绝佳不说，与皇上的乐安和堂隔岸相对，最近不过。反而是皇后娘娘与其他小主都住在九州清晏这儿的'天地一家春'，既拥挤繁闹，又与皇上东西相隔，来往实在是不方便。"

皇后取过一支玉簪，笑吟吟调弄着鹦哥儿："那按你的意思，本宫该怎么办？"

"皇后娘娘是后宫之主，理应离皇上最近，少不得也得住得清静些。而且您……"赵一泰赔着笑，抬头看了看皇后的脸色，"您也应该尽快添一个小皇子了。否则慧贵妃如今这样得宠，连皇上新宠的庆常在和慎贵人都被撂到了后头呢。您不怕她赶在您前头有了位皇子……"

皇后冷冷剜了他一眼,旋即又是泰然温和的面容:"自从进了圆明园,皇上的几个新宠就一直想尽办法霸着皇上。慧贵妃诗书敏捷,能重新得皇上喜爱是好事,本宫去讨这个嫌做什么?只要皇上不是专宠那几个年轻狐媚的,便也罢了。"她微微挑眉,摸着细白如玉的手腕,冷笑一声道,"只要慧贵妃有生皇子的福气才好呢。"

赵一泰忙道:"娘娘圣明。"

皇后婉然笑道:"不是本宫圣明,太后让咱们进圆明园,就是指望那么多嫔妃能好好侍奉皇上,给皇上添个一男半女,本宫又怎可去干涉?而且皇上要有可用的臣子,高斌是个得力的。为着这个,多宠些贵妃也无妨。至于其他人要和贵妃争风吃醋,就由得她们,本宫自是安静贤惠就好。"

赵一泰接过皇后手中的白玉莲花簪,替皇后端端正正簪在丰盈的宝月髻上,笑道:"难怪皇后娘娘从不屑与那些小主似的花枝招展,原来便是这个淡极花更艳的意思。皇上看腻了她们的弄巧心思,自然更喜欢皇后娘娘的端庄娴雅。"

皇后淡淡笑了一声:"那尔布的死冷宫里知道了?"

赵一泰忙道:"是。已经递话过去了,连那尔布临死前的闲话都传了进去,这会儿乌拉那拉氏怕伤心坏了。"

皇后扶了扶蝉翼似的鬓角,轻声道:"那就好。她也该尝尝这痛失至亲生不如死的滋味。你想办法送些冥器纸钱到冷宫里,也好让她给她阿玛尽尽心。"

赵一泰怔了怔:"宫规严令,不许烧这些东西。一旦发现,就是重罪。"

"宫规是宫规,可如今快中元节了,难为她在冷宫里的孝心。"皇后的笑意温和,却带了难掩的芒刺,她拨了拨那鹦哥儿鲜红的喙,"趁着回銮之前,借旁人的手料理了她,总归与咱们无干。你回宫后,要将成翰打点好。叫他留神着,本宫不会亏待他。"

这一夜月落乌啼,正好逢着七月十五的中元鬼节,又是如懿阿玛的头七之日。天不黑日头就落了,那斜阳带着凄厉的血红色,像是谁把一整桶血都泼在了天上，任由它四溢滑落，渐渐天色亦昏暗下来，那血亦成了枯涸的血痕，黑红黑红地黏在了天边。宫中林木蓊蓊郁郁，无数宫鸦黑羽纷腾，如乌云遮蔽月色，回旋于天际，映着这昏沉天空，像是融入了这无尽的黑暗之中，唯有"啊啊"哀戚鸣声一层层遥遥散落，悸动阴气渐深的宫阙。

到了戌时一刻，远远听得鼓钹齐鸣，佛号喧天，如懿知道是宫中中元节水陆道场放焰口的仪式了。因着太后笃信佛教，宫中分别请来法源寺的僧人、白云观的道人和妙应寺的喇嘛举行法事做道场，表慎终追远，追念故人之意，以平息亡魂，祈求宫中安泰。不仅是宫中嫔妃，连宫人们也可参与。便在昨日，如懿折了一摞纸莲花，趁着凌云彻当值时送给他烧了追念亲人亡魂，云彻倒也十分感激。

往年此时，如懿也会在嫔妃之中放荷花灯表达故人追思。而今时今日，她便只能在院子的廊下偷偷地烧一点纸，寄给九泉之下早逝的父亲。冷宫中的人多半疯疯癫癫，或是早已浑浑噩噩，平日里住得远，自是无人来理会她们。

如懿含悲吟唱："薤上露，何易晞。露晞明朝更复落，人死一去何时归！"

吉太嫔过来取饭食的时候看见，干笑了几声道："果然是活腻了，居然偷偷找纸钱来烧。如今太后那老妖婆一个人在宫里，她可最忌讳这些。你可仔细着点。"说罢也不理会，便自顾自走了。

如懿蹲在那堆烧着的纸边，火光暖烘烘地熏在她身上，才觉得暖和了好些，不像阿玛刚去那几日，她总觉得冷津津的。

惢心道："这些纸钱是好不容易送进来的，说是海贵人的意思，给小主略表哀思的。"她也犹豫，"这纸钱来得有点蹊跷，咱们赶紧烧了就完了。"

"孝心在诚，急躁不得。"如懿道，"也难为她了，连凌云彻都不知道，塞在送饭的门洞里。"

惢心有些焦急，不停加快手上的动作："这都一刻钟了，您怎么还慢悠悠烧啊。"

如懿慢悠悠地："急什么。嫔妃们都不在宫里，太后肯定去看法事了，没人会察觉的。"

话音未落，只听得外头一声尖厉的冷笑道："真没人察觉么？你们也太无法无天了！"

如懿骤然听得声音，手中握着的纸霍地全掉进了火堆里，火越发烧得高高的，差点烧到了她的衣角。还来不及反应，冷宫的门霍然开启，只见太后身边的成翰公公领头进来，趾高气扬道："不要命的东西！宫中严禁焚香、上供、烧纸这三大样，你们居然还敢躲在这里偷烧纸钱诅咒太后！真是罪该万死！"

如懿和惢心陡然见了成公公进来，吓得脸色都变了，只懂得跪在一旁，默不吭声。

成公公正呵斥着，只听一个女音慈蔼道："冷宫是宫中禁地，她们烧纸钱固然是不对，可成翰你在冷宫喧哗，也未免太不懂规矩了。"

成翰听得这一声，忙吓得弯腰守在路边，伸手搭住一只保养得宜、戴着红宝石戒指的手，诚惶诚恐道："冷宫污秽，皇太后仔细足下。"

皇太后扶住他的手缓缓踱进来，淡淡笑道："想本宫年轻的时候，也不是没有来过冷宫，就当故地重游罢了。"她目光婉然一瞥，"有人告知哀家，中元节居然有人敢违禁烧纸，诅咒哀家，实是大胆。"

如懿与惢心久未见太后，只觉得她气色越发好了，一袭绿纱绣夔龙牡丹金团寿镶领纱氅衣配着满头赤金与点翠明珠的钿子，更显得她精神奕奕。

如懿见了太后，那份畏惧之色尚未从脸上褪去，倒先含了满眼热泪，仿佛就是不见人烟的孤魂骤然见了故人，一双眼只落在太后面上，俯首叩了三个响头，道："妾身困于冷宫多时，太后是第一个来看妾身的人。虽然妾身明知要受责，但见太后精神旺健如旧，妾身愿意受罚。"

太后见她如此情真意切，也不免生了几分感慨："你在冷宫里居然还这么惦记着哀家。"

成翰立刻叱责道："胡言乱语，你身为乌拉那拉氏，是惦记着怎么诅咒太后吧！"

惢心伏在如懿身边，大着胆子道："回皇太后的话，我家小主虽然身在冷宫，心中却无时无刻不在挂念太后，每日必临窗祝祷，祈求皇太后身体安康，福寿延年。"

太后微微一滞，眼中闪过一丝动容，继而环视着四周道："哀家办一场功德法事，请了大师进宫，你却偷偷烧纸钱，不是诅咒哀家是什么？"

成翰连忙巴结跟着道："祝祷没人看见，可烧纸钱是诅咒之行，我们可都看见了。"他声色俱厉，"别说今儿是你阿玛的头七，你是烧纸钱表孝心哪。"

如懿盯着成翰，太后和福珈都颇有些意外。

太后抚着食指上一枚硕大的红宝石戒指，淡淡道："哦？皇帝都没传消息回来，你倒连那尔布哪天没的都知道，也没和哀家言语一声。"

成翰一惊，忙不迭地赔笑："奴才就是奴才，得打听着消息。"他连连谢罪，"奴才忙着伺候一时忘了。太后恕罪。太后，乌拉那拉氏诅咒，您可不能轻饶啊。"

如懿连忙分辩："太后，妾身的确是孝心一片，不是有心冒犯宫规的。"

成翰努了努嘴："比起诅咒，这孝心的说法可好听多了。"

太后的神色看不出一点端倪，仿佛平静的湖面，波澜未惊："孝心是私，宫规为公。既然你认了烧纸钱之事，成翰，按照宫规，该当如何处置？"

成翰扬了扬嘴角，皮笑肉不笑道："擅自烧纸钱，有违宫规，该赏步步红莲之刑。"

太后慢慢拨着手上的赤金嵌和田玉护甲，沉声道："宫规大如天，那就赏吧！"

所谓步步红莲，乃是取尺把长的铁蒺藜抽打脚心，一顿责打下来，脚心脚背没有一块好肉，筋骨尽现。受刑之人一双脚自此便废了，被扶起行走时骨头触地，踩下血红痕迹，宛若红莲绽放，乃是慎刑司七十二酷刑之一。

如懿一听，不免冷汗涔涔而下，瞬即蔓延到了脖颈处，濡湿了领子。

惢心差点没昏厥过去，忙拼命磕头道："太后，太后娘娘，求您饶了小主，饶了小主。"

太后微微摇头，淡然道："凡事一旦做下，必得承担后果。你接受便是吧。"

第二十章 玉镯

　　太后一声令下，成翰努了努嘴，便有几个小太监取过铁蒺藜，一边一个按住了如懿和惢心。

　　如懿满头冷汗，像是无数的小虫子从皮肤的缝隙间一点一点钻出来，慢慢地爬行着，又痛又痒。那几个小太监力气极大，按得她动弹不得。

　　太后在成翰搬来的紫檀椅子上坐了，慢条斯理道："哀家也不想动用酷刑。可是如今皇帝和皇后都不在宫里，只剩下哀家一人掌管着偌大的后宫。若是眼皮子底下出了这样大的事都不顾，旁人多少双眼睛盯着，还以为哀家这个老婆子不中用了呢。少不得你自己做下的事情自己担着了。"

　　成翰扬了扬下巴，拖着太监特有的尖细嗓音，道："事有主次，就从乌拉那拉氏起，打到皮肉脱尽为止。"

　　那铁蒺藜上有数十根寸许长的铁刺，刺尖上闪着锈黑色的光泽，让人不寒而栗。小太监一下正要下去，如懿忙伏在地上道："太后！太后明鉴！妾身烧的不是纸钱，不是纸钱啊！"

　　太后扬一扬脸，福珈便侧身过去，捡起一枚还未来得及烧的纸张展开一看，浑圆的纸片上画着万字不到头的图案，中间却是一句藏传佛教的六字真言。

　　福珈忙双手捧过给太后一看，果然每一张上都只是六字真言而已。太后微微蹙眉,继而一笑:"怎么是这个东西?"

如懿忙磕了头,恭恭谨谨道:"请太后听妾身一言,圆纸为圆满,与万字不到头的图案相衬,是同一道理。六字真言乃是当年妙应寺的大师所授,大师说六字真言是最尊崇的咒语,当初传授时便要妾身反复吟诵,才能消除业障,得大解脱。"

成翰轻哼一声道:"可是今儿是中元鬼节,烧纸本就忌讳,又与太后的法事相冲,怎不是诅咒?何况又是你阿玛那尔布的头七,连伺候你的丫头也说是你的一片孝心。"

如懿不慌不忙,眼中澄明一片:"妾身是一片孝心,但这孝心更多的是对太后的祝祷。妾身知道今日是中元节,宫中请了大师开坛祝祷。妾身困锁冷宫,不能朝夕向太后请安,只好趁今日跟随大师功德,念动真言。大师开坛后要将法器经文经幡送上法船焚烧,妾身便在这里将亲手所写所诵的真言焚化,只当是放在法船上烧了,一尽心意。"

福珈沉吟着道:"太后,奴婢也觉得,若是烧纸钱就该有纸钱的样子,否则烧给了那尔布大人也是无用的。至于诅咒,也不会烧真言啊。"她婉转看了如懿一眼,"这倒也不算违反宫规呢。"

太后的唇角略微浮起一点冷淡的笑意,望着成翰道:"你巴巴儿地跑来告诉哀家说冷宫有人暗烧纸钱违反宫规,如今你可看看,这是什么?"太后的笑容似一朵冰花凝在面上,"还劳动哀家到这种地方来,你可越来越会当差了。"

太后的语气并不严厉,恍若家常闲话一般。成翰却似受不住似的,膝下一软,即刻跪下了道:"奴才无用,奴才妄听人言。"

太后向着福珈微微一笑,神色淡然:"你是妄听人言,不过你是听了谁的话呢?哀家的身边,居然有人不把哀家当主子,而是一心窥伺旁人的心意,想要两面讨好。哀家看他是错了心思。"

福珈低眉垂首,淡淡道:"慈宁宫只有一心侍奉太后的人,没有敢和太后耍心眼的人。成公公,你可是聪明反被聪明误了。"

太后望一望天色,盈然起身:"乌鸦都归巢了,咱们也回去吧。成翰,你就不必走了。"

成翰吓得大惊失色，连连磕头道："太后，太后饶命！"

太后笑道："今日是中元节，哀家不会想要谁的命。只是你那么喜欢为人作嫁衣裳，辛苦奔波，那哀家就把步步红莲的刑罚赏赐给你，让你折了双脚，也折不了为旁人尽忠的心。"

太后话音刚落，斜刺里忽然冲出一个人来，举起一把匕首便直刺太后心口。院中地方狭窄，随侍太后的太监宫女都守在门外，成翰吓得早瘫在了地上，身边只有一个福珈，根本是无法防备。

太后吓了一跳，本能地侧身一避，正好避开那劈向心口的一刀。太后毕竟是个养尊处优的女流，更兼有了年纪，躲开了这一刀，下一刀夹着凌厉的风劈面而来，根本是挡无可挡。如懿这一下心慌意乱，若是太后在眼前出了事，那可真真是……她下意识地扑了上去，一把推开那近乎疯狂的身影，护在了太后身前。

那人却似疯魔了一般，也不避讳如懿，挥起一刀又扑了上来。如懿死死挡在太后跟前，半分也不退让，眼看着那刀尖已经逼到了下颌，直直地要刺到咽喉里去。太后紧紧攥着她的肩，如懿只觉得自己都要撑不住了，加上雨后地上湿滑，她脚下一滑，整个人斜着向后倾去，又避开了几分。

趁着这点空隙，福珈和惢心都赶了上去，拼了死力攥住那人，才拖开了尺许。太后穿着花盆底的高鞋，兀自站立不稳，如懿紧紧扶住了她，连忙问道："太后，您没事吧？"

太后惊魂未定，一手扶着她的手，一手紧紧按住心口，青白了脸色，道："如懿，方才那刀尖就在你咽喉底下了。"

如懿大口喘息着，努力平息着胸口的紧张与慌乱，忙欠身道："太后……太后无恙便好。"

趁着福珈和惢心拉住那人的工夫，外头的侍卫们一哄而上，立刻死死按住了那人。太后已经沉稳下来，扶着椅子坐下，喝道："敢谋刺哀家，哀家倒要看看，到底是冷宫的哪位故人，有这么个好本事！"

福珈应声上去，劈面就是两个耳光，硬生生托起她的下巴来，仔细分辨片刻，道："回太后的话，真是故人呢。"

太后微眯了双眼，冷笑道："吉嫔？是你！"

吉太嫔满脸狰狞，声嘶力竭道："我居然杀不了你！居然还是杀不了你！"

太后清朗一笑，指着天道："不只你，许多已经上了天下了地府的人都想杀了哀家。可惜呀！"太后抚着身上精心绣制的夔龙牡丹纹样，朗声笑道，"成得了龙的始终是龙，蹦跶得再厉害想要翻龙门的，翻不过还是一条鲤鱼，一辈子困在水里！你从前在外头的时候斗不过哀家，被哀家发落来的冷宫，你以为进了这里反而能斗得过哀家了么？可惜呀！哀家终究是太后，福德无量，逢凶化吉。"

吉太嫔的眼底闪过一丝仓皇，态度却依旧强硬："是吗？刚才要不是有人救你，你早就死在我的刀下了。"

太后仰天一笑，抚着鬓边一朵赤金莲花，轻蔑道："在冷宫外年轻貌美的时候斗不过哀家，在这里关了这么些年就有指望了么？凭你这点本事，不过就是用蛮力伤人罢了。看来你不管长了多少岁，脑子却一点都没长进！哀家要是折损在你这点微末伎俩里，那才叫天亡哀家也！"

吉太嫔气得脸色发黑，徒然地伸手挠着，却也不过只在泥地上划出几条划痕而已。太后朗然一笑："福珈，处置了她。别忘了成翰还等在那儿呢。"

"这儿有奴婢，不能脏了太后的眼睛。"福珈答应着。太后起身扶住小宫女的手，回头对如懿道："好好惜命，留待来日吧。"

如懿的身体被蕊心紧紧撑着，她的手在衣袖里紧紧攥住蕊心的手，两个人手心里全是冷汗，连她自己也不能分辨，是欢喜过后的惊觉，还是劫后余生的痛快。她只知道，唯有握着蕊心的手，一个活生生的人的手，她才觉得自己此时是活着的，不是冷宫的一块墙皮，一抹青苔。

太后施施然行了几步，仿佛方才的种种生死惊险，不过是谈笑间一抹云烟。如懿暗暗生出几分羡慕，何时何日，才会有太后这番定力呢？然后未及她细想，福珈已经扬了扬脸，由着几个侍卫将吉太嫔拖进了一间偏殿里。

如懿忙跪下，拉住太后衣袍求情道："太后！吉太嫔入冷宫多年，她是迷了心窍才一时糊涂行刺太后。她……"

太后俯视着她："看来在这儿待了这么久，你还没学乖！只有你比人可怜，没有人比你可怜。有一点慈悯之心，那便是你的历练还不够。哀家的话，你好好揣在心里吧。"

太后目光微凉，如懿只得松开了手。太后缓步离去。如懿无奈又愧悔，救了太后却要了吉太嫔性命，只得追问福珈要如何处置吉太嫔。

福珈似笑非笑："小主，太后饶了她一次不死，再敢有第二次，就必死无疑。只怕现在太后心里正后悔当年留了她一条生路呢。您哪，好好看着，就当太后指点您了。"

福珈走到偏殿里，看着李金柱等人将吉太嫔用一根粗粗的麻绳吊在了梁上，由着她双脚狂乱地挣扎，喉中发出呜咽的兽般的嘶叫，很快便没了声息。

如懿靠在窗棂上，只觉得冷汗逼透了一层又一层衣衫，恍惚中看到的是她刚到冷宫的时候，那个吊死在悬梁上的不知名的女人。原来熬在这里，不过是这样凄惨地死去，死在自己手里，抑或是旁人手里。她低低道："惢心，我救太后只是想太后搭我一把出去。我根本来不及看清是谁，我没想到是吉太嫔……是我害了吉太嫔……"

惢心一脸惊容，勉强劝慰道："小主别想伤心事。害我们的人正哭呢。"

如懿不知道自己是怎么走回去的，回到空落落的房里，也不顾壶中的水是热是凉，一股脑儿倒在了口中，好像唯有如此，才能安抚自己一颗慌乱的心。外头小太监们责罚成公公的声音渐次低了下去，一开始是惊痛的呼号，哭爹喊娘地求饶，到了最后，只有出气没有进气，完全没了动静。

良久，两具肉体被拖出去的声音也彻底消失了。惢心满脸是泪，看着如懿道："小主，咱们没事了，没事了！"她起身从床底翻出一大包纸钱与冥纸，"还好小主没用这样莫名其妙送进来的东西，否则今天半死不活在那儿受刑的人，就不是成翰，而是咱们了。"

如懿转过脸去，成翰双足留下的血痕在灯笼暗淡的光影下越发显得如朵朵绽放在污泥地上的红莲,一步一血,步步触目惊心。如懿努力地抓着门框,因着被废不戴护甲,手指上留得寸许长的指甲抠在木质的门缝里,有轻微的刺啦声。她轻声道:"是。差点就中了旁人的计,那时双足残废的人,就是我们自己了。"

蕊心后怕不已:"可吓死奴婢了。小主下回想做什么,好歹告诉奴婢一声。像今儿这样,万一太后一定要处死您可怎么好呢?"

如懿蹲下身,取过那包纸钱全部烧了,火光熊熊地染红了她苍白如纸的面颊:"我都想好了的,你不用怕。从我阿玛的死讯传进来,这事就有些不对。海兰若为我传进阿玛过身的消息,为了安慰我,定会告诉我家中情境,她如何安排。可这些那小太监什么也没说。可见传话的人只为让我知道伤心事,而无一点安慰之意。且如果是海兰送东西来,会不通过凌云彻的手就这样塞进来么?还送了那么多,好像浑然忘记了上回烧给端慧太子的纸钱还剩下许多。海兰不会那么粗心大意的。"

蕊心犹有余惊:"那小主怎会知道太后会来?"

"有人设了这个局,就是要引出大事来。宫里只有太后在,冷宫里出了事,即便她自己不来,也会让跟前最贴身的人来。只要有人来,就必定要让她知道太后身边有为别人做事的奴才。太后岂容身边有这样的耳目,咱们就能脱身了。"

蕊心轻轻拍着胸口:"好险好险!奴婢还生怕出了什么差池呢。"

如懿沉下脸,看着微弱下去的火光最终化作了暗黑的灰烬,薄薄地散开,道:"不走在刀尖上,如何能走出一条血路来。也是吉太嫔处心积虑报仇,顺手给了咱们这样一个机会。只要有太后惦记,便多了一分出去的指望。"

她站起身,将烧完的纸钱灰烬一路撒在成翰双足留下的血迹之上,喃喃道:"阿玛,女儿不孝,只能料理完这些事之后才烧一点纸钱给您。您在九泉之下,一定要保佑女儿,保佑乌拉那拉氏,不要再受凌辱,不要没有出头之日。"她回望着吉太嫔被吊死的偏殿,闭上眼睛,"吉太嫔,我一定不会像你这样胡乱报仇,枉死他人手中的。"

她抬起头，天边墨云依旧，唯有几只昏鸦，啊啊地拍着翅膀，振翅飞走了。

这一阵安稳沉寂，便到了乾隆五年夏末的时候，楚粤苗瑶勾结滋事，皇帝念着苗瑶之事颇为要紧，牵涉亦广，留在圆明园处置到底不便，便下旨回了紫禁城中。而亦如皇帝和太后求子所愿，御驾回銮时，海兰已经遇喜三个多月了。

皇帝继乾隆四年四阿哥永城出生后，一年之后又再闻喜，遇喜的又是这两年来颇为宠爱的海兰，如何能够不喜。加之太医说海兰的身体不够壮健，需得满四月后才能经得起舟车劳顿，皇帝便布置了下来，将延禧宫好好休整一番，再让海兰搬进去住。这一拖，便又得延迟半个月才能回銮了。

海兰遇喜，原本也是不动声色，到了三个月胎气稳定才肯告诉皇帝。如此自然是合宫惊动，蕊姬与阿箬犹自尚可，皇帝新宠的庆常在也不过一时的兴致，早被冷落了下来，也没的说什么。最伤心的莫过于晞月，这一年来在圆明园，自是她恩宠最盛，却半点怀孕的动静也没有，只见别人一个个腹中有了骨肉，如何能不伤怀。皇帝虽然也极希望这位得宠十数年的爱妾能遇喜身，然而亦是无奈而已。海兰有孕，晞月虽然想着她所生的既不算贵子，又不会在皇后跟前影响自己的地位，但自伤无孕，一时间气得血瘀之症发作，胸肋刺痛，数日不能起身。幸而齐汝细心调理了才好。

这一日是八月初二，皇帝不愿去别处走动，想了想还是去看海兰，特特送了她一把金镶玉叶扇子。海兰把玩片刻，也不甚上心："又是金又是玉的，嘉嫔一定比臣妾更喜欢。"

皇帝取笑她："朕赏你什么，你仿佛都淡淡的不在意。你从不争宠，更不争风吃醋。"

海兰浅盈盈一笑："皇上的宠爱若要靠争来抢去便肤浅了。皇上喜欢谁，喜欢她什么，皇上自有分数。"

这般淡然自若，是皇帝最喜欢海兰的地方。二人言语几句，海兰便道："今儿是八月初二，旁人不记得这是什么日子，可您是知道的。"

245

皇帝嘴角温润的笑意淡了下来，他半倚着，望着外头天光："八月都是好日子。八月十三是朕的万寿节，八月十五是中秋人月两团圆，八月十八又是永琏的生辰。"

海兰斟上一杯清茶："今日不拘是什么好日子，都为皇上贺一贺吧。"

皇帝睇她一眼，站起身道："朕今夜有事，你歇着吧。"

海兰起身相送，眼见着敬事房的徐安端着绿头牌过来，自是淡淡一笑，知道昔年今日是如懿当初嫁入潜邸的日子，今夜皇帝是必不会召人侍寝了。

这夜皇帝果然没翻牌子，却是晞月好些了，到了养心殿谢恩，又为皇帝弹了琵琶做伴。皇帝全神贯注，只一笔笔画着一株凌霄花。晞月琵琶声淙淙如清泉，皇帝听了几曲，头也不抬道："别弹了。"

晞月桃红洒金的裙摆一旋，撒娇道："臣妾病了些日子就弹得不好了么？臣妾吵扰皇上了？"她放下琵琶依在皇帝身边，柔情万种，"今夜良宵，臣妾想陪着皇上。您忘了，臣妾当年入府为格格，就是八月初二。"

皇帝郁郁叹了口气："朕想画凌霄花，却怎么也画不好。"

晞月殷殷去紫檀书架上给皇帝翻着画谱，一壁道："皇上，您不拘画什么花儿，怎么非要画那种低贱花儿。难道忘了白居易说那凌霄花是'朝为拂云花，暮为委地樵。寄言立身者，勿学柔弱苗'？"

皇帝画了几笔都不遂心，索性搁下笔道："御花园里就种着，哪里低贱了？你便没听说过'披云似有凌霄志，向日宁无捧日心'？"

晞月噘嘴，粉颈一拧，扯得满头赤金流苏与珠花沥沥作响，惹得皇帝隐隐皱眉。"臣妾无知，您也别取笑嘛。"晞月见皇帝不说话，径自翻寻，最上头的一层里，有一卷小小画轴，积了薄薄尘灰。晞月嫌弃污秽，正要扔开，可心头一阵好奇，不知皇帝怎会留着这样东西，打扫之人也无人碰过，可见也是要紧东西。正想着，手指已经不由自主打开了画卷。晞月脑中一轰，简直如锥心一般，一时不敢相信。虽然是旧物，晞月却认得分明，那是皇帝和青樱的小像。一口气在胸腔里翻上滚下，晞月似乎抑制不住自己的情绪，扬起画卷道："皇上，您怎么还留着这样的画儿？"

皇帝抬了抬眉，好像神色都没有一丝轻漾的涟漪，还是那不咸不淡的口吻："多少年前的东西了，朕一直搁在这儿也没留意。"

晞月的气莫名就平了大半，跺足含泪道："人都在冷宫里了，您还念着么？"

皇帝瞟她一笑，似乎要笑出来了，略带嘲讽味道："哟！有人要哭了！"晞月被他一说，越发要流泪，那娇弱之姿，惹得皇上微微正色："不要胡说。冷宫之人，有什么可提的。这画儿你不翻朕都忘记了。"

话是这么说，晞月哪里肯依，摇着皇帝袖子撒娇撒痴："那臣妾不许您收着这幅画儿了。"皇帝只好叫了李玉进来，吩咐把画儿拿出去烧了，晞月才满意。这么一闹，晞月固然遂心，可胸肋又有几分刺痛，想留在养心殿侍寝亦不能，只好又叫了太医配药，忙乱一场也罢了。

深宫的夜深沉又辽阔。是夜无月，星子越发璀璨分明，银河倾倒，仿若从天上到了人间。可人在两地，也唯有满天星子可以相共。这样想来，道是无情也有情了。如懿静静站在院中，似与那盛开的凌霄花有无数心事要说，一立立到半夜，也唯有墙外的凌云彻一并望着攀缘墙头那艳朵似的凌霄，念着再未见到的嬿婉，心事沉沉欲坠。多少心思，也不过是各自凌霄花下流连，细雨春风忆往年了。

苗瑶之事未平，皇帝想教化怀柔，张廷玉却主张说先帝在时就多杀伐镇压，君臣间难免龃龉。皇帝心下不快，又不愿去后宫啰唆，便在如意馆中和郎世宁闲话。郎世宁行了礼，皇帝由着他整理画卷，自己翻看旧话，倒也自在。郎世宁忙碌了半日，又为太后的画像润色。皇帝也笑："往后你给朕的后妃们每人都画一个像，如何？"

郎世宁忙道："臣不胜荣幸。只是那样的画过于雷同，有一幅画臣觉得很好，一直等皇上一同来欣赏。"

皇帝"哦"了一声，只见郎世宁已经翻出一卷画打开，正是皇帝吩咐李玉去烧掉的自己与青樱的小像。皇帝眉头舒展开来，笑容越发清和俊逸。李玉极有眼色，忙谢罪道："奴才该死。皇上让奴才烧了画儿，可奴才想，这是皇上一直收着的,哪里是贵妃说要毁就能毁的。奴才再三想了,还是交给郎大人保管的好。奴才擅自做主,请皇上恕罪。"

皇帝伸手弹了他一指甲,笑道:"朕是要罚你。就罚你好好当差抵过。"

李玉揉了揉额头,低首笑了。

话说如懿只盼着上回太后之事可以稍稍助力,却整整一年毫无动静,只是送进来的饭食略有好转,常常一荤一素,倒不再尽是寒湿之物了。因着愁思缠身,因着饮食不思,如懿渐渐地瘦下来。这种瘦是无知无觉的,只是皮肉一分分地薄下去,薄下去,隐隐看得出筋脉的流动。待到夏末秋初的时候,身上因着屋子暑热的痱子褪了下去,手腕却比昔年细了许多,翡翠珠缠丝赤金莲花镯戴在手上,已经能一骨碌地滚到手臂上。她想了想还是取下来搁在了妆台上:"到底是皇后赏的,别摔坏了。"

惢心微敛愁容:"当年皇后娘娘一人赏了一串,另一个戴着的人在外头得尽恩宠,小主呢,偏偏被困死在这里。"

正说着,江与彬进来,躬身施礼道:"小主安,微臣奉旨来给小主请平安脉。"

如懿笑着伸出手腕:"我本以为太医是治病救人的,可是你每每来请平安脉,旁人知我平安,岂不是给人添堵?"

江与彬淡然一笑,两指隔着纱绢落在如懿手腕上,感觉着她脉搏的跳动:"微臣的责任,只是照管小主的安好,其余的微臣都不必理。"

如懿掰着指头一算,玩笑道:"来得比往日勤,可是冷宫里有什么人牵着你来?"

江与彬看了惢心一眼,面上都有些珊瑚之色。惢心不好意思,便转身去添茶。

江与彬素来是温和的神色:"太后的嘱咐,知道微臣管着冷宫的差事,嘱咐微臣,别让小主七灾八难地难受。"他向着在廊下烧水的惢心微微一笑,"惢心姑娘可以闲些了,除了旧疾,小主一切安好。"

惢心脸上一红,旋即淡然道:"可是奴婢觉得小主瘦了许多。"

"清瘦是福，若过于丰腻，反而引发种种病端。"他笑意盈盈，"后宫最近添了一桩喜事，想来小主听了也会喜悦。海贵人在圆明园遇喜了。"

如懿大喜不已，却被更多的担忧覆没："你要她万事小心。"

江与彬唇角含了一缕笃定的笑意："伺候海贵人的胎都落在微臣身上，如今快四个月了，胎象已经稳当，别人要做什么，怕也难了。"

如懿按着心口，露出一丝欣慰的笑容："那就好。记得告诉她，遇喜了就莫再来看我，自己身子要紧。"她想一想，取过妆台上的翡翠珠缠丝赤金莲花镯："我身边再没有比这更贵重东西了，这还是当年皇后赏的，替我送给她，留在身边，当个念想。"

惢心劝道："小主总有出去的日子，要被皇后知道拿这个送了人，怕是不好。"

如懿凝神片刻，笑道："这串东西算是跟了我最长久的，只别让人瞧见就好。"

江与彬伸手便要去接，哪知手上一个不稳当，那赤金莲花镯便落在地上。那镯子本是用大颗的翡翠珠子串成，因着翡翠易碎，每颗珠子两头皆用打成莲花形状的赤金片护住，翡翠珠身上绕以藤蔓形状的绞金丝。谁知堪堪落在砖地上，其中两颗便落了个粉碎。

惢心心疼得直念佛，忙蹲下身捡起来道："可惜可惜，这碎的两颗拆下了，戴在手腕上就会觉得紧了。"

如懿道："也罢了。反正咱们出不去，碎了也没人看见会怪罪。"

正说着，惢心轻轻"咦"了一声，掰开那珠子碎裂的地方，里头竟掉出一颗小指甲盖大小的黑色珠子。惢心对着光线一瞧，奇道："有很淡很淡的香味，只不知是什么？"

如懿接过一看，自己也是全然未识。

惢心只撇嘴道："皇后娘娘也太节俭了，说是赏的翡翠珠子手镯，结果里头大半不是翡翠的，竟是旁的东西，枉咱们还一直宝贝似的戴着。"

如懿道："这种外邦进贡来的东西，有什么缘故还真不好说。"

江与彬见主仆二人皆是茫然沉吟,便道:"小主若放心,请给微臣一瞧。"

如懿递到他手中,笑道:"女儿家的东西,江太医也都识得么?"

江与彬仔细看了看,放在鼻端嗅了一会儿,又取过蕊心掌心那些碎了的翡翠珠片看了,敛容正色道:"女儿家的东西微臣不一定都识得,但这种医家的东西,却是一看就明白了。"

如懿听得这话不大好,心中陡然一沉,便道:"江太医不是外人,有什么话不妨直说。"

江与彬将摔碎的翡翠珠取过拼成完好的形状,道:"小主可以看见,这颗翡翠珠子是事先雕琢好空心的,然后将想塞进去的东西塞好风干,再按着眼子留下穿孔的线,从外面看它就只是一颗翡翠珠,而非其他。"

蕊心道:"你这话说得不明不白的。这到底是什么东西?"

江与彬的神色有些难看:"有一种草木叫零陵香,《嘉祐本草》中说零陵香味辛,温,微毒。多用则壅关节,涩荣卫,令血脉不行。气为血之帅,血为气之母。尤其女子,若气血滞缓,便不易遇喜。零陵香香气浓烈,可煅烧后研磨成粉,除去异香,再制成稠厚的黑褐色软膏状,可随意挤入物体之中,待到风干硬化,便成了这一件天衣无缝的东西。这翡翠珠两孔之外都封着孔眼更小的金莲花片,又在珠子上缠以金丝,表面看来是为增其华丽美观,其实是保护翡翠珠不摔碎,不让里面的东西露出来。这般的心思,的确是比能工巧匠更厉害上百倍了。"

第二十一章 重阳

如懿怔怔的，唇上的血色慢慢褪了去："零陵香？所以我一直未能遇喜，是么？"

江与彬神色沉重："气血滞缓，手腕上脉象起伏最厉害。若未见此零陵香丸，微臣也会以为是小主本身体质的缘故。这零陵香日积月累缓缓侵入肌理，牵一发而动全身，不知小主戴了多久了？"

如懿木在当地，觉得嘴唇都不是自己的了，麻木地微微张合："我嫁与皇上为侧福晋那一年，安南国进贡的贡品，皇上送了富察皇后，皇后再转赠给我和慧贵妃的。算来，也已经十来年了。"

江与彬语中带了沉沉的叹息，道："这十来年，小主无一日不戴在身边？"

如懿只觉得头有千斤重，艰难地点下："是。福晋所赠，她后来又贵为皇后，这是她所赏赐的最贵重的物品，也一向被皇上视为是妻妾和睦的象征，怎会不戴着？"

江与彬面色极为难看："零陵香最早出于西南，当地人常用此物或佩戴或煎服，有娠者可断胎气，无娠者久难成孕。此物本就不多见，又藏得如此精巧，难怪小主不知。"

心中像被无数利爪撕挠着，一道道血淋淋的印子淋漓而下。是她蠢，蠢到那样的地步，被人算计了十来年，却懵然其中，迟迟未知。

愬心咬着唇，唇上几乎要沁出血来："这东西是安南国的贡品，总不会送来的东西就有不妥吧？"

如懿的声音极低，像是虚弱到了极处，自己强撑着一般："你也知道这是安南国的贡品，贡品最后落到谁的手里谁能知道。安南国的人怎会费这种心思。当年先帝把这串镯子给了富察氏，富察氏留了些日子才给我和贵妃的。"她心头一滴滴坠着血，那艳红一色，原是十来年日夜期盼，心思枉费。她低低冷笑一声，那声音如清碎的冷冰，划破了自己的腔子，划碎了心肝肠肺，涂然一地。

也好，也好，她混在海兰和纯妃身后，杀了皇后的孩子，皇后也让她的孩子一直来不了人世。后宫倾轧，生死相拼，当真是一报还一报。

如懿死死咬着牙，滚热的泪烫在眼眶里咝咝灼烧着，她拼命仰起脸，忍住，再忍住。已经失去的，何必再为之落泪，眼泪落下来不过是湿了自己，还不如让它流回去，灼伤了心，记得那痛，便不会再心软。

如懿忍住泪，缓缓道："慧贵妃多年来顺从皇后，一心依附，可怜她竟和我一样，膝下空空。也枉费了她屈居人下，看人颜色。"

江与彬露出几分踌躇之色，还是道："小主要听微臣一句实话么？"

如懿道："你说就是。"

江与彬叹道："若细细论起来，贵妃可比小主可怜多了。"

"可怜？"如懿叹了一声，死死掐着自己的手指，"活在算计之中，刀锋之上，后宫之中，何人不可怜？"

江与彬的脸色并不大好看，道："贵妃身有旧疾，时时离不开太医。一则是因为和您一样，手上戴着这个东西。另一则，贵妃求子心切，微臣跟着齐太医也为贵妃搭过一次脉，贵妃的脉象是气虚血瘀之症，且日渐严重。"

"严重？"如懿疑道，"不是一直有最好的太医为她调治么？怎么反而不见起色？"

江与彬道："贵妃一入冬就怕冷，夏天又易出虚汗，烦躁易怒，胸肋疼痛如刺。皆因体内瘀血不去，新血难安而发。长此以往，血不归经，如何会有胎气凝聚？"

如懿微微一滞："你是太医，才诊了一次脉就发觉了。齐汝为太医院判，素日为贵妃调理，他会不知？"

江与彬的面上闪过一丝意味深长之色："小主所言，才是最值得斟酌之处。病症显而易见，积累多年，却越治越病，当中的缘故……"

如懿矍然变色："齐汝没有这么大的胆子！"

江与彬满面恭谨，平静道："娘娘所言甚是。齐太医说贵妃的病是胎里带来的，根子太深，一时未能清除。他开的方子是良方，无可挑剔。可到最后抓药时，微臣却留意到药材里多了几味方子里没有的药。但凡加了那几味药，整个方子的药性就变了。表面看着症状会有所减缓，其实就像在寒冰上泼热水，看着冰是化了些，但耐不住贵妃的身体便是个大冰窨，再多的水泼上去都冷住了，反而冻得更厉害，等到哪一天受不住了，冻得元气大伤，那便是饮鸩止渴了。"

"是不是抓药的小太监放错了？"

江与彬摇头："用什么药、用多少剂量，这里头讲究太深。除非是开方子的太医，谁也衡量不好。"

如懿心头狠狠一抽，一阵爽利的快感过去，亦是凄凉。其实比之皇后，这些年来她与贵妃高晞月的明争狠斗才最是厉害的。一路从潜邸过来，争着荣宠，争着位分，此消彼长，你进我退。虽然此时此刻，她身在冷宫朝不保夕，可是在外备受恩宠的高晞月，也并没有好到哪里去。

那根意慢慢地积在胸腔里，积得久了，便成了一把利器，钝钝的，带着铁锈，一下一下割着。从前，是她无用；可是往后，断断不能再无用下去了！

待得皇帝回銮时，海兰已经有四个月的身孕，因着初初回宫忙碌，皇帝之前又连着折损过两个孩子，对海兰的胎便万分看重，身边足添了一倍的人伺候，动辄便是一群人跟着。之后又正逢着皇帝的万寿节并中秋、重阳三节，节下热闹，海兰也不宜多出宫，越发见不得如懿一次了。

这一日正逢着重阳。皇帝自登基后便待太后十分亲厚，孝养有加，又兼太后掌着后宫之事，所以这一年的重阳节过得格外热闹。按着宫中的规矩，九月重阳的正日，皇帝亲自陪着太后到万岁山登高，以畅秋志。这一日，皇宫上下要一起吃花糕庆祝。那花糕是皇后领着各宫嫔妃亲自做了进献太后的，自然各出巧思，极尽精致。到了夜间，太后兴致颇浓，便按着皇帝外赏百官花糕宴的规矩，也在重华宫宴请帝后嫔妃。皇帝生性爱热闹，自然更加凑趣，与诸人品尝花糕，畅饮菊酒，欢欣无比。

皇后一径赔笑："皇额娘爱吃细软之物，花糕都做成金钱大小，入口绵软细滑。"

太后淡淡赞一句"皇后有心"。皇后也是话里有话："儿臣身为儿媳，只是想了解皇额娘心意，以便让皇额娘舒心。除此之外，别无他意。"

太后笑得慈和无比："皇后这样光明正大地孝敬，哀家怎会不喜欢？咱们是皇家婆媳，比不得那些小门小户，一家子鬼鬼祟祟地揣测心意，闹得合家不宁。"

皇帝笑着给太后敬酒，岔了开去。酒过三巡，歌舞之乐也沉沉缓下去，静夜的凉风一重重拂上身来，多了几分蕴静微凉，摇曳得满地黄花灿烂，亦生了几分消瘦憔悴之意。皇帝添了几分沉醉的酒意，望着墨玉般的黑沉天际，一轮昏黄的弯月寂寞地别在黑色幕布上，连星子亦光彩黯然。皇帝唇角带了一抹淡薄而倦怠的笑，道："年年月月便是歌舞，也实在是无趣得紧了。"

皇后笑道："那一曲《桃夭》，臣妾记得是皇上最喜欢的。常说妙龄女子素颜红裳，恰如桃之夭夭，灼灼其华，令人赏心悦目。"

皇帝喝尽盏中的酒，道："宫中宴饮常用梨花白，今日饮菊花黄，才有新意。这歌舞朕虽然喜欢，可是看多了也生腻烦。"

皇后便笑："皇上总喜欢别出心裁。"

太后抚了抚鬓边的祖母绿赤金凤缕珠步摇，摇头道："别出心裁也罢了，若能新颜常在，侍奉君王之侧也是好的。"她看向皇帝道："皇帝，哀家去岁赐予你的新人陆氏伺候了你才一年，一直还是常在之位，是不是不合皇帝你的心意啊？"

皇帝微微一笑，只是不置可否："皇额娘垂爱，儿子心领了。"

太后微微垂下眼睑，很快朗然笑道："皇额娘本想你身边有个可心可意的人好好伺候你。若是陆氏不好，就在常在的位分上慢慢熬着吧。身为嫔妃，不能讨皇帝欢心，那就是多余！"

这话说得不轻不重，可是落在在场的嫔妃耳朵里，却是俱然一凛，不觉收敛了神色。太后笑得和颜悦色："如今是秋日里了，再舞春日桃花盛开时节的《桃夭》，未免不合时宜。皇帝，咱们便换一支歌舞吧。"

皇帝捧起一杯酒："但凭皇额娘做主。"

太后淡然一笑，拊掌两下，却听丝竹声袅袅响起，幽然一缕如细细一脉清泉蜿蜒，如泣如诉，慢慢沁入心腑。却见满地各色菊花丛中，悠然扬起一女子纤细翩然的身影，踏着丝竹轻缓而来。那女子玉色纻罗缦衫，淡淡云黄色长裙飘逸如轻云明月，清素衣衫上只绣着朵朵秋菊，也不过寥寥清姿，并不用繁复的绣线堆簇，她堆起的高高云髻上只簪了银色绞丝菊流苏，不细看，还误以为是月光将花影落在了她身上。风吹起她衣衫上的飘带，迤逦轻扬，灼烁生辉，转袖回眸间凉风暗起，身姿空灵。她的嗓音柔缓，伫立在这静好的月色之中，侧身依依念道：

"薄雾浓云愁永昼，瑞脑消金兽。佳节又重阳，玉枕纱橱，半夜凉初透。东篱把酒黄昏后，有暗香盈袖。莫道不销魂，帘卷西风，人比黄花瘦！"

那是一阕李清照的《醉花阴》，待她念到最后一个"瘦"字时，余音袅袅飞扬而去，似乎是飞到了遥远的碧海青天，被流云遏住，幽绝缠绵处，不必知音如李清照，也早湿了半幅青衫，为之戚然。她的身子慢慢地低旋下去，低旋下去，成了袅袅的藤蔓轻缠，一直落在了散开的裙裾之间，像是捧出一朵玉色晶莹的花朵，盈然招展，风姿眷眷。

银瓮潋滟浮红颜，翠袖殷勤捧玉钟。原来满目繁华，只为衬得伊人遗世而在。

皇帝忍不住拊掌笑道："舞低杨柳楼心月，歌尽桃花扇底风。朕原以为歌舞曼妙已经极佳，不承想凌波微步、踏歌吟诗更是清新隽永，只是这样好的才情，这样美的舞姿，不知长相如何，是否曾与朕梦中相逢？"

太后微微一笑，唤道："皇帝吩咐，还不走近来？"

那女子缓步上前，施了一礼，抬起头来。皇帝触目处，只见那女子神色清冷，却有一番艳绝姿态，修蛾曼睩，貌殊秀韵。

晞月蹙了蹙眉头，似是赞叹，似是不满，冷冷道："蛾眉玉白，好目曼泽，时睩睩然视，精光腾驰，惊惑人心也。"

皇帝赞许地看她一眼："这是王逸的《楚辞章句》，贵妃好才学。"皇帝的赞叹不过一声，甚是潦草，旋即被那女子吸引。那女子盈盈笑时嘴角微微扬起，似乎是新月般的笑颜，却没有丝毫温度。但若说她是冷淡，偏偏那眼波流转，又觉得她眉目绚然，是在含羞顾盼着你。

皇帝侧首笑道："皇额娘精心挑选的人，念的是李清照重阳思君的《醉花阴》，果然很合时宜。"

太后眉心微微凝了一丝笑色，缓缓道："合不合时宜，哀家说了不算，皇帝说了才算。"她凝声道，"这丫头是侍郎永绶之女，满洲镶黄旗人，出身亦算高贵。"

皇帝颔首，柔声道："上前来吧。"

晞月眉头一锁，旋即含笑娇怯怯道："皇上，重阳喜日，歌舞娱情助兴才好。念什么诗词，冷冷清清的。"

皇帝恍若未闻，只看着那女子道："今夜歌舞甚好，为何只念诗词？"

那女子垂着脸，声音却不卑不亢，毫无献媚或畏惧之意："臣女不喜太过热闹的歌舞，倒觉得古人的诗歌有蕴藉，须细细品味才得意趣。臣女素闻皇上秉圣祖文心之质，善于吟咏，以为会得知音之感。"

皇帝眉梢眼角都是舒展的笑意，问道："你叫什么名字？"

那女子低垂眼眸，柔声道："意欢。"她停一停，"是心意欢沉之意。"

皇帝的目光如春日沉醉的晚风，绵绵道："古人男女相悦，女子对情人的称呼便是欢。这个名字，很有情致。"

意欢有星子般的眼眸，此时眸中如寒夜里明灿的星，骤然亮起，情意婉然，低低道："是，皇上博学。臣女平生最喜《相见欢》一词。"

　　"朕与你便是相见欢了。"皇帝的笑如清亮的阳光，无遮无拦洒下，他停一停道，"你姓什么？"

　　晞月撇嘴道："这样的名字，多半是个汉军旗的出身姓氏罢了。"

　　玉妍掩口笑道："还是慧贵妃最明白什么是汉军旗的出身了。"

　　晞月脸色一冷，转脸不顾。

　　意欢沉沉道："叶赫那拉氏。"

　　皇帝微微一怔，唇边的笑意如遇上了寒雨微凉。皇后已然带了一抹意味深长的笑："叶赫那拉氏？"

　　玉妍"哎呀"一声，以袖掩口，惊奇道："叶赫那拉氏？可是被我建州女真所亡的叶赫那拉氏？"她盈盈望住皇帝，娇声道，"皇上，臣妾虽然来自北族，却也听说当年叶赫部为我太祖努尔哈赤所灭，叶赫部首领金台吉临死前悲愤不已，曾说道叶赫那拉即使只剩下一个女人，也要灭亡建州女真，不知是不是真的？"

　　晞月见意欢脸上有不豫神色，不觉拈起绢子笑道："嘉嫔虽然来自北族，可是对咱们爱新觉罗家的典故还知道不少呢。"

　　玉妍扬了扬唇角，颇为得意地道："可不是？既然身为皇家儿媳，自然事事以皇家为重了。"

　　皇后含笑颔首："嘉嫔生下了皇子，果然越发懂事得体了。"

　　太后不以为意地笑笑："往日传闻，你们倒是听得有心了。只是叶赫部被我建州女真灭了那么多年了，早已臣服。意欢的阿玛好好地当着皇帝的侍郎，她一个女孩子家，哀家倒不信能成了精了？皇帝，你说呢？"

　　皇帝微笑着伸手向她，语气柔缓温存："朕记得，太祖的孝慈高皇后便是叶赫那拉氏，还替太祖生下了太宗，可谓功传千秋啊。"

　　太后眉毛微微一扬，和缓笑道："意欢，还不谢恩？"

　　意欢盈盈下拜："臣女多谢皇上夸赞。"

皇帝笑道："朕倒不是夸赞，叶赫那拉氏出身满蒙贵族，却不想将汉人的诗词念得这样婉转动听，真是难得。朕记得宫中通晓汉家诗文的，除了慧贵妃，便是……"他微微一滞，并没有再说下去，只是自斟自饮了一杯，向海兰道，"海贵人，你有着身孕，拣自己爱吃的多吃些吧。"

海兰知道皇帝想起了谁，便作不知一般，笑道："旁人不说，如今这位意欢妹妹，也是极通诗书的。"

意欢眸若秋水，盈盈一荡："皇上通晓满蒙汉文字诗史，难得在皇上跟前伺候一次，不能做了什么都不懂的人。"

皇帝笑着挽过她的手："既然如此有心，你便也留在朕身边，做个贵人陪伴吧。"

皇后先起身举杯道："皇上自登基以来，册封的嫔妃大多是从答应、官女子做起，如今叶赫那拉氏一举得封贵人，可见皇上钟爱，臣妾敬皇上一杯，贺皇上新得佳人。"

嫔妃们虽有不甘，亦只得跟随起身，贺道："恭喜皇上。"

皇帝一饮而尽，嘱咐了叶赫那拉氏伴在身边。那叶赫那拉氏对诸人神色都是冷冷的，唯独对着皇帝时温柔凝睇，一笑如冰上艳阳，冷清中自有艳光四射。

皇后微微使一个眼色，慧贵妃起身娇声笑道："皇上看腻了旧歌舞，咱们这些做旧人的不能不胆战心惊，臣妾就只好想些新鲜法子希望皇上不要厌弃了。"

皇帝笑盈盈望着她，眼底尽是温然的情意："又胡说了，朕怎会厌弃你？"

晞月嫣然一笑，百媚横生，指一指天上道："今天新人且歌且舞，咱们地上尽够热闹了，臣妾的阿玛从外头送来各色烟花，咱们且看一看天上的热闹吧。"

皇帝颔首道："烟花不错，只是怎么想起这个来了？"

晞月温柔凝睇，鬓边的一支并蒂海棠花步摇安静垂落，道："臣妾往日读《少年游》，记得有一句'雨晴云敛，烟花澹荡，遥山凝碧。驱车问征路，赏春风南陌'①，可不是应了如今的景么？"

皇帝颔首道："还是你最解情致，一点小玩意儿，都能答出么多细腻心思来。"

晞月扬一扬脸，身边的双喜赶紧下去了。不过片刻，只见乌沉沉的墨色天空，忽然划过一道流星般的白光，仿佛一声尖锐的呼啸，五颜六色的烟花旋即绚烂飞起，整个夜空几乎被照得亮如白昼。

晞月一一指着道："那红的是天女散花，黄的是武松打虎、金猴献果，这几个五彩的是八仙过海、金辉齐鸣、铁树开花、百花齐放。皇上看那个，最别致的杨贵妃观牡丹，还有白蛇仙女、百鸟朝凤、金龙腾飞。"

晞月说一句，众人便赞一句，那烟花似颗颗明珠在空中绽放，朵朵变化绚丽，如彩蝶飞舞，纷纷飘然。正喧腾间，只见一朵硕大的烟花绽放在空中，散出满天云霞，金芒似的火星四散飞落开去，远处歌姬们的管弦声以及嫔妃和宫人们的叫好鼓掌声，熙熙攘攘混在一起，将今夜的喧哗热闹推到了最高处。

待到烟花尽了，唯剩了满天空的寂寞与宁静，空气里散着淡淡的硝烟味，微微有些呛人。

皇帝回首见叶赫那拉氏只是淡淡的神色，便道："怎么？不喜欢么？"

叶赫那拉氏为皇帝斟了一杯酒，浅浅笑道："烟花好看是好看，热闹也热闹。只是做人若只热闹了这一刻，便要回归寂寥，还不如清清静静，做天上一点星子，虽然是微光，却永远明亮。"

皇帝眼中闪过一丝明亮，看向太后道："果然是皇额娘调教出来的人，见识卓然，与众不同。"

太后眼底精光一闪，和言道："哀家放她在身边，能调教的不过是规矩罢了。心思，还是她自己的。"

皇帝闭目片刻，含笑道："叶赫那拉氏的心性，倒是和皇额娘亲生的两位

---

① 出自宋代女词人孙道绚的《少年游》。全词为："雨晴云敛,烟花澹荡,遥山凝碧。驱车问征路,赏春风南陌。正雨后、梨花幽艳白。悔匆匆、过了寒食。归家渐暮，探酴醾消息。"孙道绚，号冲虚居士，建安（今福建建瓯）人。少聪明，颖异绝人。

公主一样，让朕想起远嫁的大妹妹端淑长公主了。"

太后神色微微一滞："恒娖在皇帝登基前便已许嫁了蒙古，只剩下恒媞还待字闺中，一直交给諴亲王夫妇教养。哀家也不能常常得见。"

皇帝沉吟片刻道："那是儿子不孝了，未能顾及皇额娘母女情深。"

太后一凛，旋即笑得柔和："皇帝何必自责？諴亲王夫妇忠于皇帝，又是皇帝的亲叔叔，必然会替哀家好好教养公主。何况，諴亲王福晋又是出了名的贤德淑女呢。"

"儿子也这样想。皇额娘身边有儿子和这些媳妇，都会孝顺皇额娘的。逢着大年节，公主也会随着諴亲王夫妇进宫，拜见皇额娘，皇额娘一切放心就是。"皇帝恭谨一笑，转头看着叶赫那拉氏，颇为欣赏："你说话很能让朕舒心，朕便赐你封号为舒，赐住储秀宫。往后，你便是朕的舒贵人了。"

叶赫那拉氏笑意浅浅，神色平和如镜："臣妾谢过皇上隆恩。"

皇帝执过她手，相看不厌。却见皇帝身边的小太监进保一脸惶然地急匆匆进来，打了个千儿道："皇上，不好了，不好了！冷宫走水了！"

第二十二章　火焚

如懿并没有想到火会突然一下烧起来。一开始，她不过是和冷宫那班妇人一般，站在各自的廊下，看着烟火满天，缭乱夜空。这一夜的风正好是吹向冷宫的方向，把原本遥远而璀璨的烟火在空中带得离她们更近一些。真是现世的繁华，虽然越发衬出她们的孤清寒苦，可还是忍不住去看，去向往。

如懿自嘲地笑笑，哪怕被禁闭在此这么长的时日，但红尘万丈，浮世虚华，她从未自心底放下过。

第一年的心如死灰，第二年的隐忍后激发的心志，到了第三年，她反而有些和缓。虽然，走出这个困笼的念头日复一日地强烈，可是她明白，一切急不来。

就如冬日里手上脚上的冻疮，夏日里满背的痱子与蚊包，必须得过了这个季节，才会好起来。

惢心走过来，嗔着道："小主，今晚本来是凌云彻和赵九宵当值的，奴婢还想叫他们一起看烟花呢。谁知道那俩偷懒的家伙，不知道跑哪儿去了，连个人影也没有。"

如懿笑道："每逢佳节倍思亲。也难为他们年年岁岁都守在这儿，由得他们去吧。"

那火苗，就是在她说完这句话的时候"嗖"地燃起来的，毫无预警地，几乎是整个屋顶，都轰地燃烧起来。那火势之快，几乎是窜到哪里哪里就烧了起来。冷宫里阴湿霉冷，那火势却毫不受阻，燃起一股焦霉的味道。惢心大惊，立刻将如懿护在了身后，大呼道："来人哪！来人哪！失火了！"

满宫里的女人们都着了慌，有几个聪明的，便先抢到了院子里，赶紧去看水缸里有没有积着的水。宫中为防失火，也为了蓄积天雨，总是在院子里和殿前的廊下放置些铜缸，女人们被这愈演愈烈的大火吓坏了，忙不迭伸手捞起缸中的瓢舀了水一勺一勺泼出去，奈何地上墙上都已着了火，加之许久不曾下雨，缸里本来就没多少水。如懿冲到门前，大力拍击着宫门道："救人啊！救人啊！有人在吗？有人吗？"

她喊了几句，便被滚滚的浓烟呛住了嗓子。凌云彻远远站在庑房门外，和赵九宵、张宝铁、包圆一起垂着手跟在头领李金柱身后。

赵九宵看着火势越来越大，踌躇着道："头儿！这火烧成这样，咱们真不去救人吗？万一那帮女人全烧死在了里面……"

李金柱一脸肃杀，按着腰间的长刀，道："她们活着的时候就是先帝和当今皇上厌弃的女人，吃着食粮，费着衣着，活得也不体面，倒不如一把火烧死了，一了百了。咱们哥儿也落得清静，不必在这冷宫外受罪熬苦了。"

包圆道："头儿的意思是……"

李金柱瞥了包圆和张宝铁一眼："冷宫都没了，还要咱们这些冷宫的侍卫做什么？自然有更好的去处了。"

赵九宵仍是有些害怕："可是若上头怪罪下来，冷宫失火丧命，也是不小的罪名啊！"

李金柱仰头看着这火势，沉着脸道："在宫里当差久了，你们好歹也有点眼色，长点见识。你看看这火起来的样子，要不是有人先预备下的，冷宫这地方，能起这么大的火么？你再想想这宫里，有几个人敢烧了冷宫的。便是那样的身份，咱们就得罪不起，若再坏了别人的好事，这脑袋就不在自己脖子上了。"

赵九宵有些怯怯的，听着冷宫里惊惧的哀号声越来越凄厉，忙用袖子堵住了耳朵,不敢再听。凌云彻双手紧紧握着刀把,下意识地往前走了一步,因为他分明听见,有人在唤他的名字,向他呼号求救。他紧紧攥着刀把的手,手背上青筋暴突,那是小主的声音,还是恣心?他一时辨不出来,只知道她们一定是怕极了,才会这样喊着自己的名字求救。他忍不住又走上前一步,李金柱横了他一眼:"上次被人打成那样,还不记得教训么?在这宫里待着,多一事不如少一事。何况是你惹不起的小主。"

凌云彻咬了咬牙,跪下道:"头儿,您仔细想想。咱们不能不去救人哪。冷宫里的女人不多,就那十几二十个,没人看得上她们。可真要是死了,头一个罪名便是落在咱们五个人身上。哪怕您说的小主咱们惹不起,但宫里任何一个小主怪罪下来,咱们更惹不起。到时候冷宫一把火,再加上咱们兄弟五个的脑袋,就真的是死无对证了。"

张宝铁看了看凌云彻,再看了看李金柱,有些拿不定主意:"头儿,小凌说的好像也有几分道理。毕竟这事不是上头吩咐下来不要咱们理会的。那个……"

凌云彻恳求道:"头儿,旁人也罢了。有一个对太后有救驾之恩,真出了事儿咱们也扛不起啊。"

李金柱显然也是被说动了,却迟疑着不肯再发话。凌云彻听着里头的叫声越来越惨烈,再也忍不住:"这样,今儿就当是我一个人当值,出了事哪位小主怪罪,都算是我的!"他起身抱了一桶水便冲了出去。赵九宵犹豫片刻,极低地骂了一句:"为了姑姑的交代,命也不要了吗?"虽这么说,也跟着闯了进去。

张宝铁一惊,张了张嘴:"头儿……他们……"

李金柱摇头道:"他不听劝,也没办法。只是今晚是他们俩当值,要真出事了他们是首当其冲,去便去吧。这样也好,万一得罪了哪一边,咱们都不会死绝了。"

凌云彻好容易打开了冷宫的大门,闯进去吓了一大跳。因着廊下堆着草垛,门窗又朽烂了,烧得最厉害。浓烟滚滚中,他绊倒了几个人,衣角头发都着了火了,他吓得半死,赶紧把那桶水洒了点在她们身上,一边咳嗽着呛着烟,一边往里头搜寻如懿和惢心的踪影。他寻了半日，只见如懿和惢心所住的屋子烧得最厉害，大半已经烧毁了，人影也没一个。他心底一慌，难不成当真被烧死在里头了？他有些不甘心，不由得唤道："小主！惢心！小主！"

有微弱的呻吟从附近传来，这声音凌云彻听得熟悉，直闯过去，那一间是素日吉太嫔所住的殿阁，自她死后，便已荒废了。眼下看来，却是那里火势最小。凌云彻抱着最后的一丝希望直冲进去，只见殿门后的角落里，两个浑身湿透的人瑟瑟缩缩躲在那儿，已经被烟呛得快要昏迷了过去。

凌云彻看清了是她二人，心头大喜，正见赵九宵寻了进来，忙招手唤了他过来，一人一个背了出去。才背到冷宫的门边，只见前头灯火通明，两队侍卫架着水龙急匆匆过来，对着冷宫的火便架起水龙直喷上去。凌云彻累得精疲力竭，却忍不住微笑出来，大大地松了口气。

如懿闻得干净清新的空气，脑中稍稍醒转，触目便见凌云彻焦灼的脸，她心头微微一松，仿佛整个人都落在了实处，情不自禁道："如懿……谢过。"

凌云彻拿手帕绞了替她擦着被烟熏黑的脸，低低道："我还以为你的名字就是小主，原来你叫如意，是万事如意么？"

如懿吃力地摇了摇头："嘉言懿行，是美好的意思。"

凌云彻哧笑道："能把你们俩全须全尾地救出来，就已经很美好了。"

如懿看着昏沉沉的惢心，伸手将她搂在怀里，感泣道："多谢你，肯来救我们。"她看着喷起的水龙，犹疑道，"只是这火起得太奇怪，你贸然过来救我们，会不会连累你？"

凌云彻看着远处忙碌的侍卫们一个个将冷宫的女人搬出来，眉宇间微微松弛："我也很是捏了把汗，不知道该不该救你，但看到皇家的水龙过来，就知道没有救错你们。"他看看周围，低声道，"我和九宵去帮忙，你们好好歇着。"

如懿点点头，看着他离去，仰面深深呼吸片刻。这是她三年来第一次走出冷宫，哪怕她知道片刻后自己还是要回到那困地里去，可是多么难得，外面的星光看着和里头也是不一样的。她深深地吸了口气，紧紧地握住了自己的手。

随着火势消减，她靠在墙边，看着明黄色的九龙仪仗渐渐逼近，一颗心忍不住突突地跳了起来，几乎要蹦出自己的腔子。泪水迷蒙了双眼，她是认得的，那再熟悉不过的九龙明黄仪仗，是他，是他来了。

不只是皇帝，还有皇后，他们远远地站着，看着火苗被水龙压得一分分低下去，方才松了一口气，却是皇帝身边的李玉也发觉了她，轻声道："皇上，那墙根底下靠着的，好像是……"

李玉乖觉地没有再说下去，却足以让皇帝注目。皇帝沉吟片刻，还是向她走来。那一刻，如懿说不上是喜是悲，仿佛所有的爱恨与积怨都一一淡去，他依旧是当年的翩翩少年，策马兰台，向她缓缓走来。

泪水模糊了双眼的一刻，她拥着惢心，紧紧蜷缩起自己的身子，靠在泥灰簌簌抖落的墙根脚下，想让自己尽量缩成让人看不见的一团物事，哪怕是墙根底下不见天日的苔藓也好。是，她是自惭形秽，他的身边，是风华正茂、懿范天下的皇后，而她，却如此狼狈、落魄可怜。

她拼命低着头，终于，在一步之外的距离，分明地看到他明黄色袍襟下端绣江牙海水纹的图样，那是所谓的"江山万里"，她已经许许久久没有看到过了。

那人如一幢巨大的阴影停留在她面前，遮挡住所有的光线。不远处的一切都淡淡地模糊下去，成了虚幻而遥远的浮影。她隐隐听得皇后焦急的声音在唤："皇上——"那声音却是让所有人都无动于衷。

通明的火光在他身后，映照在被风鼓起的翩然衣袂上，浮漾起一种邈远而虚浮的光泽。他静默着走上前，如懿亦静默着蜷缩成一团。只有甬道内的风，无知无觉地穿行游荡，簌簌入耳。

他俯下身来，将身上的赤色缂金披风兜在了她身上，手指轻柔地替她拂开脸上湿腻腻的碎发，轻声道："入秋了，别冻着。"

那样轻柔的口吻，清越宛若天际弯月，仿佛是带着花香的月光，静谧而安详地散开四周难以入鼻的气味，静静弥散。仿佛还是昔年初见的时候，他也用那样的语气唤她："青樱妹妹。"

她微微点了点头，别过脸去："别看我，给我留一点颜面，别看到我这样狼狈的时候。"

他亦颔首："无论过了多少年，你在朕心里还是那个青樱妹妹。"他仰起身，轻声而郑重，"青樱，保重。"

这一刻，他唤她"青樱"，而不是"如懿"。是往年欢好如意的青樱，彼时，他们都还年少，心意沉沉而简明。而不是"如懿"，那个在后宫中极力自保、出尽谋算的小小妃嫔，那个受尽委屈、被他发落至冷宫的失宠女子。

青樱，弘历，那是他们最好的一段年岁。

可惜，都已经过去了。

他转身离去，到了皇后身边，淡淡道："人员无伤，回去吧。"

皇后口中答应着，忧心忡忡地看着他先行离去的背影，回头瞥一眼无比狼狈的如懿，将一丝怨恨深深地掩在了眼底。

这一场大火来得突然，冷宫虽无人烧死，却烧伤了好几个。幸而发现得早，但冷宫一半的房屋却被烧毁了。太后和皇帝为着重阳失火，几乎是大发雷霆。然而查来查去，也不过是那日的风势太猛，吹落了烟花所致。晞月急切难耐，又怕皇帝怪罪，在养心殿外跪着脱簪待罪。皇帝见她啼哭，倒也不肯十分责怪，以一句"风势所逼，干卿何事"安抚，便也罢了。晞月不料如此轻易过关，连忙谢了恩回宫避事。可皇后与玉妍坐在长春宫中，却是十二分的怨愤："好容易借着重阳烟火，天时地利，结果还是让乌拉那拉氏活下来了。"

玉妍陪坐在下首，奉上剥好的红橘，见皇后也不接过，只得放下了道："也不算一无所获啊。皇上一听冷宫走水就派水龙队去了，可见对冷宫有多着紧。"

皇后心有余恨："本宫一想到昨日她与皇上说话那个样子，就知道她的心思还没死……这种毒妇，咒死了本宫的永琏，死有余辜。"她想想更是发恨，"高氏不是说她得了风湿，起了火也跑不快吧。谁知还是被救出来了。"

玉妍盘算着左不过是冷宫的侍卫们，虽然事前贵妃找人吩咐过，但他们见了起火，总不能一直干看着不理会。皇后正在气头上，恨不得立刻让人处置了那些碍事的侍卫。玉妍忙劝道："皇后娘娘，冷宫才失火，一下子侍卫又受责。本来瞧着与您不相干的事儿,也被想到了您的头上。这会儿有贵妃脱簪待罪在那儿顶着呢。再说了,真要查下去,派人洒火油的可是慎贵人,不是咱们啊!"

皇后自然知道皇帝是不肯为一点看似意外之事而怪罪宠妃与重臣的,而此回的事,也是因晞月来告诉众人皇帝曾留着与如懿的画像而起。皇后看着墙上自己与皇帝含笑并坐的画卷,不觉心酸,原以为只有自己所有的恩爱,如懿私下也得了。可她还好些,毕竟与皇帝是结发夫妻,晞月与如懿同为侧福晋,争了小半辈子,如何能忍,这才与阿箬合伙了一气,想借重阳烟火除去如懿。玉妍又好说歹说劝了一阵,直劝皇后此事与自己二人无关,皇后这才稍稍气平。

皇帝虽未怪责后宫诸人,可这一觉午睡便不大安稳。秋来火燥,皇帝闭着眼,脑中昏沉沉的,似有无数个小人钻在里头喧哗吵闹,扰攘不宁。李玉焚了一炉龙涎香,皇帝亦觉气闷,叫端了出去,索性坐起身来,揉着额头歇息。半晌,进来的却是毓瑚,她捧了一盏新炖的冰糖雪梨桃胶羹,说是喝了下火宁神的。但见皇帝神情发涩,颇有冷意,她便放下了回禀:"奴婢已经查知,最先烧起来的地方是如懿小主的屋子顶上,那里还留有些许油迹,是被人泼了油才会这么快烧起来。"

暖阁中暗沉沉的,天光怎么也漏不进来似的。皇帝的面上带着荫翳:"这就是人祸。冷宫的两个侍卫是你安排的人吧,以后得好好嘉奖。"

毓瑚哪敢领恩:"奴婢没护好如懿小主,皇上不责罚。贵妃的过错,您也没追究。皇上宽和。"

皇帝盯着她看了一眼,言语间逸出一丝微寒之意:"朕能不宽和么?查下去一团污秽,反而连表面的和睦也维持不住了。皇额娘又会出来阻拦,就像当年如懿进冷宫一样,局势错综复杂,朕妥协了。"

此后阁中很安静,龙涎香余留的幽芳在空中幽幽不散。毓瑚如何不知道皇帝的为难处,青年登基,前朝后宫都是掣肘。皇帝慢慢地吐着一字一句,唯有对着毓瑚，才能道出心底事："当时不处置如懿也难平息后宫怨气。若说如懿无辜，一时难证。若说有人害如懿，却也个个有嫌隙。慎贵人、慧贵妃、皇后……"

皇帝不肯说下去了，毓瑚索性挑明："她们身后，可都是自己家族的势力。一动她们，便是动了前朝的局势。"

皇帝扭头向外。窗外是秋了呵，满宫桂花开得热闹纷纷，那异香甜美圆满，是醉人的呵。可那样的浓香，经不得骤风一阵，便落了满地金灿，那灿烂也是没有生息了的。皇帝太阳穴处隐隐跳痛，生了无限怒意："都说后宫前朝相连。但朕是皇帝，朕要驾驭他们，怎么可以被后宫制住了？"

毓瑚婉转相劝："这只是眼下暂时求全，往后您会制住所有人的。您是天子，能忍常人所不能忍。"

是么？可他是皇帝，要保住如懿的一条命就这样难么？或许的确是难的吧。他是一个人，至多还有毓瑚和李玉几个。可她们呢，站在暗影里那些人，一伙儿的，有着名分的挟制、情爱的纠缠，有他的不忍和忌惮。她们，只要利益相关，谁都会伸出手去害如懿，根本防不胜防。

皇帝默然抿紧了双唇，眼见得天际几片雨云由薄转浓，沉甸甸压下，苍穹落成了墨蓝色。

江与彬来看望如懿时，将晞月告罪之事说了几句。如懿只是哧地一笑："冷宫阴湿，即便着火，火势也不会这样大。敢做这样事情的人，绝对能有本事掩得过去。"

江与彬道："只不过皇上最近嫌后宫里烦，不大进后宫，进了也不过是去看看海贵人。连新封的舒贵人都没宠幸，一直撂在那儿呢。"

如懿有些迟疑，还是沉吟着道："皇上……不高兴？"

"重阳佳节出了这样的事，也难怪皇上不高兴。"

如懿缓一缓气息，关切道："那海兰如何？"

江与彬微微踟蹰，斟酌着道："胎象倒好。只是怀着第一胎，又出了头三个月不思饮食的时候，这些时日一直胃口大开。"

如懿放心地含笑："吃得下是好事，海兰从前也太瘦了。"

江与彬亦笑："是好事，就是胖起来快点，微臣总叮嘱海贵人得多走动，否则到时生产便要吃苦。"他往四周看了看，"小主原来的屋子烧了，如今住着吉太嫔从前的屋子，稍稍将就吧。"

如懿倒也淡然："住哪里不是住着，左右也离不了这里。"

江与彬看见榻上搁着一件赤色绛金披风，用珊瑚和蜜蜡珠子缀着万字不到头的花样，另用金色的丝线绣成玉藻图案，万字不到头的连绵。这是御用的图案，他自然是认得出的，不觉含笑拱手："看来冷宫失火，意在小主，反而让小主得了意外之喜。"

如懿扶一扶松散的发髻，道："你若得空，替我拿出去还给皇上。若是留在这儿，反生了是非。"

江与彬道："好。不过微臣有一物，是给惢心的。"他打开药箱，取出一包点心，"这是万宝斋的酸梅糕，惢心最喜欢吃的。微臣特意带给她，以安慰她受火困的惊吓。"

如懿摸着糕点外的包纸，感叹道："日久见人心，惢心跟着我这样的主子，落魄到这种地步，你对她的心意还是依旧，这是最难得的了。"

江与彬脸色恳切，道："微臣与惢心都出身贫寒，何必彼此嫌弃呢。纵然她要在冷宫陪着小主一辈子，微臣也是不会变心的。"

如懿起身将皇帝的披风包好，递给江与彬道："那日冷宫的侍卫为了救咱们这些人，冒着火冲了进来，不知有没有受伤？或者皇上有没有责罚？"

江与彬道："只是被烟火呛着了，没有事。皇上也看到他们尽力救人了，并没有怪罪。小主的意思是……"

如懿看着外头的天光晦暗，忧心道："我怕他们贸然救人，得罪了人也不知。虽然一时之间皇上没有怪罪，但若被人暗算……"

江与彬胸有成竹地笑道："那也好办。想个法子让他得个病避一避风头就是了。这个微臣会安排。至于惢心，她被烟呛得厉害，一时起不来床，微臣会多留几服药在这儿，小主按时喂她吃下就好。"

如懿颔首道："你下回来，替我带一包要紧的东西来。这东西除了你，旁人弄不到的。"听完如懿这几句低语，江与彬脸色一沉，闪过一丝惶惑，但仍是答应了："但凭小主吩咐。"

江与彬到了延禧宫请脉的时候，皇帝正与海兰坐在暖阁的榻上。初秋的寒意如清水一脉，缓缓沁来。时近黄昏，殿内有些偏暗，只有长窗里透进一缕斜晖，照着她莹白的肌肤，与盛开的白菊花瓣有同样的光泽。皇帝看她如此，便觉得心内安宁，替她扶正了耳垂落下的珍珠坠子，彼此饮茶无言。

江与彬请了个安，皇帝随口吩咐了起来。江与彬请过脉，道了"胎气安稳"，便将如懿托付的那件披风双手恭谨奉上："微臣刚去了冷宫请脉，如懿小主托微臣将此物转交给皇上，说冷宫不洁，容不下圣物。小主已经清洗干净，请皇上收回。"

皇帝微微出神，倒是李玉机警，赶紧接过了道："倒是难为如懿小主了，冷宫那种腌臜地方，还能把皇上的衣物清洗得这么干净，都不知道她小心翼翼地洗了多少遍。"

皇帝伸手道："给朕瞧瞧。"李玉忙奉上了，皇帝伸手仔细地抚摸着，缓缓道，"那是火起那日朕看她全身湿透了，特意给她披上的。她便那么不喜欢么？急急便送了回来。"

海兰梳着家常的发髻，头上点缀着如意云纹的玉饰，一支如意珍珠钗斜斜坠在耳边，清爽而不失温婉。她婉声道："姐姐的意思，怕是近乡情更怯，触景反伤情。她已经是皇上的弃妃了，怎么还能收着皇上的东西。姐姐她……"

皇帝摆手道："罢了。朕明白。"

李玉忙仔细捧过收下了。皇帝便问江与彬："如懿在那里都好么？"

江与彬忙跪下道："微臣若说实话，皇上必定怪罪。"

皇帝笑了笑："是朕问错你了。冷宫那地方自然不好，朕是问她，身体还好么？"

"其他都无碍,就是人熬瘦了好些。整日和那些疯妇在一起,能清醒便是好的了。"

皇帝微微点头:"海贵人举荐你为她安胎,朕一开始是不放心的。太医院比你有资历的人多得多了,你又只在冷宫当差。可海贵人说你做事老到,也不是挑三拣四欺凌主上的人。朕看你伺候海贵人和如懿都尽心,倒也能放心少许了。"

江与彬道:"在微臣眼中,冷宫的小主与海贵人并没有分别,都是微臣要尽心照顾周全的小主。"

这时,正巧敬事房的首领太监徐安捧了绿头牌进来道:"皇上,该到翻牌子的时候了。"

皇帝看着乌黑的紫檀木盘子上一排的绿头牌,轻哂一声道:"拿下去吧。"

徐安苦着脸道:"皇上,您好些日子没翻牌子了。别的不说,舒贵人眼巴巴地盼着您去呢。"

皇帝斜睨了他一眼,淡淡道:"你的差事越发当得好了。朕召幸谁还得听你的吩咐?"

徐安慌得跪下道:"奴才不敢,奴才不敢。"

海兰忙劝道:"舒贵人是皇上新封的,还没召幸就被扔在一边了,面子上是不大好看。好歹还有太后呢。"

"朕今日没有兴致。"皇帝摇了摇头,将牌子推开,温和道,"海兰,你好好歇着,朕先回养心殿了。"

海兰忙起身送了皇帝出去,眼看着皇帝上了辇轿,方才慢慢走回去。

皇帝坐在辇轿上,看着前后乌泱泱的人群在暮色中沉稳而迅疾地走动,几只鸦雀扑棱着翅膀飞过染着墨色的金红天空,无端便生了几分寂寥之情。他将手探入怀中,取出一方薄薄的丝帕,上头只绣了几颗殷红荔枝,并几朵淡青色的樱花。他慨然片刻,紧紧地握在手中,像是握着一方失而复得的温暖,再不肯松开。

第二十三章 双毒

海兰的病症,是在怀孕六个月的时候出现的。与仪嫔和玫嫔当时的情况并无二致。一开始,她只是发胖得厉害,因着是头胎,还以为是浮肿,喝了许多去肿的冬瓜汤还是不见起色,才知道是真的胖了起来。第一条粉红色的纹路出现在身上时,她还不以为意,直到第二条第三条第无数条出现在她身上时,她才害怕得哭起来。然而还来不及哭多久,她便发现了自己更大的不对劲,嘴里的溃疡接二连三地冒出来,时不时地发热、大汗、心悸不安,控制不住似的。并且一夜一夜失眠多梦,她从梦魇里醒来,慌乱之下请来了玫嫔,并在她惊惧失色的面孔上,探询到了一丝可能的意味。

彼时,皇帝的心境已经平复不少,盛宠舒贵人意欢之余很少再顾及后宫诸人。在听闻海兰的病症之后,皇帝亦是由意欢陪同着来到延禧宫。海兰哭得梨花带雨,怯怯地拉住蕊姬的手不放。蕊姬亦是触动了情肠,二人相对垂泪,俱是伤心不已。

皇帝自玉妍生育了四阿哥后,以为一切顺遂,只盼着海兰能再生下一个阿哥来,更好释怀当年仪嫔与蕊姬腹中之子被害之事,却不想一进延禧宫,太医还是那番旧话。太医神情难看到了极点,道:"回皇上的话,海贵人的确是中了朱砂与水银之毒,种种迹象表明,与当日玫嫔娘娘与仪嫔娘娘无二。

所幸的是，海贵人细心，发现得早，所以一切还无大碍。"

两位太医齐汝与江与彬倒也谨慎，令人查了又查，验了又验。齐汝回禀道："皇上，微臣已经检验了海贵人的饮食与所用的炭火，发觉毒害海贵人龙胎的手法与当年毒害仪嫔、玫嫔两位小主的如出一辙。万幸天气刚冷，炭火用得不多，而海贵人少食鱼虾，所以毒性只入发肤，而未伤及经脉。"

江与彬亦道："若是有了物证，倒可以对应海贵人的病症是中了朱砂之毒。"

海兰惊怕不已，拉住皇帝的手啜泣："皇上，是谁要害臣妾母子？这样不肯放过龙胎。"

皇帝揽住心有余悸的海兰不断抚慰："别怕，别怕，朕已经来了。齐汝，龙胎可有大碍？"

齐汝道："所幸发现得早，一切尚无大碍。"

蕊姬的神色十分激动，一张脸如同血红色的玫瑰："是谁？是谁要害我们？"她扑通一声跪下，紧紧攥住皇帝的袍角，哀泣道："皇上，会不会是乌拉那拉氏？是不是她又要害人了？"

海兰的神志尚且清明，含泪道："乌拉那拉氏尚在冷宫，一定不是她。而且小禄子死了，小福子和小安子一个在翁山铡草，一个在皇陵服苦役，还有谁呢？"

蕊姬气苦含泪："皇上，乌拉那拉氏被冤也不算第一等要事，可是皇嗣不能含冤而死！皇上若不查清，只怕还有人会受害。"

此时，意欢提了一句："皇上，臣妾也曾听闻当日乌拉那拉氏毒害皇嗣之事。如今到底是乌拉那拉氏尚有同谋留在宫中，还是乌拉那拉氏是为人所冤，而真正害人的人一再用此手法谋害皇嗣？皇上若不查清，只怕玫嫔与仪嫔之后，海贵人还有其他妃嫔都会受人所害。"

意欢一向淡淡地不爱与嫔妃们来往，此时娓娓论来，也只是置身事外的清冷语气，恰如她耳边的一双冷绿色的翠玉耳环轻轻摇曳，清醒而夺目。

李玉服侍在皇帝身边，轻声道："奴才倒记得，当日乌拉那拉氏被人力证以水银和朱砂谋害皇嗣，她拼命喊冤，却是人证物证俱在，反驳不得。如今细细想来,若她真是被冤,那岂不得意了那真正谋害皇嗣之人?奴才想着,真是心惊后怕。"

蕊姬沉吟片刻,睁大了眼道:"皇上,当日臣妾一心以为是乌拉那拉氏谋害了臣妾的孩子。可按着今日海贵人的样子,只怕乌拉那拉氏真被冤枉也未可知。"她眸中清泪长流,悲戚不已,"皇上,乌拉那拉氏被冤也不算第一等要事。可是皇嗣含冤而死,皇上却不能不留意了。"

海兰亦是垂泪不已,她唇角长着溃疡,每一说话便牵起痛楚,带着"咝咝"的吸气声,听着让人发寒:"皇上,当日所有的人证里,最有力的是皇上的慎贵人,所以真相只怕还落在慎贵人身上……"

蕊姬原本就不喜阿箬得宠后的轻狂样子,轻哼了一声不语。

意欢冷冷道:"慎贵人卖主求荣,可见品性不佳。要是乌拉那拉氏真是被冤,慎贵人便是被真正的主谋收买了。"

这一语便似惊醒了梦中人一般,玫嫔即刻变色道:"皇上,慎贵人甚是可疑,不能不细察。"

皇帝轻轻"嗯"了一声,仿佛全没把这些话听在耳朵里,只替海兰掖了掖被子,温言道:"事情还未查实,不要胡乱揣测。海贵人,你且安心养着,太医院的太医任你调用,务必护好皇嗣。其余的自有朕处置。"

皇帝潇然起身,向着蕊姬的泪眼温情脉脉道:"已经伤心了那么多年,别再哭伤了眼睛,赶紧回宫去歇着吧。舒贵人,你也跪安吧。"

皇帝说罢,扶了李玉的手出去,一直上了辇轿,到了养心殿书房坐下,一张英挺面容才缓缓放了下来。毓瑚深知皇帝的脾气,努一努嘴示意众人下去,自己倒了一杯热茶放在皇帝手边,轻声道:"皇上,喝点茶消消气。"

皇帝端起茶冷笑一声:"消气?朕的后宫连一个孩子都容不下!朕看着都怕,哪里还敢生气!"

毓瑚垂首不敢言语,皇帝一气把茶喝尽了,缓和了气息道:"许多事当年就有蛛丝马迹,可是皇额娘拦着不让朕查了。眼下海贵人被人毒害的事,你便替朕传出去。然后把当年没查明白的,继续查下去。"

毓瑚答了"是",又为难道:"皇上不担心太后阻拦了?而且那些人里,其中一个是慎贵人,是桂铎的女儿。"

"皇额娘阻拦是为前朝安定,可海贵人肚子里是朕的皇嗣。皇嗣再度被谋害,皇额娘也不能置之不理。"皇帝冷然决绝,"永远为前朝局势而容忍后宫污秽,朕这个皇帝哪有舒展之时?"

毓瑚婉言劝说:"前朝的事您以退为进,为的就是来日可以施展抱负,后宫也一样。皇上,再等一等吧。"

皇帝露出一丝难过的神色,低声唤了句"嬷嬷"。这一句呼唤勾起了毓瑚昔年与皇帝相依为命之情,她放缓了口气,一如当年:"唉,嬷嬷在呢。您呀就是这样的脾性,打小怎么忍过来的,奴婢比谁都清楚。"

正沉默间,却听外头敬事房太监徐安请求叩见,毓瑚提醒道:"皇上,是翻牌子的时候了。不过,您若觉得烦心,今日不翻也罢。"

皇帝便道:"那就让他进来吧。"

徐安捧了绿头牌进来,恭恭敬敬跪下道:"恭请皇上翻牌子。"皇帝的手指在墨绿色的牌子上如流水滑过,并无丝毫停滞的痕迹,他似是随口询问:"从前娴妃的牌子……"

徐安忙道:"娴妃被废为庶人,她的绿头牌早就弃了。"

皇帝轻轻"嗯"一声:"那重新做一个绿头牌得多久?"

"很快,很快。"徐安听出点味儿,忙赔着笑,抬起头觑着皇帝的神色,眨巴着眼睛道,"皇上的意思,是要重新做娴妃的绿头牌么?"

皇帝摇头道:"朕不过随口一说罢了。"他的手指停留在"慎贵人"的绿头牌上,轻轻一翻,那"嗒"一声余韵袅袅,晃得李玉眉头一锁,旋即赔笑道:"皇上有日子没见慎贵人了呢。奴才立刻去请慎贵人准备着。"

皇帝重又坐下,看着外头渐渐暗下来的水墨色天光,懒懒道:"是啊。这些日子都在舒贵人那里,是该六宫里雨露均沾,多去走走了。"

毓瑚有些不解:"皇上方才让奴婢查当年与娴妃娘娘有关的事,那么慎贵人……"

皇帝淡淡道："奴才是奴才，慎贵人是慎贵人。"他想了想，"慎贵人的阿玛桂铎治水颇有功绩，今秋的洪水又被他挡住了不少。如果南方的官员都会了治水之道，朕该省下多少心思。"

毓瑚笑道："皇上不是一早吩咐了慎贵人的阿玛将治水之法整理成书么？今儿一早成书就已经搁在御案上了，想是折子太多，皇上您还没看到呢。"

皇帝眸中微微一亮，旋即微笑道："朕得空会看的。你去吩咐慎贵人准备接驾吧。"

毓瑚躬身告退，皇帝从堆积如山的折子底下翻出一本《治水要折》，仔细翻了两页，唇角带起一抹浅笑，无声无息地握在了手里。

连着数日，皇帝都歇在阿箬宫里，一时间连得宠的舒贵人都冷淡了下去，人人都云慎贵人宠遇深厚，长久不衰，是难得一见的福分。晞月本因海兰中了朱砂之毒的事又气又怕，满腹狐疑。这日与阿箬、玉妍从长春宫请安出来，却是阿箬先没好气了："贵妃娘娘，不会是您厌恶海贵人，一时急起来给她下了朱砂吧？"

晞月瞪着一双水汪汪的美目便恼了："你是疯了，竟敢污蔑本宫？本宫还疑心是你给海贵人下的朱砂呢，平时欺负海贵人，就你最起劲儿。"

阿箬仗着这些日子皇帝都与自己亲近，气焰也高了三分，立刻便回嘴："那也比不上贵妃，您用朱砂那是熟能生巧。"

晞月懒得与她拌嘴，回头只看着跟在后头云淡风轻的玉妍："嘉嫔，好好管教你宫里人！"

玉妍拈着绢子掩口轻笑："哎呀贵妃说得轻巧。慎贵人最得圣恩，我哪里敢管教。"

阿箬气恼，却也不愿和自己宫中的主位翻脸。一张俏脸涨得通红，只抚着腮不言语。晞月见她养得水葱似的手指上套着一颗硕大的猫眼戒指，对着日色流光溢彩，十分夺目，必是皇帝新赏的。晞月哧笑一声："在本宫面前装什么小主，一个小宫女儿卖主爬上来的，多矜贵呢。"

阿箬自得宠，最恨人说她卖主求荣，当下挺起了丰满的胸脯子，扬声道："嫔妾没有卖主，嫔妾是效忠皇后娘娘，正后宫纲纪。"见晞月抿着嘴儿轻笑，不知怎的，她的气焰便低了下去，强撑着场面，"嫔妾为贵妃娘娘也做了不少事。"

晞月慢条斯理地道："奴才嘛，办事是应该的。本宫且告诉你，你得宠归得宠，断不许有孩子。"

犹如一盆冰水从头顶浇下，心底瞬间冰凉，将最痛最不能提的心事击溃。阿箬纵有多少心胸，也提不起劲来了。她忍泪道："嫔妾哪里能……敢有什么孩子。"

晞月得意一笑，神情犹带稚气与狠戾。玉妍眼风微挑，妩媚转眸，拉过二人的手好言劝和道："如今要紧的是除了乌拉那拉氏，她要出来，必定要惹出无数风波。"

晞月雪白的牙齿紧紧咬着："落一剂鹤顶红就完了，问起来只说熬不过冷宫苦楚，自杀了。"

阿箬唇角的弧线勾勒出鄙夷的轻笑："冷宫里哪来的鹤顶红，买通侍卫吊死了她主仆俩，做成自杀的模样就是了！"

晞月不耐烦多言，看玉妍一眼，玉妍点点头，她便倦倦回去。阿箬细细打量着玉妍一张娇媚天真的面孔，语意幽幽如鬼魅："贵妃那么蠢，真不相信她能想出多少害人的心思。您可比她聪明多了。"

玉妍扬了扬绢子，撇嘴道："你这么说贵妃，她听见了可不高兴。"

阿箬发狠地攥着手："管她呢。将来我阿玛自有前程，难道还在高斌手下待一辈子？嘉嫔娘娘，别看您咋咋呼呼的，有时候贵妃和皇后都要听您的意思呢。"

玉妍幽然一笑，如暗花绽放："一片忠心，她们自然会听取。"说罢，便恢复了一宫主位的高傲姿态，扶了贞淑的手去了。

时日渐过，宫中开始隐隐有谣言传出，说起皇帝又再提起娴妃，恐要把她恕出冷宫也未可知。

消息传到冷宫的时候，如懿不过置之一笑，从请脉枕上收回自己的手腕，笑道:"真的大家都这样疑心么?"

江与彬微笑道:"宫中本是流言聚散之地,自然会有人在意。"

"那我岂不凄惨,又卷入是非之中?"

江与彬淡然含笑道:"是非何曾离开过小主?越是凄惨之地,越是有生机可寻也未可知。"他将一包药从药匣中取出递给她,"这是包治百病的良药,小主大可一试。"

如懿含笑接过:"那便多谢了,只当借你吉言吧。"

这一日午后,是难得的晴好天气。时近暮秋,也难得有这般秋高气爽的日子,天空是剔透欲流的蓝色,晶莹得如一汪上好的透蓝翡翠。惢心从墙洞里取过最后两份菜式不同的饭菜,端过来与如懿同食。

送来的是简单的素食,不沾荤腥,主仆俩虽然吃得习惯了,但这一日送来的菜色是如懿素来不爱吃的苦瓜与豆芽。她夹了几筷便没什么胃口,惢心也吃了两口,摇头道:"都快入冬了,还送这么寒凉的苦瓜和豆芽来,吃着岂不伤身么。"说罢只抓了几口白饭,便要起身将盘子依旧送出墙洞去。

惢心才站起身来,只觉得胸中一阵抽痛,呼吸也滞阻了起来,像是被一块湿毛巾捂住了嘴脸,整个人都透不过气来。她心里一阵慌乱,转回身去,却见如懿一副欲吐而不得的样子,面色青黑如蒙了一层黑纱。

惢心心知不好,一急之下越发说不出话来,还是如懿警醒,虽然痛苦地捏紧了喉头,却借着最后一丝力气,将盘中的碗盏挥落了下去。

凌云彻和赵九霄酒足饭饱,正坐在暖阳底下剔着牙。赵九霄看凌云彻靴子的边缘磨破了一层,衣襟上也被扯破了一道丝儿,不觉笑他:"你的青梅竹马小妹妹这么久不来了,你也像没人管了似的,衣裳破了没人补,鞋子破了没人缝,可怜巴巴的。"

凌云彻蹭了一脚,想起鞋子里垫着的鞋垫是如懿给的,便有些舍不得,缩了脚横他一眼:"可怜巴巴?还不是和你一样。"

赵九霄摇头道:"那可不一样。我不做梦啊。宫里的女人哪里是我能想的,一个个攀了高枝儿就不回头了,比天上的乌鸦还黑,我可招不起惹不起。"

两人正说话，却听得里头碗盘碎裂的声音哐啷响起，都是吓了一跳，赶紧起身问了两声"什么事"，却无人应答。九霄亦觉得不对头，忙打开锁道："你进去瞧瞧，我在这儿守着。"

云彻听得声音是如懿屋里传出来的，一时顾不得避嫌，忙闯了进去，只见地上杯盘狼藉，碗盘碎了一地，到处都是碎瓷碴子。主仆二人都伏在桌上，气喘不定，脸色青黑得吓人。如懿犹有气息，虚弱道："太医……江太医……救命！"

云彻吓得脸色发白，也不知她们吃坏了什么，不管三七二十一，先给两人各灌了一大壶温水，用力拍着她们的后背。如懿虚弱地推着他的手，喘着气催促道："快去！快去！"

消息传到养心殿的时候，皇帝正午睡沉酣。李玉得了消息，望着里头明黄色帘幔低垂，却是慎贵人陪侍在侧，一时也有些踌躇，不知该不该进去通报。正犹豫间，却见两个延禧宫的宫人也急匆匆赶了过来，道："李公公，不好了，海贵人出事了。"

这一下李玉也着了慌，顾不得慎贵人在侧，忙推门进去。慎贵人见他毛毛躁躁推门进来，已有几分不悦之情，便冷下脸道："李玉，你可越发会当差了，皇上睡着呢，你就敢这样闯进来。"

李玉忙道："回慎贵人的话，延禧宫出了点事儿，让奴才赶紧来回报。"

阿箬原就忌讳着海兰与旧主如懿要好，此刻听了，便撇嘴冷笑道："能有什么不得了的大事，若身上不好，请太医就是了，皇上又不是包治百病的神医。我可实话告诉你，这两夜皇上睡得不是很安稳，好容易午后喝了安神汤睡着了，现在你又来惊扰，我看你有几个胆子！"

李玉听着帐内的人呼吸均匀，显然睡得安稳，忙磕了个头，神色怯怯而谦卑，口中声音却更大了几分："慎贵人恕罪。冷宫里来报，乌拉那拉氏中毒垂危，延禧宫也说海贵人的安息香中又被加了朱砂，事儿都挤在一块儿了。除了皇上，谁能做主呀？"

阿箬招了招手里的绢子，盈然轻笑一声："你也太不会分是非轻重了。冷宫里的乌拉那拉氏，死了也就死了，值什么呢，只怕说了还脏了皇上的耳朵呢。至于海贵人，传太医就是了。这天下能有什么比皇上更尊贵的，你也犯得上为这点小事来惊扰皇上！"

李玉沉默着擦了擦额头的汗，把头垂得更低，却并无退却的意思。片刻，明黄色五龙穿云绣帐被撩起一角，皇帝的声音无比清明地传来："李玉，伺候朕起身。"

李玉的唇角扬起一抹淡而稳妥的笑意，嘴里答应了一声，手脚无比利索地动作起来。阿箬神色微微一变，忙堆了满脸笑意要去帮手，皇帝的手不动声色地一挡，慢慢道："你跪安吧。这些日子都不必到朕跟前了。"

阿箬慌忙跪下，眼神慌乱："皇上恕罪，皇上恕罪，臣妾不知做错何事，还请皇上明言。"

皇帝嘴角蕴着一抹冷冽的笑意，眼中寒凉如冰渊："许多事，你一开始便错了，难道是从今日才开始错的么？"

阿箬只觉得背上一阵阵发毛，仿佛是衣衫上精心刺绣的香色缎密织嫣红月季的针脚一针针戳在了背脊上，带着丝线的糙与针尖的锐，逼向她软和的肉身。不，不，这么多年了，皇帝如何还会知道。果然，皇帝带着不豫的语气道："冷宫的事好歹也是条人命，何况海贵人怀着的是朕的皇嗣龙裔，你竟也对人命皇嗣这般不放在心上？朕原以为你率真活泼、心思灵敏，却不想你的心底下还藏了这许多冷漠狠毒！"

阿箬被骂得双膝发软，瘫软在地上，心中却漫过一层又一层惊喜，原来，不是为那件事。幸好，不是为那件事。

皇帝由着李玉替他穿上海蓝色金字团福便服，扣好了玉色盘扣，厌弃地看阿箬一眼："出去吧！"

李玉只是含了一抹恭顺的笑意，目送着阿箬扶着宫女新燕跌跌撞撞地出去，不由得钦佩地望了皇帝一眼。伺候皇帝这么些年，他不是不知道皇帝的脾性，也比旁人更清楚，慎贵人这些年的盛宠之下，到底是什么。皇帝今日才肯流露出来的这一抹厌弃，实在是太晚了。于是他恭谨地问："那么皇上先去哪里?"

皇帝微微一怔,便道:"自然是延禧宫。叫人好好救治如懿。人救不回来,太医提头来见。"

此时延禧宫中乱作了一团,海兰畏惧地缩在床角,嘤嘤地哭泣着,拒绝触碰一切事物。宫人们跪了一地,皇帝从人群中走进去,一把搂过她,温言道:"到底怎么了?"

叶心跪得最近,便道:"皇上,自从上次的事,我们小主已经足够小心了,饮食上都派人仔细查验过,谁知今儿小主闻着安息香便头痛,奴婢找人验了那一炉安息香,才发现里头混了朱砂。"

皇帝的神色难看得几欲破裂,冷冷道:"查出来是谁干的么?"

海兰呜咽着伏在皇帝怀里,哭得鬓发凌乱,几枚散落在发丝间的粉色小珠花越发显得她形容憔悴,不忍一睹。

皇帝惊怒交加,安抚地拍着她的肩道:"别怕,朕一定彻查清楚,不会让人再伤害你。"

海兰啜泣着道:"有人存心谋害皇嗣,臣妾宫中已经有所防备,她还能换着法子下毒。皇上,是谁容不下您的孩子?"

皇帝柔声道:"还好你发现得早。这件事,朕会交给毓瑚去细查。"

毓瑚答应一声:"是。奴婢一定会尽心尽力去查,给皇上和海贵人一个交代。"

皇帝好生安慰了几句,便道:"后宫出了这么多事,朕得去见见皇后。六宫不宁,也是她的过失。"

海兰正要起身相送,皇帝忙按住她道:"你好好歇着,别劳累了自己。朕晚上再来看你。"

宫人们送了皇帝出门,皇帝见已无延禧宫的人跟着,方才低声道:"冷宫里是怎么了?"

李玉忙道:"据太医回禀,是中了砒霜的毒,还好如懿小主和惢心膳食用得不多,所以中毒不深,除了太医江与彬,奴才还派了两位太医一同去盯着,以防不测。"

皇帝赞许道:"你做得不错。如懿中毒,这边厢海兰就出事,两者几乎是同一时间,看来不会是如懿指使人做的。"他冷笑道,"看来朕才放出点风声,便有人沉不住气了。只是朕没想到,她们竟沉不住气到这地步,居然要杀人灭口。"

李玉看着皇帝的神色,小心翼翼道:"皇上也觉得,这些年……她是受委屈了?"

皇帝眼底添了几分焦灼之色,口气倒还沉稳:"朕去瞧瞧她。"

李玉忙道:"冷宫忌讳,皇上金尊玉贵,可去不得。"

皇帝淡淡笑道:"旁人可以去冷宫杀人放火,朕连瞧一瞧也去不得么?上回冷宫失火朕也去了,这次不过是再往里走一步,那便怎么了?"

李玉情知劝不住,只得扶了皇帝上轿,向冷宫去了。

第二十四章 复生

如懿躺在床上，只觉得胸口烦闷难安，呕吐的感觉挥之不去，脑中也一阵阵晕眩，仿佛身体轻飘飘的，躺在一堆浮絮之上，四肢百骸半点力气也无。

江与彬已经灌了如懿和惢心许多浓盐水，催她们呕吐出来，又拿烧焦的馒头研磨成粉给她二人服下吸附毒物。他一个人正手忙脚乱，又来了两个太医院的太医，看来地位在江与彬之上许多，三人商议了用药，才把如懿和惢心从鬼门关扯了回来。

如懿躺着，薄薄的破旧被子盖在身上，像有千斤重似的不能承受。可是，她还有什么承受不住的呢？她怔怔地想着，看着另一张床上面色雪白如纸的惢心，想着自己此时此刻，也是一般的容色吧？幸好，他是不会来这里的，上次失火，她是那么狼狈，在狼藉不堪中见了他一眼，那一眼，她便明白了自己的在意，明白了自己的舍不得。所以，情愿他不要来。

正胡思乱想着，却听外头脚步声肃然有序响起。如懿在晕眩乏力中看着一抹明黄渐渐逼近，和着泪水模糊了她的双眼。

盼他来，怕他来，他终于还是来了。

皇帝的身影凝在如懿床边，他的声音是那样熟悉而邈远，轻缓柔和："朕来了。你还好么？"

好么？这么些年，他不是不知道她身陷在这苦牢里。这个"好"字，她已经不会写，也不懂得写了。如懿并不背过身，只是在默然中以泪眼寂静相对。

她没有别的了，委屈、辛酸、苦痛、悲与冤，都尽数化作了眼底缓缓流淌的泪，一如她的心绪，没有激荡，只有沉缓，预料之中期待之外的沉缓。

皇帝似乎被她的泪所感染，亦多了几分沉郁之色，不自禁地想要伸出手握住她的手。如懿望着自己枯瘦得青筋暴现的手背，将它缩回被中，淡淡道："贱妾鄙薄之身，怎可由万圣之尊触碰？"

皇帝看了看周遭，抑制住自己的神色，道："娴妃是怎么中的毒？"

江与彬听得皇帝这一声称呼，只觉得心头大石松懈了下来，他急忙抑制住唇角将要泛起的笑意，沉声道："娴妃娘娘是中了砒霜之毒，所幸发现得早，娴妃娘娘与蕊心姑娘进食也不多，万幸没伤及五脏六腑。"

"没事就好。你们好好替娴妃治着。"皇帝长吁一口气，俯下身，望着如懿一双泪眼，低沉唏嘘，"你的性子一直坚毅倔强，却不想也有这样泪水长流的时候。朕与你那么多年，都未见过你那么多泪。"

"性子倔强坚毅，不代表没有委屈冤痛。但即便有，知道申诉无用，也唯有长泪而已。贱妾流泪，不足以入皇上之目。冷宫卑贱之地，也不宜皇上久留。还请皇上尽早离开吧。"

两望的泪眼里，皇帝默然片刻，极力收拢眼中的动容之色，转身向江与彬道："好好照顾娴妃。"

江与彬躬身道："是。只是冷宫湿寒，怕不宜养病。"

皇帝温然而坚决："朕知道冷宫不是久留之地。待娴妃能起身了，朕会即刻复她位分，带她出冷宫。"

这话是说与江与彬的，亦是对她。

如懿闭上双眸，感受着热泪在眼皮底下的涌动，终于背过身握紧了双手，露出一分淡然的笑意。

六宫之中任何消息都难以被瞒住，人的耳朵和嘴是最好的传递之物。皇后与晞月站在廊下，望着一蓬新开的绿菊闲话家常，却见赵一泰匆匆进来打了个千儿道："皇后娘娘万福，贵妃娘娘万福。"赵一泰看了两人一眼，"皇上方才去了冷宫，亲呼乌拉那拉氏为娴妃，说不日便将释放她出冷宫。"

晞月一个踉跄，差点没站稳，声音也不觉高了几分："乌拉那拉如懿毒害皇嗣，证据确凿，已被废为庶人，怎还会被放出冷宫？皇上还称呼她娴妃？"

皇后脸色白了几分，倒也还镇定："为何是不日放出冷宫，而非即刻？赵一泰，你把话说清楚。"

赵一泰稳住了神道："乌拉那拉氏中了砒霜之毒，一时未能好转，皇上嘱咐待她能起身时再出冷宫。"

皇后挥手示意他下去，转身进了内殿。

素练急急跟进，见无人在侧，忙问道："贵妃娘娘，莫不是您……"

晞月恨声："要是本宫，就把砒霜下得足足的，断不会让她被救回来。"

皇后平静地目视她片刻，慢慢道："你鬓边的凤钗歪了，扶一扶正吧。"

晞月急切道："皇后……"

皇后深吸一口气，柔缓道："仪容端正有肃，是贵妃应有的仪表，任何情况下都不容失了分寸。"

晞月有些羞赧，忙扶正了垂珠凤钗，缓声道："娘娘，她既然中了砒霜的毒，那咱们顺水推舟，再给她加一点儿，毒发身亡就是了。"

皇后慢慢拨弄着纤白如玉的手指上翠浓的碧玺戒指，摇头道："此时再动手，实在太点眼了。而且无论是否得手，都把她之前中了砒霜的黑锅全背去了，得不偿失。"

晞月眉紧蹙，拧着绢子恨声道："也不知道是谁下的毒，也不下准点儿，要了她的命就好了。"

皇后终究疑惑："贵妃，真不是你下的手？"

晞月急得双颊泛红，连忙分辩道："不是不是。臣妾还没来得及下手……会不会是阿箬那贱婢？"

皇后沉吟着："她不敢背着你和本宫擅自下手，否则出了事谁保她？"

晞月急起来，一个个猜过去："那还会是谁？玫嫔？嘉嫔？纯妃？"

皇后微微一笑："本宫与你一样不知就里。不过有慎贵人在，她比谁都容不下乌拉那拉氏。"

晞月也笑了："是了，谁也急不过慎贵人。皇后娘娘圣明。"

皇后与晞月满腹揣测，玉妍也在启祥宫里看阿箬发急。阿箬越是神色败坏，玉妍越是笑得欢畅："看来乌拉那拉氏真要出冷宫了，恭喜慎贵人，快要见着旧主子了。"

风摧败叶一时散。阿箬的眼神和此刻被秋风卷起的残叶没有什么两样。她的嘴唇急急颤抖，混乱而惶急地说着："嫔妾可见不着她，贵妃一定会下手的。我料定了的。是你们要我加上那包朱砂的，你们早就有这个心要乌拉那拉氏死了。尤其贵妃，一定会除了她。"

玉妍矜持地笑着，画下泾渭分明的界限："你们？本宫可只救过你而已，你少忘恩负义扯上本宫。"

阿箬想要说什么，可许多事玉妍分明都没有插手，就算有些疑影儿，却如何说起呢。玉妍抬手，施施然整理轻裁漫拢的云鬓，一双笑靥，似喜非喜，似嗔非嗔："海贵人中毒蹊跷，冷宫里乌拉那拉氏中毒也蹊跷。可现成地放着皇后和贵妃呢，还有个你与素练，你说话可仔细些，别自招祸事。"

阿箬委屈地撇了撇嘴，眼中的怒火随着恐惧的上升，终于熄灭了下去。

江与彬的医术颇为精到，不过三四日，如懿和惢心便能起身了。她披衣坐在廊下，看着被略做修缮的屋子，道："惢心，即刻要走了，何必再收拾？"

惢心微微咳嗽两声，满面含笑道："奴婢是心里高兴，内务府的太监们知道咱们只在这里养几日就要走了，都还巴结着来打理修缮，那是他们知道小主出去后便不一样了。也好，咱们费了这许多心思，终于能离开这里了。"

如懿靠在廊下破旧的廊柱上，定定道："出去不过是第一步，要活得好，不再像从前一样任人欺凌宰割，才是最要紧的。否则今日出去，不知哪一日还会被送回来，又有什么意思？"她转过头，"你身子才好，万不要太劳累了。"

惢心出来，笑着替她披上一件外裳，道："奴婢没事，奴婢为了小主，怎样都是快活的。"

如懿握住她的手道："惢心，还好万事都有你在我身边。"

"我与小主之间，不说这些。"惢心看着如懿，眼底微有泪光，想了想道，"小主嘱咐奴婢做的靴子奴婢都做好了。"她指着里屋木箱上的一双男靴道，"奴婢见过凌侍卫的靴子，尺码应该是不会错的。奴婢按着小主的吩咐，鞋边上又拷了两层线，这样就不容易破了。"

如懿道："你的手艺自然是不错的，拿来我瞧瞧。"

惢心即刻捧了过来，如懿仔仔细细看了一遍道："我也没什么好谢他的，他的鞋磨坏了，就让你做双鞋谢他吧。"

惢心道："可不是呢，若没有凌侍卫三番五次救咱们，哪有奴婢和小主的今日。"

如懿抚摸着簇新的靴面，心中亦不免触动，感叹道："虽然他是收了海兰和咱们的银子办事，可许多事，原是在他的本分之外，他还愿意这样帮忙，那便是雪中送炭的情谊了。"

惢心叹息道："也是。锦上添花易，雪中送炭难。凌侍卫的心意算难得了。"

如懿低头看了看靴子道："既是送他的，你在靴筒的里面绣上一朵颜纹以做辨别吧。等下黄昏用饭时分，请他瞅着方便过来瞧一瞧就是了。"

惢心答应着，便道："廊下风冷，小主进去再睡一会儿吧。"

皇帝午睡起来，倒也不像寻常那样便去书房批折子，只是一个人坐在窗下，慢慢地收拾着棋盘上的残子，似是动着什么心思。

李玉不敢让人打扰，亲自捧了茶点上前，道："皇上，皇后宫里新制的酥酪茶，请您尝尝。"

皇帝坐着，慢慢地收拾着棋盘上的残子。

李玉慢慢回禀："娴妃娘娘中毒之事，奴才查问过饭菜的来源。送饭的太监马憨子说，娴妃与惢心使过银子，所以饭菜比旁人好些。但她们吃的是和其他人的饭菜一块儿端来的，人多手杂，实在也不知道哪些人碰过了。"

皇帝头也不抬："马憨子是什么来路？"

"一个老太监，在宫里当差久了，都叫他一声马公公。没什么来路。"

毓瑚也有些不安："海贵人那儿，奴婢也是毫无头绪。"

皇帝将棋盘一推，冷冷道："那朕要你们做什么？"李玉和毓瑚忙跪下了。皇帝轻哼一声："看来有人有本事在朕的后宫一手遮天，连你们也查不出来！毓瑚，你先退下吧。"

毓瑚知道皇帝体恤，不肯她跪着，忙出去了。

皇帝望了望窗外，见阿箬跪着，不觉皱眉："她来做什么？"

李玉躬身回禀："慎贵人一直跪着，说前两日服侍不周惹您生气，求您宽恕。"

皇帝将手中的黑子往棋盘上一搁，含了一缕鄙薄的笑意："她还来求朕宽恕？这些年她做了什么，她自己都没数么？"

李玉低头道："皇上天意圣裁，奴才哪里能懂得。皇上说慎贵人是什么，她就是什么。"

皇帝淡淡一笑："这些年来她是怎么侍寝的，你是朕的贴身太监，你会一点也不知？"

"皇上不许奴才知道，奴才就不知道。皇上许奴才知道了，奴才也只能心里知道，嘴上可不敢胡说。"李玉见皇帝神色好些，便将方才送进来的点心一色儿排开，利索道，"这八宝玫瑰花卷是慧贵妃敬献的，奶白枣宝是纯妃敬献的，白果栗子松是玫嫔娘娘的手艺，花盏龙眼是嘉嫔娘娘亲自做的，还有一味桃花百合糖渍凉粉和羊脂菠萝冻分别是舒贵人和慎贵人的进献。皇上想尝尝哪一道？"

皇帝看他道："你不是做事谨慎又不爱言语么，那朕问你，这会子朕觉得看了这些东西都甜腻腻的，你觉得给朕上什么点心好？"

庭下有凉风拂进空落繁丽的大殿，带进殿外菊花的清苦香气。李玉心中一动，便道："从前娴妃娘娘在的时候，有一道菊花佛手酥是最擅长的。御膳房虽不能做出一模一样的,但也可以试试,算是应季的美食了。"

皇帝这才露出几分笑意:"跟在朕身边久了,算你懂事。朕问你,六宫里知道朕要放出娴妃来,可有什么动静?"

"能有什么动静,也不敢动到皇上跟前来。左不过是议论纷纷,流言四起罢了。"

皇帝思忖片刻:"这就流言四起了?李玉,朕吩咐你把翊坤宫收拾出来,可怎么样了?"

李玉道:"翊坤宫与皇后娘娘的长春宫并列,紧跟在皇上的养心殿之后。坤为女阴之首,翊为辅佐,除了皇后娘娘大婚所用的坤宁宫,翊坤宫算是最华丽紧要的所在了。皇上吩咐把翊坤宫收拾出来给娴妃娘娘居住,奴才不敢不用心,一应挑的都是最好的东西。"

皇帝颔首道:"翊坤宫尊贵,朕就是要给如懿这份尊贵,好弥补她这些年在冷宫的委屈。对了,如懿一向挑东西最精准,你看看内务府选了哪些东西去布置,都列份单子给朕先过目。"

李玉看着皇帝抿了口茶,躬身道:"皇上心系娴妃娘娘,顾虑周全,奴才万万不及。只是皇上如此看重娴妃娘娘,一心要弥补她的委屈,怎不晋一晋她的位分,更示恩宠。"

皇帝随手取过一块点心尝了,道:"许多事,不在位分上。娴妃家世不够显赫,的确不如慧贵妃。至于后宫这么介意娴妃出冷宫,你便再下一道旨意。娴妃出冷宫之日,晋封贵人叶赫那拉氏为舒嫔。"

李玉道:"是。奴才遵旨。"皇帝扬脸看了看朱红格栏窗外跪着的阿箬,凛凛秋风之中,她衣衫单薄,盈然飘飘。皇帝淡淡笑道:"她喜欢跪,便让她跪着吧。"

海兰独自卧在床上,床帐上绣满了多子多福的石榴葡萄纹样,为着吉祥如意的好彩头,特意用橘红和深朱的缂丝绕了银线的彩绣,连铜帐钩上悬着的荷包都是和合如意的图样,看着便是洋洋的喜气。叶心端了汤药进来,海兰忍不住掩鼻道："一股子味儿，真是熏人。"

叶心见没有旁人在，方才劝道："小主好歹忍一忍喝了吧。这药是去朱砂余毒的。还好小主中毒不深，太医嘱咐再喝两天就好了。要是余毒未清伤及腹中的小皇子，那可怎么好呢？"

海兰轻吁一口气，抚着肚子道："我知道，左不过都是为了姐姐罢了。"

叶心轻轻地吹着药，叹道："小主待娴妃娘娘，那真是比亲姐妹还要亲了。"

海兰理了理松散的鬓发，道："冷宫里不比外头更安全，同样是死，怕姐姐是怎么死的都不知道了。这个宫里，只有她一人真心待我好，我也真心只待姐姐好。"

叶心将药递到海兰唇边，海兰一仰头喝了，皱眉道："真是苦。"

叶心服侍她漱了口，忙取了酸梅放在她口里，道："小主这话就是泄气了。小主有皇上的宠爱，眼看着就要生下皇子，有什么可担心的。"

海兰捋着帐上垂落的鸳鸯流苏，神色淡得如一抹寒冰："皇上？皇上是个男人，一个男人三妻四妾，有什么值得依靠的？我腹中的孩子，也不过是他的孩子之一，能有什么前程？凡事只能指望这个孩子，我难道还能指望皇上？后宫里朝不保夕，唯一能够依靠的，不过是一场姐妹情谊，才能相伴数十年。其他的，都是浮梦一场，梦过便算了。"

叶心见她盛宠之下却如此灰心冷淡，也知道不好再劝。海兰想了想问："剩下的那些不干净的东西全清出去了么？不许留下一点痕迹。更不许将来告诉姐姐知道。"

叶心忙道："小主放心就是。"

海兰望着外头昏黄的霞光映照在一格格的窗棂上，神色默然："等到姐姐在我身边了，我才真正放心。"

暮秋初冬时节的天色容易暗得早，若是逢上晴天，便有极好的晚霞招展，仿佛一匹上好的流霞锦自天际伏曳而下，虾红、宝蓝、云青、米黄，倾倒了一天一地，兀自灿烂，流丽万千。

换作往日，如懿并没有这样好的心情细赏落霞，但是此刻，她有，也愿意。笃定地看着晚霞倾于碧瓦琉璃之上，才能明白，自己将要走回去的地方，是何等繁华似锦，就如这晚霞一般，绚丽之后，只余下无尽的黑暗与凄冷，要她独自面对。

凌云彻是借着送饭的机会进来的。他比往日更多了几分恭敬，行礼过后才道："恭喜小主，次日午后便可出去了。"

如懿回望向他笑："同喜。你也终于少了我这样一个麻烦。"她取过那双靴子，"我手艺不佳，只好让惢心缝制了一双靴子给你。双脚不受风霜苦侵，才能走得远，走得好。"

凌云彻抚摸着那双样式普通的靴子，不知怎的，竟想起了久未相见的嬿婉。从前，也是嬿婉，只有嬿婉，会这样待他好，关心他的一点一滴。如今，嬿婉怕是早成了枝头婉转滴沥的黄莺儿，飞得越来越高了吧。竟是如懿，拿这个来回报他。

凌云彻抑制住心头情绪的起伏，慨然道："多谢小主。"他望着如懿唇边一点甘甜如露的笑容，"小主仿佛很高兴。"

"今日有期待，所以高兴。明日身在其中，或许发现自己期待的并无预想中好，便无今日这般高兴了。"

"那小主还是一心想出去？"

如懿嫣然一笑："留在这里，和你一样隔着一堵墙，数着今日的青苔又长了几寸，墙上的霉灰是否沾染了衣衫吗？困坐这里是死，出去也未免是死，但我还是想争一争，试一试。"

凌云彻听她婉声道来，不知怎的，心下却生了一股豪情壮志。这么些年被人冷眼瞧低，这么些年不得出头，他的心思，何尝不是和如懿一样。

他捧着那双靴子，心意只在瞬间便落定了。他诚恳请求："若是小主愿意，可否带我离开冷宫，觅一份前程？"

如懿清简的薄薄衣衫被风微微卷起，她微眯了双眼："你也想离开这里？"

凌云彻抬眸，坦然道："这些年微臣在冷宫戍守，被人冷眼瞧低。微臣的心思何尝不是和小主一样，心中不甘，有所渴求。"

如懿淡然一笑，望着天际升起的一抹淡淡月华，怡然道："是啊，不搏一搏，岂不辜负了自己，辜负了一生？你救了我许多次，我一直无以为报，许你一个好前程，就当是谢你吧。"

凌云彻心下欢悦，一时也不知说什么，只是深揖到底，默然含笑。如懿望着满院清亮月光，亦不觉笑。凌云彻犹豫片刻，还是说了出来："微臣自是不忍看小主送命，但也是小主刚入冷宫时，有位姑姑交代过，要保您的性命。"他见如懿秀眉微蹙，知她疑惑，"微臣不知她身份，但姑姑打扮得极体面，微臣难以拒绝。"

"可是太后身边的福珈姑姑？"

凌云彻断然摇头："微臣见过福珈姑姑，不是她。后来微臣也见过姑姑，您做的绣帕和络子，都是交给姑姑变卖的。"

如懿了然："你在这卑贱之地，但凡比你有地位的，都能使唤你。你也的确难知她身份。只是我却不知该去谢谁了。"

阿箬是在后半夜回的自己宫里。夜寒风露，冻得不轻，她跪得膝盖都肿了，皇帝始终没有理会，还是皇后来时看见了嫌不体面，才打发了她回启祥宫。早已过了晚膳和点心的时候，阿箬又冷又饿，缩在炭盆边烤着火。新燕好容易才翻出一瓶药粉来，为阿箬卷起裤腿撒药。阿箬呆呆的，像是被抽去了魂灵一般，整个人都木着。桌上一灯如豆，微微泛着橘色跳跃着，焰尖的簇头拼命往上蹿着，似她从前一颗不肯安分的心。可又如何呢？不过是残灯微光，终究拼不过外头月色如霜。

阿箬静了良久，伸手摸着新燕的宫女衣衫，兀自笑了："做奴婢的时候动不动就跪。原来做了嫔妃还是这般轻贱。"

新燕知她受了皇帝冷待，也不敢挑火，只能好声好气劝说："小主向皇上低头，没什么不该的。再委屈，想想荣宠，也能忍了。到底，桂铎大人在外头风里来雨里去，忙着治理水患，也是为了您啊。"

"阿玛么？"阿箬眼底泛起一层泪光，"我阿玛只晓得做官办差，便是疼我也不肯为了我求皇上的。你看贵妃，在宫里一有什么不顺心的，高大人就递折子问安，父女俩一条心。"

新燕伺候阿箬久了，知道阿箬气性大，可桂铎却是个从来不生事的。"桂铎大人勤勤恳恳做事，不走那些歪门邪道。至于皇上，等消了气，照旧还是疼您。您这般忧心，无非也是还没有怀上龙胎。若是有个一男半女，就什么也不怕了。"

阿箬摸了摸跪得肿起的膝盖，自嘲地笑笑："疼我？皇上怎么疼的我？眼看着娴妃要出冷宫，只怕我连立足之地也没了。"她露出古怪而悲伤的笑容，"至于龙胎嘛……我怎么会有龙胎？一辈子都不会有了！"

新燕看着她渐渐发青的面色，也是费解，只得低了头不敢再言语了。

到了午后，李玉带着皇帝身边进忠、进保两个小太监一同前来迎候，服侍梳妆更衣的两位姑姑都是皇帝跟前积年的老嬷嬷了，手脚最是利索，也会做事。还有一个毓瑚，领着她们当差。如懿头一回见毓瑚，听李玉说是皇帝的乳母，越发客气，毓瑚也喜欢如懿，二人一见便熟络了。

按着妃位，如懿本该穿金黄色立龙戏珠配八宝寿山江牙立水、立龙之间彩云纹的貂缘朝袍，戴镂金饰宝的领约，颈挂朝珠三盘，头戴朝冠。如懿望了那一袭金光灿烂的衣裳，笑道："本宫是回家去，而非年节庆贺。怎么本宫离开这里，还要欢天喜地大鸣大放才能出去么？"

李玉忙赔笑道："娴妃娘娘的意思是？"

如懿含笑道："本宫回去见自己的夫君，何必穿戴成这样隆重辉煌，免得叫人笑话。便是穿家常衣裳就是了。"

李玉会意，即刻吩咐人换了一身新衣裳来，便退到门外由着嬷嬷们替如懿梳妆。梳的是垂云髻，中间以扁方绕成如云蓬松，两端微微垂落至耳边，越发显得饱满而不失小女儿娇态。乌黑的云髻绾成，饰以玉环同心七宝钗，金镶玉步摇，紫莺花合欢圆珰，飞翘的燕尾上坠着鸳鸯莲纹金蝶白玉压发，玲玲一动间，便有细碎的金玉珠子轻轻摇曳，合着正落在眉心的红珊瑚垂珠，越发添了面颊一抹艳色。

蕊心伺候她换上真红色金华紫罗面织锦长袍，在领口别上一枚赤金凤流苏佩。衣襟和袖口都密密绣上缀满细密米珠的"金玉满堂"纹花边。一色的九鸾飞天金丝暗绣折枝花卉图，映着裙角舒展的兰花花饰，以五颗镏金镂空银质扣将琵琶如意纹钮绊住，再配着底下鸳鸯百褶凤罗裙，丝滑缎面在阳光下折出亮光，上面的鸳鸯暗纹，也随着光线一丝一丝透显成痕，几欲展翅飞起。嬷嬷们替她戴上乳白色三联东珠耳坠，尾指上套的金护甲上嵌着殷红如血的珊瑚珠子。如懿对镜自照，整个人仿似新雨当中枝烈艳艳的初绽蔷薇，灼艳而夺目。

待到一切停当，蕊心蹲下身替她穿上胭脂红缎绣竹蝶纹花盆底鞋。胭脂红的底子上，钉缀着玉石做的万字不到头图案，并着蝙蝠和彩带等纹样，鞋帮上绣制纷繁细巧的竹蝶纹，镶以金线盘成的曲水纹绦边，精巧无比。李玉忙恭恭敬敬伸手，如懿扶着李玉的手站起身来，知道自己要穿着这双鞋，一步一步走到来时的地方去。

第二十五章 娴妃

如懿打扮稳妥，扶着李玉的手徐徐起身："这身衣裳是你挑的？选的是鸳鸯纹饰。"

李玉堆了满脸的笑意："奴才哪里会挑这个，是皇上选的呢。"

如懿低头，细细看着那精致的鸳鸯暗纹。是呢，"鸳鸯于飞，肃肃其羽。朝游高原，夕宿兰渚。邕邕和鸣，顾眄俦侣"①。

鸳鸯，原是相伴终老的爱侣，可是又有几人知道，雌鸟辛苦受难之际，雄鸟便会另觅新欢，与之做另一对爱侣。那天长地久，合欢月圆，原是世人自己蒙骗自己的。

她无言，只是由着李玉扶着她的手，缓步踱出这住了三年的冷宫。宫门深锁的一刻，她忍不住再度回首，那破朽灰败的回廊屋阁，积满了蛛网与尘灰的角落，终年长着潮湿青苔的墙壁，她都不会忘记。可是此时此刻，再看一眼，是要自己牢牢记住。

再不能回来，再不能落到这样的境地里。

如懿决然转身，扶着李玉的手稳步踏出去。毓瑚跟随在后，凌云彻等人

---

① 出自嵇康《赠兄秀才入军》。

守在外头，恭送如懿离开。旁人见了毓瑚也罢了，凌云彻和赵九宵看见，如何不认得是姑姑，正要说话，毓瑚轻轻摇头，二人只得按捺住了。

如懿久在这后宫里，哪怕发落到冷宫，都从未离开过这里。可是走在旧日熟悉的甬道长街上，周遭东西六宫的殿宇辉煌依旧，钦安殿、漱芳斋、重华宫、储秀宫，都跟往日没有半分差别。连地上青砖的花纹，都是熟悉透了的。

她一步一步稳稳踏在上面，似是踏着自己的心潮起伏。她终于，又走了出来。两边的宫人们见她稳然前行，忙一个接一个地跪倒在地，不敢直视。

如懿气定神闲，暗自庆幸原来自己已经那么快适应了重见天日的生活。待走到储秀宫门前，却见一个容色极明艳的女子领着侍女站在门外，轻轻向她一福致意："娴妃娘娘万福金安。"

如懿见她长眉深目，首饰只以绿松石、蜜蜡与珊瑚点缀，明艳不可方物，衣着打扮也格外的明丽华贵，只是十分陌生，便矜持道："这位是……"

舒嫔忙道："储秀宫主位舒嫔叶赫那拉氏见过娴妃娘娘。"

如懿微微颔首："舒嫔妹妹有礼了。只是天气冷了，妹妹怎么还守在风口上？"

舒嫔微微一福，神色却是淡淡的："妹妹今日与娴妃娘娘同喜，所以怎么也要来贺一贺娘娘，迎候娘娘入主翊坤宫。"

原来这一日是如懿出冷宫复位娴妃之日，皇帝亦册封了舒贵人叶赫那拉氏为舒嫔。这一下激起千层浪，倒比如懿出冷宫更引了众人注目。骤然封嫔在后宫是极为罕见之事，金玉妍生育了四阿哥恩宠甚厚，也不过被封为嫔；海兰遇喜，也只是贵人。可见这叶赫那拉氏是如何善承圣意了。偏偏她的性子，对着皇帝妩媚婉转，冷热相宜，对着旁人却冷冷的不爱理会，所以与后宫诸人都不甚亲厚。

此刻她迎候在外，特意向如懿请安，也不知是何用意。李玉只得借口天色不早，先陪了如懿回翊坤宫。

翊坤宫与皇后富察氏所居的长春宫相近，互相辉映。绕过影壁便是极阔朗疏爽的一座庭院，正殿五间与前后走廊都绘制着江南娟秀绮丽的画式，一笔一画都是皇帝素日所钟爱的江南风韵。正殿高悬皇帝御笔"懿恭婉顺"匾额，朱红窗上垂着银翠色霞影纱，陈设简单却处处精致，越发显得疏朗有致，清雅成趣。

如懿见殿中的摆设虽不奢华，却件件别致典雅，显然是用了一番心思的。李玉忙道："小主一路过来辛苦，西暖阁中已经备好了茶点，请小主先用吧。"

如懿在正殿中向外张望，发觉李玉安排的都是往日在延禧宫中伺候的旧人，一应都是三宝在外头照应，她便放下心来，往西暖阁中去。转过花梨木透雕藤萝松缠枝落地罩，垂落的明绿色松枝纹落地浅纱被风拂得轻扬起落，一缕淡淡的茶烟袅袅升起，却见一人背身向她坐在榻上，缓缓斟了一杯茶在紫檀芭蕉伏鹿的小茶几上，缓声道："你回来了？"

那种口吻，仿佛如懿只是去御花园中散了散心，去看了春日的花朵、秋日的黄叶回来。仿佛，她一直在他身边，从未这样被抛掷，从来未曾远离。

隔了三年的岁月，他却还是这样的口吻，转过身看着一步步艰辛走来的她，斜坐在明晃如水的日光下，带着闲和如风的笑意，向她缓缓伸出手来。

如懿有一瞬间的迟疑，不知该不该伸出手回应他。皇帝穿着玉白色长衫，仅以一条明黄吩带系住腰身，越发显得长身玉立，翩翩如风下松。周遭的人都退了下去，四周静得像在碧莹莹的潭底，湖水的縠光轻曳摇荡，让她晕眩着睁不开眼。皇帝在迷蒙的光晕里站起来，上前轻轻拥住她："朕知道你受委屈了。"他静一静声，又道，"朕一直知道你受了委屈。朕的如懿，不会做那样的事。"

她的泪在一瞬间无可遏制地落下来。他知道，他居然都知道。心底多年的委屈骤然成了无限的愤恨，如懿用力推开皇帝的怀抱，怨恨着道："为什么？皇上明明知道我委屈，还要把我送进冷宫！"

皇帝安抚似的拍着她的背，柔声道："玫嫔和仪嫔的孩子出了事，每个人每件事都指着你，说实话，朕是疑心过你。"

心寒的感觉再度袭来，原来他还是不信她！

皇帝轻而郑重："可朕也知道，朕的如懿不会那么狠毒。"

如懿退开一步，又一步："那皇上还是让臣妾进了冷宫。"

午后日光轻明如纱，皇帝颀长的身形落在光晕里，仿佛一枚薄薄的剪纸。"朕登基才几年，内有太后和后妃，都是有家世的；外有老臣与她们盘根错节。事关两位皇嗣，如果当时朕执意将千夫所指的你留在身边不做处置，前朝后宫都会要朕给一个交代。"

原来有答案，也是那样悲凉。皇帝的目光专注凝于她面上，含着深深的歉意。如懿的心蓦然收紧，迟钝地泛起痛楚："所以皇上只能那样处置臣妾。哪怕您也疑心臣妾的冤屈，您还是会那么做。因为比起朝局和后宫的安稳，臣妾是可以牺牲的那一个。"

时光迅疾飞去，留下更多的懂得与了然。可那了然是如此悲哀，无非是知道，自己是权衡之际可以牺牲的那一个。

皇帝怅然："如懿，朕是皇帝，哪怕富有天下，也有重重掣肘与无奈。而且皇额娘说过，只有暂时废弃你，才能绝了那些人继续害你的念头。可是到了最后，朕还是发现，唯有在朕身边，你才最安全，最稳妥。"

皇帝的话，似是无理，却也字字入情入理，她没有办法去推敲，去细想。是他送自己进冷宫，也是他拉自己出来。也许他真是害怕，怕自己死在了砒霜之下，焚身以火，所以无论如何也要拉她出来，留在他身边。

如懿无声地呜咽着，把泪洇进他的衣衫、他的肩。殿外初放的红梅烈烈，红得蒙住了她的眼睛，那把火，似乎要一直燃烧着，一直烧到她和他的心底去，烧尽所有的疑问与隔阂才好。

皇帝的下颌抵着她的额头，声音柔和得如一匹上好的绸缎："朕知道你心里有许多的不相信，毕竟这三年你都没在朕身边。你放心，朕会慢慢让你知道。来，给朕瞧瞧你的手，都是冻疮。"

夏天的痱子，冬天的冻疮，都逃不过，在她曾经悉心爱护的手上留下了烙印。皇帝取过药膏，一点一点温柔地抹上。其实这种事原不必皇帝做，可他愿意，也做得细心。仿若爱护无双珍宝，小心翼翼完成。

皇帝涂完药膏，如懿缩回手，浮目窗外。手上的药膏有些腻腻的，虽然是对旧创好,可那气味总不好闻,就像如今的二人,明知彼此有善意,却始终是疏远了。

如懿静了片刻,拣了话头,将凌云彻数次相救之事回禀,也欲报答,想调他出冷宫,另寻个好所在。皇帝自然是应允的,吩咐了毓瑚去办。如此说了几句,皇帝明白她的生疏与不惯,略坐了坐便往养心殿去了。如懿神思尚且游走在对新居的翊坤宫的熟悉之中,她望着茶水中清亮的天光倒影,一时也不觉有些失神。只听得耳边一声熟悉的轻唤:"姐姐,你终于回来了。"

如懿转过头,见海兰被叶心和绿痕搀扶着立在花梨木透雕藤萝松缠枝落地罩之后,大约是走得急,有些气喘吁吁的,脸上却挂着止不住的笑容,映着满眼喜悦的泪,盈盈望向她。

如懿才站起身,眼里便蓄满了泪,情不自禁地落下来,上前几步握住了她手道:"你有着身子,怎么来了?我正要去瞧你呢。"

"我早来了,见皇上的辇轿在外头,所以一直守着等皇上走了才进来。"海兰握紧了如懿的手丝毫不肯放松,上上下下打量着她道,"姐姐清瘦了不少,受苦了。都怪我无用。"

"你若还无用,是谁明里暗里照顾了我这些年呢。"心中积蓄多年的感动温然漫上,如懿含泪拉着海兰坐下,"快坐下说话,别累着了。"她边拉着海兰,边吩咐道:"海贵人有孕不能喝茶,上红枣汤来。"

如懿已经三年没见到海兰了,可是见到的时候,仍是不免吓了一跳。虽然她也知道,女人有了身孕肚子会大,但她没有想到,海兰自己身形未曾大变,肚子却像吹的球似的高高隆起,一旦挪步,就得两三个人搀扶着,像一座小山似的挪动。一身宽大的肉桂色折枝花卉百蝶纹妆花缎长袍也遮不住她巨大的肚腹,紧紧地绷在身上,裹得她行动越发艰难。

海兰才坐下,似是想起了什么,扶着叶心的手盈盈便要行礼:"嫔妾延禧宫贵人海兰,拜见娴妃娘娘。"

如懿吃了一惊,忙扶住她道:"身子都这么重了,还行什么礼?赶紧坐下吧。"

海兰艰难地起身，微笑道："只有给姐姐行过礼了，我才觉得安心，知道姐姐是真的回来了。"

"你还不放心么？我已经活生生站在你眼前了，再不是要和你隔着门板说话，看着你放风筝报平安的人了。"如懿笑中带泪，看着海兰道，"听说你受了朱砂的毒，都好了么？会不会伤及胎儿？知道是谁做的么？"

海兰抚着胸口的气喘，喝了口红枣汤道："也不知是谁要害我，总之能阴错阳差解了姐姐的困局就好。太医已经看过了，一切无碍。"她低头抚着自己的小腹道，"若是连这点风霜都经不住，那便不是能养在宫里的孩子了，也不能做咱们的孩子。"

如懿微微吃了一惊："咱们的孩子？"

海兰含笑道："可不是？纯妃如今抚养着大阿哥和三阿哥，风头极盛。嘉嫔的四阿哥又得皇上钟爱，素日里无事也要去看几次的。看如今的情势，纯妃抚养得大阿哥很好，势必不会再还给姐姐抚养。那么姐姐，你如何能够没有自己的孩子？"

如懿心绪激荡，发髻边的紫莺花合欢圆珰垂落细密的白玉坠珠，玲玲地打在面颊边，一丝一丝凉。她一直没有自己的孩子，自然明白海兰语中的深意，不觉激动道："当真么？"

"你我姐妹，只不过差了一层血缘罢了，还有什么要分彼此的么？"海兰微微垂眸，叹泣道，"姐姐可方便么？我给姐姐瞧一样东西。"她看了看垂手侍立在外的叶心和绿痕，并不打算让她们进来帮手，径自牵着如懿的手入了寝殿。

如懿不知她打算做什么，一时也不便唤人，只见她解下风毛围脖，一层层脱去外裳、中衣，解开最后一层小衣，露出浅青色绣水绿牡丹花兜肚。如懿起先只是不明，待看到她后腰与肚腹的肌肤，一时间吓得目瞪口呆，下意识地掩住了口。

海兰原本的肌肤便十分白皙，加之养在深宫多年，日日以花汁萃取的香粉敷体，一身的肌肤都养得细白如玉，触手生腻。可是如今一看，上面布满了深深浅浅粉红色或紫红色的波浪状花纹，简直像个白皮红纹的西瓜一样，可惊可怖，让人触目惊心。

如懿惊道："怎么会这样？你的身子怎么会成了这样？"

海兰无声地落下泪来，神色倒还平静："从第五个月的时候开始长出来，太医也不知为何我肚子会大得这样快，总说胃口好些对孩子是好事。我总是饿便吃得多，龙胎长得快，身上就长出了这些纹路。"

如懿极力压抑着自己平静下来道："没事，咱们有江太医，太医院有的是好药，问问他有什么法子或是用什么润体膏，一定能治好这些纹路的。"

海兰凄惘摇头，用小衣遮蔽住自己的身体："来不及了。姐姐，我已经问过专门侍奉生育的嬷嬷了，治不好的。哪怕日后生完了孩子，也总还会有白色的纹路在。如果他日侍寝，皇上看到我身上这样，会不会觉得恶心？"

如懿替她一件件穿好衣裳，道："不会的，不会的。等你生下了孩子，咱们一定还会有别的办法的。"

海兰很快恢复了往日的镇定，将扣子一颗颗扣好，静静道："这宫里不过是以色事人，所以从那一刻起，我已经知道，我这辈子的恩宠已经完了。我位分低微，孩子生下来未必能养在自己身边。若是送去撷芳殿，还不如放在姐姐身边抚养，也就等于是我自己看着他长大了。"

如懿抚着她的手安慰道："你若放心孩子在我身边，我一定视如己出。"

海兰挽着她的手出去："姐姐别只管担心我，左不过是我自己的缘故，孩子平安就好。倒是姐姐受了砒霜的毒，到底是谁下手……"

如懿不欲让海兰知道过分担心，便掩饰情绪道："也查不出是谁做的。左右我无事也罢了。若真毒坏了，我哪里还能站在你面前呢。"

海兰叹道："只要姐姐没事就好了。"

如懿送了她回去，见她虽是笑着，心中却也不免担忧。整个后宫之中，只有海兰真心真意对她，那是日久见人心的情分。可是海兰，虽有了身孕的荣宠，但未来如何，实在渺不可知。自己能做的，也唯有替她尽力抚育孩子而已了。

这样想着，便也到了晚膳时分，如懿与惢心在冷宫中简衣素食了许久，骤然看到十数道菜色一一上桌，不免有些慨然。她大病初愈，胃口并不太好，每样菜略略尝了一口，便都赏给了下人，方才留了三宝和惢心嘱咐道："仔细看着底下的人，断不能再出第二个阿箬了。"

三宝肃然道："都仔细盘查过了，李玉公公亲自挑的人，已经算小心了。不过奴才还是会仔细留意的。"

惢心亦道："从前吃过这样的亏了，咱们都会一万个小心的。"

如懿微微颔首，踱步到庭院中，看着清露寒霜，凝在月色金明的瓦檐上，遥望着宫殿楼阁起伏连绵。这样熟悉的气息，细腻的脂粉气中带着各色香料混合的甜香，那是宫中特有的气息，一丝一缕沁入心脾。她深深地吸了几口，将清冷的寒气缓缓透入肺腑之中，提醒自己要时时保有着这样的清醒。如懿凝神片刻，吩咐道："惢心，替我更衣。"

如懿换了清简寡淡的装束，通身一袭云紫色如意襟暗纹锦衫，发髻间的珠花也以银饰为主，颇有洗去繁华的素雅之意。她披上夜行的墨绿弹花藻纹披风，扶着惢心的手茕茕独行，直至慈宁宫门前。

前去通传的福珈没有半分惊诧之情，仿佛料定了她会来，只一福到底，道："小主请吧。太后已经备好了茶等您呢。"

如懿翩然入内，三年不见，慈宁宫中的布置越发大气精雅，看似都是极古朴的东西，可是一一细辨去，每一样都是名家至宝，是洗涤后的奢华。那才是真正的天家富贵，旁人总说白玉为堂金作马，金堆玉砌繁锦绣，殊不知真正的华贵富丽，是洗褪的金沙隐隐，从不是显露于表面的珠光宝气。亦可见，这些年太后稳居后宫，过得并不错。

如懿深深福了一福，道："久未向太后娘娘请安了，太后万福金安，福寿延年。"她抬起头，只见太后笑吟吟的，又道，"太后一向喜欢焚檀香，今日怎么不焚了？"

太后微微一笑："留了上好的茶给你，若用了檀香，反倒冲了茶香的好气味。坐下吧。"

如懿含笑往榻边坐了:"太后知道臣妾今夜必定会来?"

太后抬手端起桌旁放着的定窑茶盅,用盖碗撇去茶叶末子,啜了口茶,袖子落下,露出一段手腕,腕上一只蓝宝石的镯子,蓝得像一汪深沉不见底的海水。她推了一盏给如懿:"是上好的小龙团,原是宋朝的茶叶精品,如今已经很难得了。你尝尝。"她的眼神笃定而温和,"你若不来,岂不辜负了哀家的好茶?"

如懿轻轻啜了一口,恭顺道:"臣妾不敢辜负。"

太后盘腿坐着,胸前一汪琉璃翠的流苏佩长长地坠落,静静蜿蜒而下。那样的颜色,总是让人看了心静。半晌,太后才笑了一声:"皇帝没有白心疼你,哀家也没有白护着你。你是熬出来了。"

如懿低首道:"有太后挂怀,臣妾不敢自暴自弃。"

太后点点头道:"你也算乖觉,知道一把火烧得你在冷宫里待不下去了,便兵行险招拿自己作筏子。如今满宫里连着皇上都疑心是贵妃或是慎贵人给你下的砒霜,连皇后都逃不脱疑影儿,可如果不是自己给自己下毒,哪里还能保得住命等人来救?"

如懿心中一沉,只觉得背心凉透,已然情不自禁地跪下:"太后英明,臣妾也不敢欺瞒太后。"

太后瞟她一眼:"你倒老实。"

如懿俯首低眉:"臣妾敢欺瞒所有人,却不敢欺瞒太后。"

太后蔼然一笑,伸手扶她:"大病初愈别动不动就跪。也难为皇帝疑心她们,原是她们做得过了,一而再再而三不肯放过你。只是既然出来了,往后有什么打算?"

殿中漏声清晰,杯盏中茶烟凉去。如懿立在太后身旁,听着纸窗外冷风吹动松竹婆娑之声,仿佛自己也成了寒风冬夜里摇曳无依的一脉竹叶:"臣妾本无所依靠,唯有凭太后一息怜悯得以苟延宫中。往后一切,还请太后垂怜。"

太后微微颔首:"皇后出身显贵,有富察氏全族和老臣支持,更是克勤克俭,为后宫表率。贵妃的阿玛高斌在朝中得皇上倚重,是新贵中的翘楚。贵妃一向依附皇后，两人互为援引。哀家不喜欢宫中只有一蓬花开得艳烈，百花盛放才是真正的三春胜景。你若能明白这一点，便也能好好自处了。"

其实如懿也有一瞬的疑惑，太后已经位高权重，为何还要如此在意？念头一转的瞬间，她忽然想起一事，忙屈膝道："太后所出的端淑长公主已经许嫁蒙古，如今只剩了恒媞长公主尚未册封，还养在諴亲王府中。臣妾无能，自居深宫，一定会替两位公主好好孝敬皇太后，侍奉太后颐养天年。"

太后闻得此言，似乎触动心肠，神色也柔和了不少："你既明白，哀家便收你这一份孝心。"

如懿闻言，亦放心不少，才起身告辞。

回到宫中，如懿便歇下了。独居翊坤宫的第一夜，她梦到的人居然是自己已经逝去的姑母。她穿戴着皇后衣冠，鬓发花白却风姿不减，只是向她含笑不已。记忆中，那应该是她第一次得到姑母首肯的笑容，哪怕她一直畏惧姑母，害怕姑母，可是此刻，亦觉得她的笑如此亲切，带着乌拉那拉氏族特有的骄傲，意态清远。

或许这样骄傲而笃定从容的笑意，也是她此后半生，着意追寻的吧。

第二十六章　恩宠（上）

如懿回宫的第一夜，皇帝并未留宿在她宫中，只是如常召幸了新封了舒嫔的意欢，倒叫许多人松了一口气。第二日的定省，如懿也不敢疏忽，早早去长春宫中见过了皇后，皇后嘱咐了几句，细问了她饮食起居是否习惯，便也嘱咐众人散了。绿筠见她出来，自然是高兴的。晞月不与她说话，玉妍也只自己说得热闹。而阿箬，更是对她退避三舍，视而不见。

或许，这样也是好的。

如懿出冷宫后三日，皇帝倒也去见她，只是并未召幸，也不留宿，却让旁人看不懂这恩宠如何了。这一日恰逢立冬，宫中备下了家宴吃饺子，除了太后畏寒不肯出慈宁宫，宫中的嫔妃倒是齐全了。

所谓家宴吃饺子，原本是因为立冬乃秋季与冬季的交子之时，宫中嫔妃长日无聊，便由各宫都自己做了饺子，凑成一宴，讨皇帝欢心而已。皇帝白日里去京郊察看军营演武，回来听皇后说起，倒也高兴，便在长春宫赐宴。嫔妃们自然是别出心裁，除了寻常的菜馅儿肉馅儿，又做了海鲜馅儿的、酸菜馅儿的。独独皇后和舒嫔最有心思，皇后的饺子是用过冬刚摘下的嫩白菜叶子做的皮儿，为的是京中人人都惯于在冬日囤积白菜过冬，也是勤俭而新鲜的吃食。皇帝对这样的心思自然是赞许不已的。而舒嫔的那一道，只逼着皇帝非咬了那一口，辣得皇帝眼泪都出来了，又好生敬了一杯酒灌足了，方才笑靥频生，道："这样的饺子吃过了，皇上往后再吃到什么饺子，都不会忘了臣妾的了。"

皇帝笑得不止，击掌道："皇后，你看她那个矫情样子，比慧贵妃往日如何？"

皇后温婉含笑，只是不语。晞月饱含了醋意道："皇上不就是喜欢舒嫔这样的矫情样子么？何必拿臣妾来比呢。"

到了如懿时，她却只捧出了一壶醋来，含笑道："臣妾比不得各位姐妹的手艺，做不好饺子，特意用红玫瑰花瓣酿了一壶醋来。吃饺子少不得醋，臣妾就当略做点缀吧。"

皇帝薄薄的笑意却温煦异常："朕若要吃饺子，必少不得醋，否则也是食不甘味。你的东西虽不是最要紧的，却是最不能少的。"

皇后注目含笑道："你这点点缀，却是怎么也少不得的。娴妃，难怪皇上对你如此牵挂，连在冷宫里都要一意放你出来呢。"

如懿不卑不亢，只是略略含了淡薄的笑意："有皇后娘娘日夜挂怀，皇上与皇后夫妻一心，自然也是挂怀臣妾的。"她转过头，看着打扮清贵却神色郁郁的慎贵人道："阿箬，你也是一样的，是不是？"

玉妍抚着鬓角簪的一枚珠兰咪咪笑："慎贵人如今是嫔妃了，娴妃娘娘怎么还叫她阿箬。您这一叫，我怎么看她那身贵人衣裳怎么别扭，老想起从前她伺候您的样子。"

如懿微笑："往日叫惯了，一时改不了口。阿箬你别往心里去。"

此时阿箬已是皇帝的妃嫔，如懿仍以旧时称呼相对，显然未曾把她十分放在眼里。阿箬眼中闪过一丝恼怒，强忍着不敢发作，只是闷头灌了一盅酒。

皇帝望着阿箬，和颜悦色笑道："慎贵人是该喝酒尽兴。如懿为慎贵人旧主，如懿脱离冤屈，终于让朕知道她不是谋害仪嫔与玫嫔皇嗣之人，沉冤得雪。慎贵人乃是如懿的旧仆，理应同庆。"

皇帝字字句句，呼阿箬为"慎贵人"，对如懿只以名字相唤，亲疏早已十分明显。阿箬恨极了旁人提她是如懿的旧婢，早已窘得满面通红，握着酒盏的手轻轻发颤。皇帝却话锋一转，只笑道："为表你主仆二人同庆之意，朕便打算封你为慎嫔，你意下如何？"

这样骤然封嫔，比之舒嫔的恩宠万千，出身显赫，更是出人意料。且嫔位是一宫的主位，身份贵重，宫中已有玫嫔、舒嫔与嘉嫔三个，不是生子，便是家世显要，且获宠多年，仅次于抚养两子的纯妃和在潜邸便为侧福晋的娴妃如懿，地位不可谓不贵重。如此一来，不禁连皇后变色，就连玉妍都忍不住道："皇上便这般喜欢慎妹妹么？慎妹妹与臣妾住在一起，岂不是启祥宫有了两位主位了？"

皇帝举了酒盏在手，唇边含了一缕俊美笑意："自然。若不喜欢，朕也不会亲自取一'慎'字为慎嫔的封号。"玉妍微微咬了咬唇，隐忍着怨怒。皇帝眼波一转，又轻笑道："正如嘉嫔你的封号，嘉为美好之意，朕也十分喜欢。所以，无论阿箬如何受封，启祥宫的主位只有你一个。为表尊卑有别，慎嫔的册封礼便不办了。"

如此，玉妍才稍稍平息醋意，却深深剜了阿箬一眼。阿箬逢了这样的恩赏，本该高兴不已，可那高兴也是损兵折将的，她只好撑着站起来，冷汗涔涔地行礼："臣妾多谢皇上厚爱。"

皇后淡淡讶异："嘉嫔是生了皇子的。同为嫔位，也有高低之分。可慎嫔缺了册封礼，名分不正……"

皇帝一仰脖子吞酒入喉："朕看重慎嫔，不在礼数上。"

皇后一袭鹅黄绲浅紫玉兰花袍服，耳边一对红珊瑚坠子摇曳生辉，笑得极柔和，道："慎嫔大喜，想来皇上今夜不必翻牌子了，自有慎嫔相伴。"

皇帝握一握皇后的手道："果然皇后知朕心意。"

皇后向着阿箬温和道："那么慎嫔，你先回去准备着去养心殿侍寝吧。"

这句话恰到好处地解了阿箬的尴尬，她才起身，玉妍便道要回去看四阿哥，也起身告辞了。海兰有着身孕不便，如懿便也陪着她先回去，只留了意欢与蕊姬二人随侍在侧，皇帝倒也十分惬意。

如懿扶着海兰正转过长街，却见玉妍站在阿箬跟前，冷笑不已："不要以为封了嫔位就目中无人，在启祥宫中主位只有一个，就是本宫。哪怕是嫔位，也有高低尊卑之分呢。你索绰伦氏不过是小姓出身，你阿玛再有治水的功绩，也不过是在慧贵妃阿玛手下当差而已。"

阿箬扶了侍女的手，倒也毫不退却，只是笑吟吟道："姐姐是嫔位，我也是嫔位，我年纪比您小，自然该尊您为姐姐，但您也别总想着教导我。大家平起平坐，谁又比谁高贵呢。"

玉妍气得神色大变，却也自矜身份："平起平坐？且不说本宫是皇四子的生母，玫嫔虽然出身南府，好歹生过孩子，资历怎么也比你高些。舒嫔更不用说，叶赫那拉氏女儿，又是太后亲选赐予皇上的。若要论资排辈，本宫自然是嫔位中第一，玫嫔与舒嫔再次，你不过是屈居末流而已。"

玉妍侍女丽心也是个口舌伶俐的，立刻道："还没恭喜慎嫔娘娘呢，为着您的旧主娴妃出了冷宫，皇上才赏您这个嫔位。其实想想也不对，当年是您揭发了娴妃娘娘毒害玫嫔与仪嫔的皇嗣，今日皇上却金口玉言说娴妃娘娘蒙冤。依奴婢看，这封赏嫔位竟是在打您的耳刮子呢。"

阿箬扶了侍女新燕的手，禁不住浑身乱颤，伸手朝着丽心的脸颊便是一掌，她手上戴着纯银的玳瑁护甲，那一掌用力极深，便在丽心白嫩的面颊上留下了两道血痕。

丽心到底有些害怕，纵然满眼里泪水乱转，却只能捂着脸不敢出声。如懿冷眼看着，笑道："这里风大，要不要先回去？"

海兰抚着肚子道："这样好看的戏，我肚子里的孩子合该多看看。长大了也不至于吃旁人的亏太多。"

如懿替她正一正风帽，二人相视一笑，便在暗处站定了不动。

玉妍看着丽心挨打，却换了和颜悦色的笑容，娇声道："哎呀，梅香拜把子——都是奴才罢了，何苦自己人打起自己人来了。丽心，好歹人家已经熬成了小主，你便受她这一掌，当受教了，也学学她怎么没日没夜爬了皇上的龙床。"

丽心捂着脸道:"奴婢可不敢背着自己的主子偷偷勾引皇上这么没廉耻,更不敢背弃主子诬陷主子。不管挨了慎嫔娘娘多少巴掌,奴婢都是学不会这些下三烂的本事的。"

玉妍连连颔首微笑,忽然护甲一长,陡地伸出手打了阿箬一个耳光。这一掌去得又快又狠,出乎阿箬的意料,她根本招架不住。玉妍脸上笑得悠然自得:"这一掌是教你学乖。你得宠这些年,早忘了自己是怎么爬上来的了吧?敢对本宫无礼,细想想你有多少本事!"

阿箬满脸沁出血红,犟嘴道:"我自有皇后和贵妃做主。"

"是么?凭谁再做主,宫里有几个人瞧得起你!"玉妍得意的轻笑声落在风里格外响亮,被宫人们簇拥着一摇三摆扬长而去。阿箬慢慢地抚着脸颊,自嘲似的笑道:"新燕,你瞧,人人都瞧不起我。哪怕我封了嫔位,在她们眼里,我不过是个奴婢罢了,永远只能是个上不了台面的奴婢。"

新燕忙扶着她,好声好气道:"小主别往心里去,嘉嫔不过是仗着自己生了个皇子罢了。她自己也不过是个贡品似的异族贡女罢了,小主可是纯正的满洲血统呢,来日若生下了一儿半女,岂不比她尊贵。本来呢,您还没有子息,皇上就那么宠爱您了。"

阿箬的笑声里带了几许哭腔:"你也觉得皇上是宠爱我的?"

新燕奇道:"小主,您这是怎么了?皇上常常翻您的牌子,赏赐也是最多。哪怕舒嫔新贵得宠,皇上也没忘了您呀。您看,嘉嫔再嚣张刻薄,也不过是妒忌您罢了。"

阿箬神色凄惘,连连点头道:"是啊,她们都是妒忌我,她们都是妒忌本宫。可是是谁把我抬到这种人人妒忌刻薄的地方来的。我承宠这些年,除了皇后和慧贵妃,几乎没看过旁人的好脸色,连慧贵妃,偶尔也是冷嘲热讽的。到底是谁把我抬到这种人人为敌的地方来的?"她的哭腔越来越悲怆,"皇上翻我的牌子最多,可是谁知道……"她说到这里,却捂着嘴不敢再出声了,只是畏惧地看着四周,怆然落下泪来。

新燕不解其意,只得道:"小主别伤心了,今儿是您封嫔的大好日子,等下还要侍寝呢。奴婢赶紧陪您回宫,替您拿鸡蛋揉揉脸,别叫皇上看见了,可不好呢。"说着,连搀带扶陪着阿箬走了。

如懿听得有些疑惑,便问:"皇上翻阿箬的牌子最多,难道有什么不对么?"

海兰也是疑虑重重:"这些年阿箬可算恩宠深厚。可听她今日这话,怕是有些咱们不知道的缘故在里头。也是,集一身宠爱,难免招怨。她怎么背主求荣的,大伙儿都有数,能瞧得起她么。"

如懿冷冷道:"荣华富贵是自己求的,羞辱欺凌也得自己受着,还有什么可怨恨的?"她扶住海兰的手,"我看你晚膳用了那么多,不过几个饺子而已,便这么开胃么?可别撑着了,还是传江太医来瞧瞧吧。"

海兰回到宫中饮了一盏消食茶,笑道:"才喝了消食茶,又觉得有些饿了。叶心,你去瞧瞧,小厨房有什么可吃的?"

叶心答应着去了,如懿道:"虽说过了四个月胃口会大好,但你也有六个多月身孕了,怎么还是这样开胃,吃得太多,旁的倒没什么,倒是你身上更见胖了。"

海兰苦笑道:"我还能有什么办法,左右身上是不能见人了,若再不吃一些,怕亏了肚子里的孩子,更不值了。"

正说话间,叶心端了一碟豆腐皮包子并一碗虾仁馄饨上来。海兰才吃完,江与彬便进来请了安道:"娴妃娘娘万福,海贵人万福。"

如懿笑着招手道:"无事也非得叫你来看看,你看海贵人,怀着身孕一天吃许多顿,胃口好得叫人害怕,到底是怎么了?"

江与彬搭了脉,看着桌上的空碟子道:"海贵人胃口大开,无妨啊。不过看着,是比前几日又圆润了些。"

正说着,绿痕端了一盏药上来道:"安胎药已经成了,贵人快喝吧。"

海兰端起碗正要喝,江与彬忽然止住,道:"小主是按着微臣开的安胎药方子喝的么?"

海兰立时警觉,放下药碗:"怎么?有什么不妥么?"

"味道似乎不太对。"江与彬立刻接过药碗一嗅,即刻吩咐绿痕,"把剩下的药渣拿来我瞧瞧。"

绿痕知道利害，立刻去了，不过片刻用盘子装了一把药渣。江与彬抓起药渣嗅了又嗅，又拣起一点放在口中仔细嚼了，奇道："奇怪，味道虽然不对，但居然加的不是害人的药。"

如懿急道："那到底是什么？"

江与彬道："微臣断然不会尝错，微臣开的安胎药里被人足足地添了别的东西，这东西不是坏东西，是助龙胎长大的好药，可的确不是微臣方子里有的。这些东西加得多了，龙胎长大会过快。"

如懿转念道："龙胎长大的好药？是不是吃了会胃口奇好，不断进食，然后肚子过大……"

江与彬道："海贵人自己没胖，肚子却大得厉害，大约是跟这个药有关。若真如此，身上的肌肤承受不住，便容易开裂形成纹路。"

海兰已然明白，眼中哀戚愤恨之色大盛："而这种纹路，哪怕生产之后，也无法褪去，终身附着身上，让人不忍目睹，是不是？"

江与彬目瞪口呆："贵人这么说，难道……"

海兰紧紧握住手臂，恨声道："已然生在身上，无法根除了。"

江与彬凛然道："贵人放心，微臣一定尽心尽力，替贵人研习药性，力求除去。"

海兰紧紧握拳，含泪道："你是有心了。只是我的药一直是绿痕照管着的，绿痕是信得过的人，这些开胃的药又是怎么加进去的？"

绿痕慌得赶紧跪下道："小主明鉴啊小主，奴婢从太医院领了药来就小心谨慎，连着煎药到端到小主跟前，都没有旁人插手过啊。奴婢更不懂得什么药材能助龙胎长大，断断不敢擅自加在里头了。"

江与彬沉吟道："药方是微臣开的，药材是太医院的人抓的，配好之后微臣看过了无妨。但太医院人多手杂，在交到绿痕姑娘手中前被人动了手脚也未可知了。微臣回去之后，必得细查。"

海兰忍着泪，脸色渐渐沉着，沉吟道："这事细查出来是谁便可，不必声张。"

311

江与彬满脸疑惑，如懿含着恨意叹息道："换了我，也决不能相信无端端加了这个药是为了你好。倒是出这个主意的人，借着与人无害的样子行阴毒之事，实在是可怕可恨。只是这事即便张扬了开来，皇上也只会以为那人是无心之失甚至是好意为之，倒成了咱们是小人之心了。还是不说也罢。"

海兰双拳紧握，手背上青筋突起，仿佛一条条蜿蜒的青色小蛇，嗞嗞地吐着芯子："这样会算计人，真当是厉害！我算是记住了，只当自己吃一堑长一智吧。只是江太医，以后得劳烦你多费心了。"

江与彬赧然道："娴妃娘娘在冷宫时，微臣难免分心，不能面面俱到。说来，也是微臣失职。往后，微臣一定会格外小心的。另外，待贵人生产之后，微臣也会配好药膏，给贵人涂抹身体，以求消去纹路。"

海兰静静地望着外头漆黑如墨的天色，仿佛是望着自己望不见的前路。她眼中泪光一闪，终究是忍住了，轻声道："姐姐，我只有你和孩子了。"

如懿安慰地拍着她，和她紧紧依靠在一起。她们的影子落在墙上，像一道单薄的剪影，若是哪一阵风吹得大些，便要一同吹去了似的。

阿箬裸露着身体，从被子底下一点一点努力地钻上去。黑洞洞的被窝里，她感觉得到皇帝年轻的身体就在她身侧，隔着薄薄的丝绸寝衣，散发着热烈的气息。她熟门熟路地从被窝里探出头来，望着明黄色的宫样帐楣，密密的龙腾祥云绣花，帐外的烛火照在上头，混淆着帐上所绘碧金纹饰，华彩如七宝琉璃，璀璨夺目，直刺入心。

她紧紧地拥住皇帝，想要伸手解开他寝衣上第一颗扣子。皇帝一动不动，只是哧地一笑，带着冷冷的余音，吓得阿箬赶紧缩回了手。

皇帝的口吻平静得没有一丝波澜："你在做什么？"

阿箬鼓足勇气仰起了脸，望着皇帝如盛开的唐棣般炫目的面庞，低低哀求道："皇上允许奴婢侍寝，奴婢……奴婢是来侍奉皇上的。"

皇帝眼底全是薄薄如冰屑的笑意，随手抖开赤色捻金龙纹缎被，散漫看了一眼道："哦。已经脱得一干二净，是来侍寝了。"

第二十六章 恩宠（上）

阿箬面红耳赤："规矩如此，奴婢也是遵照祖制而已。"

皇帝微微一笑："你也知道你是奴婢。你侍寝三年了，自然学会了如何侍寝，还要按着敬事房那一套来么？"

深赤色的缎被上，以玄黑丝线绣着狰狞的五爪蟠龙，龙爪以金线刺绣而成，尖亮锐利宛如鲜活，似乎一爪一爪都要挠进她的血肉中去。阿箬顾不得害羞，以自己鲜活的肉体贴附在皇帝身上，想用自己的滚烫去温热他，婉声求恳道："皇上，皇上，求您疼一疼奴婢吧。奴婢侍寝三年，只有第一次……第一次您受了奴婢的侍寝。这么久了，就让奴婢再伺候您一次吧！"

皇帝斜靠在自己的一只手臂上，另一只手漫不经心地拂过她的身体，脸上虽然带着那样疏懒的笑意，目中却只有清寒的冷薄："是么？朕第一次许你侍寝，是你求仁得仁，一心只想做朕的女人。朕许了你，也是告诉你，你这一辈子，既然侍寝过朕，那么生是紫禁城的人，死也是紫禁城的鬼，老死也出不去半步了。可朕之后每每翻你的牌子，召你侍寝，也赏赐你，给你荣华位分，但再没有碰过你，你却不知为何么？"

阿箬又窘又羞，愧恨难当，只是无言："奴婢愚昧。"

皇帝的脸色慢慢冷下来："既然知道自己只是奴婢，而非臣妾，就不要妄想躺在朕的身边。"

阿箬满脸紫涨，殿中并无她的衣物，只得扯过床上的薄毯，匆匆披上起身。

皇帝淡淡道："从前怎么伺候朕过夜的，还是老规矩。"

阿箬赤着脚，跪倒在榻边。皇帝寝殿本是金砖墁地，那地砖油润如玉，光亮似镜，质地密实，脆若金石，虽然上头铺了厚厚一层锦毯，但她披着薄薄的毯子，仍是禁不住那寒意和坚硬逼迫上膝盖，一点一点触痛了神经。

皇帝闲闲地看着她，漫然道："朕一直留你在身边，给你这么高的荣宠位分，是有留你的作用。但是你别妄失了分寸，你永远是娴妃的奴婢，朕的奴婢。人前人后，你自要分得清楚。"

起初的时候，这样的言语也让阿箬觉得羞惭欲死，然而这些年下来，每每如是，她也渐渐惯了，只是麻木地道："奴婢知道。"

皇帝正欲转身，忽然察觉她脸上的红肿，便问道："挨了谁的打？"

阿箬愣愣地道："皇上宠爱奴婢，嘉嫔娘娘不忿，打了奴婢。"

皇帝打了个哈欠："打了就打了，哪有为奴为婢不挨主子的打的。你心甘情愿要得这些恩宠，就要心甘情愿受这些罪。"

皇帝床帐的帷帘内疏疏朗朗地悬挂了三五枚涂金镂花银薰球。球内盛有安息香，丝丝缕缕缠扰的香气喷芳吐麝，幽然隐没于画梁锦绣之上，仿佛她的前程，也这般无声无息地弥散殆尽了。阿箬愣了片刻，忽然生出一丝凄迷的笑意，终于忍不住道："皇上，求您给奴婢一个明白。您既然宠幸了奴婢，也给了奴婢外人羡慕的恩宠，为什么您背过身要这么待奴婢？难道您是猫儿，当奴婢是一只卑贱的老鼠逗着玩弄么？皇上！"

皇帝转过身，哧哧笑道："记得朕给你的封号是什么吗？慎，就是要你谨小慎微。这几年你都这样侍寝下来了，怎么今天倒沉不住气了？"

阿箬披着单薄的毯子，浑身颤抖，眼底闪过一丝凄厉的微光，磕了个头道："皇上，求您给奴婢一个明白。您既然不喜欢奴婢，为什么要这样待奴婢呢？"

皇帝冷冷一笑："你也念着朕的好吧，没朕这样宠着你，你早折在谁手里也不知了。"

阿箬咬了咬牙，苍白着脸道："是不是因为娴妃娘娘的事，皇上觉得是奴婢冤枉了她？所以要这么折磨奴婢替她出气？"

皇帝盯着她，眸中忽然有了神采："娴妃自会找你出气。今日朕便明白问你，当日是谁指使了你？"

阿箬惊惧不堪，一颗心怦怦乱跳，似乎要从喉咙里蹦出来。她好似在嘶喊："没有人指使臣妾，是娴妃自己有罪。"

皇帝打了个哈欠，冷笑一声，背过身去睡觉。

阿箬跪在那里，看着皇帝沉沉睡去，发出均匀的呼吸声。外头的梆子声一声远一声近地递过来，她瘫软在地上，无声无息地落下泪来。

这样一跪，便是大半夜。接她回去的太监是二更时分到的，按着规矩在皇帝寝殿外击掌三下，低低喊了声"时辰到了"，便由李玉带着人重新将她裹了起来,送入养心殿后的围房穿戴整齐,用一顶小轿抬回她自己宫中。

阿箬受了一夜的折腾,回到自己宫中也是睡意全无。新燕端了一碗安神茶上来道:"小主侍寝也累了半夜了,快喝了安神茶睡吧。"

阿箬含了泪冷笑道:"侍寝?我倒是真累着了。"她转头打量着宫里的陈设,突然怒道,"本宫已经是皇上亲口所封的慎嫔,为什么宫里的陈设布置还是按着贵人的位分来的?内务府怎么这样怠懒?"

新燕为难道:"内务府说皇上皇后力倡节俭,左右小主没行册封礼,所以嫔位该用的东西也就一并省了。"

"册封礼?嫔位?"阿箬一双眸子幽怨深黑,刻毒一笑,"原不过是让本宫担一个虚名罢了!"说罢,她霍地起身,取过博古架上的琉璃花樽就往下砸,砸完了又把桌上几上能见到的瓶瓶罐罐都砸了个稀烂。新燕这一吓可非同小可,急忙拦下了道:"小主,小主,您这是怎么了?今儿可是您刚封嫔位的大喜日子啊,怎么能动气呢?这若传出去,旁人可不知道要怎么议论您呢!"

阿箬发疯般地砸着东西,涕泪横流:"本宫是慎嫔,砸几样东西还不能么?谁又能拿本宫怎么样?"说罢,她举起一个青玉佛台便要砸下去。

新燕吓得魂飞魄散,赶紧拦下道:"小主,小主,您可别糊涂了。这个佛台可砸不得呀,那是您封贵人的时候皇上赏的。小主,您要生气就打奴婢几下吧,可千万别砸了这个,更别气伤了自己的身子。"

阿箬满脸是泪,倒在床上哭泣道:"皇上?皇上眼里还有我这个人么?我不过就是件玩意儿,砸了也就砸了,根本就是任人作践的。"

阿箬心酸地哭着,哭得久了,也累了,昏睡了过去。新燕看着满地狼藉,叹了口气,蹑手蹑脚地收拾了起来。

趁着阿箬闹累了没醒,新燕一大早便往咸福宫里走了一趟。晞月正在梳妆,由着宫女蘸了桂花水,一点一点篦着头发,听新燕说完,便有些纳闷:"昨夜她刚封了嫔位,又被召幸,正是得意的时候,有什么值得这样闹?"

新燕一无所知,只得摇头道:"奴婢也不知道,伺候了慎嫔这几年,只觉得她的脾气越来越暴躁，从前不过是动不动就打骂下人，有时候也问奴婢，皇上是不是真宠爱她。"

"皇上是不是真宠爱她？"晞月疑虑地转过头，"她也算恩宠不衰，还想怎样？"

茉心一边替晞月绾发髻，一边道："皇上虽然宠她，但到底也看不起她，昨日的立冬家宴上，一口一个主仆，分明是瞧不上慎嫔的出身。还说当年的事娴妃是蒙冤的……"她忽然闪了一下梳子，扯到了晞月的头发，忙吓得跪下了。

晞月回头，不悦地横了茉心一眼，怒道："做什么呢？你的爪子越来越不会当差了！"

茉心吓得直打寒噤："小主恕罪，小主恕罪。"

晞月忍耐着皱眉："新燕，你回去好好伺候着，慎嫔有什么动静，记得随时来回报。"

新燕答应着退下了。

茉心见晞月瞥着自己，连忙道："奴婢只是想到皇上说娴妃蒙冤，会不会翻查当年的事，牵连到咱们。"

晞月努了努嘴，示意她起身继续梳好发髻，方懒懒道："如今娴妃放出来了，皇上自然要找个借口说她蒙冤，否则怎么让人心服呢。再说了，皇上若真要查，就把慎嫔顶出去。左右她落了卖主的名声，说她陷害主子皇上也会信。"

茉心还是有些害怕："小主说得是，可是慎嫔真不会咬出咱们来么？"

晞月端详着镜中的自己，微抿着樱唇的模样自是娇美，略显苍白的脸色被胭脂一染，也面似桃花一般。她金凤斜簪，云鬓半偏，翠钿疏散，取过一把透雕双凤纹玉梳斜插在脑后青丝上，看看满意了，才道："桂铎在我父亲手下当差，只要挟住了桂铎，慎嫔还会不就犯？不是她的罪名她都得咽下去。"

茉心这才放心："小主远见，奴婢实在不及。"

晞月佩上一对翠绿水滴耳环，容色淡淡道："那是皇后娘娘的远见，这些年虽然都是素练来吩咐安排，但若不是皇后娘娘，素练哪有这样的主意。"

茉心道："也是。慎嫔这样得宠，连小主都越过去了，一时又这样闹脾气，不知检点。只怕长春宫都看不惯她。"

晞月嫣然娇笑，骄阳般灿烂的笑颜依稀还带着几分少女时的娇憨，与口中言语截然不同："从一开始，长春宫和咱们的意思都是一样的。阿箬，不过就是枚随时可弃的棋子。因为随时可弃，所以不在乎她如何得宠了。"她想想又黯然，"可惜本宫承宠多年，你闻闻，殿中的坐胎药气味浓得都散不去了，可本宫还是怀不上一儿半女。"

晞月越说越急，不觉泫然，茉心最怕她想到孩子，一想到便要伤心许久，忙劝道："小主就是心太急了，所以一直怀不上孩子。只要小主放宽心，皇上又常来，那股子运气一到，自然想什么有什么了。小主，时候不早，咱们也该去向皇后娘娘请安了。小主去长春宫不是一向最勤最准时的么？"

晞月看了看天色，颔首道："是该走了。皇后再温柔谦和，到底也是满蒙显贵出身，本宫即便位分再高，也不能不依附她，才能在宫中站得更稳，走得更远。"

第二十七章 恩宠（下）

这一日宫嫔们齐聚皇后宫中请安，皇后看着如懿的手腕，温婉含笑若春水碧波："本宫记得昔日赏赐给娴妃妹妹一串翡翠珠缠丝赤金莲花镯，怎么这些日子都没见妹妹戴着，可是不称心了么？"

如懿心头一凛，恍若一根尖锐的芒刺被人深深刺入，又呼啸拔出，她维持着面容上清淡适宜的笑容："莲花镯上赤金丝有些松散了，得空得叫人去绞一绞才好。"

皇后颔首道："可不是，那原本是一双一对的，本宫独留给了你与慧贵妃。若是让人绞好了，总要时时戴着，才是咱们潜邸姐妹不同寻常的情分。"

晞月笑道："皇后娘娘厚爱，臣妾日日戴在身上，一丝一毫也不敢松懈相待呢。"

如懿心中冷笑不止，却听皇后道："皇上兴之所至，突然想到要放娴妃妹妹出冷宫，连本宫这个皇后也是事后才得知。可见这些日子皇上有多想念妹妹了。"

晞月插嘴道："只是说来也奇怪，皇上既然这样看重娴妃，怎么娴妃出来这几日，皇上都没有召你侍寝呢，反而是慎嫔妹妹伺候得多呢。"

如懿只是淡淡含笑，宠辱不惊："若是以肉身相伴便为情爱珍重，那世人何必还要在意于情意呢？"

绿筠含笑道："数年不见娴妃，说话倒是越来越有禅意了。"

如懿以温和目光相迎，道："纯妃姐姐有所不知，冷宫清静，便于剔透心意。我只是觉得，有皇上牵挂，能得以重见天日已是难得，何必还妄求肉身贴近。"她转眸凝视皇后，"何况即便夫妻日日一处，同床异梦，表面讨人欢喜，私下做着对方不喜不悦之事，又有何意趣呢？"

皇后浑然不以为意："娴妃这话本宫听着倒很入耳。皇上是一国之君，更是后宫所有人的夫君，只要皇上心里有你们，何必争宠执意，争夺一时的宠幸呢？如娴妃一般淡泊无为，其实才是更有所为呢。"

玉妍哧一声笑道："咱们自然比不得娴妃娘娘的本事，连娴妃娘娘身边昔日伺候的人，都成了精似的厉害，抓着皇上不放呢。"

玉妍一向抓尖要强，皇后也不理会，只道要陪三公主习字，便吩咐各人散了。如懿扶了惢心的手才步出长春宫庭院，却听后头一声呼唤，"娴妃娘娘"，转头过去，却见阿箬扶着新燕的手急急上前，拦在她身前道："娴妃娘娘留步，我有一句话，一定要向娘娘问一个明白。"

惢心恭谨地向她福了一福，恪守着奴婢见小主的礼仪。阿箬的脸上闪过一丝凌蔑的得意。如懿不欲与她多费口舌，便问："什么事？"

阿箬逼近一步："听说娴妃在冷宫被下毒，皇上前往探望，出冷宫后皇上又见过你一次，你是不是对皇上说了什么？"

如懿抬一抬下巴，骄傲道："你以为本宫说了什么？"

阿箬的脸有些扭曲，急道："你是不是告诉皇上，是我给你下的砒霜？你是不是告诉皇上，当年的事是我陷害了你，冤枉了你？"

如懿清朗一笑，迫视着她道："本宫说了什么很要紧么？本宫见了皇上几次，你侍寝侍奉又见了几次，这些年你常常陪在皇上身边，难道见的面说的话不比本宫多么？还需要在意本宫说了什么？皇上宠信你，自然会信你，你有什么好怕的？"

阿箬面色苍白，与她以粉珊瑚和紫晶石堆砌的鲜艳装扮并不相符，她跟跄着退了一步,强自撑着气势道:"我有什么好怕的?我自然什么都不怕。"

如懿的目光从她身上拂过,仿佛她是一团空气一般透明无物:"你能这般自信无愧就好了。人呢,疑心容易生暗鬼,你要坦荡就好,自然不会把你心里的鬼带到皇上心里去。可你要是自己把自己心里的鬼带给皇上了,那就不必旁人说什么,皇上自然也疑上你了。"

说罢,如懿见绿筠正出来,向她招着手,便笑吟吟上前,陪着绿筠一同走了。绿筠朗声笑道:"你也是。和她废什么话,忘了当初她怎么害你的么?"

如懿浅浅微笑:"我没忘,她自然更忘不了。"

二人离开。阿箬气得发怔,跺了跺脚恨恨离开。贞淑扶着玉妍遥望此处,摇头道:"阿箬这是活腻味了。瞧她那疯样儿,迟早被贵妃顶出去解决娴妃的追查。不过呢,舍出她去也没什么,她本就是一枚随时可弃的棋子。"玉妍目光轻扫,似乎并不赞同。贞淑继续道:"再说了,谁下的手谁自己担着。贵妃挟持着阿箬的阿玛,阿箬只敢往自己身上揽。到时候就算皇上不查到底不罢休,那也有贵妃呢。"

玉妍这才长长叹了口气,似是无限惋惜:"可怜桂铎,有这么个女儿,迟早得倒霉啊。不过话说回来,桂铎倒霉了,皇上才能好好儿处置阿箬吧。"

贞淑会意一笑,慢悠悠扶着玉妍回去了。

绿筠一路亲热地挽着如懿说笑不断。她转弯抹角,到底还是笑着道:"大阿哥一直养在我宫里,可想着你了。你若得空,便去我宫里坐坐吧,也看看我待大阿哥尽心不尽心?"

如懿忙道:"姐姐说这话便是寒碜我了。大阿哥养在姐姐宫里,那便是姐姐的孩子,自然没有不尽心的,我巴巴儿地跑去,算是什么呢。"

绿筠笑道:"只是因为妹妹受了委屈,所以大阿哥暂时寄养在我宫里。如今妹妹出来了,迟早也是要还到妹妹宫里的。这样,嘉嫔有四阿哥,我有三阿哥,妹妹也有大阿哥,那大家都是一样的了才好呢。"

如懿见她说得半真半假,一时倒也不敢应对,只好笑着道:"纯妃姐姐说哪里话?你到底是生养过三阿哥的,自然比我更会抚养孩子,不像我毛手毛脚的。且姐姐不知道呢,姐姐看方才阿箬对我的口气,我虽出来了,怕也是被人虎视眈眈,自顾不暇呢,哪里还顾得到大阿哥!"

绿筠打量着她道:"那妹妹的意思是……大阿哥便一直养在我宫里了?"

如懿谦和微笑,推心置腹道:"我本不是大阿哥的亲生额娘,如今姐姐养育得大阿哥这样好,我又怎敢觍着脸要了大阿哥去,便是皇上也不肯啊!"

绿筠不动声色地吁出一口气,拍着她的手关切道:"如今妹妹先把身子养好,慎嫔魅惑皇上多年,又目中无人,妹妹必得好好料理了她,才能出当年那口恶气呢。"

接连几日下去,阿箬便称病一直不出门了。如懿唤来江与彬一问,方知阿箬气急交加,发了肝气,肋下疼得起不来身,是真病了。太医院的药轮番端进去,阿箬也不见得好,见过的人只说,人都干瘦了下去,是病得厉害呢。

如懿才刚出冷宫几天,阿箬便把自己弄病了,落在他人的口舌里,总以为阿箬是心虚,又禁不住去揣测,是不是给如懿下砒霜,是她的主意。如懿得知也不过一笑,只嘱咐太医,阿箬是心虚惹的病,不必用心医治。倒是江与彬来请脉时,如懿问道:"近日我见贵妃气色大不如三年前。贵妃与我一样,都得过皇后那串掺了零陵香的手镯,为什么还有人要多此一举给她下药让她的病更重,是怕零陵香的药力不够么?"

江与彬沉吟道:"或许贵妃得罪了人而不自知。"

如懿微微沉吟,将锦匣中所藏的碎珠玉镯取出,交到江与彬手中:"你去找外头靠得住的人,将里头的零陵香丸取出,玉镯我如常戴上,也好让皇后安心哪。"

江与彬答应着收过,又去偏殿为蕊心开方子治风湿不提。正巧毓瑚过来,将凌云彻安排去了坤宁宫当差的事禀告了。坤宁宫本该是帝后大婚所居的坤宁宫,自顺治朝后便成了萨满敬神之地,既尊贵,又清静,果然是个好去处。如懿仰起头,看着窗外澄碧的天空,暗暗想着,如此,也算是给了凌云彻一个好出路了。自然,往后如何,还是看他自己了。

毓瑚看着如懿的神色,知道她满意,便道:"便是没有娴妃娘娘为凌云彻求恩典，皇上也是要封赏他的。"

如懿悄然隐去讶异之色，轻轻地啜着碧清的茶水，凝眸望向毓瑚："为何？"

毓瑚欠身，将一件松翠色暗水波纹织锦褂子穿得无比恭谨服帖，说起话来也谦谨温和："因为娴妃娘娘进冷宫时，皇上曾吩咐奴婢寻得凌云彻与赵九宵二人护住您的性命。否则您以为区区冷宫侍卫，怎会如此豁出性命。自然了，赵九宵功不及凌云彻，皇上也赏了他白银百两。"

有温热的泪雾时涌出，冷宫里多少年月积蓄的幽怨悄然坍塌。前尘旧影忽至心头，曾经的年少岁月，彼此钟情，樱花盛放时的眉目纠缠，凌霄花下的山盟海誓，冷宫别离前的疑心冷对，一层层的悲与喜交集翻涌，叫她默然痴住了。

毓瑚柔声道："皇上心中一直牵挂您，否则海贵人调动江太医之事怎会如此轻易又无人察觉，自是皇上命齐汝暗中通融的道理。"这样轻柔的言语，温然抚平如懿与皇帝难以言明的隔阂。

她几乎是迫不及待进了养心殿。胸前气息急促跌宕，足下却仍是莲步姗姗，落在寸许厚的石青织金软毯上，悄然落步无声。皇帝未察觉她到来，只是背着手于书架前细细看一卷画。他有些瘦了，背影若寒竹孤清，隐然含忧。如懿不知怎的，心中便有些酸楚。待走得近了，才看清那画上是年轻时的皇帝与自己。她轻轻贴上他的背脊，皇帝一动也不动："这幅画在郎世宁那儿放了许久，如今拿回来了。"

如懿已经听毓瑚说过此事，只是轻轻点头："听说贵妃不喜，曾叫皇上丢了。"

皇帝将她的手握住，带到自己腰间："画丢了，人丢不掉，还在心里。"

"那么在皇上心里的如懿，是清白的，还是做了害人之事的？"

皇帝的声音忽遥忽近，如在梦中："你知道么？朕总想起青樱。青樱那时候还活得自在些，并没有受那么多的辛苦。而如懿，她在冷宫里艰难度日，编了三百二十六条络子，绣了一百一十二块手帕，每一样都是过了朕的眼才被送到宫外变卖的。"

有无声的哽咽，大滴大滴的泪滚烫地滑落在宝蓝色的衣上，晕出圆朵似的泪痕："如懿以为是皇上买下了。"

皇帝转过身来，轻轻拂去她面上泪水："如懿可以自食其力，朕不必用银钱帮她。若是她努力做出的东西最后只是朕换了钱给她，那并不是对她的爱惜。但朕看到那些，知道她可以熬过去，她并无灰心丧气。朕很欣慰。为了她可以在冷宫里不那么难熬，朕还送了一样东西给她。"他见如懿蛾眉轻蹙，似在猜想，果然如懿脱口而出："凌霄花。"

皇帝粲然生笑："披云似有凌霄志，向日宁无捧日心。"如懿仰起脸来，满目泪光，笑着投入他的怀中："凌霄花下共流连，细雨春风忆往年。"他在耳边呢喃轻语："那些凌霄花在冷宫能开出来么？有没有给你一点安慰？"如懿点头，又摇头。皇帝明白："是了。你最爱的花并非凌霄，而是绿梅。但冷宫那种地方，凌霄易活，又能治伤痛。"

他是如此细心，不过是希望她如凌霄，在冷宫里活下来最要紧。

如懿生了悔意，他从不言说的体贴和细心，因她在冷宫的无知无觉，因她只记着他的怀疑，居然这般疏忽了，只留了怨，留了苦楚。皇帝轻轻地握住她的手，分明是温柔如昨，却似乎与旧时不同了，是多了亲厚，多了了然与明白，还是比起年少无畏，彼此都多了隐忍，懂了取舍。皇帝轻轻吻上她的额头："凌霄柔弱可依。如懿，往后你依着朕便好。"

她点头，闭上了眼睛，任由真心浮在欢喜里，悠悠荡荡，不知归处。

这一日冬雪绵绵初至，如懿贪看雪中白梅的景致，便扶了蕊心一同出来。冬寒森冷，苑中白梅寂寞地开着。在这清寂少人行的午后，妖娆地绽放勃然的花瓣。蕊心笑道："小主也真是的，旁人踏雪寻梅，都是寻的红梅，小主偏要去看白梅。奴婢倒不信了，白梅隐在白雪之中，只看得清黑压压的枝条，有什么好看的呢。"

如懿披着一件联珠锦青羽大毛斗篷，伸手接住一点纷飞的雪花，道："白雪红梅自然有艳烈清朗之美，为人赏叹。但白梅隐藏白雪之中，只凭花香逼人与清寒彻骨稍做分别，世间的美，若不细细分辨，轻易得来又有何意味？"

蕊心目中闪过一丝顽皮笑色："奴婢倒觉得，小主是喜欢这种细细分辨的。"

如懿正了正领口绒绒的毛球，颔首笑道："很多事若不细辨，便只能看到雪隐白梅，自然不觉得美。只有走近细观，不被表象所迷惑，才知真美所在。"

她甫一说完，却听到一清婉女声在身后遥遥响起："娴妃娘娘这番话，倒是深得我心。"

如懿转身，却见白雪琉璃之中，一个穿着挖云鹅黄片金里大红猩猩毡披风的丽人盈盈站在梅树底下，却是意欢。她便含笑，客气道："原来是舒嫔妹妹。"

意欢兜下风帽，露出满头玉片与银器的点缀，在冬日寒雪中看来，越发显得高洁冷清，有着冰雪般寂寞高华的神情。也恰如她这个人一般，一眼看去是极艳丽鲜妍的，相处了才知道是那样孤清的性子，恰与这冬雪寒花一般。

意欢略略欠身道："娴妃娘娘若不介意，可以唤我的本名，意欢。我也可以称呼一句姐姐，不必'娘娘'来'娘娘'去，这般俗气。"

如懿见她说话直接，心下更喜欢，便道："那自然好。"

意欢淡然笑道："后宫人人都在说，皇上放了姐姐出冷宫，却一直很少前去探望，也不曾和姐姐一同用膳，更未曾召姐姐侍寝过一次。宫中诸人都在背后议论纷纷，不知皇上究竟把姐姐置于何地？"

如懿见她毫不掩饰，便也道："皇上天心如何，岂是我们可以揣测的。"

近处有大蓬梅花舒枝傲立，枝上承了脉脉积雪，花蕊花瓣越发显得冰清莹洁依然，不为尘泥所染。

意欢拨着鬓边一串银丝流苏，徐徐道："旁人这么认为，我却不是。我一直在想，慎嫔曾经那么得宠，如今病了这些日子，皇上也是不闻不问。而放了姐姐出来竟也未多亲近姐姐，是不是近乡情怯的缘故。我倒觉得，皇上是更看重姐姐呢。"

如懿淡淡一笑："妹妹方才是从何处来？"

意欢道："陪皇上用了晚膳。"她的笑容有点隐秘，"晚膳时皇上最爱一道梅花锅子，是以白梅入菜，烹制的清汤浓味。却不想我走到御花园中，竟看姐姐也这么巧，独自细赏梅花。"

如懿心头微微一动，像是谁的手冷冷拨动心的琴弦，面上的神色却极淡："寒冬唯有梅花而已，想要凑巧也太简单了。"

意欢笑而不语，只是道："姐姐不觉得这白雪白梅极美，但那黑黢黢的枝条却实在是太点眼了么？若换作是我，一定用白漆将它全涂没了，那才干净呢。"

一簇梅枝簌簌当风，风吹影动，风姿绰绰，好似涟漪。如懿伸手折下一枝白梅在手："原来妹妹不只快人快语，更是心思果决。只是……凡事不急才能好呢。"

意欢浅浅微笑，起身离去。

惢心有些担心道："小主怎么和舒嫔说那么多话？咱们也不知道她的底细。"

"底细？"如懿看着白雪皑皑中她远去的鲜红背影，"舒嫔是太后举荐的人，又自恃清高，不愿与宫中嫔妃来往。这样的底细，即便多说几句也是无妨的。"她回转身，扶着惢心踱出园外，却见凌云彻捧着一束折下的梅花，守在外边不动。

如懿颇为意外："你如今不是在戍守坤宁宫么？怎么在这里？"

凌云彻行礼如仪："坤宁宫岁下清供，每日以梅花插瓶，所以都是微臣前来。"他悄悄望一眼如懿，仍是恭声道，"今日听得娴妃娘娘在里头说话，所以特意在园外等候，希望能向娘娘请安。"

如懿含笑凝睇："梅苑出入只有这一道门，你特地守候，想来不是为了请安那么简单。"

凌云彻有些不好意思："还是被娘娘看穿了。"

"有话便说吧。"

凌云彻踌躇片刻，思量着道："花房有一个叫魏嬿婉的宫女，她来找微臣……"

如懿轻笑，打量着他道："自己才有点起色，就有那么多人找上你了么？

要是一一帮过去,你能帮得了多少人?"

如懿虽是笑言,凌云彻却不免满面通红,嗫嚅着道:"是。可是她……"

如懿忽然明白:"可是当日让你为她酩酊大醉、意志消沉的人?"

凌云彻被说中心思,只得坦白道:"嬿婉是我的同乡,和我一同入宫当差。她虽然心思高些,当日抛下我高飞,可是阴错阳差,最后被贬去了花房当差。花房不分日夜,劳作辛苦,她自己知错,一直不敢来找我。直到今日我在坤宁宫当差,见到她着花房的差事送来清供的松枝,才知她原来受了这许多苦楚。她的手……全是冻疮,因为干的不是伺候人的活儿,所以穿得也单薄寒素。嬿婉……她是最爱美的。"说着,脸上不觉多了几分怜悯爱惜之意。

如懿打断他道:"她一诉苦,你便忘了往日被她抛弃之苦了?"

凌云彻忙摇头道:"娴妃娘娘明鉴,不是微臣心软。只是……只是看她太可怜罢了。嬿婉一直痛哭不已,她说她知道当日做错了,所以没有颜面来见我。她……"

"没有颜面来见你,终究也是见了,还说了那么多动人情肠的话。那么,你应承了她什么,又来求本宫?"

凌云彻很是不好意思:"她不是存心让微臣来求娘娘的。只是偌大的深宫之中,微臣能求的,也只有娘娘。微臣只是想,娘娘能不能帮微臣一个忙,把她调离了花房,换个轻松点的差事。"

如懿沉吟片刻:"你真的那么想?"

凌云彻道:"嬿婉也不敢妄求,只求不要满手生满冻疮,她便满足了。"

"听上去,倒也只是个小小心愿,不难满足。"如懿仰起面,呼吸着清冷入肺腑的空气,"只是快到年下了,花房也缺不得人。你把本宫的话带给她,要她安心当差,等开春后,本宫会替她换个好去处的。"

凌云彻忍不住露了几分喜色,打了个千儿道:"那微臣多谢娘娘了。"

如懿忍不住失笑:"看你这么高兴,想来魏嬿婉今天说的话,很是力道精准啊。"说罢,也不看他,径自走了。

回到宫中,却见暖阁里供着老大一束绿梅。那淡淡凝玉般的颜色,晶莹剔透，呈半透明状，而花心又是洁白的。虽不若红梅艳美、白梅清素，但清芬馥郁，尤过寻常梅香。这时房中已被小太监们擦拭得窗明几净，花香与未干的水汽相融，加之殿中炭火洁净，暖气幽幽一烘，越发显得幽雅清新，令人欲醉。

如懿解下斗篷便问："是谁送来的绿梅，颜色这样好？"

小宫女菱枝仔仔细细地擦拭着供着绿梅的珊瑚釉粉彩花鸟纹瓷瓶道："小主才出去没多久，皇上便吩咐进保公公送来了。"

如懿凝视了一会儿，笑道："那你去换个素净点的白瓷瓶来吧。绿梅那么素雅，用个五颜六色的花瓶便太俗气了。"

菱枝不好意思地吐吐舌头："奴婢只是见这个瓶子喜气，色彩又热闹，所以用了。"

"你要用了这个瓶子插花，好看是好看，却是辜负皇上的一片心意了。"惢心见菱枝出去了，便笑道，"皇上对小主也算是有心的，只是这有心，咱们一时还看不透罢了。"

如懿抚着绿梅笑道："看不透便先别看，有这么好的绿梅，不细细欣赏，才是浪费了。"

新年过后便是元宵，原是年下喜庆的日子，却传来了桂铎意外离世的消息。高斌在折子上说得清楚，桂铎是在加固山林防山洪时被山上滚落的大石砸中殁的。皇帝爱惜人才，念着他献上的治水手册，很是叹息了几句，又叫进保亲自送银子到桂铎家中治丧。然而皇帝却没去安慰看望阿箬，只吩咐毓瑚加紧追查如懿蒙冤入冷宫之事。阿箬知道阿玛死讯，捂着胸肋大哭了几场，昏昏沉沉里想着阿玛在外头得脸，皇帝到底还留自己几分脸面，如今更不知要落到什么田地去了。新燕实在无奈，只得拿桂铎还有两个幼子留下的由头劝说阿箬看顾，阿箬才好些，强打着精神喝了一碗药："不都盼着本宫死么！过几日皇后娘娘办了迎春家宴，本宫非要起来走动走动，叫人瞧瞧，本宫还好好活着呢。谁也别想欺负了我去。"

阿箬在偏殿里哭生父之事，玉妍自然听得动静，私下便赞世子办事干净，不露痕迹。贞淑向着北方恭谨欠身，便道："桂铎一死，皇上就会更无顾忌，直接盯上阿箬。阿箬招出了背后的贵妃也好，皇上只要疑上了贵妃，贵妃迟早就失宠，您要往上走就更顺了。"

贵妃一倒，高斌也逃不了牵连。后宫之中除了皇后，便只玉妍背后还有北族这个母族依靠，玉妍又有贵子，皇帝自然另眼相看。贞淑想起一事，又道："皇上身边的毓瑚姑姑在查小福子的底细了。小福子在翁山慌得很。倒是小安子哑了，也不怕什么。"

小安子早就哑了，不会说话写字，顶多听懂人话，点头摇头而已。小福子却是个可靠的。玉妍飞快地盘算着，这些年贵妃赏了小福子家里不少银子，一来封小福子的嘴，二来算赔小禄子的命。也是贵妃的阿玛找到了他们失散的兄弟，受了贵妃的恩惠，毓瑚要查也只能查到贵妃。玉妍悄然轻叹："小福子和小禄子也算忠心。小禄子已经死了，小福子要是忠心到底就好了。"

贞淑连连点头："您放心。小福子要是敢乱攀扯人，除非不要他们那一大家子的性命了。"

玉妍一笑，媚态横生："有家人就是好啊，怎么也多个牵挂。"

贞淑微微低首，也跟着笑了。

新燕伺候了阿箬服药睡下，便悄悄去了咸福宫知会消息。晞月闻知桂铎死讯也是发愁，少了挟制阿箬的利器，如今听得阿箬还有两个弟弟，立刻传了消息出去，非得将阿箬两个兄弟捏在手里，防着她哪日胡闹。如此安排妥当了，想着当年为了防患于未然，给小福子和小安子家人的银子都是经了阿箬的手送去的。小安子在皇陵服苦役，早就哑了。小福子在翁山，天天戴着铁链铡草受罪，也不敢抖出自己来。皇帝和如懿真要追查，无非也就是查到阿箬为止。

这般一想，晞月心头也松快了不少。

第二十八章 事破

到了二月里，最兴盛的节日无非是"二月初二龙抬头"了。传说龙抬头节起源于伏羲氏时代，伏羲"重农桑，务耕田"，每年二月初二"皇娘送饭，御驾亲耕"。到了皇帝当政的时候，也极为重视。这一日便亲与皇后去先农坛祭祀。回来时皇后兴致颇高，便命人在长春宫中置办了家宴邀请皇帝一同迎春相贺。皇后自爱子早夭之后，一直郁郁寡欢，甚少有展露欢颜的时候，此次主动相邀，皇帝也觉得皇后难得有这样的情致，便答允了，又让御膳房做了许多皇后爱吃的菜送去。皇帝如此重视，嫔妃们哪有不趋奉之理，于是便由晞月起了个头，遍邀了宫中嫔妃一起为皇后迎春纳福，如此热热闹闹的，竟也成了一个小小的家宴。

皇帝素来爱热闹，自然没有不喜欢的。于是便连位分低微的秀答应，甚至是病中的阿箬都来了。皇太后虽未亲至，却也让福珈封了一大屉子的阿胶核桃膏给皇后补益元气，并另赠了两把童子如意，以盼皇后早日再生嫡子。

这样的心意，皇后自然是感激涕零。连着皇帝在座，亦不免触动了情肠，柔声道："皇额娘苦心，与你我一般盼着早添嫡子。"

如懿坐在西首第一个位子，抿酒入喉间早已字字入耳。皇帝深以自己是庶出为恨，一心盼望得个嫡子，所以虽然有了三阿哥和四阿哥，并且海兰遇喜，还是不能弥补他一心的向往。

皇帝赠予皇后的迎春礼是一盒东海明珠，皇后忙起身谢过道："明珠矜贵，何况是一盒之数，臣妾想到采珠人的辛苦，不敢妄受。"

皇帝握住她的手道："朕知道你一向节俭惯了，不喜奢华。可这一盒东海明珠再珍贵难得，也比不上皇后你在朕心中的分量。皇后又何必在意这区区一盒之数呢。"

这样的话，皇后哪怕一向注重仪容，也不觉触动了眼底的泪光，她含泪谢过，却看皇帝吩咐李玉将红色的小锦盒送到每位嫔妃手中。晞月与绿筠率先打开，却见里头是一颗与皇后相同的东海明珠。绿筠尚有喜色，晞月却娇嗔道："皇上好偏心，给皇后娘娘一盒便算了，给咱们的却只有一颗，小气巴巴的。"

皇帝笑道："给你们的虽然少，但也是朕待你们一样的心意。"

如懿打开锦盒一看，果然光华璀璨，硕大浑圆一颗，胜过烛火明灿。等到阿箬打开时，她身边的玉妍忽然"哎哟"一声，掩口笑道："咱们的都是东海明珠，慎嫔你这锦盒里的是什么呢？"

话音一落，众人纷纷探头去看，只见鲜红一颗丸药样的东西。阿箬本就病着，人成了干瘦一把，重重胭脂施在脸上，也是浮艳一酡，虚浮在面上。此时一见此物，脸色更是青灰交加，与面上的胭脂格格不入，人也有些发颤了。

倒是蕊姬先认出了此物，登时神色大变，立刻转头看着皇帝道："皇上！这个脏东西就是当年害死臣妾孩儿的朱砂！"

皇后一脸忧心地看着蕊姬，温和嘱咐："玫嫔，你别着急，且慢慢听皇上问话。"

阿箬闻言一凛，立刻跪下，颤声道："皇上，朱砂有毒，您赐臣妾这个做什么？"她勉强笑道，"是不是放明珠的小公公们错了手，错给臣妾了。"

皇帝穿着红梅色缂金玉龙青白狐皮龙袍，袖口折着淡金色的织锦衣缘。那样艳丽的色调，穿在他身上丝毫没有脂粉俗艳，反而显得他如冠玉般的容颜愈加光洁明亮，意态清举如风，宛如怀蕴星明之光。他举盏在唇边闲闲啜饮，慢条斯理道："朱砂有毒，遇热可出水银。这样好的东西，最适合你了。"

阿箬吓得眼珠子也不会动了，勉强笑道："皇上怎么给臣妾这个？臣妾……实在是不懂。"

皇帝忽然将手中的酒盏重重放落，喝道："毓瑚，你来说。"

毓瑚上前两步，垂手肃然道："是。奴婢按皇上吩咐，追查当年玫嫔和仪嫔两位娘娘皇嗣被害之事。当日指证娴妃娘娘的小禄子已死，小安子发落在皇陵做苦役，被磨得只剩下半条命。奴婢去问了他，才知道当日说娴妃和他讨要朱砂的事是慎嫔嘱咐他做的。另外，小禄子的兄弟、从前伺候娴妃娘娘的小福子还在翁山铡草，奴婢派人去了他家乡查问，看他家中富裕，这些银子都是慎嫔拨的。小安子家里也一样。其余的事，便只能问慎嫔自己了。"

皇帝嘴角含着冷漠的笑容，声音却是全然不符的温柔："那么阿箬，朕且问问你，是怎么回事呢？"

阿箬浑身发颤，求救似的看着晞月与皇后。晞月只是一无所知般别过脸去，和玉妍悄声议论着什么。

皇帝悠悠道："当年除了小禄子和小安子，便是你指证娴妃最多，如今，你可有话说么？"

阿箬紧闭的双目骤然睁开，似是想起什么事，膝行到皇帝跟前："皇上，臣妾冤枉！臣妾和小禄子本无什么来往，他家中的事臣妾一无所知。至于小安子，臣妾早听说他在慎刑司服役时哑了喉咙，再不能说话了，如何还能说是臣妾指使他的？"

她情急之下喊了出来，哪知话音未落，皇后已经厌弃地闭上了眼睛，搂过三公主和敬在怀里，唤过乳母道："和敬还小，听不得这些污言秽语，先把她送去太后那里吧。"

如懿缓声道："任何人入慎刑司都有记档。慎嫔，本宫翻阅过慎刑司的记档，并无任何你或者你宫中人出入的记录。本宫倒是很想知道，你是如何得知小安子再不能说话了。"

阿箬神色剧变，嘶哑着喉咙道："皇上，臣妾、臣妾也是听说。"

如懿饶有兴味道："那么慎嫔，你是听谁所说，不妨说来听听。"

阿箬怨毒而畏惧地看她一眼："我也只是听说而已。至于是谁，听过早就忘了。可比不得娴妃心思细腻，连慎刑司的记档都会去查来细看。"

如懿的目光徐徐扫过她的面庞，含笑道："本宫当然会看，也会去查。因为从本宫被冤枉那一日开始，就从未忘记过要洗雪冤仇。"

阿箬狠狠道："娴妃娘娘自己做的事自己明白。"

如懿淡然微笑："这句话说与你自己听，最合适不过。"

皇帝的语气虽淡漠，却隐然含了一层杀意："那么慎嫔，既然当年你自己亲眼所见娴妃如何加害仪嫔与玫嫔，自然日夜记得，不敢淡忘。还是你自己再说与朕听一遍吧，当年的事到底是如何？"言罢，皇帝转头吩咐李玉："当年慎嫔还是娴妃的侍女，朕也很想知道，时隔三年，慎嫔是否还能一字不差再告发娴妃一回。"

阿箬急得乱了口齿，拼命磕头道："皇上，当年的事太过可怖，臣妾逼着自己不敢再想不敢再记得。臣妾只记得娴妃是如何在红箩炭和鱼食里掺的朱砂，至于细枝末节，实在是不清楚了。"

"荒唐！"蕊姬勃然大怒，冲上前对着阿箬就是两个耳光，"当年你口口声声描述娴妃如何害我和仪嫔腹中的孩子，细枝末节无一不明。如何今日却都不能一一道来？"

皇帝示意蕊姬切勿激动，皇后忙侧脸，吩咐几个宫人上去拉住了蕊姬。

蕊姬失声大哭："皇上，皇上，此婢满口谎言，一定有问题。皇上必不能饶过她！"

皇帝点头。海兰支着腰慢悠悠道："当年素练带人搜查延禧宫，是阿箬拦着不让搜寝殿才惹得人疑心。后来居然在娴妃寝殿的妆台屉子底下找到了一包沾染了沉水香气味的朱砂，才落实了娴妃的罪过。臣妾一直在想，娴妃若真做了这样的事，为何一定要将朱砂放在寝殿的妆台屉子底下这般明显？如果那包朱砂娴妃真是不知情，谁又能随意出入她的寝殿，且能放了那么久沾染沉水香的气味也不被娴妃发觉？"

意欢鄙夷道："那么只能是娴妃的近身侍婢了？"她夹了一筷子菜吃了，看着阿箬道："看来这样的事，除了当日的慎嫔，也没有旁人可以做到了。"

玉妍凑上前道："当日言之凿凿，今日慌不择言。皇上，慎嫔实在是可疑呢。"

阿箬面上血色全无，死死瞪着玉妍："嘉嫔，连你也这般指摘我？当初可是你看我被贵妃责罚才救的我，而且放朱砂在娴妃妆台屉子里的事……"

玉妍厌恶地摇头："这种事要被本宫和旁人知道，一定会告诉皇上灭了你九族！是了，就是你陷害的娴妃，所以哪怕娴妃进了冷宫你也一定要除去她，是也不是？"

皇后神色微微一变，趁着素练上前斟茶，很快宁和了下来。晞月眼风在玉妍身上一荡，也颇有赞许之意："嘉嫔揣测得没错，娴妃屡屡在冷宫发生意外，定是阿箬想要灭口。"

皇后叹息一句："嘉嫔，你虽善心，可当着这个主位也太不辨是非了，才纵得阿箬如此行凶。"

玉妍忙起身，满面愧疚："皇后娘娘，臣妾知错。臣妾再不敢如此大意，为人蒙蔽了。"

阿箬气得发狂，拼命大喊："那不是我！那不只我……"她的视线落在皇后铁青的面容上，哪里还敢再喊，一下子瘫软在了地上。

皇帝眼底的厌弃已经显而易见，他紧握着手中的酒盏，森冷道："慎嫔，你当年的告发关系两位皇嗣的性命，如今又涉嫌在冷宫谋害娴妃。如果今日你不说实话，便把朕赏你的这颗朱砂生吞下去，朕拿朱砂活埋了你。你自己掂量着吧。"

阿箬一袭粉蓝色缂丝彩绘八团梅兰竹菊夹袍抖得如波澜顿生的湖面一般。如懿望向她的目光漠然如冰霜，丝毫没有怜悯之意，继而向皇帝道："皇上，阿箬并没有本事找来那么多朱砂，收买那么多人，一一布置详细，布下陷阱来冤害臣妾。臣妾很想知道到底是谁在幕后指使慎嫔。"

晞月愈加惊恐，茉心按住她的手。玉妍微微冷笑。

皇帝森然道："这么多作孽的事，如果不是旁人指使她做的，就是她心性恶毒亲手做的。她哪里还配做朕的嫔妃？她是你的侍婢，你要如何处置，都由得你。"

如懿欠身道："那么恕臣妾冒昧了。以彼之道还施彼身，皇上，阿箬若不肯说实话，便让人将朱砂一勺勺给她灌下去，待毒发到身亡。若阿箬招出是谁指使，顶多也只是攀诬之罪，并未涉及谋害皇嗣。至于冷宫谋害臣妾之事，臣妾愿意放一放，向皇上请求留她一条性命。"

皇后大为不满："娴妃的惩处听着也太可怕了些。"

皇帝淡漠道："对于没心肝的人，这样的惩处不为过。娴妃，朕答允你便是。"

阿箬自知无望，求救似的看着晞月，唤道："贵妃娘娘……"

晞月转过头不愿看她，立刻撇清道："你喊本宫做什么！自己有罪自己担着，早些招了，省得连累家人。"

她的话音未落，只听地上"咕咚"一声，却是阿箬已经晕了过去。

皇帝见阿箬受不得刺激晕倒在地，便吩咐道："今日迎春家宴，原不该在这个时候提这件事。只是朕看到皇后，便想起早夭的端慧太子，又想起玫嫔与仪嫔的孩子死得不明不白，朕不能不查。"

皇后听他提到二阿哥，亦不免伤感："皇上与臣妾为人父母，如何能不伤心？此事自然该查个水落石出。如今天色已晚，有什么事皇上也等明日再查吧。"

皇帝握了握皇后的手，当下便吩咐回养心殿，连着阿箬也一并带去养心殿偏殿，着人看住，不许她死了。

这嘱咐分明是有深意的。晞月不自觉地缩了缩身子，摸着袖口密密的苏绣宝相花纹，强迫自己镇定下来。嫔妃们见如此，便也告辞散了。晞月特意落在人后，转进了暖阁陪着皇后。

她很是担忧，皇后淡淡道："这本不干你的事，你这么怕做什么？"

晞月惴惴不安，连一个勉强的笑也露不出来："是。可阿箬若是咬出了咱们……"

素练半蹲在地上，为皇后捶着腿："这干皇后娘娘什么事？慎嫔难道敢污蔑中宫？"

皇后想起前情种种，也觉得当日自己心急太过，叹道："不承想阿箬当年是诬陷娴妃，她胆子倒大。但是贵妃，你不觉得奇怪么？阿箬哪有这样的本事买通小福子、小禄子冤枉娴妃，她更没有必要去谋害皇嗣。若不是有人指使……"

素练迅速地瞟了眼晞月，很快垂下眼皮："也有可能是皇上为使娴妃脱罪，强给慎嫔安的罪名。皇后娘娘不是不知道，皇上一向偏心娴妃。"

皇后吸了一口冷气，想起皇帝待如懿种种，越发心凉，苦笑道："皇上待娴妃自然是好。"

晞月大恨："一定是如此。可是皇后娘娘，阿箬既然被带走，会不会供出咱们在冷宫对付娴妃的那些事？"

这当然不许阿箬胡乱攀扯上自己。皇后长睫微动，轻轻咳嗽一声。那静夜里，这一声颇有心惊之意。素练忙道："贵妃娘娘提过，高大人手里扣住了阿箬的两个兄弟。阿箬要认就只能自己认了。"

这样说了一响，晞月心里安定了许多。素练殷勤送了出来，深沉夜幕几不见月光，唯有繁星点点洒满，衬得晞月容颜清美，令人颇有动心处。或许就是这样，皇帝才对她格外垂怜吧。晞月走了两步，转身向素练，低声道："本宫一直疑惑，这些年来对于当日娴妃如何进冷宫之事，皇后娘娘一直只字不提。本宫为皇后娘娘尽心尽力，娘娘可都明白？"

素练面上的微笑一滞，很快恭谨如常："皇后娘娘自然明白，只是这种事有什么可提的。天知地知您知奴婢知慎嫔知便好。"

晞月曾有的疑惑，日积月累，此刻终于按捺不住问了出来："可娴妃进冷宫后，娘娘数次不能忍耐，事事知情参与，本宫与娘娘勠力同心。可从前的事，娘娘总是仿若不知。这是为何？"

地上的影子淡淡的，悠悠晃晃。素练唉声叹气，很是感慨："要不是端慧太子过世，娘娘是菩萨一样高高在上的人，怎会过问这些俗事。只需我们劳力，娘娘自会明白。"她话锋一转，"对了，新燕是您安排给慎嫔的宫女儿吧？"

晞月了然："阿箬当年怎么咬的娴妃，新燕也会怎么咬住阿箬。总之不会拉扯到咱们身上。"

素练亲切地靠近晞月："咱们有皇后娘娘，有富察氏，什么都不要怕。您呢，安安稳稳做您的贵妃就是了。皇后娘娘一辈子都是您的倚靠呢。"

晞月心间沉沉的，想笑却笑不出来，只得胡乱点头，就此离开。

夜已深沉，皇后还是殊无睡意。今儿的事情一闹，少不得从前的事一桩一桩都要翻出来了。皇后坐在寝殿里，卸下衣冠，换了桂色吴罗寝衣，对着妆台上的合欢铜镜出了会儿神，方道："素练，阿箬说起娴妃冷宫被害的事，皇上不会也疑心本宫了吧？"

素练将皇后的衬衣挂到黄杨木衣架子上一丝不苟地整理着，口中道："娘娘安心，皇上想着与娘娘您再有一个嫡子呢，怎会疑心您。"

"本宫多盼望能再生下一个嫡子，可以替皇上承继江山，延续血脉。"皇后摘下东珠耳环，低头抚着小腹道，"你记得提醒齐汝，好好给本宫调几剂坐胎药催孕。"

素练挂好衣裳，替皇后解开发髻，取下赤金扁方一枚枚珠饰通花："说到坐胎药，宫里没有比贵妃喝得更勤快的人了。可是越喝身子越坏，这两年贵妃的脸色愈差，简直成了个纸糊的美人儿。"

皇后道："本宫有时候也疑心。那手镯娴妃和她都有，都怀不上孩子也罢了，难道还能让身子弱下去么？还亏得齐汝在亲自给她调治呢，居然一点起色也没有。"

"亏得贵妃生不出孩子，才会永远依附娘娘。说到生子，听说海贵人肚子特别大，怕生的时候麻烦呢。"

说到此事，皇后也颇有几分忧心："生孩子是往鬼门关走一趟，要都顺顺利利，孩子哪还会那么金贵。"她忽然止住声，从铜镜中依稀看到什么，霍然转过头去，带了一丝慌乱沉声道，"璟瑟，你站在那里做什么？跟着你的人呢？"

三公主有些畏惧地站在珠绫帘子之后，慢慢地挪出来，唤了一声："皇额娘。"

三公主已经十岁,出落得十分清丽可人,脸上隐隐带着嫡出长公主才有的傲然,如一朵养在深闺的玫瑰花,不知风霜,兀自娇艳美丽。她见了皇后,脸上的那些傲气便隐然不见了,只是一个怯怯的小女儿,守着规矩道:"儿臣不是有意偷听您和素练姑姑说话,只是想在您睡前来请个安,和您说说话。"

皇后拉了三公主在怀中,温和道:"那么,你要跟皇额娘说什么?"

"现在没有了。"三公主微微地摇摇头,抬起稚嫩的脸,望着皇后,"皇额娘,儿臣想问,您这样防着旁人,费尽心血,您是好人还是坏人?"

皇后扬一扬脸,示意素练出去,搂住了三公主正色道:"璟瑟,人无全然善恶之分,但各人却有各人的善与恶。皇额娘也不想这样,可永琏被人咒死了,皇额娘好痛心啊。"她亲了亲三公主的脸,含了泪柔声道,"璟瑟,皇额娘做什么都是为了你,为了富察氏,为了大清的嫡子。永琏已经没了,皇额娘没有儿子可以依靠,只有靠自己了。"

"皇额娘,儿臣明白了,皇额娘只是防着旁人,您不是坏人。"三公主大为触动,伸手替皇后擦去泪水,坚定道,"皇额娘,二哥不在了,儿臣虽是女儿,但不会没用。儿臣一定会帮着皇额娘,皇额娘不喜欢谁,儿臣就不喜欢谁。"

皇后脸上笑着,却忍不住心酸不已。她先生下的二阿哥永琏,再有了和敬公主,所以从未曾把这个女儿看得比嫡子更重要。如今却是这个女儿,那么体贴明白她的心意,真真成了她的小棉袄。

这一夜,想来有许多人都睡不安枕了。如懿听着窗外簌簌的雪声,偶尔有枯枝上的积雪坠落至地发出"啪嗒"的轻响,间杂着细枝折断的清脆声,和着殿角铜漏点点。真是悠长一夜啊。

如懿醒来的时候便见眼下多了一圈乌青,少不得要拿些脂粉掩盖。惢心笑道:"小主也不必遮,今儿各位小主一照面,可不都是这样的眼睛呢。"

如懿轻噬一声,取过铜黛对镜描眉:"我怕见到皇上时,皇上也是如此呢。"

正说话间,却见李玉进来,恭谨请了个安,道:"娴妃娘娘万福,皇上请您早膳后便往养心殿一趟。"

如懿赶到养心殿时，却是小太监进忠引着她往殿后的耳房去了，道："皇上正等着小主呢。"

如懿推门入了耳房，却见皇帝盘腿坐在榻上，神色沉肃。阿箬换了一件暗沉沉的宫女裙装跪伏在地下，头上的珠饰和身上的贵重首饰被剥了个干净，只剩下一个素净的发髻。她早已哭得满脸是泪，见如懿进来，刚想露出厌恶的神色，可看一眼皇帝的脸色，忙又收敛了，只和她的侍女新燕并肩跪在一块儿。

皇帝执过如懿的手，递过一个平金珐琅手炉给她，和声道："一路过来冻着了吧？快暖一暖，来朕身边坐。"

如懿一笑，与皇帝并肩坐下，却听皇帝对阿箬道："阿箬，昨日朕留着你的脸面，没有当下拿水泼醒了逼问你，还许你在偏殿住了一晚。如今只有朕和娴妃在，有什么话尽可说了吧。"

如懿瞥一眼一旁守着的李玉，道："昨儿本宫吩咐备下的朱砂，她若不说实话，便一点一点要她吞下去。那些朱砂呢？"

李玉指了指耳房角落里的一大盆朱砂："按娴妃娘娘的吩咐，都已经备下了。"

阿箬自知不能再辩，只得死死咬着牙道："皇上恕罪，当年是奴婢冤枉了娴妃娘娘。"

皇帝端了一盏茶，慢慢吹着浮末道："这个朕知道。"

阿箬又道："是臣妾让小福子偷拿了朱砂混到仪嫔娘娘的红箩炭里，是臣妾让小禄子在鱼食里混了朱砂，也是臣妾拿朱砂染好了沉水香的气味，等素练要搜寝殿时，偷偷塞在妆台屉子底下的……那三个太监也是臣妾收买指使的。"

皇帝有些不耐烦："这些朕都知道。"

如懿蹙眉道："你混得了仪嫔的东西，却不能常常混进玫嫔宫里，本宫想知道，你是怎么把朱砂混进玫嫔宫里的红箩炭的？"

阿箬硬着头皮嗫嚅："就……就在红箩炭送到玫嫔宫里前，就混进了朱砂。"

如懿微微冷笑:"就这般容易?阿箬,往自己身上揽得差不多了。但你一个人能做多少事?本宫和皇上心里都有数。到底哪些事不是你做的?又是谁指使了你?"她见阿箬沉默,又问,"自然,说与不说在你。你要想把所有的事儿都揽下来,谁也拦不住。本来本宫可以留一条命给你,但你非要认下谋害皇嗣株连九族的罪过,本宫也只能由你。"

皇帝啜饮着茶水。阿箬睁大了眼睛惶惑地看着皇帝,死死地咬着下唇,唇上几乎都沁出了血,颤抖着喉咙道:"皇后,贵妃……"

皇帝幽沉乌黑的眸子里闪过一丝疑忌的光,徐徐道:"皇后与贵妃虽然仁慈,但事关皇嗣,她们也不会为你求情。娴妃问你的这些,你答不出来,便再好好想着。朕还有事要问你。是谁给娴妃在冷宫里的饮食下的砒霜?"

阿箬霍地抬头,扯着喉咙道:"皇上,这个不是奴婢!真的不是奴婢!"

皇帝哪里肯信:"不是你,又会是谁?新燕,你说。"

新燕恨不得把自己撇干净了好,忙磕了个头:"皇上,奴婢只是日常伺候小主,小主做的许多事奴婢都不大清楚。不过奴婢知道小主深以娴妃娘娘为恨,尤其是小主见到皇上身边有条绢子,认出是娴妃娘娘的旧物。打那之后,小主就说过想除掉娴妃娘娘。"她极力地劝,"小主,您别怪奴婢,奴婢说的也都是实情。到了现在这个地步,您可千万别再糊涂了。您都做了什么,就自己都认了吧。逃也逃不过啊。"

皇帝的足尖有一下没一下地踢着地上厚厚的石青织金毯:"阿箬,冷宫的事可是你做的?"

阿箬想分辩,可心里的畏惧越来越深,终于含泪忍下一口气:"是。冷宫里走水也好闹蛇也好,都是奴婢做的。"

如懿想着昔日主仆情分,如今唯有对彼此的恨意满怀,便问:"你就这般恨本宫?要置本宫于死地?"

阿箬的脸色越来越白,最后成了一张透明的纸,猛地仰起脸来,两眼定在如懿身上,恨不得剜出两个大洞来,道:"娴妃!我就是恨毒了你,明明我聪慧伶俐,事事为你着想,你却凡事都压着我!你明知皇上喜欢我,却一定要把我指婚出去。我得宠难道对你不好么,你也多了一个帮衬,为什么非要断了我的出头之路呢?"

"你觉着朕喜欢你?"皇帝忍不住轻笑,"那这些年朕如何待你的,你不明白?"

阿箬哪里敢吱声,只是欲哭无泪,低下了头。

阿箬泪眼蒙眬,颤声道:"皇上,您以前是喜欢奴婢的,才会在延禧宫的时候高看奴婢一眼,又收了奴婢做嫔妃。后来……后来是不是因为娴妃才不喜欢奴婢了的,才这样待奴婢是不是?"

如懿知道所有前情,都是起自延禧宫。也不知皇帝是怎么与阿箬生了情缘。她看了眼皇帝,又看看阿箬,只觉得这二人之间无比痴妄。

皇帝轻嗤一声,十分不屑:"你可是自作多情了。那朕如何待你,你自己说与娴妃听。"

阿箬备觉羞辱,哪里愿意,只是支吾着:"奴婢……皇上给奴婢留点颜面吧。"

皇帝哪里肯依,居高临下地看着她,如看着一蓬尘芥:"你卖主求荣,是自取其辱。说!"

阿箬被逼不过,死死攥住自己的裙角,闭着眼迅速地说着:"娴妃,你不是很想知道皇上怎么待我的么?我便告诉你好了。皇上从来没宠幸过我,每回侍寝,我都是披着一袭薄毯跪在地上。"她屈辱地落泪,"每一个侍寝的夜里,都是如此。"

皇帝看着如懿:"她说的是实情。卖主的奴婢只配如此。"

"你以为你在冷宫的日子难过,我在外头的日子就好过么?白天我是小主,受尽皇上的恩赏。可到了皇上身边,一个人的时候我还是一个低贱的奴婢!可即便是这样,落在旁人眼里,我还是受尽宠爱,所以不得不忍受她们的嫉妒和嘲讽!娴妃,都是因为你,皇上才这般待我!我怎能不恨?怎能不怕?"

如懿听着她字字控诉,也未曾想到她三年的恩宠便是如此不堪,不觉震惊到了极点。良久,倒是皇帝缓缓道:"如今你觉得不甘心了么?那么朕告诉你,你都是自找的。"

阿箬涕泪横流，愤恨不甘到了极处："从前在延禧宫您还觉得奴婢机灵聪慧，奴婢从慎刑司出来，您留了奴婢在身边，给了奴婢名位，却这样待奴婢。您到底是为什么？"她见皇帝根本不欲理会，哪里还忍得住这些年的委屈恨意，哭诉道，"皇上，这么久了，奴婢真是不明白，您为何一直要这样待奴婢？从前奴婢问您，您都不答。如今到了这个地步，您还不肯给奴婢个明白么？您是一早就觉得奴婢冤枉了娴妃，是奴婢背主、想往上爬，您是要留着奴婢的性命慢慢折磨羞辱，替娴妃报仇，是不是？"

皇帝的目光在她身上一瞟，冷冷道："咦？你算是明白了。"

阿箬不由得喊起来："您不如一早杀了我是个痛快！"

皇帝看着阿箬，觉得十分好笑："要不是朕留着你，这三年你早不知死在谁手里了。谁能再明明白白把冤枉娴妃的事说个清楚，还娴妃一个清白。"他望着如懿，缓缓动情道，"如今，你都该明白了吧？"

阿箬瘫倒在地，不可置信地看着皇帝，满脸怆然，惊呼道："您都是为了娴妃……皇上，您竟这样待臣妾对您的一片心！臣妾对您是真心的呀！"

皇帝泰然微笑："你对朕的真心都是算计之心，朕为何不能这么待你了？"

阿箬怔怔地流下眼泪来："皇上以为臣妾对您是算计之心，那后宫众人哪一个不是这样？为什么偏偏臣妾就要被皇上如此打压？"

"打压？"皇帝侧身坐在窗下，任由一泊天光将他的身影映出朗朗的俊美轮廓，"朕相信许多人都算计过朕，朕也算计过旁人，但像你一般背主求荣、手段阴毒的，朕倒真没见过。"

如懿坐在皇帝身侧，只觉得记忆里他的容颜有些陌生，连他说出的话也让人觉得心头生凉。她只觉得有些疲累，淡淡道："那么阿箬，所有的事都是你做的么？"

阿箬悲怆至极，茫然地点点头："是！玫嫔和仪嫔是我害的，你是我想杀的！什么都是我！行了么？你们可满意了？"

如懿忽然想起一事："可是阿箬，我记得你很怕蛇，仪嫔宫里的毒蛇和冷宫闹蛇真是你做的？"

阿箬沉浸在深深的绝望之中，嘤嘤哭泣："我是怕蛇，可为了达到目的，再怕也要做。你们可满意了？"

皇帝看如懿神色倦怠，柔声道："如懿，你是不是累了？你先去暖阁坐坐，朕稍后就来。"说罢，也打发了新燕出去。

李玉便过来扶了如懿离开。皇帝见她出去了，方盯着阿箬，目光中有深重的迫视之意，问道："娴妃不在这儿了，你可冷静得下来？方才娴妃问你，是否有人指使你，你犹豫了。朕想知道，你为什么犹豫？你背后到底还有谁？"阿箬哪里受得住皇帝这般目光，整个人蜷缩了起来，头叩到了锦毯里，掩没了她大半面容。皇帝的语气带着一点蛊惑："说吧。把你做的、揣测的，都说给朕听听。"

第二十九章 鞭刑

皇帝回到暖阁时,如懿正在青玉纱绣屏风后等待,她的目光凝住屏风一侧三层五足银香炉镂空间隙中袅袅升起的龙涎香,听着窗外三两丛黄叶凋净的枯枝婆婆娑娑划过窗纸,寒雪化作冷雨窸窣,寂寂敲窗。如懿看着皇帝端肃缓步而入,宽坐榻边,衣裾在身后铺成舒展优雅的弧度。皇帝执过她的手:"手这样冷,是不是心里不舒服?"

如懿点点头,只是默然。皇帝缓声道:"朕怕阿箬当着你的面不肯招全。问了许久,她还是只认是她一个人做的。"

皇帝这样坦诚,如懿反倒不知道说什么了,定了半天,方缓缓抬起眼:"臣妾不知道皇上这些年是这样待阿箬的。"

皇帝轻轻搂过她,以一漾温和目色坦然相对:"朕当年留下阿箬,一则是要她放松戒心,也是怕真有主使的人要灭她的口;二来当时治水之事很需要她阿玛出力,所以一直拖延到了今日。你要明白朕,朕首先是前朝的君主,然后才是后宫的君主。"

他的话,坦白到无以复加。如懿忍着内心的惊动,这么多年,她所委屈的,介意的,皇帝都一一告诉了她。她还能说什么呢?皇帝数年来那样对待阿箬,本就是对她的宽慰了。于是她轻声问:"皇上,臣妾至死不信阿箬一个人能做成这些事。"

皇帝的目光平静得波澜不兴:"她不肯招认,朕也无计可施。朕总不能将宫中可疑的嫔妃一一拿来问罪。再攀扯别人,只会乱了后宫。所以朕也希望你明白,到阿箬为止,再没有别人了。"

"皇上要给臣妾这样一个答案,臣妾也不敢再问了。"既然她也想到会是谁,何必要皇帝一个肯定的答案呢。如懿心头微微一松,终于放松了自己,靠在皇帝怀中:"臣妾盼望的是,皇上可以和臣妾彼此信任,没有隔阂。"

皇帝轻吻她额头:"自你出冷宫,朕一直没有和你好好说话。便是要等这水落石出的一天,朕才真正能与你坦然相处,永远没有隔阂。"

清晨的雪光淡淡如薄雾,映着窗上的明纸,把从他们身上扫落的影子交叠在一起。在分开了这些年之后,如懿亦有一丝期望,或许皇帝可以和她这般相拥,长长久久。

皇帝身姿秀异,靠在朱栏彩槛、金漆彩绘的背景中,任偶然漏进的清幽的风吹动他的凉衫薄袖,他温然道:"朕很想封你为贵妃,让你不再屈居人下。可是骤然晋封,总还不是万全,朕也不希望后宫太过惊动。但是朕让你住在翊坤宫,翊坤为何,你应该明白。"

坤为天下女子至尊,翊为辅佐襄赞。她知道,皇帝是在暗示她仅次于皇后的地位。她心中微暖,复又一凉,想起阿箬的遭遇,竟有几分凉薄之意。但愿皇帝待她,并无算计之心。

那么,便算是此生长安了。

如懿回到翊坤宫中,已经是天光敞亮时分。

这一夜惊心动魄,宫中谁都不曾好睡。如懿才走,毓瑚便来禀告,按皇帝盼咐给了阿箬一碗药喝。只见皇帝静默片刻,毓瑚又道:"阿箬只肯承认是她做的。那也没办法,奴婢已经查知阿箬的两个弟弟都在高大人手里扣着。还有,奴婢那日在迎春家宴上说小福子和小安子家人的银子都是阿箬给的。再追查下去,那些银子来自贵妃那儿,只是经了阿箬的手。"

皇帝轻轻一嗤，却没有半分欢愉神色。他眸光如寒冰："那多半是贵妃指使的。这几年朕看阿箬往皇后宫里跑得勤快，和嘉嫔也住一起，她们俩有没有份儿？"

毓琉所知，玉妍嘴狠，好几回都当街责打过阿箬。这是许多人见过的，便是启祥宫里，也知道这位主位和阿箬并不大和睦，想来也是不干玉妍的事。至于皇后，连皇帝也知道，贵妃一向很听皇后的话，又不是什么聪明人。可就算疑了皇后，也不该、不能去查这位结发妻子。皇帝难过地闭上眼睛，其实他何尝不知皇后有逃不脱的疑影，可是皇后与自己多年夫妻，生儿育女，是个贤惠得体的女子。他的内心深处，也只盼与皇后无关。而为保皇后名声，贵妃暂时也动不得了。所以，只能给阿箬一碗药，免得她这回不肯招出贵妃、牵扯皇后，往后又禁不住抖了出来。

与如懿一夜相拥而眠，红烛摇帐的温存尚未散去，皇帝便着李玉将废为庶人的阿箬送了来。

如懿正对镜理妆，李玉打了个千儿，恭恭敬敬守在一旁，道："启禀娴妃娘娘，皇上说了，阿箬是您的奴婢，所以还是交还给您，任由您处置，也要以儆效尤，告诫宫中的奴才们，不许再欺凌背主。"

如懿对着镜子佩上一对梅花垂珠耳环，淡淡道："人呢？"

"已经在院子里跪着了。只是有一样，阿箬发疯似的辱骂娘娘，皇上已经吩咐奴才给她灌了让她安静的药，所以，她已经不能说话了。"

如懿眉心一跳："哑了？"

李玉恭恭敬敬道："是。再不能口出秽语，侮辱娘娘了。"

如懿心头一惊，自然，那是再问不出什么了。只是，这后宫里的一切，原本不是问就能有真切的答案的。想要知道什么，全凭自己，所以，也无所谓了。

惢心替她理好鬓发，轻声在她耳畔道："小主不是一直要奴婢和三宝留意宫里的人么？如今，倒是个杀鸡儆猴的好机会。"

如懿撂下手中的珐琅胭脂盒，笑道："你倒是和我想的一样。一会儿把宫里的人都召集起来，就在院子里看着。"

惢心微微一笑："是。"

待到三宝预备好，如懿披上一件香色斗纹锦上添花大氅，站在廊下，肃然看着满院黑压压的宫人们，慢条斯理道："本宫宫中，不怕你伺候时不够聪明，怕的就是背主求荣，糊涂油蒙了心。一次不忠，百次不用。你们好好当差，本宫自然好好待你们。若是像阿箬一样……"她瞥了眼跪在地上的呜呜咽咽说不出话的阿箬，冷然道，"阿箬虽然是本宫的陪嫁侍女，之前伺候了本宫八年。可是她背叛本宫，本宫就容不得她！今日，是给她一个教训，也是给你们一个警戒。"

如懿看了眼三宝，三宝应了一声，一挥手招呼几个小太监取了个巨大的麻袋，三宝按着阿箬，让两个小宫女利索地扒下阿箬的外裳，只露出一身中衣，喝道："把她装进去！"

阿箬似是意识到什么，满眼惊恐，不肯钻进麻袋里去。三宝哪里由得她，兜头拿麻袋一套，拿麻绳扎紧了口袋。

如懿在廊下坐下，细赏着小指上三寸来长的银质嵌碎玉护甲："那还等什么，让她好好受着吧。"

三宝用力啐了一口，举起鞭子朝着胡乱扑腾的麻袋便是狠狠两鞭。那麻袋里如汹涌的巨浪一般起伏跳跃，只能听见女人含糊不清的呜咽嘶鸣。

蕊姬带着俗云闯进来。

蕊姬一把抢过三宝手里的鞭子："起开！"

三宝惊呆了："玫嫔娘娘，您怎么来了？"

蕊姬道："娴妃！当年我误打了你，来给你赔罪。等我做完这件事，任你处置。可这害我孩儿的凶手，我非得亲手处置。你务必成全我。"

如懿点点头："丧子之痛，你憋在心里太久了。"

蕊姬扬起鞭子，狠狠地打下去。俗云吓得闭上了眼睛。

阿箬已经说不出完整的话了，这样不完整的残缺人声，在静静的清晨，听来更让人觉得毛骨悚然。渐渐地，连敞开的宫门外，都聚集了宫人探头探脑，窃窃私语。

蕊姬满脸是泪，下手更狠，一鞭子一鞭子舞得像朵花一样眼花缭乱。一开始还有人的喉咙发出的声音，渐渐地，灰白色的麻布袋上渗出越来越多的血迹。

蕊姬累得气喘吁吁，手都软了。

蕊姬拎着鞭子，脚步有些虚浮，走到如懿跟前，将鞭子递给她："我打完了，该你打我了。当年是我误信人言，用铁弦抽伤了你。如今，我还你。"

如懿看她一眼，伸手便是一耳光。打完，她将鞭子丢在地上，淡淡道："你走吧。"

蕊姬不可置信地看着她："就这样？当年我伤你不轻。"

如懿道："这一巴掌是打你的糊涂轻信，其余的，我不能怪一个丧子的母亲。"

蕊姬眼中泪光一闪，又恢复了寻常的冷傲神色："行。你的情我记着，日后总会还你。"说罢，便扶着俗云的手出去了。

如懿一扬脸，两个小太监将布袋完全打开，拖出一个浑身是血的血人儿来，气息奄奄地扔在了地上。三宝见阿箬痛得晕了过去，随手便是一盆冷水泼上去。阿箬嘤一声醒转过来。

如懿走上前几步，意欲细看。惢心急忙拦道："小主小心污秽。"

如懿径自推开惢心的手，缓步走到阿箬身边，俯下身看她："究竟是谁指使你谋害本宫？"

阿箬发出嘤嘤的呻吟声，手指在地上乱抓。

如懿点头，似乎了然："本宫知道你写的是谁了。"

阿箬拼命摇头，喉头发出嘤嘤的呻吟声，挣扎了几下还是无力动弹。

如懿露出一丝鄙夷之色，摇头道："你替人受罪，也是可怜！"她转头吩咐三宝，"三宝，阿箬被废为庶人，送她去冷宫吧。"

阿箬虽然说不出话，一双眼睛却瞪得老大老大，死死盯着如懿，几乎要沁出血来。三宝和几个小太监哪里理会她，径直拖了就走。阿箬喘着粗气，十指用力抓着地面，好像要抓住什么可以救命的依靠，然而她早已失尽了力气，只在地上抓出几条深深的暗红血痕，触目惊心。

如懿走回廊下，院中静得如无人一般，几个胆小的宫女太监早已吓得瘫软在地，筛糠似的发抖。

如懿的面色清冷而没有温度："不要怪本宫心狠，背主之人虽为求荣，也是求死！"

海兰亦道："你们看看，当年指使怂恿她背叛主子的人，如今哪里会来救她，急着撇清都来不及呢！"

满宫的宫人们吓得立刻跪下，面如土色："奴才们不敢背叛小主，心怀二念。"

如水双眸似结了冷冷的薄冰，如懿淡然道："那就好。否则今日的阿箬，就是来日的你们。"她站起身，似是自言自语，"也难怪阿箬说不了话也要写给本宫看那主使者是谁，带着这样的冤屈，谁能不恨呢？"

如此一来，阿箬的事在六宫之内传得沸沸扬扬，人人都说出了冷宫的娴妃心性大变，一改昔日温和隐忍，杀伐决断，手段凌厉，倒让人越发不敢小觑了翊坤宫。

阿箬自进了冷宫，浑身是伤，也无人理会，不过延命而已。她双眼圆睁，瞪着某处发狠，似要将那摇摇欲坠的屋顶撕开一个口子。新燕胆怯地看着她，手边放着一身红衣红裤和一双红鞋，在冷宫残旧的底色里显得格外触目。

新燕胆子小，一味絮絮："小主别怪奴婢说事情都是您干的。除了您，没人能顶下这件事。您不能扯出其他主子来。"

阿箬恨恨点头，死命咬着嘴唇呵呵作声。

新燕又道："皇上说奴婢不知道您做的那些脏事儿，所以饶了奴婢的命。"她指着衣裳和鞋子，"您之前交代奴婢的东西，奴婢给您带来了。"

阿箬点头，伸手抚摸着衣裳，目中厉色更浓。新燕看着她的神色越发畏惧，在她示意下替她换上衣裤鞋子。新燕的动作极其小心，生怕碰到阿箬的伤口，然而怎么也避不开那长而密的血痕。新燕在阿箬的威势下怕惯了，急得眼泪都掉下来,浑然忘了阿箬早无多少活气。好容易都穿戴好了。阿箬也并无怪她的意思,只蘸了水写字:我弟弟呢?

新燕连忙道:"您两位弟弟都好。您认了罪,高大人会保他们活下来,而且以忠臣之后的名义给他们一条仕途。"

阿箬点头,指了指身上的衣衫和鞋子,露出古怪的笑容,又写字:我做鬼也不会放过她。

新燕早已怕到了极处,生怕阿箬立刻化作厉鬼将她先吞了。阿箬指了指门口,新燕忙不迭地爬了出去,一边爬一边还不忘嘱咐:"奴婢告退,就不送您上路了。您放心,您这一去,事儿就真正了了。"

阿箬极力挣扎着起身,捡起新燕一并送来的一条绳子,拼尽浑身力气,才抛在了房梁上。她的眼角流下一滴混浊的泪,仰头看着绳子,露出了凄厉的笑容。

到了晚间时分,惢心正伺候着如懿拿忍冬花水泡了姜汁浸手。紫藤撒花帘子一扬,却是三宝转了进来,悄声禀报道:"小主,冷宫里的人来回话,说阿箬一索子挂在梁上,上吊自尽了。"

如懿头也不抬,只垂着眼帘,看着铜盆中自己一双关节微微肿起的手:"才在冷宫待了一天就受不住了么?惢心,还记得咱们的日子是怎么熬过来的?"

惢心冷道:"有福气的人自然熬得住,没福气的,便是一天也忍不得。"

如懿接过小宫女递来的软帕,擦净了手方问:"皇上知道了么?怎么说?"

"养心殿的意思,就说是病死了,按着嫔位置办丧仪便是,免得传出去不好听。"三宝停了一停,似乎有些害怕,觑着如懿的神色道,"只是听给阿箬收尸的人说,阿箬穿着红衣红鞋上吊的,穿了一身红去死,那是怨气冲天要带到地府去的呢。"

如懿的眼眸微微一沉,含了寒星似的光芒:"怎么?做人的时候没用,要穿上这一身做鬼来寻仇么?"她虽这样说,却也不免有些畏惧,当下兴致阑珊,也不肯再言了。

这一夜皇帝依旧召了如懿往养心殿侍寝，言谈间却丝毫不过问她对阿箬用刑之事，仿佛那是一件极平常的小事，根本不值一问。为着如懿过来，皇帝的寝殿里每日都供着一束绿梅点缀，她便在这清馥甘郁之中，借一盏镏金琉璃灯的温柔余光，与他轻轻拥抱，以肌肤的贴近与亲昵来宽慰过去的伤痛，落实来日的希冀。

良夜深沉，梦中惊转，却是宫人急急在外敲门，说海兰动了胎气，即刻就要生了。皇帝且惊且喜，立刻披衣起身，与如懿一起往延禧宫去。

才进延禧宫的大门，宫人们早已跪了一地，慌不迭道："皇上万安，娴妃娘娘万安！"

如懿听得里头海兰的叫声一声比一声凄厉，简直如挖心掏肺一般，便慌得不行，连忙道："皇上，臣妾心里不安得很，想进去看看妹妹。"

皇帝虽然一脸期盼，但被那声音惊着，又眼看着接生嬷嬷和太医一个个进去了便不再出来，也不安得很，便点头道："朕不便进去，你去瞧瞧也好。"

如懿巴不得这一声，正要往里进去，还是伺候海兰的小太监五福在外拦住了道："产房血腥不祥，娴妃娘娘进去不得！"

如懿哪里还顾得这些，推开他的手呵斥道："本宫又没怀着身孕，且延禧宫原是本宫住过的地方，有什么不祥的！再敢胡说八道，立刻拖出去掌嘴！"

五福素知她与海兰的交情，又见过她严惩阿箬的样子，当下也不敢再拦，只得躬身退到一边。如懿推开殿门进去，因海兰有着身孕，殿中都布置成了吉利的红色，漫天漫地的石榴葡萄、瓜瓞绵绵图案，都是多子多福的征兆，混合着殿阁内浓郁的血腥气，越发觉得那红色猩艳得直冲人眼目。

如懿伏到床前，海兰已经是满身大汗淋漓，连着床褥都湿透了，一群接生嬷嬷围着她忙碌，孩子却还是半点没有要下来的意思。

接生嬷嬷急得都要哭了，哭丧着脸对着如懿诉苦道："催产药都喝了好几剂了，可是海贵人生产前太胖，孩子在肚子里养得太大，出来实在是艰难哪！"

太医亦跪在屏风外头，垂头丧气道："贵人身子虚弱，用不上力气，实在是……"

海兰满脸皆是纵肆的泪痕，斑驳一片。她痛得脸色雪白，拼命摇着头嘶哑着道："姐姐！我不成了，我实在是不成了！我真真是被人害死了！"

如懿紧紧握住她汗湿的手，那种滑腻的容易从手中逝去的触感着实叫她害怕。她只得压抑住自己惶乱的心神，大声道："你要自己这么想，放松了力气不肯好好生下孩子，那才是被别人害死了！海兰，我没有孩子，你答应过我，这个孩子生下来会交给我好好抚养！你不能说话不算话！"

海兰痛得心肺都要裂开了，气息阻塞在喉头，一时说不出话来。偏偏接生嬷嬷也不镇定，一直唉声叹气："孩子一直顶在那儿，不肯下来。小主，您使点儿力气呀！"

海兰痛得青筋暴起，像一条条鼓起的小青蛇。此时她脸容都变了形，大口喘息着道："姐姐，不是我说话不算话，我真的没力气了，我真的……"

海兰一边说，一边挣扎着用劲，右手紧紧抓着如懿的手腕，如懿感受到她手上渐渐松下去的力气，心里越来越慌，只得在她耳边道："海兰，你要是现在没力气了，便是遂了她们的心愿了。你听我的话，要是松了这口气，你和孩子都难保，要是拼着这口气，便都保下来了。"海兰的头发全都湿透了，黏在脸上，越发显得一张脸白得没有一丝血色。

空气中浓郁的血腥气混着草药的气味让人觉得窒息。如懿看着她如此辛苦，滚烫的泪在眼底翻腾不已，终于落了下来。她伏在海兰枕边，一字一字定定地道："海兰，冷宫里那么难熬，因为你撑着我，我也都熬了下来。如今好不容易咱们又能在一块儿了，你若这么轻易放弃，我一定不会原谅你。"

海兰的手抓着她的手腕，滑下去一寸，又一寸，人也近乎昏死。如懿的泪一滴滴落在海兰面上，似乎是一种深远而沉重的召唤的力量。海兰的牙关咬得死死的，只是吃力地点着头。如懿一迭声地喊道："来人，来人！她还有意识，快给她灌参汤进去，快！"

叶心很快端来了参汤，如懿急忙接过，示意叶心托起海兰的后颈，一点一点撬开她的牙齿灌进去。海兰能喝下的参汤并不多，几乎是喝一半，流出来一半。如懿看着焦心不已，正见床边搁了一盘切好的参片，只得先取了一些给她噙在口中。或许是参汤起了点效力,海兰抓着如懿手腕的手渐渐有了几分力气,太医们喜出望外,忙道:"娴妃娘娘,海贵人已经有了点意识,要不要再灌催产药下去?"

如懿如何懂得这些,只得看向接生嬷嬷们,其中一个接生嬷嬷叫起来道:"贵人已经喝了那么多催产药了,孩子还没有动静。太医不妨试试针灸或是别的,若再催产,只怕一时药量过猛,孩子是出来了,可母体要大受损伤呢。何况,太医给小主喝的催产药性子有些猛烈,不是寻常的益母芎归汤呢。"

如懿听着不安,立刻问道:"你们给海贵人吃的是什么催产药?"

为首的是太医院的赵太医,他忙磕头道:"娴妃娘娘,寻常的催产药是益母芎归汤,可加强活血祛瘀之力;这回的药佐以桃仁、红花、丹参、牛膝,以达引血催产、引胎下行之功。海贵人胎大难下,又有气虚乏力的症状,所以又加了黄芪三两调治。"

如懿越听越是心惊,不禁瞿然变色道:"桃仁、红花和牛膝都是堕胎的猛药,怎么可以用在催产的方子里!"

赵太医忙道:"娴妃娘娘有所不知,催产的药本就该有活血化瘀之效。桃仁、红花和牛膝都是堕胎的猛药,也是催产的好药。微臣身为太医,这些是断不会弄错的。"

如懿心中不定,回顾四望,却不见江与彬在,忙唤道:"绿痕,江太医呢?"

还是赵太医道:"今日并非江太医当值,深夜宫门下了钥,再唤江太医进来也不妥当。"

如懿当即知道无望,许太医亦道:"娴妃娘娘,海贵人胎儿过大,险象频生,再迟疑就来不及了。而且这药是赵太医与微臣一同议定的,一切以胎儿落下为要。"

如懿问:"不会伤及母体?"

许太医干脆道:"胎儿若再下不来,母子俱不能保。"正说话间,赵太医出去问了皇帝回来,转告道:皇上说了,母子都要平安,斟酌着用催产药就是。"接生嬷嬷又一再催促,如懿只得道:"那你们小心剂量,以贵人玉体为重。"

许、赵二太医即刻答应了,吩咐宫女去端了药来,给海兰灌下。催产药加着参汤的效力,海兰渐渐清醒,也有了力气,只是身上的疼痛发作得越加厉害,止不住地惨叫起来。接生嬷嬷们看着几碗催产药灌下,起初也是担忧,但看海兰的胎动渐渐发作,也少不得忙碌起来。

殿中乱作了一团,海兰死死抓着如懿的手腕,几乎失尽了力气,轻声唤道:"姐姐,你还在?"

如懿泪流满面:"我一直都在,你安心生孩子就是。"

海兰想说什么,忽然面容扭曲,尖叫起来:"好痛!这药喝下去怎么那么痛?"

如懿被她凄厉的叫声惊住了,扭头看着太医。许太医不停擦汗:"催产药就是如此,不痛怎么发作呢。"

海兰再说不出话,拼了命地用起力气来,几乎要将如懿的手腕捏碎了。如懿忍着剧痛,伏在床边不停地替海兰擦着浆出的汗水,熬度着漫长而难耐的时间。

如懿看着不对,立刻让蕊心去问皇帝能不能派齐汝过来。蕊心立刻拔腿出去。

第三十章 情心

也不知过了多久，在凄厉的嘶声过后，终于听得一声响亮的儿啼，却是皇帝的声音先在外头响起来，喜不自胜道："朕的孩子里，就属这个孩子哭声最洪亮了。"

海兰听着儿啼，露出了一个极为疲倦的笑容，呻吟着说了声"疼"，便虚脱了昏睡过去。如懿惊喜交加，看着一个带着血丝的孩子被接生嬷嬷从锦被底下抱出，却是个极健康周正的男婴，忍不住欢喜得落下泪来，忙嘱咐乳母抱去清洗沐浴。如懿看过了孩子，正欲命人给海兰炖补药物，忽然发觉方才嬷嬷掀起锦被时，底下的鲜血似乎多得不可思议。她心下一沉，立刻再度掀起被褥，果然见猩红一片浸透了被褥，让人不忍目睹。

一颗心直直地坠下去，如懿立刻拉过一个接生嬷嬷道："海贵人是睡着了，但似乎不大好。你仔细看看，怎么会那么多血？"

那嬷嬷不看则已，一看之下吓得魂飞魄散："娴妃娘娘，大事不好了。贵人服了催产药用力过度，孩子虽然生下了，可孩子太大，贵人出大红了……"那嬷嬷慌得瑟瑟发抖，"贵人身子有损，血止不住了！"

如懿一惊之下，只觉得全身酸软，站立不住。她一把抓住嬷嬷的衣襟，厉声道："赶紧想法子！快！"

嬷嬷急得眼泪都要下来了，又是慌又是怕："娴妃娘娘，事到如今，只能先撒上止血的白药！可贵人身子这番受损，往后要再伺候皇上也难了。还请娘娘不要怪责！"

如懿只觉得一颗心涌在喉头突突乱跳，几乎要跳出嗓子眼来。她看着人事不知的海兰，极力强迫自己镇定下来："现在还论这个做什么，赶紧先治海贵人要紧。"

嬷嬷害怕地喊着："赶紧撒上止血的白药！太医，太医，快给贵人服止血汤药。"

如懿满腔的害怕，化作了厉声呵斥："止不住海贵人的血，本宫要诛你们满门。你们记好了！"

候在门侧的许太医和赵太医吓得互看一眼，连连答应。齐汝匆匆赶来。等不及他请安，如懿已经急迎上去："齐太医不必多礼。海贵人出了许多血，眼下人也晕过去了，请齐太医一定保住海贵人。"

齐汝才得了皇帝吩咐，如何不着紧。许、赵二太医立刻退后，成了打下手的，也不敢再妄自举动，一一都看齐汝行事。齐汝搭脉沉吟："海贵人气若游丝，脉象虚乏无力，乃元气暴脱之象。催产汤药性攻伐太甚，虽使胎儿急产，但因贵人孕养之时气血亏耗，本元大伤。当务之急乃止血为先，保全根本。微臣会先为海贵人施针百会、涌泉、神道、关元、中脘止血。"齐汝说罢，许太医帮着摊开药箱，赵太医拿针包，齐汝思量片刻，从底下郑重拿出颗药丸递给接生嬷嬷："请嬷嬷们把这颗定坤丸给海贵人含在口中固气。"

众人忙碌着，齐汝取出银针，每下针前思忖再三，下针却是又快又准，看得许、赵二太医连连吸气，彼此看了一眼，垂手在后。

如懿提着一颗心，自己也觉得气短胸闷，恍觉手腕上疼痛不已，仔细一瞧，才发觉是被海兰用力之下，捏得紫胀发青了。叶心忙道："娘娘稍候，奴婢去拿点消肿的药来给娘娘擦上。"

如懿哪里还顾得上这些，忙道："本宫这点瘀伤不要紧。你去看看皇子沐浴完了么？如果好了就抱来给本宫。"

叶心答应着去了。如懿在齐汝身后屏息守着,盯着齐汝给海兰运针施药,嬷嬷们不时察看海兰情形,终于渐转惊喜,告诉说血止了!如懿也有喜色,但仍是不放心,看向齐汝。齐汝起了最后一针,这才舒展眉头:"娴妃娘娘放心,海贵人的血已止住。微臣再每日让海贵人服用定坤丸和止血汤药缓治,就应无大碍了。但……"他沉吟片刻,还是说了,"海贵人身子大损,不宜再侍寝伴驾。"

如懿缓缓点头,这才彻底松下气来:"保住性命就好。"

正说着,嬷嬷已经抱了包裹好的孩子出来。如懿忙抱了出去,外头的宫人们一齐喜气洋洋地向皇帝道贺道:"皇上万福,皇上万喜,海贵人一切平安顺遂,生下了一个小阿哥呢。"

皇帝果然高兴,连连吩咐了赏赐延禧宫上下,又抱过了如懿怀中的孩子细看。海兰的孩子比寻常的婴孩大了一圈,一张小脸天圆地方,光滑饱满,十分精神。皇帝欢喜得不得了,抱在怀中爱不释手:"朕的皇子里面,属五阿哥一出生就长相端方,天庭饱满,连哭声都那么洪亮,真是个有福气的孩子。"

如懿忙笑道:"皇上既觉得五阿哥有福,那就请皇上给五阿哥赐个名字吧。"

皇帝沉吟片刻,朗声道:"《穆天子传》中说,璂琪,玉属也。琪有珍异之意,朕的五阿哥,便叫永琪吧。"又略想了想,"海兰给朕生了这么个好儿子,李玉,传朕的旨意,晋封海贵人为嫔位,为延禧宫主位,封号为……"他朗然一笑,"朕心愉悦,便赐封号为愉,愉嫔如何?"

如懿脸上泛着笑,眼中一酸,忍不住别过脸去:"只可惜愉嫔不能与皇上同愉共悦了。"

皇帝一怔之下,也有些着急:"海兰是不是有什么不好?那么多太医和嬷嬷在,真是无用!"

如懿神色楚楚,屈膝道:"皇上,愉嫔为了给皇上生下五阿哥,被太医灌服了太多催产药,以致身子受损,往后不宜侍寝了。"她仰起脸,目视着皇帝,"臣妾恳请皇上,以后不管愉嫔如何,但求皇上不要厌弃她,只记得她是如何拼命为皇上绵延子嗣的。"

皇帝怜惜地看着如懿,将孩子交到李玉手中,双手扶起她道:"你放心。

朕自然不会。"

如懿就着皇帝的双手起身，隐隐有泪光盈然："皇上，臣妾还有一事相求。愉嫔爱子情切，若是可以，还请皇上将孩子留在愉嫔身边，不要送去撷芳殿养育了。"

皇帝思忖着道："愉嫔出身珂里叶特氏，乃是小族，不比嘉嫔母族高贵。这个……"他见如懿满脸期盼，几欲落泪，也不忍拒绝，"那么朕答应你，即便永琪不留在愉嫔身边抚养，朕也会交给你，好让愉嫔时时相见。如何？"

这，也算是最好的打算了吧。如懿忙忙谢过，替皇帝紧了紧身上的海貂龙大氅，温然道："夜寒如冰，皇上已经得了好消息，赶紧回宫补一补眠吧。臣妾便留在这里照顾愉嫔了。"

皇帝微微颔首，吩咐道："李玉，今晚伺候愉嫔的许、赵二人医无能，尽数逐出宫去，永不复用。"

李玉正要答应，却听外头的小太监进忠跑进来，白着脸道："皇上，不好了，不好了！"进忠跑得急，脚下一绊，几乎是滚到了皇帝跟前，张口结舌道："皇上，慎嫔在冷宫上吊，按着皇上的意思，按嫔位的丧礼置办，对外只说病死了。可是方才在火场焚烧慎嫔尸首和棺椁，谁知道那烧出来的火是、是、是蓝色的，不是红色的！"

皇帝乍然听了此言，不免吃了一惊，旋即喝道："怪力乱神！人都死了，怎么可能烧出蓝色的火来？一定是你们胆小，以讹传讹！"

进忠吓得舌头都打磕绊了："奴才不敢撒谎，奴才不敢。皇上，火场上的人亲眼见了，都说慎嫔含冤而死，死后发威了！"他说着，忍不住拿眼觑着如懿。

李玉眼尖，伸手左右两个耳光下去，骂道："用你的贼眼珠子乱瞟哪里？不要命了么！"

夜风吹过光秃的枝丫有霍然的冷声，檐下昏黄的宫灯摇出碎金似的斑驳光影，恰若冷而沉的恍然一梦。

如懿神色如常，仿佛毫不放在心上，牵住皇帝的手沉定道："阿箬是自作孽，不可活！而且冤有头债有主，谁是真正害死她的人才会怕。阿箬有本事变了鬼找她去，否则光在火场吓人有什么用。"

皇帝温沉的手掌有难言的力量，按压着她纷乱而缥缈的思绪。他在她耳畔轻声叮嘱："如懿，不要动气，不要落了旁人的圈套，心静为上。"这样温暖沉着的言语，听得她心中沉沉一动，不免生了几分依赖之情。

这种依赖，在她初出冷宫承宠的日子里，滋长最甚。一直有噩梦缠绕，那些在冷宫苦度的岁月，内心的惊恸，躯体的痛楚，无一不如蟒蛇将她紧紧纠缠。即便服下安神汤药，昏黑悠长的暗夜里，她仍会断续醒来。

似是察觉她的不安，皇帝陪她的时候，明显多起来。好些时候，她在噩梦中醒来，在烛火微弱的光线下，望着床顶雕刻的富贵华丽的吉祥图案，那些镂刻精致洒朱填金的青凤、莲花、藤萝、佛手、桃子、芍药，有种不知今夕何夕的茫然。然后，她听到他绵长的呼吸声。他的手臂，始终紧紧揽住她微微散着冷汗的身体，将自己的温度绵绵传递。他的手臂健壮而有力，紧紧包围她，即使在熟睡中也不松懈分毫。她昏昏沉沉睡去，又悸动不安醒来，始终被他裹在怀中，肉身相贴。

那一刻，她泪眼迷离。甚至有那么一瞬，她相信，他一定、一定会陪着自己，共同等待大地黎明的来临。

其实她何必要事事算计，若事事凭他做主，不也很好。皇帝已经做得很周全，可他也有他的掣肘和为难。就如阿箬一事，内里再怎么难堪，落在外人眼里，阿箬还是索绰伦氏慎嫔，在宫中谨慎侍奉多年，圣宠不衰，一时病逝，风光大葬，家中与有荣焉。而阿箬身后那些人，皇帝也没有再过问。

所以，她还是必须得靠着自己。冷宫的蛇可以杀死，火可以扑灭，但是环伺身边蠢蠢欲动的毒物，那些躲在暗地里窥伺自己和海兰的人，如何能不怕？

如懿静默着任由思绪辗转，皇帝含着暖意絮絮述说："朕知道，海兰为了替朕生下永琪，吃尽了苦头。你与海兰姐妹情深，她的孩子与你的孩子无异。朕明白你们的辛苦，也心疼永琪这个孩子，所以六宫上下，都会因为永琪的降生而得到朕的赏赐，延禧宫更是得足足添上三倍。"

如懿眼底微带了喜色："皇上疼爱永琪，自然是海兰和臣妾的福气。只是臣妾怕赏赐太厚，反而惹来闲话。毕竟三阿哥和四阿哥降生时，都未曾这样厚赏呢。"

皇帝的眼笑得弯弯的，他的呼吸轻柔地拂在她的耳侧："海兰为了这个孩子九死一生，差点连命都赔进去了，朕赏得再多也不算什么。六宫里皇后素来节俭，以身作则，宫中一应份例都减半，连金银器物都不甚打造。贵妃跟着皇后的样子，其余人便更不论了。倒是你，这些日子都操心辛苦，朕一直想好好赏你些什么。思来想去，便为你制了一样东西，从有这个主意到命人去做，其间一切，都由朕亲自操持，好容易才得了。本来就要给你的，结果碰上海兰生永琪，便耽搁了。等下闲些朕便叫人送来给你。"

如懿心悬在未醒的海兰身上，惊悸难定，一时哪里顾得上皇帝要赐些什么，便笑笑也过了："皇后娘娘主持六宫，素来以节俭为上。皇上为此物煞费心血，臣妾领恩，只不敢太过糜费了。"

皇帝眉目温然："有皇后在，你们能糜费什么。也唯有嘉嫔爱俏，打扮得格外精细艳丽些。且嘉嫔是朕登基后第一个生下皇子的，又是北族宗女，身份格外不同。所以朕想着，这次给六宫嫔妃的赏赐份例，嘉嫔得添一倍才好。"

这样絮絮半日，皇帝也有些倦，便回宫中歇息。夜寒漏静，永琪在乳母哺喂后亦沉沉睡去，空气中浓郁的血腥气渐渐变得淡薄，反添了几分新生儿的乳香。如懿守在海兰身侧，拿着蘸了生姜水的热帕子细细替她擦拭着面孔和手臂。海兰过度疲累后昏睡的容颜极度憔悴，泛着不健康的灰青色。这次艰难的生育，几乎要走了她的命，仅仅是把几个太医赶出宫，又如何抵得过？如懿想了想，还是唤来三宝："三宝，我心里不安得很。皇上要赶赵太医和许太医出去，你去看看他们出宫前和什么人有来往。"

三宝知道轻重，立刻答应着去了。叶心上来点了安息香，劝道："娴妃娘娘，小主睡着，您要不要也回宫歇一歇？"

如何能歇呢？在冷宫漫长难度的岁月里，都是海兰醒着守候着她；如今，也该她守着护着海兰了。如懿沉吟片刻，还是微笑："叶心，忙了一宿，你也累了。本宫让蕊心去熬了止痛的汤药,等愉嫔醒了喂给她喝。"

叶心答应着下去了。如懿望着东方渐渐明亮的天色,心中沉郁却又重了几分。

天刚亮,许太医和赵太医就收拾了包袱要被赶出宫去。许太医被四个小太监扣着,从长街拐过了启祥宫,角门边贞淑候着,行了一礼:"许太医答应了替奴婢医治心悸的症候,结果您得走了。只是没您在,奴婢的心悸病没的治了。"

许太医苦笑:"心悸病说大不大,说小不小,好好养着,平安就好。宫里看不上我的医术。我回家陪着孙儿去,他大了,还指望能捐个前程呢。"

贞淑替他抱屈,又笑:"您人好福气大,福泽子孙呢。"

许太医无奈地点头:"比不上赵太医,他儿子在北族当差多年,也该平安回来,父子团聚了。"

贞淑笑着答应,转身进了殿中。玉妍正在梳妆,云鬓高耸,饰以白玉和散碎金丝缠红绿宝石,越发显得眉眼风流。她拣了最艳的唇点在唇上,那是她最喜欢的颜色,唤作"醉朱",听得贞淑进来,她也不回头,只顾欣赏自己醉人容颜。贞淑过来,为她端正胸前玉佩,轻声道:"许太医和赵太医他们在宫里留不住了。"

玉妍红唇如滴露:"真是可惜,出了宫是自在,可游山玩水的,万一失足可怎么好,都是一把年纪的人了。"

贞淑会意点头,轻巧为玉妍戴上一对白玉蝴蝶金璎珞耳坠:"听说贵妃昨夜犯了症候。"玉妍"哦"一声疑问,贞淑又道:"说是阿箬的棺椁邪气,阿箬阴魂不散去吓唬愉嫔,愉嫔才难产呢。贵妃信了,以为阿箬还要来找自己,当时就发了寒症。齐太医从愉嫔宫里出来就赶过去了,要用艾叶调理,还要制什么艾叶酒,直闹了半夜。"

玉妍颔首不言,霍地睁开一双美目,细细描长了眉毛,那十足的风韵里,不知怎的,便多了一抹厉色。

皇帝下了早朝之后便回到养心殿,他新得了皇子高兴,昨夜又替海兰担心,难免有些倦意。他正欲补眠,才进暖阁,却见皇后捧着一碗热气腾腾的紫参乳鸽汤,笑吟吟地迎候上来。皇帝见她如此体贴,也是高兴,便由着李玉伺候他除了冠帽,问道:"皇后这么早过来了?"

皇后穿了一身暗红绣百子嬉戏图案缂丝缎袍,配着一色的镶嵌暗红圆珠玛瑙碎玉金累丝钿子,斜斜坠下一道粉白荧光的双喜珊瑚珍珠流苏,越发显得喜气盈盈。她端正地福了一福,满面含笑道:"恭喜皇上新得皇子。"

皇帝闻言欢喜:"皇后也得了喜讯了?"

皇后忙欠身道:"臣妾一早起来听闻愉嫔母子平安,当真欢喜,想着皇上肯定也高兴得一夜未睡好,所以特意让小厨房早早炖上了一锅紫参乳鸽汤,给皇上补气提神。"

皇后扬一扬脸,素练立刻捧过汤盅奉上:"皇后娘娘一醒来就嘱咐人备上了,只等皇上下朝来喝。娘娘一番心意,皇上尝一尝吧。"

皇帝掀开青瓷盅盖一嗅,不禁含笑望着皇后,赞许道:"辛苦皇后了。"

料峭冬寒尚未退去,窗下一溜儿摆着数十盆水仙,那是最名贵的"洛水湘妃",选取漳州名种,由花房精心培植而出,姿态尤为细窈。蕊芯艳黄欲滴,花色白净欲透,颜如明玉,冰肌朵朵娇小,如捧玉一梭,自青瑶碧叶中亭亭净出。此刻那水仙被殿中红箩暖气一蒸,浓香如酒,盈满一室,连汤饮本来的气味都掩了下去,就好像自己对着皇帝的一片心意,总被那么轻易掩去。

想到此节,皇后不觉黯然,却不肯失了半分气度,便勉强笑道:"这水仙开得真好。前些年花房一直进献这些洛水湘妃,皇上总觉得未能臻于至美,如今摆在殿中,想来已经是最好的了。"

皇帝轩然一笑,颇有几分自得之色,若朝霞漫举:"百花之中,朕向来中意水仙,喜爱其凌波之态,若洛水神仙。若是培植不当,岂非损了湘妃意态。"

皇后道:"传说水仙为舜之妻娥皇、女英化身。当年舜南巡驾崩,娥皇与女英双双殉情于湘江。天帝悯其二人对夫君至情至爱,便将二人魂魄化为江边水仙,才得此名。臣妾与皇上一般喜欢此花,便是爱其对夫君忠贞之意。"

皇帝若有所思，望着皇后和声道："皇后的心意，朕都明白。"他转首看着那凌水花朵，轻声道，"临水照花，朕既是喜爱水仙忠贞之情，亦是深感娥皇、女英对夫君的恭顺无二，若不以夫为天，以君为天，又怎会这般生死不离，一心追随。"他修长的手指爱怜地滑过莹润的花瓣，若薄薄的雪凝在他指尖，"且水仙开在冬日，凌寒风姿，才格外难得。"

皇后端然而坐，只觉得热烘烘的融暖夹着浓浓幽香往脸上扑来，几乎要沉醉下去，失去所有的防备。若然真能这般沉醉，却也不失为一桩美事。自成为他正妻的那一日起，负着富察氏全族的荣耀，担着儿女与自己的前程，何曾有一日松懈过。连这夫妻独自相对的时光，也是隐隐绷紧的一丝弦。她何尝不知道，宫中女子多爱花草，唯有那个人，那个让她一直忌惮的女子，也是如眼前人一般，喜爱这凌寒之花。是不是这也算是她与他不可言说的一点相似？

旋即，她眉目温静："得皇上喜爱，自然是好的。臣妾听闻今冬江南所贡绿梅颇多，娴妃素来喜爱绿梅凌寒独开，想来也是深明皇上惜花之情。"她见皇帝并不接话，只是津津有味地饮着她送来的汤饮，心头微微一暖，蕴了脉脉温柔道，"臣妾亦视皇上为天，无敢不顺从。臣妾见皇上为国事、家事烦忧，但求皇上万事顺心遂意，不要再有烦心之事。"

皇帝微有几分动容："皇后为何这样说？"

殿外朝阳色如金灿，如汪着金色般的海浪，一波波涌来，碎碎迷迷，壮阔无比。皇后端庄的脸容便在这样的明灼朝晖下渐渐沉寂下去："臣妾听说阿箬的棺椁在火场焚化时突然起了蓝色焰火，引得宫人惊慌。而愉嫔虽然产子，但难产伤身，至今虚弱。臣妾担心是否因昨夜的不祥而起，伤了宫闱福泽。"

皇帝停下手中汤盅，凝神道："皇后是六宫之首，有什么话不妨直言。"

皇后的语调沉静而和缓，忖度着道："阿箬罪行罄竹难书，赐死也应该。只是娴妃在宫中公然动用酷刑，还要合宫宫人看着，也太过狠辣。难怪阿箬穿着红衣红鞋上吊，怨气深重。"

细白青瓷的汤盏在皇帝修长的指尖徐徐转动，看得久了，那淡青色的细藤花纹似乎会攀缘疾长，蔓延出数不清的枝叶伸展出去，让人辨不清它的方向。皇帝轻哂，颇有玩味之意："皇后是觉得愉嫔难产，阿箬死后有异，都是因为娴妃用刑的缘故？"

皇后本靠着填满了兰草蕙萝的沙金宝蓝起绒蒲桃锦靠枕，闻言忙欠身道："合宫人心浮动，对娴妃议论颇多，臣妾不能置若罔闻。"

皇帝唇边的笑意还是淡淡地定着，眼中却淡漠了下去："朕说过，皇后是六宫之首。朕曾在年幼时想过，六宫之首若幻化成形，应该是什么样子。朕想了许久，应该便如莲花台上的慈悲观音，心怀天下，意存慈悲，不妄听，不妄语，不行恶事，不打诳语。万事了然心中，凭一颗慧心巧妙处置。皇后以为如何？"

檐下的冰柱被暖阳晒得有些融化，冷冷滴落水珠，晨风吹动檐头铁马在风雨中"叮叮"作响，那深一声浅一声忽缓忽急地交错，仿佛催魂铃一般，吵得人脑仁儿都要崩裂开来。皇后勉强浮起一个笑容："臣妾妄言了。不过，皇上所说的确是观音的样子，而臣妾虽为皇后，却也只是有七情六欲的凡人。皇上所言的境界，臣妾自愧不如。"

皇帝的侧脸有着清俊的轮廓，被淡金色的朝阳镀上一层光晕。他的乌沉眼眸如寒星般闪着冷郁的光，让人读不出他此刻的心情。"皇后说得对，人就是人，但所达不到的境界，也可以心向往之。"他微微一笑，仿若无意般挑起别的话头，"就好比朕身边伺候的奴才，从前王钦为人糊涂，肆意窥测朕意，连皇后配婚的恩典也辜负，朕已经惩处了。如今有他做例，其他人都本分多了。"

烟罗纱窗滤来翡翠般的明净阳光，皇后温顺垂首，手指细细理着领口上缀着的珠翠领针。那是银器雕琢的藤萝长春图样，繁密的银绞丝穿着紫色宝石勾勒出精细的春叶紫藤脉络，原是她最喜欢的样式，此刻，却只觉得上头碎碎的珠玉射出细碎如针的眩光，一芒一芒戳得她眼仁儿生疼生疼的。须臾，皇后才觉得那疼痛劲儿缓了过去，露出柔婉容色："皇上的意思，臣妾懂得。是臣妾失言了。原是早起嘉嫔来请安，提了几句宫中异象。但怪力乱神之语，实不该出自臣妾口中。"

皇帝微微颔首："嘉嫔素来口无遮拦，人却是直肠子，有什么话都不瞒着朕。所以她说什么，你听一耳朵便罢了，不必事事过心。皇后更应该弹压流言，免得宫中妄语成风，人心生乱。"

皇后恭谨道："臣妾回去后自会训示宫人，不许他们胡言乱语。另外愉嫔生子，臣妾也会去宝华殿还愿，祝祷五阿哥康健平安。"

皇帝见皇后的脸容渐渐有雪色，也有些不忍，他握住她皓腻的手腕，切切道："五阿哥很好，四阿哥更讨朕喜欢。可皇后，朕与你还是要有个嫡子的。"

皇后心头一暖，不免伤感，见皇帝倚窗而坐，这样风姿秀逸的男子，如玉山巍峨，纵然光华万丈，她却只能高山仰止，只能由着如是情意，默默淌过。只是此刻，他的欣慰和欢喜也是对着她的，倒并不像是只为添了个皇子，更是多年夫妻的一份安慰和亲近。不知怎的，她心里便软了几分。

皇后含着朦胧而酸楚的笑意道："皇上，臣妾侍奉您多年，必有许多不是之处。可臣妾一心所念唯有皇上，定会生下嫡子，以慰皇上心愿。"

皇帝握一握她的手："皇后，无须说这样的话。"

皇后盈盈睇着皇帝，不觉泫然："臣妾身为皇后，是不该出此软弱之语。臣妾上有皇额娘，下有公主，又有母家荣华。但臣妾所能倚仗的，不过是皇上而已。"

皇帝轻嘘一口气，轻抚她肩头："皇后的心思，朕懂得。皇后亦不要自怨自艾了。"

他懂得么？皇后在心底里悲楚地笑出来：自从娴妃出冷宫，永琏又早殇，皇帝待她便有些不如从前。如今看着他与旁人有子，自己的孩子却早亡，还不能妒、不能怨，只能含笑道贺，怎能不累？可这样的累他如何懂得？哪怕相伴多年，很多时候皇帝的心思她也是难以捉摸。

一世夫妻，唯有表面的荣光……不，哪怕有一日只剩了表面的情分，也只能死死抓住不能丢了。

皇后这般念着，转身处，忍着泪，紧紧靠在了皇帝胸前。

待得皇后出去，毓瑚守在一旁，为皇帝添茶磨墨。皇帝见她欲言又止，似乎有话要说,便示意她说话。

毓瑚这才敢开口:"皇上,您今日对皇后娘娘说的话有些过了。"

皇帝极少对皇后言语带刺,今日说了那些话,也后悔自己有些沉不住气,只得叹道:"阿箬越是只认是自己做的,朕越是疑心。而皇后那些话处处针对娴妃,朕不能不猜疑。"

毓瑚手下从容,那墨汁出得又浓又匀:"若说贵妃还是有些证据,但您对皇后娘娘只有揣测,毫无证据。"皇帝的眉心微微一跳,语气温然而软弱:"嬷嬷,朕希望永远都不要有证据证明皇后有不是。"

毓瑚如何不明白,皇后出身世族,不说家世,与皇帝也是多年结发,恩义不浅。一旦后位不稳,前朝必定跟着生乱。高斌又是皇帝亲自提拔上来的制衡老臣的左膀右臂,若无高斌,皇帝只能倚赖张廷玉、讷亲、鄂尔泰一干老臣。所以,想要分权,必不能动了前朝与后宫的现状,乱了自己的棋局。